Gerhard Köpf

Die
Erbengemeinschaft

Roman

S. Fischer

© 1987 S. Fischer Verlag GmbH, Frankfurt am Main
Umschlaggestaltung: Buchholz/Hinsch/Walch unter Verwendung
eines Gemäldes von Natascha Ungeheuer,
»Nina Engels Tisch«, 1980
Satz und Druck: Wagner GmbH, Nördlingen
Einband: G. Lachenmaier, Reutlingen
Printed in Germany 1987
ISBN 3-10-041108-0

All jenen, die nicht lesen können, ohne nach den
Vorlagen der Gestalten zu suchen, die sie
in meinem Roman finden, versichere ich ehrenwörtlich,
daß nur diejenigen Personen und Orte
aus der Luft gegriffen sind,
die auch in ihr liegen.

Prolog

Der Prolog erzählt vom Erwerb der Kalebasse,
gibt einen Überblick über unsere Sippe,
schürzt einige Knoten und erwähnt nebenher
das zwiespältige Verhältnis, das Unserallerkind hat
zur Erbengemeinschaft, die es aufzulösen gilt.

Früher oder später einmal wird er die Kalebasse von jenseits des Meeres mitgebracht haben. Sie werden darüber den Kopf geschüttelt und gefragt haben, was denn nun das wieder sei, eine Kalebasse, ob man das essen könne oder trinken und was es damit auf sich habe. Er aber wird kein Wort gesagt, sondern sie einfach auf den Tisch gestellt haben, in die Mitte unter das Licht, er wird eine Lupe aus der Manteltasche gezogen haben, um alles genau zu sehen: aus dem Mantel mit dem aufgesetzten Samtkragen und der langen Gehfalte auf dem Rücken, mit den zwei Knöpfen darüber, ganz auf Taille geschnitten. Und er wird ihnen, nach angemessenem Schweigen, die Kalebasse erklärt haben.

Eine Kalebasse ist ein großer getrockneter leerer Kürbis, wird er zuerst gesagt haben. Aber in Wirklichkeit ist er gar nicht leer. Ihr könnt noch einige Kerne in seinem Inneren rollen hören, wenn ihr die ebenmäßige Kugel in die Hand nehmt und dieses Kunstwerk der Natur, ja, nimm es nur, aber vorsichtig, ganz vorsichtig, ans Ohr führt und es ein wenig dreht.

Die Kalebasse wird von Hand zu Hand, von Ohr zu Ohr gegangen sein, bis sie wieder in die Mitte des Küchentisches gekommen sein wird, unters Licht, und alle um sie saßen und sie bestaunten. Ich habe sie von einer Indianerin gekauft, wird er gesagt haben, die mindestens hundert Jahre alt war, Pfeife rauchte und ein Kind angelegt hatte, von einem Wolfshund bewacht, auf dem Markt von Belém, das auf Deutsch Bethlehem heißt, aber in Brasilien liegt, auf einem Kontinent, auf dem sie mit Kalebassen handeln. Der Markt heißt Ver-O-peso, auf Deutsch: prüfe das Gewicht. Es ist der älteste Markt Amazoniens. Aber wozu die Lupe, wird einer gefragt haben. Das ist eine ganz besondere Kalebasse, wird er gesagt haben und sie fast zärtlich mit den Fingerspitzen berührt, sie vielleicht auch ein wenig dabei gedreht haben auf dem Tisch unter dem Licht, so daß alle es sehen konnten. Sie werden nicht wenig gestaunt haben über die unzählig vielen, unzählig winzigen, wie mit der kalten Nadel eingeritzten Schnitzereien auf der Rinde der Kalebasse: als wäre sie ein rundherum und von oben bis unten, hinten und vorne tätowierter Busen mitten auf dem Tisch, keine nackte, sondern eine mit allerlei Schnitzwerk, eine mit Geschichten bedeckte Brust mitten in der guten Stube, von der Größe eines Medizinballes und genauso ledern braun.

Von dem er gesagt haben wird: Eine Weltkugel ist es, eine Art Globus, nicht ganz rund, aber das ist die Erde auch nicht. Ich weiß das, wird er gesagt haben, weil er aufs Schiff gegangen, zur See gefahren ist und die Welt schon etliche Male umrundet hat.

Die Kalebasse hat Himmel und Erde; Sonne, Mond und Sterne kannst du gleichfalls entdecken. Es gibt keine freie Stelle auf ihr, alles ist beschnitzt und bedeutet etwas, wenn du es nur geduldig genug bedenkst. Vermutlich brauchst du dazu die Geduld der steinalten Indianerin. Solange du diese nicht aufbringen kannst, bleibt dir das eine oder andere Geheimnis der Schnitzereien eben verborgen und du hörst am besten gleich auf, die Kalebasse lesen zu wollen. Oben aber ist der Himmel. Das ist immer so. Freilich enthält dieser Himmel nur Tiere und Pflanzen, Menschen dagegen sind nicht zu sehen. Zwischen Himmel und Erde liegt ein dichter Kranz aus Nebel mit Ornamenten, Fabelwesen, reitenden Armeen und Schlachten, wie sie jeder kennt, der schon einmal auf dem Rücken lag und himmelwärts geschaut hat. Danach kommt die Erde. Sie ist nicht eben, sondern bucklicht, hat Berge, Meere, Flüsse, Wälder, Städte, Dörfer und Straßen und Menschen, und sie macht den größten Teil aller Geschichten aus, die in die Rinde geschnitzt sind. Sie reichen bis auf die Unterseite, wo man mit Fug die Hölle vermutet. Aber eine Hölle gibt es nicht. Wie das Paradies, so ist auch die Hölle schon in den abertausend Geschichten enthalten, die hienieden handeln, wenn man den Worten der Pfeife schmauchenden Alten aus Belém glauben darf. Du kannst es jedoch mühelos selbst erkennen, wenn du nur genau genug hinschaust. Ein einfaches Vergrößerungsglas, wie ich es immer bei mir trage, schon aus beruflichen Gründen, genügt.

Mir dagegen reicht, was ich mit bloßem Auge sehe. Der Kürbis liegt jetzt vor mir. Auf mich hat er kommen und meinem Sammelsurium die Krone aufsetzen müssen mit all seinen geschnitzten Geschichten, die nach meinem Dafürhalten nichts anderes darstellen, eine um die andere, als unsere jauchzende Fahrt in den Graben. Vermutlich hätte mein Onkel Firmian, der Herr der sieben Meere, dagegengehalten: die Lupe in der Hand, die Faust verborgen in der Tasche des Samtkragenmantels, der gleichfalls mir als Erbe geblieben ist. Vermutlich hätte er die Worte eines weisen Inders wiederholt, der ihm einst in Bombay gesagt habe: »Alle Geschichten werden heimgesucht von den Gespenstern jener Geschichten, die sie hätten sein können.« Vermutlich wäre dies die Erklärung des Weltumseglers gewesen. Genau kann ich es nicht sagen: Er starb vor meiner Geburt.

Viele Jahre sind seither vergangen, in denen es fast nur Krieg gab, obgleich von Nachkriegszeit die Rede war. Trotz Aufstieg und Erfolg ist es auch mir nicht gelungen, jener Welt zu entkommen, die weder Trost noch Milde kennt.

Daß die tätowierte Brust auf mich gekommen, daß sie ausgerechnet mir geblieben ist, mag Zufall nennen, wer blind ist für den Lauf der Ereignisse und nicht Bescheid weiß. In Wirklichkeit bin von Anfang an ich es gewesen, der alles Unheil und den gnadenlosen Verlauf mit seinem erbarmungslosen Gefälle so bis ins kleinste vorbereitet hat, daß, was immer auch geschehen ist, nur auf diese eine Weise geschehen konnte: trotz der zahlreichen Umwege, die zu gehen waren, um das Gerade zu ermöglichen. Freilich hieß es zeitweilig, auch Jascha aus den polnischen Sümpfen habe es vorausgesehen und später Regula nebst ihren Mitschwestern Thyrsa, Anthusa und Myra, doch diese waren samt und sonders von Anbeginn an alte Betschwestern, die nichts anderes wußten als den Rosenkranz aufzusagen, Lügen in die Welt zu setzen und von deren baldigem Ende zu künden.

Lange war ich der Ansicht, es müßten zuerst einige wegsterben und den Weg freigeben, ehe ich mir die ganze Angelegenheit erzählend vom Hals schaffen kann. Doch jetzt habe ich mich, weil ich die Kalebasse auf meiner Seite weiß, entschlossen, dem Warten zuvorzukommen, um loszuwerden, was mir doch auf ewig anhängen wird, weil ich nicht lassen kann vom Wind- und Wortemachen, weil ich immer wieder anfangen muß mit dem Aufhören, weil ja doch keine Ruhe ist, ehe nicht bilanziert wird und abgerechnet auf Heller und Pfennig.

Es ist wieder einmal soweit: Mein Onkel, der Herr der sieben Meere sitzt in der Küche und erklärt sein Mitbringsel: die Kalebasse. Dabei kommt er vom Hölzchen aufs Stöckchen, vom Hundertsten ins Tausendste.

Es mag zahllose Gründe geben für das Erzählen einer Geschichte. Für mich gibt es nur einen. Höchstens zwei. Zum einen will ich, meine Alfina und tota number one, daß du alles erfährst von mir, zum anderen aber will ich der Kalebasse nachgeben, seit sie mir anvertraut hat, was sie

12

zum Sprechen bringt. Reinen Tisch will sie machen, klar Schiff – wie ich. Rache will sie nehmen für all die Niedertracht, strafen will sie und verdammen, Auge um Auge, ohne Gnade und Barmherzigkeit. Das trifft sich gut, denn auch ich bin, seit ich endlich nach einiger Anstrengung zu Geld und Ansehen gekommen bin, unversöhnlicher denn je. Mir ist je länger desto weniger zu trauen. In Läuften, da vieles bachab und in die Binsen geht, was nicht kurzlebig als Seifenblase gaukelt, bis es zerplatzt, habe ich nur noch wenige Interessen: mich und mein letztes Wort. Deshalb nehme ich mir vor, solange noch Zeit ist, mit vollen Backen mein Eigenlob zu blasen, zumal sich sonst keiner dafür hergibt. Eigenlob stinkt, haben mich meine Altvordern gelehrt. Heute, vor mir die Kalebasse und mein absehbares Ende, weiß ich es besser. Mit dem Eigenlob ist es wie mit dem Geld. Pecunia non olet, und jeder ist seines Glückes Schmied. Punktum. Mir macht keiner so schnell was vor. Ich durchschaue euch alle, gleich von Anfang an: mit kaltem Auge und bösem Blick.

Ich habe die Kalebasse und ihre Beredsamkeit.

Unser aller Urmutter hieß Jascha und kam aus den polnischen Sümpfen. Sie brachte, von wem soll im Dunkel bleiben vorerst, Kosmas mit, den Tüftler und Glockenspieler. Der führte die italienische Flora heim und zeugte mit ihr Kaspar, Benedikt, Pirmin, Regula und Svea. Benedikt wanderte aus, Pirmin fiel für Volk und Vaterland, Regula nahm den Schleier und Svea, die Jüngste, wurde ein Luder. Flora blieb im Kindbett. Ihr Ältester, Kaspar, ging zur Bahn und wurde mein Großvater. Er ehelichte die Sattlerstochter Walburg aus Nesselwang und zeugte mit ihr drei Söhne: Luis, Baptist und Firmian. Luis wurde Fremdenführer, Baptist wurde Weichensteller, Firmian wurde der Herr der sieben Meere. Baptist heiratete Kathi, zeugte Martin und Unserallerkind. Luis heiratete Erna aus Leipzig und zeugte Raimar. Firmian verunglückte, Frieda gab Bruno einen neuen Vater: Lorenz aus Mühlacker. Martin heiratete Emma und zeugte zwei Töchter: Jella, geschieden und Karla, verlobt.

Ich bin Unserallerkind.

Ich habe es am weitesten gebracht.

Ich überschaue die ganze Sippe.

Von allen weiß ich am meisten, denn ich besitze die Kalebasse, die offenbar sonst keiner wollte.

Die Kalebasse mit der beschnitzten Rinde, die jede Kleinigkeit verzeichnet, die alles aufbewahrt, was in sie eingeschrieben ist mit der kalten Nadel.

Die Kalebasse aus Belém, die auf mich gekommen ist von jenseits des Meeres.

Das Weltgedächtnis, das mir zuflüstert, was ich schon lange behaupte: Nichts ist entschieden und nichts geht verloren, solange Trost und Kraft reichen und unsere Sehnsucht ungehemmt begehrt.

»Jeder wird mit seinem Norden oder Süden gleich geboren: ob in einen äußeren dazu, das macht wenig«, heißt es. Wohin der Karren läuft, das werden wir noch sehen. Freilich geht die Welt nach und nach zu Ende, doch alles geschieht zu seiner Zeit, und ein Feuer kann auf verschiedene Weise gelegt werden. Ich will mit der ganzen Erbengemeinschaft nichts zu tun haben. Nur ein Lump gibt mehr, als er hat, sagt das Sprichwort. Ich bin auf der Hut und stets allem Abschied voraus. Überhaupt ist auf mich keinerlei Verlaß. Überhaupt spiele ich der noch lebenden Restsippe eine Komödie vor, tanze neuerdings wie der Lump am Stecken, reiße Possen, mime den Narren, spiele den dummen August, bin ein Hanswurst und Hansdampf in allen finsteren Gassen und ein ausgekochter Lügenbold obendrein. Sie sollen nicht wissen, woran sie sind mit mir. Sie sollen nicht herausbekommen, ob sie es mit einem rechten Hallodri zu tun haben oder mit einem, der heimlich auf den Stockzähnen lacht über sie.

Verkaufts mei Hemd, i fahr in Himmel!

Die Restsippe hält kaum noch Verbindung mit mir. Ab und zu erfreut man mich mit einer schwarzumrandeten Trauerkarte: Gott dem Allmächtigen hat es gefallen, unseren lieben Soundso in die Ewigkeit abzuberufen. Fahre hin und pludere, rufe ich ihm nach, und nimm am besten die ganze Verwandtschaft gleich mit.

Mein Bruder Martin wagt noch gelegentlich Anrufe, erkundigt sich nach meinem Wohlbefinden, zeigt Familiensinn, sucht Zusammenhalt, bekommt von mir Bescheid: ich glaube nur noch an die Fliege an der Wand. Stets war es mein höchstes Ziel, uns und dich und die ganze Sippe wenn schon nicht zum Gottseibeiuns, dann doch wenigstens in ein Buch hinein zu wünschen: um im Leben von euch auszuruhen, um mein Leben lesen zu können, anstatt es mühselig und hakenschlagend selbst leben zu müssen. Was wäre das für eine Erlösung, endlich eine erfundene Figur zu sein, eingeritzt in eine Kalebassenhaut, wie sehr erfüllte es mich mit Genugtuung und mit Stolz, mich in den großzügigen Weiten einer erfundenen Wahrheit bewegen zu können wie ein Fisch im Wasser: weil diese doch stets genauer ist als der verordnete Blick auf die Dinge. Dann könnte ich wie weiland jener Philosoph sein, der das Leben als eine Herberge versteht, in der man auf die Postkutsche Richtung Abgrund wartet.

Mit besten Empfehlungen an Weib und Kind.

Und überhaupt: laßt mich endlich zufrieden mit eurer Erbengemeinschaft. Ich habe andere Sorgen: das Verliebtsein und das Schlaraffenland. Was habe ich mit dieser Erbengemeinschaft zu schaffen? Laßt mir die Kalebasse und den Mantel mit dem Samtkragen, laßt mich heraus aus eurem Schacher, werft das Los unter euch, laßt ab von mir, gebt endlich Ruh, tut am besten so, als gäbe es mich gar nicht, tut so, als wäre ich längst gestorben.

Laßt es euch im Guten gesagt sein.

Laßt mich allein mit meiner Kalebasse.

Hör gut zu, meine Alfina.

Firmian wird von der tätowierten Brust und von seinen Abenteuern auf den sieben Weltmeeren erzählen. Die ihm zuhören, das sind seine Altvordern und seine Brüder. Auch Frieda wird am Tisch gesessen haben: schließlich ist sie Firmians Braut. Die Brüder fragen nach den Frauen von Belém, aber sie fragen es erst, wenn die Mutter mit dem Geschirr scheppert und der Vater noch einmal vors Haus geht, um nach dem Wetter zu sehen. Weil Frieda dabeisitzt, weicht Firmian mit den Antworten aus, vertröstet die Frager auf später, wenn wir allein sind, jetzt geht das nicht, sagen seine Augen. Frieda ist die Verlobte: eine Bedienung. Die Brüder fragen sich, was Firmian Besonderes an ihr findet, wo er doch in jedem Hafen mindestens eine und so. Sie denken an die Weiber von Belém. Ob sie dort alle Pfeife rauchen? Ein Wort wie Rio macht sie ungeduldig. Ihnen fällt ein, was der Herr der sieben Meere schon alles erzählt hat. Sie kennen die Tangostrophen, die er aus Buenos Aires mitbringt. Sie summen mit, wenn er singt: *Ich will allein mit mir sterben, ohne Beichte und ohne Gott, an meine Schmerzen gekreuzigt, als würd von mir ein Groll umarmt.* Den Brüdern gefällt das: im Dienst ergraute Zuhälter, Gigolos, die verwelkte Rose im Knopfloch, Mädchen, die man Gefallene nennt. Jetzt erzählt Firmian von der Pfeife rauchenden hundertjährigen Indianerin auf dem Markt von Belém. Er erzählt, was dort alles feilgeboten wird, wonach es duftet, es kostet, wie er auf die Kalebasse gestoßen ist. Warum ausgerechnet diese Kalebasse? Ja, es gibt noch viele andere Kalebassen, gleichfalls beschnitzt, doch keine so rundherum, keine so ganz und gar. Und noch einen Grund gibt es, warum er ausgerechnet diesen Kürbis ausgesucht hat: weil er erzählt. Tausend Geschichten. Menschen sind abgebildet, Häuser, Viehherden, Vögel, Straßen, Schmetterlinge, sogar ein Omnibus. Firmian sitzt mit der Lupe vor der tätowierten Brust, und seine Bilder im Kopf sind viel schneller als seine Worte, mit denen er die Geschichten erklärt. Er sagt: Die Kalebasse erzählt, ich lege ihre Geschichten nur aus. Auf der Kalebasse erkenne ich eine Frau mit einem schweren Bündel auf dem Rücken. In der Hand hält sie eine Art Koffer, es könnte auch ein Sack sein. An der anderen Hand hängt ein Kind. Ein Hund springt um sie herum. Wahrscheinlich eine Indianerin auf dem Weg in die Stadt zum Markt, mit einer Kalebasse im Bündel, auf der eine Indianerin abgebildet ist mit einem Bündel, einem Kind und einem Hund – und in dem Bündel eine Kalebasse. Die Brüder lachen, Firmian lacht, Frieda weiß nicht, warum die Männer lachen, sie begreift es nicht, denkt: wieder einer der doppelbödigen Witze, wie sie von solchen erzählt werden, die zur See fahren. Ein Thulserner, der zur See fährt. Kurios. Ein junger Mann geht aus dem Gebirge zu Fuß nach Hamburg, heuert an, fährt mehrmals um die Welt, bringt eine Kalebasse mit nach Hause und fremde Namen: Belém, Buenos Aires, Shanghai, Caramba.

Firmian behauptet, es handle sich gar nicht um eine Indianerin, die mit einem Bündel und einem Kind und einem Hund in die Stadt will, auf den Markt. Er sagt: Seht her, das ist die Jascha. Unser aller Urmutter. Die schwarze Jascha aus den polnischen Sümpfen. Im Bündel ihr Hab und Gut, das Kind an ihrer Seite: Kosmas, unser aller Tüftler, der Erfinder des Thulserner Glockenspiels: *So trolln wir uns ganz fromm und sacht von Weingelag und Freudenschmaus, weil uns der Tod sagt Gute Nacht, dein Stundenglas rinnt aus.* So spielt es das Glockenspiel, erfunden und erbaut von Kosmas, dem Stolz der Sippe. Kosmas ist Firmians Großvater. Der Hund heißt Drago. Ein Wolfshund. Aus den polnischen Sümpfen. Wie die Jascha. Mit dem Vergrößerungsglas holt Firmian sie aus der Kalebasse heraus, läßt sie mit großen Schritten ausgreifen, läßt sie fest auftreten und stolz, die schwarze Jascha. Die hat einen Zopf gehabt, behauptet Firmian mit Hilfe der Kalebasse, die hat einen Zopf gehabt, an dem man ein halbes Regiment hätte aufhängen können. Und die andere Hälfte ist über sie hinweg, wirft Kaspar ein und heißt die Jascha ein läufiges Polackenweib. Schon ist der Streit in vollem Gang, weil Firmian nichts auf die Jascha kommen läßt, obgleich er sie nicht gekannt hat. Keiner von euch hat sie gekannt, gibt er zurück. Was wir über sie wissen, das wissen wir von Kosmas. Kosmas war ihr einziges Kind. Aber Kaspar will das nicht gelten lassen und sagt: bei der hatte jeder freie Bahn. Ab hinter den nächsten Heuhaufen und hoch mit den Röcken. Da fletscht der Herr der sieben Meere die Zähne und knurrt. Jetzt ist er Drago der Wolfshund, der nichts auf die Jascha kommen läßt und nichts auf das Büblein an ihrer Seite, das später das Thulserner Glockenspiel bauen wird, das am Ewigen Umgang arbeitet, wie es das perpetuum mobile nennt. Sein Lebtag wird Kosmas daran herumtüfteln, bis er eines Tages auf eine große Reise geht, einem schwingenden Rauchfaß entgegen. Aber da wird die italienische Flora schon im Kindbett geblieben sein und die Jüngste, Svea, wird schon das Luder geworden sein, weswegen ihr Vater durchgedreht habe wie seine Zahnrädchen, weswegen er schließlich auf und davon sei. Und ward nie mehr gesehn. Auf die Jascha läßt Firmian nichts kommen. Woher sie das Kind hat, den Kosmas, hat nie einer erfahren. Firmian sagt: Das kann nur die Kalebasse verraten. Sonst weiß das keiner. Immer wenn die Rede auf Jascha kommt, teilt sich die Familie. Frieda tut so, als ginge sie das alles nichts an. Frieda ist froh, wenn keiner ihren Vater ins Gespräch bringt, den Ziegler, der nach Berlin gegangen ist, große Sprüche ge-klopft hat, um eines Tages heimzukehren: mit einem steifen Bein und arm wie eine Kirchenmaus.

Der von dem Geld lebt, das die Frieda verdient in den Wirtshäusern, wo man sie gerne sieht, weil sie fleißig ist und freundlich, weil sie nichts dagegen hat, wenn sie einer einmal anlangt, weil sie dazu lacht und kein Bier verschüttet, weil sie vielleicht dabei an ihren Vater denkt, an sein steifes Bein und an den großen Durst, den er hat seitdem. Kaspar aber, der redliche Eisenbahner, will nicht glauben, daß er von der polnischen Jascha herkommt, daß sein eigener Vater übergeschnappt ist wegen des Ewigen Umgangs, an den er zu lange hinstudiert habe, wegen der Schande, weil Svea ein Luder wurde. Kaspars Frau Walburg ist still; sie denkt sich ihren Teil. Firmian weiß, auf welcher Seite sie steht. Bei seinem Bruder Luis ist er nicht mehr so sicher. Mal heißt Luis die Jascha eine Kohlenbüchs, mal gibt er zu, daß er nicht von den Röcken lassen kann, schon gar nicht, wenn sie zu einer Schwarzhaarigen gehören, zu einer Kohlenbüchs. Und Baptist? Baptist ist auf der Seite des Stärkeren: also diesmal auf der Seite des Vaters. Wenn der nicht da ist, dann ist Baptist auf der Seite der Mutter. Wenn die Mutter nicht da ist, hilft Baptist zu Luis, trotz seiner Weibsbildergier, die Baptist abstößt: Er frömmelt ein wenig. Wenn aber Firmian im Wirtshaus erzählt, von Brillantine im Haar, von den Ganoven und Schlawinern in Rio, wenn er das Kreuz des Südens herunterholt und vom Charme der Zuhälter spricht, vor allem aber, wenn er Tangos anstimmt auf der Ziehharmonika, dann ist Firmian der Bruder, mit dem zusammen er einst aufbrach, zu Fuß nach Hamburg. Von Thulsern. Aber Herr der sieben Meere kann immer nur einer sein: der mit dem Samtkragenmantel, der mit der Lupe in der Hand, über die Kalebasse gebeugt. Firmian ist gut für das Blaue vom Himmel. Sobald es dem Frühjahr zugeht, wird Firmian unruhig. Dann muß er wieder nach Hamburg. Dann ist es nicht mehr auszuhalten mit ihm. Dann wirft er den Kopf zurück, weil ihm die schwarzen Jaschahaare ins Gesicht stechen, wenn er in der Bude über dem Schraubstock hängt und feilt, dann schlägt er mit der Feile auf das eingespannte Eisenstück, daß die Funken fliegen: so lange, bis die Feile springt. Dann muß er wieder hinaus und hinauf nach Hamburg. Wie er sagt: hinaus und hinauf. Von der Jascha auf der Kalebasse wird er über kurz oder lang auf das Häuschen gekommen sein. Die Jascha hat noch in einem Verschlag gelebt. Schupfen mit Ziege, wie es im Grundbuch heißt. Dann hat der alte Ziegler eine Bude dazu gebaut. Eine Bude heißt man im Thulsernischen eine kleine feinmechanische Werkstatt. Eine Einmannfabrik. Kammern oder winzige Stadel mit Transmissionsriemen wegen der Wasserkraft aus dem nahen Gießbach. Der eine Bude aus dem Ziegenstall macht, ist der alte Ziegler. Er sucht einen Lehrling und findet den Kosmas. Kosmas aber baut später das Thulserner Glockenspiel: *So trolln wir uns ganz fromm und sacht.*

Kosmas schnappt um, verläßt Thulsern, geht auf die Walz; die Bude fällt an die Ziegler zurück. Friedas Vater kann Grund und Boden nicht halten: der Durst ist zu groß. Der biedere Kaspar braucht ein Häuschen für sich und für Walburg und für die drei Söhne. Kaspar ist für das Ordentliche. Kaspar ist für das, was sich gehört. Kaspar will immer die Kirche beim Dorf lassen. Bei ihm muß alles nach Fahrplan gehen. Schließlich ist er Eisenbahner, und bei der Eisenbahn gibt es keine Halbheiten, keine Schlampereien: wo kämen wir da sonst hin bei der Bahn? Punktum. Kaspar erwirbt ein kleines Stück Feld, das dem Bauer Schwaber gehört. Der verkauft, weil er zwölf Mäuler zu stopfen hat und weil sein Weib krank ist. Kaspar läßt den Stadel Stadel sein und baut daneben ein kleines Häuschen: unser Oma ihr klein Häuschen. Auch Zieglergeld wird mit verbaut. Die Söhne werden als Hilfsarbeiter beteiligt. Es wird Jahre dauern, bis die Burg beziehbar ist. Alles Gerümpel aber wandert in den Stadel, aller Plunder kommt dort zusammen. Schicht auf Schicht sammelt sich an. Zuletzt kann man gerade noch die Türe öffnen. Weiter komme ich schon nicht mehr, weil mir Pickel und Schaufel entgegenfallen, Arbeitskleidung, an der noch der Lehm vom Bau der Wasserleitung klebt, als müßte er aufbewahrt werden für alle Zeiten: wie die Kalebasse alles aufbewahrt, weil sie nichts vergessen kann, weil alles eingegraben ist in sie mit der kalten Nadel.

Mir haben sie die ehrenvolle Aufgabe zugedacht, wegen der Auflösung der Erbengemeinschaft den Stadel auszuräumen. Ausgerechnet ich habe die Ehre. Ich sei der Jüngste, jetzt müsse meine Generation ran. Außerdem habe ich es am weitesten gebracht von der ganzen Sippe: von der Jascha bis zur Gegenwart, von Drago, dem Wolfshund aus den polnischen Sümpfen bis zur Kalebasse, die mir im Stadel beim Entrümpeln in die Hände fällt, die mir offiziell als mein Erbteil zugesprochen wird, nebst Samtkragenmantel und Vergrößerungsglas.

Vor sich die Kalebasse auf dem Tisch, werden sie von Belém auf den Stadel gekommen sein, Schupfen mit Ziege, vom Stadel dann aber auf den Bau des Häuschens, auf meiner Oma ihr klein Häuschen, und es wird nicht lange gedauert haben, da werden sie auf die erste und die zweite Hypothek gekommen sein. Das Haus wird in ihnen umgegangen sein. Umgetrieben wird sie die Hütte haben.

Das Häuschen treibt einen Keil zwischen die Söhne und ihren Vater. Der eine will es so, der andere will es wieder so. Nur Baptist ist alles recht, was der Vater sagt. Baptist braucht immer einen Vater. Firmian kommt stets mit neuen Vorschlägen. Er erzählt, wie man in Shanghai baut und in Amsterdam, wie sie auf den Hebriden die Häuser kalken und wie die Dächer in Chile gedeckt werden. Firmian zeigt dabei mehrfach auf die Kalebasse, holt so ein Musterhäuschen heran mit der Lupe, heraus aus der Kürbishaut: her mit dem unwiderlegbaren Beweis. Aber die Mutter scheppert schon mit dem Geschirr, Frieda hilft beim Abtrocknen, und Kaspar, der Fahrplanvater, schiebt die Kalebasse beiseite, holt seine Baupläne hervor: so wird es gemacht und nicht anders. Diesmal ist es ein Balkon, der die Gemüter

21

erregt: soll er ums Haus herumgeführt werden wie ein Kranz oder soll nur die Südseite genützt werden?

Bald werden sie die Kalebasse in die Ecke legen. Über kurz oder lang wird sie weder als Anschauungsmaterial noch als Beweismittel anerkannt werden. Sie wird schweigen, als wäre von Jaschas Geliebtem die Rede, der Kosmas zeugt. Vermutlich wird der eine oder der andere aus der Sippe oder es werden alle zusammen und mit Vorsatz den Kürbis zuerst in den Keller, schließlich auf den Speicher, zuletzt aber in den Stadel legen zum anderen Krempel. Jahre später spielt Bruno, Firmians Sohn, noch einmal mit dem lederhäutigen Medizinball, bestaunt die Fabeltiere, die nicht vorkommen im Sanellaalbum und auf den Zigarettenbildchen, sieht Lamas und Einhörner und die Frau mit dem Bündel auf dem Rücken, einem Kind an der Hand, einem Hund, der an ihr hochspringt. Bruno wird über die Rätsel nachdenken, die ihm die Kalebasse aufgibt, ehe er beschließt, mit dem Nachdenken aufzuhören und Skispringer zu werden, Schanzen zu bauen, auf denen man Weltrekord fliegen kann. Wieder wird die Kalebasse in den Stadel wandern. Immer mehr Plunder sammelt sich um sie an, immer mehr Gerümpel schützt ihre Haut, wärmt ihr Gedächtnis, legt sich als Samtkragenmantel um sie – bis eines Tages einer kommen wird, dem aufgetragen wurde, den Stadel auszuräumen und die Erbengemeinschaft aufzulösen: weil auseinandergegangen ist, was in unsrer Oma ihrem kleinen Häuschen krampfhaft zusammengehalten werden sollte für alle Zeiten, weil die Großmutter ein Lieblingslied hatte, das sie vor sich hinsang, wenn sie mit dem Geschirr schepperte: *Fein sein, beinander bleibn,* heißt es. *Gscheit sein, net einitappn. Es steckt oft der Fuchs in der Zipflkappn.*

Der hier die Feder führt und dem sie das Ausmisten aufgehalst haben, der mit der Erbengemeinschaft nichts zu tun haben will, der erzählt, um vor sich zu warnen, und dabei

22

doch nur will, daß man ihn liebt, der es angeblich am weitesten gebracht hat von allen – also: Unserallerkind schwört Stein und Bein, auf sein Konto gehe, was an Rechnungen noch offen sei. Wie oft wird Firmian die Lupe noch herumreichen, wie oft wird noch ein Blick auf die Kalebasse geworfen, auf Sonne, Mond und Sterne, wie oft wird noch der Kopf darüber geschüttelt, daß es keine Hölle gibt und trotzdem die ganze Welt auf der Kugel ist, nicht ganz rund, wie eine auf den Tisch gestülpte tätowierte Brust mit Kuppe und Warze, wo der Himmel am größten ist und von wo aus die Welt ihren Lauf nimmt, weil der Kürbis von der rauhen Brustspitze aus sich bläht wie die Erdkugel vom Nord- zum Südpol? Wie oft wird die Rede noch auf Jascha kommen und Drago und das Bündel auf dem Rücken, das Kind an der Hand, wie oft noch auf Kosmas, den Tüftler, wie oft noch auf das Glockenspiel: wenn der weiße Ritter den schwarzen Ritter vom Pferd sticht, wenn die Kinder um den Hollerbusch tanzen, wenn der goldene Hahn kräht und den Schluß anzeigt, wenn der Sensenmann erscheint, wenn Stundenglas und Hippe sichtbar werden, ehe die Glock' Zwölfe schlägt?

Dann wird es vielleicht auch der Letzte der Erbengemeinschaft begriffen haben, was Kosmas meinte mit seinem *So trolln wir uns ganz fromm und sacht* und Walburg mit ihrem *Fein sein, beinander bleibn*. Wer glaubt noch, er sei längst über das hinausgewachsen, was und wie die Alten sungen? Wer traut sich? Erstmals in unserer Sippe wird zu Papier gebracht, was sich eingeritzt hat in die Haut, was eingeätzt ist mit der kalten Nadel. Das heiß ich mir Fortschritt, das heiß ich mir das Gegenteil von Verfall, das heiß ich das hundertfach geübte und geölte Regelwerk von Aufstieg, Höhepunkt und Niedergang auf den Kopf gestellt. In unserer Sippe ist es ständig nur aufwärts gegangen: von Jaschas Zeiten an. Wir stürzten. Aber wir stürzten immer hinauf. Jascha kommt aus den polnischen Sümpfen, mit ihr

Kosmas als Büblein und Drago, der Wolfshund. Kosmas wird Erfinder und geht am Schluß auf die Walz, einem schwingenden Rauchfaß in einer Kathedrale und somit dem Te Deum entgegen. Schon ein Fortschritt. Regula nimmt den Schleier, Benedikt wandert aus, Pirmin fällt für Kaiser und Vaterland. Keine Fortschritte? Da ist immer noch Svea: Svea wird ein Luder! Kaspar geht zur Bahn und ordnet die Welt nach dem Fahrplan. Sein Sohn Baptist wird Weichensteller, glaubt, Züge umleiten zu können, die längst abgefahren sind für ihn, und er sucht sein Lebtag einen Vater und noch einen darüber. Sein Sohn Martin wird zuerst Postjungbote, anschließend Gebirgsjäger. Unserallerkind aber hat es am weitesten gebracht von allen. Unserallerkind hat nur einen schwachen Punkt, nein: neuerdings sind es zwei. Diese Alfina und sein Gedächtnis, dem nicht nur das hier Aufgeschriebene anhängt, sondern künftig noch viel mehr: ein ungeheuerlicher Reichtum an Phantasie, der mit den Jahren nicht schrumpft, sondern wächst wie ein Geschwür, auch schwerer wird, versenkt im Gedächtnismeer, jederzeit abrufbereit, um aus dem Felsen Wasser zu schlagen – *zu bauen eine Kathedrale in der Wüste*. Was mir nachhängt ist die Erbengemeinschaft, die sich gegen den Gassenhauer entschieden hat und unser Oma ihr klein Häuschen nicht versaufen konnte. Ach, hätte sie doch! Dann wäre ich verschont geblieben. Dann wäre dieser Kelch an mir vorübergegangen. Dieses Aufräumen und Ausmisten. Dieses auf den Schrott damit und hinweg mit dem Schutt. Ausgerechnet mir müssen sie das anhängen, und ich kann mich nicht wehren, weil ich genau weiß, daß es jetzt an mir ist, das Staffelholz zu übernehmen und ein furioses Finale hinzulegen, zumal die nächste Generation schon ungeduldig in den Startlöchern scharrt. Noch tut sie so, als höre sie das Gras wachsen. Aber es wächst nicht mehr. Über nichts wächst es mehr, und der dies stocksteif behauptet, weiß, wovon er spricht: vom großen Gedächtnis, das nichts auslassen kann, vom feinen Sieb, das nichts durchlassen will, vom Schwemmgut, das sich ansammelt im Rechen am Wehr – so lange, bis es über die Ufer tritt, in jeden Keller dringt, in jede Ritze sickert, anschwillt zum Meer aus Nichtvergessenem. Unserallerkind weiß, was alles versinken kann darin und vergehen, denn ich allein entscheide es. Obenauf aber wird bis ans Ende aller Tage die Kugel schwimmen wie eine auf den Tisch gestülpte tätowierte Brust, ringsum beschnitzt mit der kalten Nadel. Die Kalebasse wird die einzige Boje sein in diesem Ozean: Riff und Leuchtturm zugleich.

Ein großes Fuder soll es geben, habe ich versprochen, sobald ich den Stadel ausgeräumt habe. Wenn es nach mir und nur nach mir gegangen wäre und ich keine Rücksichten zu nehmen gehabt hätte, dann hätte die Ortsfeuerwehr eine Pfundsübung veranstalten können. Den Kanister Benzin hätte ich eigenhändig verspritzt, wenn es hätte sein müssen im Sonntagsstaat: hätte Feuerchen gelegt mit Wonne, hätte den Plunder hochgehen sehen mögen, Asche zu Asche. Aber die Zündelei ist nicht mehr möglich, ist schon vergeben, ist schon zu oft strapaziert worden. Zu Zeiten, da noch die goldene Regel gegolten hat von Aufstieg, Höhepunkt, Verfall, war ein Feuerchen am Ende ein probates Mittel. Darin flackerten die skrupellosen Condottieri der ersten Generation und die schwächlichen Spätlinge, meist künstlerisch begabte Erben, die zu Außenseitern jener Gesellschaft wurden, die ihre Altvordern geschaffen haben. Wir aber leben in andern Zeiten, in solchen, da es unaufhaltsam aufwärts geht. Man braucht nur unsere Nachbarn zu fragen ringsum: alle glauben, wir leben im Schlaraffenland. Sollte das am Ende nicht stimmen? Wenn ich da bloß an den Schrotthandel denke, der so manchen reich gemacht hat in unseren Zeiten, da immer mehr weggeworfen wird und zum alten Eisen zählt.

Das Ausmisten von Nachlässen, das Auflösen ist eine Pro-

fession mit goldenem Boden. *Kaufe jeden Nachlaß*, lese ich
gelegentlich in schmucken Inseraten; kaum zu glauben, was
mancher bereit ist hinzulegen für das Gerümpel aus unsrer
Oma ihrem kleinen Häuschen. Wäre ich Alleinerbe, hätte
ich den Krempel dem Film vermacht.
Aber ich habe gewisse Rücksichten zu nehmen. Ich muß
zusehen, wie die Erbengemeinschaft auseinanderfliegt, eingedenk des Lieblingsliedes der Sattlerstochter: *Fein sein,
beinander bleibn*. Weil es meine lästerliche Form der Rache
sein wird, bei der öffentlichen Versteigerung nicht einen
Finger krumm zu machen, weil ich den Preis treiben werde,
aber nur so weit, daß ich weiß: jetzt kann keiner mehr
mithalten aus der Erbengemeinschaft, jetzt werden Kragen-
weiten und Schuhnummern zu groß für die Herrschaften,
die noch übrig sind aus meiner Sippe, in der ich es angeblich
am weitesten gebracht habe. Mit asperem Gelächter werde
ich es quittieren, wenn der Adlerwirt den Zuschlag erhalten
wird, so, wie ich es mir gewünscht habe beim Einfädeln der
Angelegenheit. Der Adlerwirt wird das Geld auf den Tisch
blättern. Der Adlerwirt: der längst alle Felder um unser
Oma ihr klein Häuschen aufgekauft hat, der ein riesiges
Hotel hinstellen wird, Panoramablick in die grüne Hölle
Thulserns, dem die Wolfsgrube längst gehört, in der meine
Sippe ihre lächerlichen Wolkenschlösser baute. Dem Adler-
wirt wird die Wolfgrube gerade noch gut genug sein als
Einfahrt für die Hoteltiefgarage. Er wird das Gelände un-
terhöhlen. Der Stadel, in dem Jascha und unsere Sippe ihren
Anfang fanden, wird den Arbeitern als Geräteschuppen
recht sein. Unser Oma ihr klein Häuschen dient als Latrine.
So wird es gerecht und nach meinem Willen sein. Als König
des goldenen Zeitalters gebe ich zu wissen und tue kund: Die
Zeiten sind vorbei und gelaufen, da man sich auf die heilige
Dreifaltigkeit von Aufstieg, Höhepunkt, Verfall verlassen
konnte. Dieses Modell ist ausgelaufen. Abgewirtschaftet
hat es. In den Achtzigern wird aufgebaut. Wir sind wieder

wer, und wir können uns sehen lassen. Wir bauen auf in unserer Vorkriegszeit, als wäre gerade wieder einmal ein Krieg vorbei, den wir, wie den letzten, lediglich in den Geschichtsbüchern verloren haben. Als läge wieder einmal zu unserem Segen einiges von dem in Schutt und Asche, was ewigwährender Wohlstand zuwege gebracht hat an vierzig-jährigem Auswurf. Unserallerkind als Auflöser, als Abwart, Kalebassenleser und wieder einmal einziger Chronist seines Thulsern. Bedarf es noch weiterer Erklärung? Ich bin in meinem Element.

Das Schlaraffenland liegt drei Meilen hinter Weihnachten, und der Weg dorthin führt erst rechts, dann links oder auch umgekehrt. Rings ist ein großer Berg von Kuchen. Der ist drei Zonen dick, und wer ins Land hinein will, muß sich erst durch den englischen und den französischen und den ameri-kanischen Kuchen fressen. Die Häuser aber in dem Lande sind mit Eierflecken gedeckt, die Türen sind von Pfefferku-chen, die Fensterscheiben von Zuckertafeln und die Wände aus Speckseiten und Schweinebraten. Um jedes Haus ist ein Zaun von Bratwürsten geflochten, manchmal kalt und manchmal braun gebraten. Für durstige Seelen ist es erst recht eine Lust hier, denn in Brunnen, Bächen und Strömen fließen Wein und Bier. Solche Kunde gibt die Kalebasse, auf der all das Merkenswerte eingraviert ist: die Jascha, Drago, unser Kosmas, das Glockenspiel, *So trolln wir uns,* der Ewige Umgang, Benedikt, der auswandert, Kaspar, der den Fahrplan liebt, Pirmin, der im Feld bleibt wie Luis, gefallen als Kurier in einem Schneeschuhbataillon, der Herr der sieben Meere und sein Sproß Bruno, der fliegen wollte, Baptist, dem sein Lebtag ein Vater nicht genug war und der deshalb nie einen Standpunkt fand, Walburg, *Fein sein, beinander bleibn,* Frieda, die kein Bier verschüttete, und Kathi, die ahnungslos blieb in ihrem Drang zum Höheren um Nase, Kinn und Mund, die italienische Flora im Kind-bett, Svea, das Luder, nebst Regula, Braut Christi, Lorenz, der Baumbeschneider aus Mühlacker, Raimar aus Leipzig und Erna, seine Mutter, sowie Martin und seine Gänse Emma, Jella und Karla, eine dümmer als die andere, Dummheit und Stolz wachsen auf einem und alle, die da fallen, bis Unserallerkind sie auffängt im Samtkragenmantel mit offenen Armen, nein: bis sie Unserallerkind in die Hände fallen nach und nach. Sie alle wollten ins Schlaraffenland und steckten doch in Schlamm und Sand, erzählt die Kalebasse. Sie schreit es hinaus, mir mitten ins Gesicht, meine Alfina. Wer aber zu faul ist, steht geschrieben, die Hände auszustrecken, der darf nur den Mund aufsperren, so fliegen ihm die gebratenen Hühner, Gänse, Tauben und Wachteln hinein und haben im Rücken gleich Messer und Gabel stecken.

Erstes Buch

Der süße Brei

Das erste Kapitel erzählt von einer amerikanischen Idee,
von deren Auswirkungen, von Chronistenpflicht
sowie von einer Zwangslage,
in die einer unversehens geraten kann.

Inzwischen wird der Brei immer mehr und mehr, und es dauert nicht lange, da wälzt er sich schon dick wie eine Wolke durch die Tür und das Fenster auf den Dorfplatz, auf die Straße ... So ist es vorgesehen, und einmal mehr bin ich Zeuge. Als Zeitgenosse und einziger Chronist meines Thulsern strenge ich mich erneut an, beharrlich erzählend vorauszusehen, wie es gewesen sein könnte, wenn es dereinst geschähe.

Die Sache, über die ich diesmal berichte, heißt *Der süße Brei* und wird von der MacDonnald Unltd. produziert.

Die Verfilmung des Schlaraffenlandes ist eine amerikanische Idee: wie der Muttertag.

Hauptschauplatz: Schloß Neuschwanstein.

Sämtliche Außenaufnahmen: in Thulsern.

Dabei habe ich, zugegeben, als Autor ein wenig nachgeholfen. Schließlich bin ich das meiner Heimat schuldig.

Erst nach zähem Für und Wider hat dieses lieblich schwebende Grenzland den Zuschlag bekommen. Immerhin könnten Aachen auf seine Printen, Lübeck auf Marzipan, Frankfurt auf seine Würstchen verweisen.

Wieder einmal braucht eine amerikanische Idee uns als Kulisse. Für besondere Einstellungen empfiehlt sich Oberbayern. Insgesamt jedoch bietet Thulsern für die Bebilderung des Schlaraffenlandes alle Vorteile. Nirgendwo ist unsere mausgraue Republik so gemütlich eingedickt, so heimelig wellig, bucklig und krumm, nirgendwo sind die

Spazierwege sauberer geteert, nirgendwo herrscht fröhlicheres Immergrün, nirgendwo ist die Verbunkerung besser getarnt, nirgendwo wird, was stören könnte, geschickter unter den Teppich gekehrt. Kurz und gut: unser Thulsern zwischen Innerfern und Neuschwanstein ist die ideale Kulisse zur Verfilmung westlich zivilisierten Lebensgefühls. Es ist ein Land, entstanden aus des Teufels Brauspruch. Hinter den Säulen des Herkules liegt dieser Roßapfelkontinent von besonderer Güte. Thulsern kommt gleich nach der letzten Sprosse der Himmelsleiter. Es ist die Region der ins Kraut geschossenen Maul- und Freßhelden. Nicht umsonst hat hier die bedeutendste Käsebörse Zentraleuropas ihren Sitz, nicht umsonst amtiert ein Thulserner als Ernährungsminister. Ein Dorado der Feinköster und Feinschmecker, kennt Thulsern jenseits von Montag weder Werden noch Vergehen, sondern es denkt allein nur noch an die Gegenwart.

Wer tölpisch ist und gar nichts kann, gilt in Thulsern als Edelmann. So singen es die Kleinsten des wahren Porcolandria schon im Kindergarten. Mit Weidenruten ist diese Mund-und-Gurgel-Provinz an den weißblauen Himmel von König Schmerbauch gebunden, Heilquellen sprudeln um die Wette, Käse-Lehr- und -Wanderpfade durchkreuzen die Wiesen, Sanatorien bekämpfen Kropf und Alter, Jodbäder verheißen ewige Jugend. Hier ist jedes Häuschen zum Anbeißen. Fichten und Tannen tragen das ganze Jahr über Lametta und Stricknadeln, die Reklamezweiglein in den Schaufenstern und Vitrinen neigen sich schwer von Brezeln und Zuckerwerk, eine Brotboutique macht der anderen den Rang streitig.

Thulsern ist das strotzende und schmatzende Sinnbild für den Schlaf der Vernunft, den man dort für den des Gerechten hält.

Wer freilich ins Thulsernische will, muß sich durch drei Meilen Müll fressen, durch einen Berg aus Rotz und Tränen, bis zu den Knien muß er durch Gülleströme waten. Blinde und Stumme allein kennen den Weg, auf den sich einer nur macht, weil er Hunger hat.

Hier also soll der trägste aller kollektiven Träume ins Bild gesetzt werden. Hier wird die menschheitsgeschichtliche Dimension des Schlaraffenlandes aus dem Abseits der Matratzenwerbung, der verharmlosenden Kinderfabel oder der freimaurerischen Geheim- und Logenbündelei erlöst.

Pieter Bruegels Gemälde mit den drei ruhenden Schlemmern unter einem Baum soll lebendig werden, Edward Elgars *Cocaigne Overture* wird erklingen.

Das ganze zwischen Gott und Satan eingeklemmte Thulsern wird zum Musterkukanien werden, und jeder seiner Bewohner verspricht sich ein Stück vom großen Kuchen.

Mit der Idee wird ein Bild um die Welt gehen und in der Sahelzone so bekannt sein wie am Baikalsee. Überall wird man den Thulserner erkennen, wie er sein Maul aufsperrt nach gebratenen Tauben: die Vision vom Triumph des Bauches über den Kopf. Meiner Chronistenpflicht gehorchend werde ich mich anstrengen, den Köchen des *Süßen Breis* in die Töpfe zu schauen und auch die Kehrseite ins rechte Licht zu rücken. Ich habe mich gründlich und umfassend vorbereitet. Aber mitten in diese Vorbereitungen schlug der Blitz ein. Mitten in diesem Zustand widerfuhr mir etwas, das mich fast auf den Kopf gestellt und von meiner ernsten Aufgabe abgelenkt hätte. Fast und beinahe. Ich wage es schier nicht zu gestehen; kaum daß es gelingt, milde davon abzusehen.

Verliebt bist du nicht, der du heute warst.

Ich weiß: Solches auch nur zu erwähnen, gilt als peinlich oder als lächerlich, aber ich halte dagegen: Es gilt nur, wenn dabei das Geheimnis verraten wird.

Ich weiß Bescheid.

Ich weiß: Alle Liebesgeschichten können nur unglücklich enden.

Ich weiß: Das liegt in der Natur der Sache.

Ich weiß: Ein schlimmes Ende ist normal, und man kann von Glück sagen, wenn es kein lausiges nimmt.

Es ist gar nicht nötig, die klassischen Beispiele zu bemühen.

Ich weiß: Alle Liebesgeschichten haben ein und denselben Drehplan – um später zu wissen, welche Tränen zu weinen gewesen wären.

Ich weiß.

Schon zucken alle mit den Schultern.

Schon heben alle die Hände und winken ab.

Kennen wir.

Ist alles sattsam bekannt.

Ersparen wir uns die Einzelheiten.

Aber ich halte dagegen: Alles Wissen nützt nichts.

Derlei läßt sich nicht verhindern, allen endgültigen Sätzen darüber zum Trotz.

Meine Liebste heißt Alfina, und nie werde ich wissen, ob dieser Name etwas mit dem Ende zu tun hat oder mit dem Endgültigen. Wie dem auch sei: Sie hat veranlaßt, was ihr jetzt zugeeignet ist. Sie allein kennt den Preis. Mehr darüber oder über Alfina selbst zu sagen, hieße schon, das versprochene Geheimnis zu lüften, das gegebene Wort zu brechen.

Bekanntlich lösen zwei Dinge die Zunge: die Liebe, wenn sie plötzlich kommt – und der Tod, wenn er zaudert.

Aber schon jetzt weiß ich: Jedes Wort kann uns voneinander entfernen, denn ich muß meiner ahnungslos Liebenden klarmachen, was es heißt, sich mit einem wie mir einzulassen. Ich muß meine geliebte Alfina aufklären über mich. Sie allein verdient es, alles zu erfahren, was über mich und mein Herkommen zu sagen ist. Für Alfina muß ich mich durch den süßen Brei fressen, und ich kann es ihr nicht ersparen, daß auch sie manches schluckt.

Schon jetzt weiß ich: All meine Anstrengung kann nur darauf zielen, Alfina von mir abzubringen, ihr gründlich

34

abzuraten von mir, der ich mich paradoxerweise doch nur plage, um geliebt zu werden.

Es ist wie verdreht: In alten Zeiten wurde erzählt, um die Dame des Herzens zu gewinnen.

Ich dagegen muß erzählen, um zu zerstören, wonach ich verlange. Ich darf meine Alfina nicht im ungewissen lassen über mich. Jeder von uns begegnet der Liebe nur einmal im Leben, und es ist das Mindeste, daß sich die Liebenden alles sagen, denn die Zeit ihres Glücks ist allzu knapp bemessen. Noch weiß ich nicht, wie ich dies aushalte. Noch weiß ich nur, was darüber in alten Büchern steht: »Die Liebe nimmt das Herz aus dem Leib und legt es in den Schnee wie einen geschlagenen Fisch.« Und es wird gesagt, daß der Schmerz nicht blaß wird vom Vorbeigehn vieler Zeit.

Die Vorbereitung aber auf meine Arbeit als einziger Chronist Thulserns verbot mir solche Lektüre. Ich hatte mich um den *Süßen Brei* zu kümmern und um nichts sonst. Meine Bibliothek bestand zuletzt nur noch aus Kochbüchern. Schon bewegte ich mich in einer Welt aus Teigwaren, Rosenwasser und Muskat, schon diktierten Sülze und Schweineschmalz meine Tage, schon drehten sich meine Träume um Nüsse und Rosinen, Mandeln, Zucker und Zimt, Safran und Vanille, schon dachte ich nur noch an gebratene Tauben, Hammel, Mastochsen und Ferkel, in denen längst Messer und Gabel steckten.

Wo andere einen Kopf sahen, sah ich einen Kürbis!

Jascha

Dieses Kapitel erzählt von unserem Herkommen,
von unser aller Urmutter Jascha
aus den angeblich polnischen Sümpfen,
von ihrer Theaterspielerei, ihren Traumgesichten
und vom Lösen und Flechten des Zopfes,
es verbindet eine graue alte Stadt am Meer
mit Thulsern einwärts im Gebirg und geht,
wohin auch immer es die Kalebasse lenkt,
stets der Nase nach.

Laß ab von mir, Alfina, laß ab. Du weißt nicht, in wen du dich verliebt hast, du kennst nicht mein Herkommen. Die Kalebasse wird es dir erzählen: hör nur, wie die Kerne in ihrem Innern aufeinandertreffen wie Murmeln.

Früher oder später einmal wird Kosmas nach seinem Erzeuger gefragt haben und wissen haben wollen, wem er sich verdankt. Kosmas wird wissen haben wollen, woher und warum und unter welchen Umständen. Kosmas hatte keine Kalebasse, die er hätte fragen können. Kein Samtkragenmantel ist auf ihn gekommen mit einem Vergrößerungsglas in der Tasche, keine Erbengemeinschaft wartete darauf, aufgelöst zu werden. Diese Last haben sie mir aufbewahrt. Was kann die Jascha ihrem Büblein sagen von unserem Herkommen? Kann Drago, der Wolfshund aus den polnischen Sümpfen Auskunft geben? Was weiß er, wobei hat er hechelnd, wobei speichelnd, wobei bloß schläfrig zugesehen? Oder ist auch er früher oder später erst auf Jascha gestoßen? Stimmt überhaupt, was immer wieder stocksteif behauptet wurde, daß die Jascha mit ihrem langen Zopf, an dem man ein halbes Regiment hätte aufhängen können, aus den polnischen Sümpfen auf uns ins Thulsernische gekommen ist, und wo, bitte, sollen diese Sümpfe genau liegen im Polnischen? Fragen über Fragen, Ungeklärtes zuhauf.

Also gut, sagt die Kalebasse: Lassen wir einmal draußen die Winde schreien, versetzen wir uns in eine Stadt, hoch droben im Norden, weit drüben im Osten. Es muß eine alte Stadt am Meer sein. Denken wir also an graue Kirchen, an Gruftkapellen und schwere gemeißelte Grabplatten, an einen Domberg. Dort sind die Dämmerungen zu Hause, die Nebelwolken und das Schneegestöber, von dort heißt es: *Im hohen Sommer geht die Abendröte mählich hinüber in den roten Morgenschein, und mitten in allem Leben sind die Toten gegenwärtig. Se ik vore efte achter my, ik vole den dot my alle tyt by.*

Aber alle Zeiten sind auch erfüllt von öfterem Augengezwinker, und jeder Tod hat, heißt es, auch sein Gelächter. So ermöglicht es mir die Kalebasse, daß ich unsere Erinnerungen abhole und alles, was mit der linken Hand im Laufe der Zeit ergänzt wurde.

Jascha kam aus den polnischen Sümpfen und hatte Drago bei sich, den Wolfshund. Kosmas hatte später das Glockenspiel und den Ewigen Umgang, sein Perpetuum mobile. Der alte Ziegler hatte seine Geiß und seit seiner Heimkehr vor allem Durst. Die italienische Flora pflegte den Schattenriß und hatte Schere und Papier. Benedikt hatte Fernweh, Pirmin mußte haben ein Gewehr, Regula nahm den Schleier, Svea wurde ein Luder. Kaspar hatte den Fahrplan, Walburg den Gesang: *Fein sein, beinander bleibn.* Baptist brauchte immer einen, der ihm sagte, was zu tun sei: er gehorchte für sein Leben gern. Luis hatte seine Kohlenbüchs, Firmian war der Herr der sieben Meere, Bruno träumte von Flugschanzen, Martin von Kurgastmädchen, Unserallerkind hat das Schlaraffenland und somit einen ganzen Menschheitstraum. Jeder von uns hatte einen Stern, dem er folgte. Keinen gab es, der ohne seine Vision geblieben wäre. Die Kalebasse verzeichnet jeden von uns. Stets haben Wünsche unser Herkommen entschieden, immer waren es Hirngespinste, Kopfwolken, Kuckucksheime, die unsere Wege bestimmten.

Hirngespinste und Feste.

Als Jascha noch nicht in der Hoffnung war mit Kosmas, sondern irgendwo im Osten saß, vermutlich zwischen vielen Kindern, die ihrer Obhut anvertraut waren, wurde gerade ein Fest gefeiert.

Genauer gesagt findet das Fest in einem Buch statt, aus dem Jascha der lärmenden Schar vorliest. Schon nach dem ersten Wort werden die Kinder still, spitzen die Ohren, stecken zur Sicherheit einen Finger in den Mund, die Kleineren sogar die ganze Faust. Jascha liest vor: in der einen Hand das Buch, in der anderen das Fellhaar von Drago, der immer schon um sie herum war und sie nicht aus den Augen läßt, weder bei Tag noch bei der Nacht. Jascha ist eine wunderbare Vorleserin. Sie träufelt den Kindern die Worte ein wie Honigmilch, sie kann langsamer werden und schneller, lauter oder sehr leise oder das Tempo so steigern, daß ein Satz schrill und auf der Höhe abbricht, sie versteht sich auf jede Schleife und läßt keine Abschweifung verkommen, noch die kleinste Kleinigkeit ist ihr kostbar. Alles will sie geben in ihrem Eifer, und wenn sie vorliest, ist ihr, als schreibe sie das Buch selbst, das sie in der Hand hält.

Jascha legt ihren schwarzen Zopf auf die Schulter, streichelt Drago, den Wolfshund und hebt zu erzählen an: Also ward volendet Himel und Erden mit ihrem gantzen Heer. Vnd also volendet Gott am siebenden Tage seine Werck die er machet / vnd ruhete am siebenden Tage von all seinen Wercken aus. Vnd segnete den siebenden tag vnd heiligete ihn / darumb / das er an demselben geruget hatte von allen seinen Wercken / die Gott schuff vnd machet. Jascha sitzt inmitten der Kinder, die inmitten eines sonnenbeschienenen großen Raumes sitzen, der inmitten eines großen Hauses liegt, dessen Eingang von Säulen geschmückt ist, zu dessen

38

Türe Marmortreppen hinanführen. Das Haus steht inmitten einer Stadt, die liegt am Finnischen Meerbusen und heißt Reval, estnisch Tallinn, russisch Rewel, gegründet von Waldemar II. von Dänemark an Stelle der Estenburg Lindanisa, 1225 der Hanse beigetreten, seit 1346 zum Deutschen Orden gehörig, 1561 an die Schweden gekommen, 1710 an Rußland. Die Jascha ist Kindermädchen bei einer Herrschaft, die Wert darauf legt, daß den Blagen regelmäßig aus der Bibel vorgelesen wird. Und da Jascha Feste und Feierlichkeiten liebt und eine hübsch anzusehende junge Frau ist, die gut in Strumpf und Mieder steht, beginnt sie ihre Geschichten meist mit der Erschaffung des Sonntages. Sobald der erste Feiertag in die Welt und unter die Kinder gekommen ist, weiß Jascha die Hauptfeste der Israeliten herzusagen: Dis sind die Feste des Herrn / die ir heilig und meine Feste heißen sollt / da jr zusamen kompt. Und die Kinder wiederholen im Chor: Sechs tage soltu arbeiten / der siebente tag aber ist der große heilige Sabbath / an dem solt jr keine Arbeit tun. Die Kinder lutschen am Daumen, die Kinder lutschen an der ganzen Faust, die Kinder bekommen gesagt: wer am Sabbath arbeitet, wird mit dem Tode bestraft. Die Jascha lehrt sie Zauberworte. Die Zauberworte heißen: gesäuerte Brote, Brand-, Speise-, Dank- und Sühneopfer, siebenjährige Lämmer und Leibkasteien, die Jascha begeistert sich an den drei großen Festen. Die Jascha kennt eine Geschichte mit einem brennenden Dornbusch. Die Jascha weiß noch mehr. Sie weiß vom verlorenen Sohn, und sie weiß, was der Vater aber zu seinen Knechten sprach: bringet das beste Kleid, sprach er, wiederholen die Kinder im Singsang in Reval, estnisch Tallinn, russisch Rewel, legt es ihm an, legt ihm einen goldenen Reifen um den Arm, singen und sagen die Kinder, und Schuhe an seine Füße, bringt ein gemästetes Kalb, befiehlt die Jascha, schlachtet es, steht in dem Buch, und lasset uns essen und fröhlich sein. Die Jascha hat es mit dem Feiern, den Festen und dem Fröhlichsein. Das hat sie sich vorgenommen, schon als sie noch klein war und Kind und in einer Kate, ständig verrußt und verraucht, aufgezogen von einer Alten ohne Mann, die ihr Drago an die Seite stellt, der nicht mehr von ihr weicht seit dieser Stunde. Es stimmt gar nicht, daß die Jascha aus den polnischen Sümpfen kommt. Das hat unsere Sippe erst später erfunden und beharrlich behauptet, als könnte sie damit eine Schuld tilgen oder verwischen, die gar keine ist, sondern ganz im Gegenteil: das Grundkapital. Aber das erkannten sie nicht, da waren sie blind auf beiden Augen, taub auf beiden Ohren, das hat mir erst später, viel später alles die Kalebasse erzählt, zugeflüstert hat sie es mir und herangeholt, ganz genau. Deshalb weiß ich davon, deshalb kann ich erzählen, ausnahmsweise einmal ich und nicht die Kalebasse, der das Erzählen zusteht von Rechts wegen: ihr und nur ihr und nicht einem seelenverliebten und leidenslutschenden Ich oder sonstwie einem Persönchen aus dem Erbengemeinschaftszirkus.

Danach verwandelt die Jascha Wasser zu Wein und spielt mit den Kindern wochenlang die Hochzeit von Kanaan mit sechs steinernen Krügen, bis es die Gnädige verbietet mit barschen Worten. Die Jascha aber schließt diese Lektion mit der Vision des neuen Jerusalem, Offenbarung Johannis 21, Vers 1 bis 27, spricht von zwölf Toren, weiß von zwölf Engeln darauf und kennt die Namen der zwölf ersten Geschlechter.

Als die Jascha noch nicht mit unserem Tüftler Kosmas schwanger ging, als sie nichts um sich hatte als anderleuts Kinder und Drago, den Wolfshund, gab es noch keine Kalebasse. Die brachte erst später mein Onkel Firmian mit aus Belém, der Herr der sieben Meere. Damals war die Jascha eine junge Frau ohne Ahnung, zwar gut im Strumpf stehend und im Mieder, doch ohne Schimmer von der Bedeutung einer tätowierten Brust. Die Erde lag noch wüst und leer. Was die Jascha von der Welt weiß, das verdankt sie ihrer gnädigen Frau. Die Gnädige bringt Klatsch mit aus den besseren Kreisen, in denen sie verkehrt. Dort wird mit neuesten Ideen gehandelt, dort wird besprochen, was zu verwerfen ist und was anzunehmen, dort hält man sich, wie immer in solchen Kriesen, für den Nabel der Welt, dort gibt es stets das Neueste aus Sankt Petersburg, vom Zarenhof, aus Frankreich, aus Berlin. Was umläuft in diesen Kreisen, bestimmt die Anweisungen, die von der Gnädigen an unsere Jascha weitergegeben werden. Die Gnädige also ist es, die im Kopf der Jascha die Feuerchen entfacht, die sie schier nicht mehr löschen kann, die sie umtreiben beim Spiel mit den Kindern, die ihr Namen zuspielen, die sie noch nie gehört hat, die sie nie mehr vergessen sollte.

Während Jascha ihren Zopf flicht und während Jascha ihren Zopf löst, während sie bügelt und wäscht, das Haus der Herrschaft sauber hält, denn es ist ein vornehmes Haus, eine gute Adresse in Reval, während Jascha kocht und putzt und tut, was ein Dienstbote zu tun hat, überlegt sie, welche Szenen aus der biblischen Geschichte sie als nächstes mit der ihr anvertrauten Kinderschar spielen wird. *Siehe, ich bin eine Magd des Herrn und mir geschehe nach deinem Worte. Der Engel aber sprach: fürchte dich nicht, denn du hast Gnade gefunden. Du wirst einen Sohn empfangen. Dieser wird groß sein und der Sohn des Allerhöchsten genannt werden. Er wird herrschen in Ewigkeit und sein Reich wird ohne Ende sein.* Das will sie spielen. Jascha ist vernarrt in biblische Geschichten. Die Gespräche über religiöse Themen im Salon der Herrschaft interessieren sie am meisten. Sie paßt genau auf, wenn sie kredenzt und mit dem Wein herumgeht, um nachzuschenken. Während Jascha an die Worte des Nikodemus denkt, während sie die Samariterin und den Herrn zusammenführt, während der Herr in Kapharnaum wirkt und einen Gichtkranken heilt, während der Jüngling von Naim von den Toten erwacht und das Gleichnis vom Unkraut dem Gleichnis vom Sämann folgt und diesem die fünf kleinen Gleichnisse vom Himmelreich, während all der anderen Gleichnisse vom unbarmherzigen Knecht und vom unfruchtbaren Feigenbaum, vom barmherzigen Samariter, vom reichen Prasser und vom armen Lazarus, von den zehn Aussätzigen und den Arbeitern im Weinberg, von den Talenten und den klugen und den törichten Jungfrauen, welche auch die Kalebasse allesamt versammelt, kann ich mit Hilfe der tätowierten Brust erzählen, was die Jascha umtreibt in ihren Träumen, was ihr den Schlaf raubt und bleischwer auf sie drückt.

Unser Herkommen verdanken wir nämlich Jaschas Traumgesicht. In den Salongesprächen hat sie zum ersten Mal von ihm gehört, zu dem es sie zieht seitdem unwiderstehlich.

Wer ist der Mann, der allnächtlich wiederkehrt in Jaschas Träumen und sich bald nicht mehr nur mit den Nächten begnügt, sich bald nicht mehr zufriedengibt mit Jaschas bescheidener Kammer und den wenigen Stunden des Schlafes, sondern der in den Tag hineingreift und sich festsetzt in Jaschas Kopf, sich einnistet unterm pechschwarzen Haar, sich an ihren Zopf hängt und nicht mehr von den Gedanken der Magd des Herrn lassen will?

Wer ist dieser Mann?

Mit offenen Augen träumt Jascha nach, was sie von den Salongesprächen der Herrschaft aufgeschnappt hat als Konterbande. Sommerbilder sind es aus einem Tal, weitab im Westen, einwärts im Gebirg, Bilder mit Blumen vor den Fenstern, mit Fachwerk, Reben sogar, Wein und Wald, dazwischen Dorfnamen, die fremd klingen in Jaschas Ohren, geheimnisvoll und auch ein wenig bedrohlich. Helle Bilder. Nicht diese alte graue Stadt am Meer. Nicht diese Gruftkapellen und der Domberg. Nicht diese gemeißelten Grabplatten, die Nebelwolken und das Schneegestöber. Nein: helle Bilder. Eine Lindenallee schiebt sich ins Bild. Die Kalebasse holt eine Lindenallee heran mit hundertsechzig Linden, auch efeuverwachsene Hohlwege, überwölbt von den weichen Kuppeln der Bäume. Der Mann, von dem Jascha träumt, könnte plötzlich aus einem Torbogen treten, sogleich würde sie ihn erkennen: Kandidat der Theologie und Philosophie, der künftige Pfarrer in diesem gottverlassenen Seitental. Seine mehrtägige Pferdewagenreise aus der Stadt endet im winterwüsten Gebirge, vor Schmelzwassern, Bauern kommen entgegen und tragen sein Gepäck talaufwärts: Anfang eines widerständigen Lebens. Da ist nichts von einem Landgeistlichen, wie er eine Idylle ziert. Da ist kein Vollglück in der Beschränkung. Da sind nämlich Sturheit und finstrer Aberglaube, große Schulden, kleine Einnahmen, Undankbarkeit, Demütigungen. Da ist ein seit Wochen von den Bauleuten im Rohzustand verlassenes Schulhaus in einer Gegend, die nichts ist als erbarmungswürdig.

Helle Bilder?

Raubritter, der Schwed, immer nur Krieg, Pest und Hexenwahn, ein ebenso mißtrauisches wie geschundenes Volk, ängstlich reformiert, ohne gefestigt zu sein, übervoll mit Zauberei und Dämonie, die den jungen Studierten fragen läßt: muß man Hexen consultirn, wenn die Kuh, die kaum zu fressen findet, kein Milch nit geben will? Nach dem Teutschen Krieg ist das Tal so gut wie leergestorben. Aussiedler füllen es wieder auf: aus dem Rhätischen, aus dem Ladinischen, aus Savoyen und aus dem Wallis. Ein abscheulich gurgelndes Sprachgemisch entsteht, kehlig und kropfig bis auf den heutigen Tag.

Davon hört die Jascha, weiß nicht, was das alles bedeutet und kann es sich dennoch vorstellen: übergenau.

Sie hört von einem Kirchspiel aus fünf Dörfern und drei Weilern, erkennt, wie weit sie davon entfernt ist in Reval am Finnischen Meerbusen. Wanderlehrer sieht sie reihum in Wohnstuben unterrichten. *Die steinigen Täler sind sehr arm,* notiert der Studiosus mit Prädikatsexamen, der auf eine glänzende Universitätslaufbahn verzichtet zugunsten seiner Vision, *und Reiche heißen nur die, die weniger Not leiden. Sie wohnen unter Strohdächern, gehen in Holzschuhen und nähren sich von einem geringen Ackerbau und unbedeutender Viehzucht. Ihre Speise sind Kartoffeln, Fleisch essen viele das ganze Jahr nicht. Holz zum Brennen und Bauen ist hier beinahe so selten als Brot, das Geld noch viel mehr.*

Und dahin zieht es die Jascha. Wegen dieses Mannes. Wegen seiner Ideen.

Dorthin zieht der junge Mann aus vornehmer Familie, nachdem er mehr als zehn Jahre studiert hat: außer Theologie vor allem alte Sprachen und Naturwissenschaften, eingeschlossen ein Praktikum in Chirurgie. Was will Jaschas Traum in einem Tal am Ende der Welt? Was will Jascha aus Reval mit einem, den sie nur traumhaft und vom Hörensagen in den besseren Kreisen kennt, wo sie immer wieder ein Stückchen und noch eines über ihn erfährt?

Jaschas Traum nimmt Kenntnis von der Arbeit seines Vorgängers im Amt. Hätte Jaschas Traum eine Kalebasse gehabt, was hätte sie ihm vom Vorgänger sagen können? Daß er ein *Methodisches Alphabet* nach Silben zum Erlernen der Sprache verfaßte, mit hundert Büchern die erste Leihbücherei Thulserns errichtete, ein Gesangbuch herausgab, einen Katechismus verfaßte, zur Förderung des Ackerbaus landwirtschaftliche Versuche anstellte. Somit den Boden bereitete für Jaschas Traum. Und was macht der einstweilen? Er gibt Privatstunden, wird Hauslehrer bei einem Chirurgus, lernt dort den Umgang mit den wichtigsten Instrumenten, absolviert schließlich erfolgreich seine Disputatio *Über die Vorzüge und die Beschwerlichkeiten des theologischen Studiums*. In den Salons zu Reval debattieren die Herrschaften über Daniel 12,3: *Die, so viele zur Gerechtigkeit weisen, werden leuchten wie die Sterne immer und ewiglich.* Jascha erfährt, dies sei der Leitspruch ihres Traumes. Auch in die Kalebasse ist dieses Wort eingegraben. Jaschas Traumgesichte aber verzeichnen auch störrische Bauern, ein eigensinniges und grobes Hinterwäldlervolk, aus dem einer eines Tages ein in ganz Europa vorbildliches Gemeinwesen schaffen will: ein Träumer? Einen Stich spürt Jascha, als sie von der Hochzeit ihres Traumes hört: mit einer seiner Kusinen, die städtisch gewandet ins Tal gekommen war, um sich in der guten Luft zu erholen. Aber der Stich verheilt, denn in den Salongesprächen wird gerühmt, wie sich die junge Städterin den Herausforderungen der wilden Gegend stellt, wie sie ihrem Mann zur Hand geht, dem sie neun Jahre nach ihrem frühen Tod schier allnächtlich erscheinen und Botschaften übermitteln wird. Die Kalebasse zitiert, was andere über Jaschas Traum sagen: *In jeder Tätigkeit, der die Gleichgültigkeit genommen ist, leuchtet für ihn die Ewigkeit.* Und wie sieht sich der Traum selbst? Als eine Mischung sich widersprechender Eigenschaften, sagt die Kalebasse. Mit Verstand, aber auch mit beschränkten Geisteskräften, standhaft, doch nachgiebig, reizbar, kühn und insgeheim feig, nachtragend, rachsüchtig, mit lebhafter Einbildungskraft und mäßigem Gedächtnis, fleißig und nachlässig, ein Feind des Duckmäusertums und der Unterwürfigkeit, dafür ein Bewunderer des Eigensinns und des Visionären, vergeßlich, deshalb auf Exzerpte angewiesen, die an der Zimmertüre hängen, mürrisch, launenhaft, ein wenig satirisch, doch ohne böswillige Absicht. In den Salons werden Anekdoten erzählt: Einer der geistlichen Amtsvorgänger von Jaschas Traum sei ein so eifriger Jäger gewesen, daß er einst, als er zu einem Kranken gerufen worden sei und am Weg einen Hasen erspäht habe, wieder umgekehrt sei, um seine Flinte zu holen. Dabei habe er sich mit den Worten beruhigt, der Kranke laufe ihm nicht davon, wohl aber der Hase.

Nachts, wenn sie zu Bett geht, löst Jascha ihren pechschwarzen Zopf und denkt, noch ehe sie die Augen schließt, bereits an ihren Traum, der sie nach Westen lockt, weg von Reval, weg von ihrer Herrschaft, weg von den Kindern und dem Nachspielen der biblischen Geschichte. Richtung Thulsern. Jascha kann nichts mehr tun, ohne ihren Traum vor sich zu sehen. Die Kalebasse sagt: sie ist infiziert. Sie kann nicht mehr kochen, kann nicht mehr bügeln, kann nicht mehr auftragen, kann nicht mehr auf die Kinder aufpassen. Kann nur noch an ihn denken. Die Kalebasse sagt: so ist das, wenn eine wie die Jascha Feuer fängt. Dann brennt sie gleich ganz und gar. Dann ist kein Weg zu weit einwärts ins Gebirg, dann liegt Reval nicht länger am Finnischen Meerbusen, sondern eben im Thulsernischen.

Jascha denkt ihrem Traum eine Kindheit aus. Dieser Kindheit erfindet sie die Angst vor Gewittern, einen Traum von der Hölle und einen vom Himmel. Ein Studium kann Jascha ihrem Traum nicht erfinden, denn sie kann nur die Worte nachsagen, die sie bei der Herrschaft hört: Metaphysik, Arithmetik, Logik, Rhetorik, griechische, römische, hebräische Altertümer. Über die Hauslehrerei weiß Jascha mehr. Das kennt sie: den Zöglingen die Reinlichkeit anempfehlen, sie dreimal die Woche auf Spaziergängen über nützliche Gegenstände und die Christenlehre unterrichten, bei Tische das Fleisch vortranchieren, den guten Charakter der Zöglinge befördern, Geduld und Langmut üben, Anfechtungen in Schranken halten, sich aller Scheltworte enthalten. Morgens überlegt Jascha beim Zopfflechten, worüber ihr Traum eine Predigt hält. Dann entscheidet sie sich für *Eli! Eli! Lama asabthani!, das ist: Mein Gott, mein Gott, warum hast du mich verlassen.* Die Kalebasse sagt: Jaschas Traum wird also Landpfarrer. Sein Tag beginnt um dieselbe Zeit wie der Tag der Jascha in Reval: um fünf Uhr. Bibellektüre, Memorieren, Erbauliches lesen, Hebräisch arbeiten, Predigt vorbereiten, unterrichten, Krankenbesuche machen, nachmittags wieder unterrichten, Tagebuch führen: *Die Natur war von unbeschreiblicher Schönheit, es*

herrschte eine heilige Stille, die Täler ringsum waren in
leuchtendes Weiß gehüllt.
Dahin will die Jascha.
In dieses Land zieht es sie. In dieses Tal.
Sie hört die Ermahnungen, die ihrem Traum gelten, dem die
Arbeit über den Kopf zu wachsen droht. Sie glaubt, die
Stimme ihres Dienstherrn zu hören: die Bücher dürfen nicht
durcheinander liegen, das Geld darf nicht unverschlossen in
einem Kasten sein, die Dienstboten werden so zum Dieb-
stahl verführt. Wenn die Zöglinge merken, daß ihr Lehrer
nicht alles weiß, so sind sie wie ein Pferd, welches die
Ohnmacht des Reiters spürt. Jascha hört ihren Traum
klagen, denn die Tage im steinigen Grund einwärts im
Gebirg sind voller Enttäuschungen. Die Bauern drohen
immer wieder mit einer Tracht Prügel. Aber Jaschas Traum
tritt ihnen entgegen und sagt: *Hier bin ich und möchte euch*
die Niedertracht des heimlichen Auflauerns ersparen.
Jaschas Traum gibt nicht auf.
Wird ihr Leben ausreichen für die lange Wanderschaft ins
Thulsernische? Schon hört sie ihren Traum mahnen und
predigen: von der Kürze des Lebens. Schon liest sie nach bei
Hiob und in den Psalmen, schon sind ihr geläufig die
Vergleiche des Lebens mit einem Schatten, mit verlaufenem
Wasser, mit den Wolken und dem gestrigen Tag. Es drängt
sie, aufzubrechen: westwärts. Ohne Eifersucht hört Jascha
ihren Traum um sein Weib bangen, denn neun Kinder
werden in fünfzehn Ehejahren geboren. Was hört Jascha
beim Auftragen in den Salons von ihrem Traum, wo ist sie
dabei in Gedanken? Bei der Pflege der Äcker und beim
Sprengen der Felsen, beim Aufrichten von Steinmauern, bei
der Drainage der Wiesen, bei der Anlage von Mistbeeten
und beim Kompostieren. Sie hört, ihr Traum lasse bei jeder
Hochzeit oder Taufe einen Baum pflanzen, sorge für bessere
Kartoffelsorten, beschaffe Hanf- und Flachssamen, erstelle
ein Verzeichnis eßbarer Kräuter, vermittle Zuchtvieh aus

Holland und aus der Schweiz, gründe einen landwirtschaftlichen Verein, organisiere den Verleih von Werkzeug und
Gerät, schaffe eine Feuerwehrspritze an, sorge für die Ausbildung der Handwerker, richte im Pfarrhaus eine Lehr-
werkstatt ein nebst Apotheke, schule Hebammen und
Krankenpflegerinnen. Davon reden sie in den gebildeten
Kreisen in Reval. Die einen heißen Jaschas Traum einen
Reformer, die anderen einen verdrehten Idealisten. Einer,
der Webstühle in die Häuser stellt. Einer, der die Heimarbeit einführt. Einer, der schadhafte Häuser ausbessern läßt
und nicht einfach verkommen. Der Backofen-Gesellschaf-
ten gründet, um gemeinsam zu backen und Holz zu sparen.
Einer, der den Kindern ins Schulheft diktiert: *Wenn man
spucken, niesen oder die Nase putzen muß, da muß man
sich abwenden und das so lautlos wie möglich tun. Wenn
aber einem beim Niesen die anderen »gute Gesundheit«
wünschen, dann muß man sich verbeugen und dafür danken.* So einer ist das: der legt selbst Hand mit an, baut eine
»Brücke der Barmherzigkeit«, die heute noch steht. Ich
habe mich selbst davon überzeugt, meine Alfina. Jaschas
Traum gründet sogar eine Schuldentilgungskasse. Jascha
träumt so sehr von ihrem Traum, daß sie ins Innere seines
Hauses blicken kann. Was sie dort sieht, hat die Kalebasse
verzeichnet: einen dunklen Flur, niedrige Zimmer, Bilder,
Vitrinen, Möbel, Herbarien und getuschte Erläuterungen,
Steinsammlungen und Tiersilhouetten, an der Wand ein
ziehharmonikagefaltetes Blatt: Es zeigt eine Rose von der
einen Seite, einen Vogel von der anderen Seite – je nachdem,
von wo aus der Betrachter auf das Blatt schaut. Jaschas
Traum nennt dies sein *tableau de la réconciliation,* seine
Tafel der Versöhnung. Ebenfalls an der Wand der Schutzbrief des Zaren für ein Pfarrhaus weitab im Thulsernischen.
Die besseren Kreise in Reval und Sankt Petersburg debattieren über den Pädagogismus sowie über das Vorhaben des
Pfarrers, in jedem Dorf eine Strickschule zu errichten und

die Leiterin nach der Zahl der gestrickten Strümpfe zu entlohnen. Sogleich stellt sich Jascha vor, solch eine Schule zu führen. Um den Strickofen sitzend, der dem Raum sein Gepräge gibt, sieht sie sich den kleineren Kindern Bilderbücher zeigen, die größeren zum Wattezupfen anleiten. Sie sieht sich beim Unterrichten: Lesen, Schönschreiben, Gesang, Kopfrechnen, Naturkunde, Spielen von Szenen aus der biblischen Geschichte. Nach anderthalb Stunden gehen die Kinder bankweise hinaus, um frische Luft zu schöpfen. Schon legt sie eine Sammlung von Blättern und Steinen an, schon beobachtet sie Wind und Wetter, lehrt den Buben das Schnitzen hölzerner Landkarten, während sie den Zopf flicht, während sie den Zopf löst; Jascha weiß, daß sie nicht länger bleiben kann, wo sie jetzt ist. Sie muß den Weg aller Reußen gehen: westwärts. Jascha erschrickt ob der Kühnheit ihres Planes, aber schon hört sie die Mädchen und Frauen singen beim Stricken und Spinnen und Nähen und Strohhutflechten. Während sie der Herrschaft den Wein kredenzt, sieht sie sich über die Dörfer gehen und die Krankensuppe austeilen, sie stolpert über Baumstämme, nimmt den Weg über Steine, Felsen, Eis, Schneehügel und ausgeschlemmte Pfade, tritt an gegen Argwohn, Beschuldigung, Verleumdung und Haß, gegen Zank und Neid und Hexenwahn. Aber sie gibt nicht auf, sie löst den Zopf und flicht ihn wieder. Woran denkt sie beim Bügeln, beim Kochen, beim Schälen der Kartoffeln? An den Tod der Frau im Kindsbett, der ihren Traum unter einen mächtigen Schatten stellt? Heißt dieser Schatten nicht auch: da ist jetzt eine Stelle frei? Jascha spürt sie am ganzen Körper, spürt es, wenn sie den Zopf löst, spürt es, wenn sie ihn flicht, spürt es besonders heftig, wenn sie ein Kind liebkost, wenn sie es drückt und herzt und weiß, daß sie gehen muß: den Weg aller Reußen, einwärts ins Gebirg. Jascha beginnt, die Träume ihres Traumes zu träumen. Es genügt ihr nicht mehr, den Traum nur vor sich zu haben. Sie muß seine

Visionen übernehmen, sie muß sie unter der Kopfhaut spüren, bis in die Fingerspitzen, wie einen Nagel in ihrer Brust. Schon erklärt sie beim Stärken der Leintücher, dort in diesem Thulsern, überhaupt: was für ein Wort, woher kommt es, wohin zielt es, stünden die Toten den Lebenden näher als andernorts, was mir von der Kalebasse bestätigt wird, meine geliebte Alfina, dort im Thulsernischen verliere man sich nicht aus den Augen noch je aus dem Sinn. Dort haben sie ein anderes Verständnis von der Welt. Aber welche Welt kennt die Jascha? Einmal hat sie es aufgemalt auf ein Stück Papier, und die Kalebasse hat diese Zeichnung übernommen. Jascha kennt die sterbliche Welt als die vergängliche, sie kennt die astralische Luft – Welt und die wäßrig-elementare Welt, sie weiß von den Fürstentümern der Ältesten, Patriarchen und Propheten, hat von der Stadt der Weisheit gehört und jener der sieben Geister, welche umgeben sei von einem gläsernen Meer. Aber wonach sie sich sehnt, das ist die Paradeis-Welt. Ihr Traum nennt sie: die stille Ewigkeit. Untertags aber gelten die neuesten Erkenntnisse. In Reval richtet man sich nach Fénelons Schrift über die Mädchenerziehung, man hat sehr wohl Kenntnis von Pestalozzis Grundsätzen und den Bestrebungen Basedows aus Dessau: Lebensnähe des Unterrichts, Gesundheitsvorschriften, ein allgemeines und gedrängtes Bild der Wissenschaften und der Künste, Geometrie, Physik, Astronomie, Gesang, das Federschneiden und alle Himmelfahrt ein Schulfest. Täglich wiederholt Jascha mit ihren Zöglingen, was ihr die Herrschaft als Grundlagen aus den Salongesprächen vermittelt: das Haar kämmen, Nase und Ohren reinigen, die Zähne mit den Fingern säubern, den Mund ausschwenken, das Gesicht waschen, frisches Wasser trinken, das Zimmer in Ordnung bringen, eifrig lernen und bei stillem Nachdenken lesen.
Da dreht die Kalebasse einfach die Zeit ein wenig weiter, läßt Jascha den Zopf flechten, ihn wieder lösen und wieder

flechten und versetzt unser Kindermädchen in noch größere
Unruhe: die Kalebasse spielt den feinen Salons von Reval
einen neuen Namen zu, denn die feinen Salons leben stets
von jenen neuen Neuigkeiten, welche die alten Neuigkeiten
löschen. Da müssen immer wieder andere Namen her, da
wird gehandelt: übler als an der Börse. Die ganze Aufmerksamkeit gilt nun einem Eiferer, der von der Fertigkeit
spricht, das Innere eines Menschen von seinem Äußeren
ablesen zu können. Wissenschaft oder Scharlatanerie? Die
Meinungen gehen auseinander. Jascha stellt sich neuerdings vor den Spiegel, prüft, ob ihr Gesicht rund ist, oval
oder dreieckig. Ihr Traum indes einwärts im Gebirg fertige
Silhouetten von Thulserns Bewohnern an, wird in den
geistreichen Debatten behauptet, überdies schreibe er Beur-
teilungen darunter. Derlei weise weit über die Gallsche
Schädellehre hinaus. Besondere Aufmerksamkeit aber wird
in den Gesprächen der Herrschaften den Nasen gewidmet.
Wieder erteilt die Kalebasse dem jungen Eiferer das Wort,
läßt ihn vorlesen aus der neuesten Post, indes Jascha seine
Worte vor dem Spiegel überprüft, während sie den Zopf
löst, während sie den Zopf flicht: *Ich halte die Nase für die
Widerlage des Gehirns. Wer die Lehre der gothischen
Gewölbe halbwegs einsieht, wird das Gleichnißwort Wi-
derlage verstehen. Denn auf ihr scheint eigentlich alle die
Kraft des Stirngewölbes zu ruhen, das sonst in Mund und
Wange elend zusammenstürzen würde.* Jascha prüft, was
sie im Gesicht hat. Von links, von rechts, von vorne. Jascha
schwankt. Hat sie eine schöne Nase und somit einen schönen Geist? *Eine schöne Nase wird nie an einem schlechten
Gesichte sein. Ich habe die edelsten Geschöpfe mit kleinen
Nasen von hohem Profil gesehen – aber diese ihre Vortreff-
lichkeit besteht mehr im Leiden und Hören, Lernen, Empfangen, Genießen feiner geistiger Wirkungen. Oben bei der
Wurzel vorgebogene Nasen hingegen sind vortrefflicher
zum Gebieten, Herrschen, Wirken, Durchsetzen, Zerstö-*

ren. Geradlinigte Nasen möchte ich Schlußsteine zwischen den beiden andern nennen. Sie wirken und leiden mit Kraft und Stille. Jascha kennt sich nicht mehr aus, mißt nach, mißtraut Länge und Wurzel, betrachtet Kuppe, Ball und Flügel, Löcher und Gewölbe. Kann sie bestehen? Neigt sie zum Herrschen oder zum Leiden? Wenn doch der Weg nicht so weit wäre einwärts ins Gebirg, wo dieser Traum seinen Sitz hat. Wenn er doch in Reval säße und nicht im fernen Thulsern. Wenn sie doch bei ihm sein könnte. Wenn sie ihm doch zur Hand gehen und Magd sein könnte. Sie wäre bereit, alles zu tun. Alles. Und wenn die Jascha alles sagt und dabei den Zopf flicht oder ihn löst, dann meint sie es auch so. Einer freilich, ein guter Weintrinker aus der Runde der Herrschaften, macht sich über den Eiferer und seine Theorie lustig. Jascha paßt genau auf, und sie errötet ein wenig bei seinen Worten: *Als meine Säugamm mit weichen Dütten mich stillte, da drückte sich meine Nase ein wie in Butter und wuchs wie ein Teig in der Mulde. Die harten Dütten der Ammen machen den Kindern bloß stumpfe Nasen.* Jascha sieht an sich herunter, prüft und drückt, steht noch verwirrter vor dem Spiegel. Viele Jahre später wird sie die Nasen ihrer Enkel liebkosen und an Reval denken, an die Worte des Eiferers und an das Lächeln des Rotweintrinkers, sie wird den Nasen ihrer Enkel die Namen geben, die sie der Nase ihres einzigen Sohnes Kosmas gegeben hat. Kosmas' Nase wird sie Balkönchen nennen, Kaspars Nase Erkerchen, die Nase der angeheirateten italienischen Flora ein Giebelchen, die Benedikts ein Gürkchen, die Pirmins ein Kölbchen, die Regulas ein Rübchen und ihre eigene einen rechten Rüssel. Nur Sveas Nase ist makellos. Sie wird ihre Enkel auf den Knien wiegen und ihnen lernen, was sie Kosmas gelehrt hat, unseren Tüftler und Erbauer des Glockenspiels: *So trolln wir uns ganz fromm und sacht.* – Besser eine schiefe Nase als gar keine. Eine abgeschnittene Nase braucht keine Brille, und eine kurze Nase ist bald geschneuzt. Wer die Nase zu hoch trägt, fällt leicht darauf. Jeder schneuze erst die eigene Nase, ehe er die des Nachbars putzt. Alle Nasenlang wird sie den Enkeln an der Nasenspitze ansehen, ob sie eine Nase verdienen, weil die Rotznasen ihre Nasen in etwas gesteckt haben, was sie nichts angeht. Mit ihrer eigenen Nase wird sie darauf stoßen, was ihr in die Nase sticht. Stets wird sie die Nase im Wind haben und vorne sein um eine Nasenlänge, nie wird sie die Nase voll kriegen vom Leben, das sie schon so oft hat auf die Nase fallen lassen, so daß sie auf der Nase lag. Immer das nächsthöhere Ziel vor der Nase, wird sie westwärts den Weg aller Reußen gehen, unsere Jascha: immer der Nase nach, wenngleich viele Umwege sie an der Nase herumführen und sie bisweilen auch die Nase gestrichen voll hat. Das naseweise Geschwätz all jener, welcher ihr auf der Nase herumtanzen wollen, wird sie nie ernst nehmen. Solchen wird sie stets raten, sich an der eigenen Nase zu fassen. Die Jascha hat immer die richtige Nase dafür, was sie andern auf die Nase binden kann und was nicht. Trag deine Nase hoch, was immer auch geschieht, rät mir die Kalebasse, wie Jascha ihren Enkeln raten wird.

Viele Jahre später wird Jascha ihren Enkeln, will sagen unserer Sippe, die Geschichte erzählen, die sie schon Kosmas erzählte auf dem Weg nach Thulsern: die Geschichte, die sie träumte in jener Nacht, als den ganzen Abend im Salon wieder einmal über nichts anderes als über Nasen gesprochen wurde. Daß ich diese Geschichte erfahre, verdanke ich der Kalebasse, die sie aufbewahrt hat für mich. Es ist das estnische Märchen vom Bräutigam mit der goldenen Nase, das die Jascha träumt, nachdem sie den Zopf wieder einmal gelöst hat und mit heißem Kopf zu Bett gegangen ist. Dies wird der letzte Traum Jaschas in ihrem Bett zu Reval sein, denn anderentags wird sie die Stadt verlassen und aufbrechen ins Thulsernische:

»Es war einmal ein sehr schönes und stolzes Mädchen.

Jeden Tag kamen Freier, die sie haben wollten, aber keiner gefiel ihr, denn jeder hatte ja eine natürliche Fleischnase, und das Mädchen wollte einen Mann, der eine goldene Nase hatte.« Aber da mischt sich die Stimme des Eiferers in Jaschas Traum und verrät, was eine vollkommene Nase erfordere: *a.) Ihre Länge sollte der Stirnlänge gleich seyn. b.) Bey der Wurzel muß eine kleine sanfte Vertiefung seyn. c.) Von vornen betrachtet muß der Rücken (dorsum, spina nas) breit und beynahe parallel seyn, jedoch über der Mitte etwas breiter.* Jascha aber träumt: »Als sie nun genug Freier heimgeschickt hatte, ohne die gewünschte Goldnase zu finden, zog sie selbst in die Welt, um sich einen Bräutigam zu suchen. Sie reiste und reiste, aber ohne besseren Erfolg. Schließlich fand sie jedoch den gewünschten Bräutigam mit der goldnen Nase, das war aber Zauberei und ging nicht mit rechten Dingen zu.« *d.) Der Knopf der Nase, die Nasenkuppe, der Nasenball (orbiculus) muß weder hart noch fleischig sein, und sein unterer Umriß muß bestimmt und auffallend rein gezeichnet, nicht spitz und nicht sehr breit sein,* fällt der Eiferer aus dem Salon ein. »Als das Mädchen den Bräutigam fand, saß er gerade in seiner Kammer und machte Stiefel. Sofort hatte er dem Mädchen gefallen, und was brauchte man da mehr, als die Verlobung abzuschließen? Die Verlobung kam auch wirklich zustande. Die Goldnase verlangte aber, daß die Braut vor der Trauung mit ihm an drei Kirchen vorbeifahre; darauf ging sie auch ein. Die Zeit der Trauung kam heran. Der Bräutigam ließ zwei schwarze Hengste vor den Wagen spannen, setzte sich dann mit seiner Braut in den Wagen und jagte zur ersten Kirche. Als sie vor der Kirche ankamen, ging er hinein und sagte seiner Braut, sie solle im Wagen so lange warten, bis er zurückkehre. Die Braut gehorchte. Der Bräutigam war ziemlich lange in der Kirche, kam aber noch vor den Kirchenbesuchern heraus, setzte sich in den Wagen und jagte zur zweiten Kirche.« *e.) Die Nasenflügel (pinnae) müssen von vornen bestimmt gesehen werden, und die Löcher müssen sich drunter lieblich verkürzen. f.) Im Profile betrachtet, darf sie unten nicht mehr als ein Drittel ihrer Länge haben. g.) Die Nasenlöcher müssen vornen...* »Im Augenblick waren sie angelangt. Dort machte der Bräutigam Goldnase es ebenso wie bei der ersten Kirche und ließ die Braut im Wagen sitzen, ging selbst in die Kirche und kam ebenso vor den Kirchgängern heraus; dann jagte er zur dritten Kirche. Hier tat er dasselbe, blieb aber recht lange in der Kirche. Die Braut dachte: ›Wer weiß, was er in jeder Kirche tun mag?‹ Sie stieg aus dem Wagen, ging ins Kirchenvorhaus und blickte durchs Schlüsselloch hinein. Aber was sieht sie da? – Ihr geliebter Bräutigam, die Goldnase, frißt in der Kirche Leichen, grade zu der Zeit, wo der Pastor die Toten einsegnet!« ... *etwas spitz, hinten runder, und überhaupt sanft geschweift seyn und durchs Profil der Oberlippe in zwey gleiche Theile getheilt werden. h.) Die Seiten der Nase oder des Nasengewölbes müssen beynahe wandartig seyn. i.) Oben muß sie sich wohl an den Bogen des Augenknochens anschließen, und beym Auge muß sie wenigstens einen halben Zoll Breite haben* – »Sie stieg wieder in den Wagen und wartete auf die Goldnase. Sie kam auch bald, und die Fahrt ging wieder los, aber diesmal nach Hause. Unterwegs fragte die Braut den Bräutigam, weshalb er in die Kirchen gegangen sei. Er antwortete, daß er es getan habe, um den Gottesdienst anzuhören. Die Braut konnte aber ihr Geheimnis nicht mehr bei sich behalten und erzählte ihm alles, was sie durchs Schlüsselloch in der Kirche gesehen hatte. Als der böse Geist das hörte, geriet er in Zorn, weil die Braut sein Verbot übertreten hatte und erwürgte sie mit schauerlichem Gebrüll. So endete das Leben des stolzen Mädchens.«

Feneberg

*Dieses Kapitel erzählt von Jaschas Aufbruch, von einer
seltsamen Begegnung, vom Ordnen einer Pfarrbücherei
und von Ausflügen vor die Tore der Stadt,
von der Länge der Wege
sowie von der Erschaffung unserer Kalebasse.*

Die Kerne im Inneren der Kalebasse stoßen aneinander wie
Murmeln, und der tätowierte Medizinball sagt: Nie mehr ist
Jascha nacheinander an drei Kirchen vorbeigefahren. Dafür
wird sie früher oder später einmal alles gewußt haben von
ihrem Traumgesicht. Sie wird alles gehört haben, was
umläuft über diesen Mann in Revals besseren Kreisen.
Jedenfalls packt sie nach dem Tod des stolzen Mädchens
ihre Siebensachen und folgt dem Weg aller Reußen: westwärts. Es zieht sie in das steinige und einwärts im Gebirg
gelegene Tal. Jascha will ins Thulsernische. Den Wolfshund
Drago nimmt sie mit, weil er nicht von ihrer Seite will von
klein auf, wie es die Kalebasse deutlich zeigt. Wie lange
Jascha geht, wie oft sie von einem Fuhrwerk mitgenommen
wird, wie viele Nächte sie, eine mutterseelenallein über die
Straßen ziehende Dienstmagd mit Traumgesichten, die
nichts hat außer ihrem Leib und ihrer Vision, in Angst
zugebracht hat, seis unter freiem Himmel, seis im Stroh, seis
in einer Herberge, in einem Kloster oder bei guten Leuten,
die es immer wieder einmal gibt: Darüber schweigt die
Kalebasse und meint, dies habe nichts Unterrichtendes für
den Leser, *denn nicht das Gezählte, das Erzählte hänge an.*
Die Jascha setzt einen Fuß vor den anderen, Drago weicht
nicht von ihrer Seite. Die Jascha sieht die Jahreszeiten
kommen und gehen, merkt, wie sich Hitze und Kälte,
Trockenheit und Feuchtigkeit in ihre Haut schreiben, als

hätte sie die Haut eines Medizinballes, die beschnitzt wird mit der Geschichte von unserem Herkommen, von unserem Davonkommen, von der Auflösung der Erbengemeinschaft, die mir aufgetragen ist. Da entdecke ich auf der rundum beritzten Brust eine winzige Vertiefung, die ich heranhole mit der Lupe. Unter dem Vergrößerungsglas gründe ich mit Hilfe des Deutschen Ordens eine Siedlung, der ich schon ein Jahr später dank der Unterstützung der Kalebasse Kulmisches Stadtrecht erteile. Meine Stadt liegt rechts der Weichsel, liegt in der Woiwodschaft Bromberg, wird blühende Handelsstadt und Mitglied der Hanse, beginnt mit dem Bau eines gotischen Rathauses, zweimal wird in ihr zwischen dem Deutschen Orden und den Polen Frieden geschlossen, ehe sich die Mehrheit vom Orden lossagt, um selbständiger Staat zu werden. Später führt ein Streit mit den Jesuiten zur Enthauptung von zehn protestantischen Bürgern. Heute ist die winzige Vertiefung auf meiner Kalebasse eine Behörden- und Universitätsstadt mit höheren Schulen, Theater, dem Pommerellischen Museum sowie einer mannigfaltigen Industrie. Als Jascha in die Stadt kommt, bereitet diese sich gerade darauf vor, in ein paar Jahren preußisch zu werden. Jascha bittet im Pfarrhof um Unterkunft, weist das Empfehlungsschreiben und die Zeugnisse von ihrer Herrschaft vor, sagt, wohin sie will: ins Thulsernische. Der Zufall und die Kalebasse wollen es, daß sich der Pfarrer eines Thulserners erinnert, der vor wenigen Tagen bei ihm vorgesprochen habe. Der Mensch sei unterwegs an den Zarenhof. Da zieht es also die eine von Reval ins Thulsernische und einen Thulserner an den Zarenhof. Die Kalebasse sagt: *die Wege des Menschen sind wie der Wind*. Ich frage den beschnitzten Kürbis, ob er da nicht ein Kaninchen aus dem Zylinder zieht, ob mir da nicht ein Bär aufgebunden werden soll mit dem Thulserner, der da mirnichtsdirnichts unterwegs nach Sankt Petersburg sei. Aber die Kalebasse schweigt: also kein Bär, kein Karnickel aus dem Hut, am Ende doch die Geschichte unserer Sippe? Ach, die Wege des Menschen sind wie der Wind. Jascha lernt also im Pfarrhof zu Thorn einen gewissen Johann Michael Feneberg aus Thulsern kennen, der sie im ersten Augenblick an den nasenkundigen Eiferer aus den Salons zu Reval erinnert. Jascha durchfährt es eisig: Ist Feneberg Goldnase und sie das stolze Mädchen? Sobald die beiden ein wenig vertrauter miteinander sind, wird sie ihn Fene nennen und nicht Goldnase. Feneberg gehört der Thulserner Erwek-kungsbewegung an, von der schon Karlina Piloti, die Rhap-sodin aus dem Lande Innerfern sowie deren Nachfolgerin, die Landwirtschaftsnonne Canisia im Streckenjournal des verschollenen, jedenfalls in den Himmel aufgefahrenen oder irgendwie hinaufgestürzten Streckenwärters Konra-din Kaspar Aggwyler zu berichten wußte: sehr zum Ver-druß jener, deren Geduld nicht einmal für die Lektüre solch eines einfachen Journals ausreicht. Worauf die Kalebasse hier anspielt, bleibe dahingestellt. Aber so ist das nun einmal, wenn man nicht vergessen kann. Die Thulserner Erweckungsbewegung: Jascha, die eine Ader hat für Spin-ner und Visionäre, ist sogleich Feuer und Flamme für das, was ihr Feneberg erzählt. Stundenlang könnte sie ihm zuhören. Sofort verknüpft Jascha das Neue mit dem, was sie schon weiß von ihrem und über ihr Traumgesicht aus dem steinigen Tal einwärts im Gebirg, wohin es sie zieht, einem geheimen Plan gehorchend, über den nur die Kale-basse Bescheid weiß bis in den hintersten Winkel. Obgleich es Feneberg an den Hof des Zaren drängt, wo ihm die Stelle eines Bibliothekars in Aussicht gestellt ist, bleibt er länger als vorgesehen in dem Pfarrhof, in dem Jascha jetzt Dienst tut. Er erklärt sich sogar bereit, die Bücherei in Ordnung zu bringen – weil ihm die Jascha als Hilfe in der Pfarrbiblio-thek zugesichert ist. Feneberg will nicht mehr von diesem Zopf lassen. Immer wieder sucht er nach Worten, die den Zopf in seiner Nähe halten, die ihn wippen lassen, ihn mal über die linke, mal über die rechte Schulter legen. Feneberg durchforscht alles, was er an Erzählenswertem weiß, nur damit ihm dieser Zopf nicht wegläuft, nur damit ihm diese Schwarzhaarige zuhört, nur damit er in ihre Augen schauen kann.

Feneberg hat von sich reden gemacht in den Zirkeln bis hinauf nach Sankt Petersburg. Er ist kein unbeschriebenes Blatt. Der Zar höchstpersönlich interessiert sich für die Thulserner Erweckungsbewegung, er will fördern, was ihm an Plänen einleuchtet: zuvorderst die Vertreibung der Jesuiten, danach aus dem daraus freigesetzten Geld die Gründung einer Thulserner Kolonie um Sarata am Schwarzen Meer. Der Zar will Fenebergs Rat. Deshalb trägt er ihm die Stelle eines Bibliothekars an. Da kommt den Plänen des russischen Zaren die Jascha mit ihrem Zopf in die Quere. Mit Drago versteht sich Feneberg leidlich, denn der Wolfshund läßt keinen an die Jascha heran. So hat er es immer gehalten.

Und wovon erzählt Feneberg? Die Kalebasse weiß es und gibt es weiter an mich. Von seinem Wunsch, in der Petersburger Maltheserkirche zu predigen, vom Amt eines Propstes und Visitators der Sprengel um Odessa, von der Rache an den Jesuiten, denen es heimzuzahlen gilt, was sie ihm angetan haben während seiner Studienzeit an Leib und Seele, vom Verschmelzen der Katholischen mit den Evangelischen und den Mosaischen zu einer Brudergemeinde auf gütergemeinschaftlicher Grundlage, von seinen apokalyptischen Phantastereien, von der Idee, die Gedanken der Thulserner Erweckungsbewegung bis ins Finnische zu tragen, wo Halmberg, Renquist und Hedberg bereits Feuer gefangen hätten. Die Kalebasse greift vor und bringt einen Brief zur Kenntnis, den der nachmals berühmte Mediziner Johann Nepomuk Ringseis an den Rechtsgelehrten Karl von Savigny nach Berlin richtet: *Die Zeiten der apostolischen Gemeinden sind wiedergekehrt. Unzüchtige, Säufer, Spie-*

ler und Betrüger sind fromm und innig, voll Glauben und
Liebe geworden; Mägde und Knechte haben ganz verklärte,
veredelte Gesichter und zeigen eine Einsicht in die
Schriften, vor der ich mich mit Beschämung und Rührung
beuge muß.

Zwar kommen in der Pfarrbibliothek zu Thorn die Bücher
in eine Ordnung, doch es verkeilen und verheddern sich
Jaschas Traumgesichte und Fenebergs Visionen ineinander
wie zwei Prozessionen, von denen die eine von West nach
Ost, die andere aber von Ost nach West will. Lang ist der
Weg Fenebergs zum Zarenhof. Länger ist der Weg Jaschas
nach Thulsern. Am längsten aber ist der Weg für Fenebergs
Hand unter Jaschas Röcke. Wie viele Geschichten muß
Feneberg erzählen, bis er das Goldene Vließ erlangt? Wie
viele Bücher einer Bücherei müssen geordnet, umgeschich-
tet, verzettelt, verzeichnet, registriert und wieder eingeord-
net werden, bis Fene ans wahre Ziel seiner Wünsche
kommt, das gar nicht mehr Sankt Petersburg heißt? Das
wahre Ziel hat nämlich einen schwarzen Zopf, an dem man
ein halbes Regiment aufhängen könnte. Das wahre Ziel
wird nämlich von einem Hundsvieh namens Drago bewacht wie der Hort von einem Drachen. Bis Feneberg
Jaschas Knöchel berühren darf, muß er, dem Willen der
Kalebasse folgend, von der er natürlich keinen Schimmer
hat, aus Kindheit und Jugend erzählen, denn derlei wird
immer wieder gerne gehört. Also: geboren als zweites Kind
seiner fünfundzwanzigjährigen Mutter und als zwölftes
Kind seines achtundvierzigjährigen Vaters, Gastwirtssohn
und Schuhmacher. Die ersten unvergeßlichen Prügel erhält
Feneberg im fünften Lebensjahr. Er erzählt Jascha, wie er in
aller Frühe die von seinem Vater über Nacht fertiggestellten
Brautschuhe einer reichen Bauerntochter bringen muß, die
ihn schon ungeduldig erwartet. Unterwegs fällt der Bub
kurz vor dem Hof der Braut schlaftrunken von einem
schmalen Steg mitsamt den Hochzeitsschuhen ins Wasser.

Unter dem Vergrößerungsglas zeigt die Kalebasse, wie die Braut, in deren Haus bereits alles zum Hochzeitszug angetreten ist, mit weißen Strümpfen herbeieilt, um dem Kind aus dem reißenden Gießbach zu helfen. Als sie jedoch ihre durchweichten Festtagsschuhe sieht, reißt sie diese dem Kind aus der Hand und schlägt sie ihm so oft um die Ohren, bis sie fast trocken sind. Jascha wird ganz grau bei dieser Geschichte, und sie glaubt, selbst die Schläge zu spüren. Deshalb rückt sie näher an Feneberg heran, der, anstatt die Bücher der Pfarrbibliothek zu ordnen, erstmals erkennt, daß er eine Macht hat mit seinen Geschichten über die Jascha. Nach einiger Zeit traut er sich, den Arm um sie zu legen, und er holt eine weitere Geschichte aus seiner Kindheit herauf, die er gestenreich begleitet. Diesmal sitzt er neben der Jascha im Gras, draußen vor den Toren der Stadt. Die Kalebasse zaubert einen Frühling über Thorn, läßt die Kirschbäume blühen und die Sonne hoch über den beiden stehen. Später wird Feneberg diese Erinnerung in seinen *Goldkörnern* aufschreiben. So nennt er seine Aufzeichnungen und Notizen, aus denen die Kalebasse zitiert, denn angeblich führt sie ihm dabei die Hand: »Am sechzehnten Oktober brannte unser heimatliches Haus ab und mit demselben vierundzwanzig andere. Die Sache ging so her: Wir hatten eine wackere, fleißige und arbeitsame Magd. Nur war sie mit Feuer und Licht nicht vorsichtig genug und wurde deswegen von meinem Vater öfters ermahnt, aber, wie das gewöhnlich ist, ganz vergebens. An dem für uns so unglücklichen Abend zündete sie das Licht in der Laterne in Gegenwart meines Vaters an. Der Vater fragte sie, was sie damit machen wolle. Sie antwortete, sie wolle den noch übrigen Flachs putzen. Er entgegnete: ›Das soll beim Lichte nicht geschehen! Es ist dies allzu gefährlich.‹ Sie sprach darauf: ›Schau, Mattheis, bei diesem Stümplein Licht werden wir fertig, laß uns doch machen! Es ist nicht der Mühe wert, daß wir uns morgen noch damit abgeben und in den anderen Arbeiten gehindert werden.‹ – Der Vater gab nach und ließ sie machen. Da ging sie aber in die Küche, nahm eine frische Kerze und steckte sie in den Sack. Sie fing nun ihre Arbeit an; als aber das Licht ausgehen wollte, zündete sie die ganze Kerze an und wollte den Stumpen mit den benetzten Fingern löschen. Sie brannte sich dabei und schleuderte den Stumpen in das herumliegende Werg, das im Augenblick Feuer faßte und sich, da überall Stroh umherlag, in Blitzesschnelle ausbreitete, so daß in wenigen Augenblicken nicht nur unser ganzes Haus in Brand stand, sondern wegen des heftigen Windes in der Zeit von einein-halb Stunden alle fünfundzwanzig Häuser in Asche lagen. – Rasend schimpfte, log, fluchte man über unsere unglückli-che Magd, die sonst gewiß eine recht brave und ordentliche Person und wohl auch sehr fromm war. Dies ging ihr so sehr zu Herzen, daß sie keine ruhige Stunde mehr hatte, bald darauf solche Gewissensängste bekam, daß sie gar den Verstand verlor und nach wenig Jahren in diesem armseli-gen Zustand starb. – Wir Kinder wären ohne Zweifel ein Raub der Flammen geworden, wenn nicht eben diese Magd, da sie das große Feuer vor Augen sah, sich unser erinnert, uns geweckt und dem Brande entrissen hätte. Nur ich hatte sie im halben Erwachen nicht verstanden und wollte also nicht aus dem Bette. Die übrigen waren schon alle fort. Mich ließen zum guten Glück das Geprassel des Feuers und der Dampf und das Geschrei nicht mehr einschlafen und endlich im Hemde die Flucht nehmen. Und siehe, da ich kaum zum Hause hinaus kam, fiel schon die angebrannte Traufrinne hinter mir herab. Dankbar sehe ich noch am Abend meiner Tage auf die Schreckens- und Rettungs-stunde zurück.« Fenebergs Eltern geraten in eine unheil-volle Verschuldung durch diesen Brand. Was nicht in den *Goldkörnern* steht, trägt die Kalebasse nach: daß es Fene-berg gelungen ist, während der Schilderung des Unglücks Jaschas Brust zu streifen und auch, wie um getröstet zu werden, seine erzählende Hand ein wenig auf ihr ausruhen lassen zu dürfen. Johann Michael Feneberg wird sich sein Lebtag an dieses Gefühl erinnern und von diesem Tag an behaupten, Sitz des Gedächtnisses sei die hohle Hand. Nie wird er vergessen, welch aristokratische Handvoll er an einem Frühlingstag bei Kirschblüte vor den Toren der Stadt Thorn abzuwiegen das Glück und die Gnade hatte. Warum er das nicht vergessen wird? Weil ihm Drago sofort dazwischenfährt und sein Maul um das Handgelenk legt, bis kein Widerstand mehr möglich ist. Laut Kalebasse soll Feneberg bei Jascha darauf bestanden haben, den Höllenhund fürderhin beim Ordnen der Bibliothek oder bei Ausflügen ins Grüne zu Hause zu lassen. Da die Jascha nachgibt, kann Fene diesen Punkt für sich buchen. Zu Jaschas Knöchel dringt der Erzähler vor, als er vom großen Hagel berichtet, der an einem vierten Mai nach einem heftigen Gewitter einsetzt und erst nach drei Stunden wieder nachläßt. Die Kalebasse zeigt ganz Thulsern überschwemmt, läßt die faustgroßen Hagelkörner vier Schuh hoch liegen und teilweise das Vieh in den Ställen ersaufen. Aber Jaschas Knöchel ist Feneberg eine Katastrophe wert. Nur als er am Schienbein entlang den Verlauf der neuen Dorfstraße demonstrieren will, gibt Jascha dem Wegewart eins auf die Finger, zieht am Rock und läßt den Namen Drago fallen. Den Weg über das Schienbein zur Wade eröffnet erst die ausgiebige Auskunft über die erste Studierzeit Fenebergs bei den Jesuiten zu Kaufbeuren. Der Brand des elterlichen Hauses hatte Schuldbriefe, den Verkauf von Äckern und Feldern, schließlich die Verpfändung des Anwesens nach sich gezogen. Ein weitschichtig verwandter Geistlicher Herr steht aber für das Studiergeld gerade. Feneberg lernt: Ein Jesuit unterrichtet das Rudiment und die Grammatik, ein zweiter die beiden Syntaxklassen, ein dritter die Humanität und die Rhetorik. Die Kalebasse sagt: Seine Häuslichkeit hatte das Studentlein bei Bürgersleuten in der Stadt. Dieser

Satz eröffnet Feneberg nicht nur eine Abschweifung zu dem mächtig einsetzenden Kult um die gottselige Franziskanernonne Kreszentia von Kaufbeuren, sondern, viel entscheidender für die Erbengemeinschaft, deren Auflösung Unserallerkind aufgebürdet wurde, zu Jaschas Wade. Später wird Feneberg einen Lebensbericht der Nonne schreiben, aber nur als privates Exemplar drucken lassen. Jaschas Wade indes fühlt sich so fest und fast so rund an wie ihre Brust. Von Drago ist bei dieser Gelegenheit weit und breit nichts zu sehen und nichts zu hören. Feneberg ist Thulserner, deshalb beharrlich und hartnäckig: Brust, Knöchel und Wade hat er schon erobert. Aber diese Kenntnisse der Anatomie sind ihm noch zu bescheiden. Er will weiter. Er will mehr. Sein Ehrgeiz zielt ins Innerste der Festung, er will ins Tabernakel vorstoßen. Aber er weiß: so ein Knie ist wie ein Stadtgraben. Hat er ihn erst überwunden, sieht er schon die Zugbrücke fallen. Freilich müssen bis dahin noch viele Geschichten erzählt, noch viele Bücher geordnet, noch viele Spaziergänge vor die Stadt unternommen werden. Für das Knie muß sich Feneberg etwas Besonderes ausdenken. Das Knie ist der Vorhof zur Seligkeit, wird er sich gesagt haben. Etwas Besonderes? Eines Nachts kommt ihm die Erleuchtung. Er muß von Jaschas Traumgesicht erzählen: vom großen Reformer Thulserns. Wenn ihm das gelingt, dann gehört ihm schon die halbe Bastei, und vom Knie ist es bis zur Bundeslade nur mehr ein Katzensprung. Jascha also erfährt, wie zeitweilig ihrem großen Traum alle Amtshandlungen verboten sind und wie er seinen Lebensunterhalt mit dem Verkauf von Strickarbeiten und Brustleibchen für arme Frauen verdient. Das Knie bleibt jedoch bedeckt und unberührt. Jascha hört von der wundersamen Farbenlehre des Reformers: Rot bezeichnet bei ihm den Glauben, Gelb die Liebe, Blau die Wissenschaft, Grün den Erfindungsdrang. Jeder Farbe wird eine bestimmte Bedeutung zugeschrieben. Besuchern wird eine Tafel mit farbigen Glasku geln gezeigt. Je nach der Wahl der Besucher wird dieser beurteilt und mit entsprechenden Ratschlägen entlassen. Jascha staunt, aber das Knie bleibt unberührt und bedeckt. Da legt Feneberg zu und erzählt, wie Jaschas Traumgesicht dem Faulfieber verfällt, la fièvre putride, und wie der Gepeinigte während dreißig Tagen nicht Herr über sich ist. Jascha weint, aber ihr Knie bleibt bedeckt und unberührt. Feneberg übertrifft sich selbst und erzählt der Jascha, daß der Zar höchstselbst sich um die Genesung sorgt und einige seiner Leibärzte ins Thulsernische schickt. Da bemerkt Feneberg: zwar ist das Knie noch bedeckt, aber nicht mehr unberührt. Und Feneberg greift zum letzten Trumpf, zieht ein Kärtlein aus der Tasche, welches Jaschas Traumgesicht selber gedruckt und für die Türe seines Arbeitszimmers vorgesehen habe, wo so manches Exzerpt hänge zur Meisterung des Lebens. Feneberg überreicht seiner Jascha das Kärtchen, schenkt es ihr und sie liest, was die Kalebasse verzeichnet:

> *Ach könnt ich, was ich wollte;*
> *Ach wär ich, was ich sollte;*
> *Ach thät ich, was ich könnte;*
> *Ach liebt ich, daß ich brennte!*

Da fällt die Zugbrücke, und Fenebergs Hand umfaßt das Errungene, als wollte sie es nie mehr hergeben. Der Weg zum Goldenen Vließ scheint frei. Aber der Oberschenkel steht noch bevor. Das ist ein überaus mühseliges, Zentimeter für Zentimeter zu überwindendes Hindernis, ein steiler Kamin, in dem kein Platz ist für eine Sicherung, ohne Möglichkeit für Ruhepausen. Diese enge Schlucht, ahnt Feneberg, hat noch keiner durchstiegen. Hier hat noch keiner Hand angelegt. Fenebergs Hand verläßt das eroberte Knie, schiebt sich millimeterweise voran, erreicht die Jesuitenlehranstalt Sankt Salvator, durchläuft in sechs Jahren sechs Klassen, Rudiment, Grammatik, die kleine und die große Syntax, die Poesie, auch Humanität geheißen und die

Rhetorik, ohne noch mit der Philosophie zu beginnen. Feneberg ist ein guter Sänger, aber der Oberschenkelansatz scheint unbezwingbar. Nicht einmal die Seminarordnung vermag den Rock um ein Millimeterchen zu bewegen: an Schultagen um fünf Uhr, an Feiertagen um sechs Uhr Aufstehen, eine Viertelstunde vor dem Altar kniend beten, eine weitere Viertelstunde Vorbereitung für Schule und Frühstück, dann eine Ewigkeit Unterricht, nach dem Mittagstisch eine halbstündige Erholung, danach Gesangsunterricht, nach den nachmittäglichen Schulstunden Privatstudium, hierauf Abendtisch mit halbstündiger Rekreation, gefolgt von Musikunterricht, Nachtgebet, Nachtruhe, Unterbrechungen durch Ohrfeigen, Rutenschläge, angedrohte und vollzogene Entlassung. Nicht einmal die Herz Jesu Verehrung bewegt den Rock. Einen Fingerbreit Land gewinnt Feneberg erst mit dem Bericht glänzender gottesdienstlicher Veranstaltungen. Während der Feier des vierzigstündigen Gebets an den drei Tagen vor dem Aschermittwoch pontifizieren der Weihbischof, der Reichsabt von St. Ulrich, die Pröpste vom Heiligen Kreuz und von St. Georg. Aber damit gibt sich die Kalebasse nicht zufrieden. Sie verweist auf Geißler und Kreuzschleifer, Pönitenten in härenen Kutten, Posaunenbläser, Bruderschaften in rotem Habit und mit vermummtem Gesicht sowie auf das Christkindleinwiegen: an die dreißig Weberstöchter setzen sich um die zweite Nachmittagsstunde im Kreuzgang auf kleine Stühle. Jede hat eine eingebettete Wiege mit einem verzierten Jesusknäblein mitgebracht. Unter dem Gesang von Weihnachtskrippenliedern wiegen sie an seidenen Bändern ihr wächsernes Kindlein. Jaschas Widerstand schmilzt. Er schmilzt noch um eine weitere Fingerbreite, als die Weber gegen den Zitz- und Cottonfabrikanten wegen Einführung ostindischer Baumwollwaren revoltieren, doch der Widerstand wächst wieder, da Feneberg zu dieser Zeit leider in der Vakanz ist und nicht am Ort des Geschehens. Er kommt jedoch erneut zum Schmelzen, als ein elsässischer Weinhändler der Gattin eines Kurbairischen Hauptmanns mit einem Schermesser die Kehle durchschneidet, die Frau grausam verstümmelt und mit den Pretiosen flüchtet. Die Kalebasse sagt: Nachdem die Häscher den Raubmörder fassen und ihn an Händen, Füßen und einem eisernen Leibring gefesselt, unter Zulauf zahlreichen Volkes des Nachmittags beim Tor hineinfahren, kann Fenebergs neues Schuljahr beginnen. Feneberg kommt drei Millimeterchen beim Durchstieg der Oberschenkelschlucht voran, als der vierundvierzigjährige Dismas aufs Rad geflochten wird. Fenes Eintritt bei den Jesuiten wirft ihn jedoch wieder zurück auf dem Weg zum Goldenen Vließ. Auch ein Wort wie Novizenmeister zeigt keine Wirkung. Das folgende zweijährige Studium an der Universität zu Ingolstadt mit Ästhetik, Logik, Ethik, Diplomatik und Numismatik zeitigt keinen nennenswerten Erfolg. Erst eine merkwürdige Begebenheit, welche sich in der Ingolstädter Jesuitenkirche zuträgt, schiebt den Rock um einen Zentimeter höher: Eine arme Fischersfrau, die sich außerstande sieht, eine fällige Schuldsumme zu bezahlen, wendet sich in ihrer verzweifelten Lage an den Jesuitenheiligen St. Xaver. Da findet ihr Mann laut Kalebasse beim Fischen in der Donau einen silbernen Becher, der zweiundzwanzig Halbunzen wiegt und aus dessen Erlös sie ihre Schuld begleichen kann. Fenebergs Weihe zum Diakon am Quatembersamstag der Fastenzeit in der Michaeliskapelle neben dem Dom zu Regensburg sowie die Stelle eines Hofkaplans beim Fürsten von Thurn und Taxis bewirken bei Jascha gar nichts. Dies gilt auch für die Jahre des Frühmeßbenefiziats in Marktoberdorf, die ihm mehr als fünfhundert Gulden Schulden eintragen. Die Kalebasse sagt: außer Spesen nichts gewesen. Nur die Berichte von der Schützenlust und der Jagdleidenschaft bringen den Rock in Bewegung, wenngleich es auf dem Oberschenkelschauplatz ruhig bleibt. Erst als Feneberg, am Ufer der Wertach stehend, einen Rehbock auf einer Insel des Flusses schießt und seinen Hund auffordert, den Bock zu apportieren, geraten ihre Beine in Bewegung und öffnen sich eine Handbreit. Der Hund strengt sich nach Kräften an, aber er schafft es nicht, Strömung und dichtes Gestrüpp sind dagegen. Auf einmal aber wendet er sich um, schleppt den Bock auf die entgegengesetzte Seite der Insel, umschwimmt diese und legt die Beute seinem Herrn zu Füßen. Da denkt Jascha an Drago, den Feneberg nie dabeihaben will bei den Spaziergängen vor die Tore der Stadt, deren Pfarrbücherei schon fast zu Ende geordnet ist. Feneberg verfällt dem Irrtum, ein Besuch des Papstes in Thulsern bringe ihn um eine Handlänge voran auf den marmornen Säulen. Schon paradiert die Bürgerwehr, schon donnern die Kanonen, schon übt ein reichsstädtischer Syndikus eine lateinische Anrede, schon steht die Bevölkerung Spalier, auf der einen Seite die Männer, auf der anderen die Weiber mit irgendeinem haus- oder landwirtschaftlichen Werkzeug in den Händen, auf dem künftig päpstlicher Segen ruhen solle, schon eilen die Gardereiter voran, gefolgt von Jägern und der Soldateska, insgesamt an die dreihundert Roß, da klemmen sich zwei Knie aneinander wie die Backen eines Schraubstockes. Nicht Fene, sagt die Jascha, nicht dieser Tage. Also wieder nichts. Nicht einmal ein Papstbesuch vermag dieses Schloß zu öffnen. Die Hinrichtung der Gattenmörderin Bibiana Prestlerin von Glöttweng durch das Schwert ist, als sei sie nicht gewesen. Fenebergs Jahre als Gymnasialprofessor in Dillingen: ein leichtes Rockgebausche. Die Front steckt fest, als müßte sie überwintern. Intrigen und die Beschuldigung heimlicher Zusammenkünfte mit den Illuminaten, der Vorwurf zu großer Vertraulichkeit mit den Alumnen, die eigenmächtige Ausmusterung des Katechismus, die zu Fenebergs Entlassung führt: schenkelmäßig ohne Erfolg. Überraschenderweise lockert ein Hinweis auf den Intriganten und Hauptankläger Rößle die Reihen vor der Bastion. Die Rede gilt einem schlitzohrigen Heuchler, der Feneberg Freundschaft und Vertrauen anbietet, während er gleichzeitig denunziert. Briefe werden heimlich geöffnet, sogar das Beichtgeheimnis wird mißbraucht. Zuletzt aber wird der Denunziant überführt, angeklagt und seines Postens enthoben. Er fängt an, starken Wein zu trinken, gewöhnt sich daran, betrinkt sich mehr und mehr, findet nicht mehr heraus aus seinem Käfig aus Lügen und Dementis und verliert darob den Verstand. Der Rock rutscht deutlich übers Knie, als Rößle schließlich nackt unter seinen auf dem Fußboden verstreut herumliegenden Büchern und Schriften sitzt, flucht, einen Folianten von sich schleudert und in jämmerlicher Raserei dahinstirbt.

Feneberg aber ist entlassen. Zwei Möglichkeiten bleiben ihm: aus der Kutte zu springen oder nach Rußland zu reisen, um beim Zar das Erweckungsfeuer zu entfachen, wider die Jesuiten zu agitieren und die Idee von der Bruderschaft auf gütergemeinschaftlicher Grundlage am Schwarzen Meer Wirklichkeit werden zu lassen. Darüber hat er lange nachgedacht. Feneberg tut beides: Er springt aus der Kutte und reist nach Rußland. Er tut ein Drittes. Er beginnt seine *Goldkörner:* dreißig Oktavbändchen, die er selbst bindet. Jedes dieser Bändchen enthält eigene oder exzerpierte Gedanken. Als Erscheinungsort aber gibt er nicht Thulsern an, sondern, wie die Kalebasse ausdrücklich vermerkt: Bethlehem. Feneberg hält dies für den Ort, an dem er erweckt worden sei. Auch die Kalebasse kommt aus Bethlehem. Mein Onkel Firmian, der Herr der sieben Meere, hat sie aus Belém übers große Wasser ins Thulsernische gebracht. Nun ist sie mit dem Samtkragenmantel und einem Vergrößerungsglas auf Unserallerkind gekommen: weil ich die Erbengemeinschaft auflösen muß. Weil ich es am weitesten gebracht habe von unserer Sippe. Aber welche Sätze notiert Johann Michael Feneberg, Haupt der Thulserner

Erweckungsbewegung, in seinen *Goldkörnern*? Die Kalebasse gibt ein Beispiel: *Eine Geschichte ist nur dazu da, daß man sich in ihr verliert. Wenn das so ist, dann zerbreche ich eben die Zauberlampe Aladins, dann durchlöchere ich den fliegenden Teppich. Fort mit euch, die ihr die Gewichte und Maße überprüft, die ihr mit dem Zahn meine Worte aufknacken wollt, um ihren Kern freizulegen: die Geschichte, die erzähle ich mir selber, und euch alle schicke ich nach Hause, ihr Affenohren, ihr Traumdurchbohrer, ihr Eiergucker. Was könntet ihr denn von mir bekommen, außer daß ich schweige, und selbst wenn ich schweige, betrüge ich euch immer noch, ich lüge wie eh und je in dem, was ich allein verstehe.* Und Feneberg ist den ganzen Sommer auf dem Oberschenkel der Jascha nicht recht viel weitergekommen. Längst ist die Pfarrbibliothek von Thorn geordnet, längst ist es Herbst geworden, längst ist es zu kalt für Spaziergänge hinaus vor die Tore der Stadt: Ein früher Winter kündigt sich an. Feneberg ist Thulserner. Alle Thulserner sind beharrlich. Manche sogar stur. Feneberg kennt den Verlauf der Härchen auf Jaschas Arm. Er stellt sich ihren Verlauf andernorts vor. Da begibt es sich am Abend eines novembertraurigen Tages, daß unserer Jascha der Magen knurrt. Jascha sitzt auf dem Bett in ihrer Kammer, und Feneberg, der zunächst glaubt, Drago zu hören, aber der Höllenhund ist draußen vor der Tür angeseilt, legt Jascha die Hand auf den knurrenden Bauch. Jascha spürt die Wärme dieser Hand. Ihre Gedanken sind wieder einmal einwärts im Gebirg. Schon viel zu lange hat sie sich in Thorn mit dem Haushaltführen des Pfarrhofes aufgehalten, zu viel Zeit ist verstrichen mit Bücherordnen und Ausflügen vor die Stadt. Fenebergs Geschichten haben sie festgehalten, seine Worte über sich und über Thulsern. Feneberg ist hellwach: Er sieht das Licht in Jaschas Gesicht, er sieht das Licht auf Jaschas Haut, er sieht die Härchen auf dem Arm, eine Hand fühlt einen warmen Bauch. Hände erinnern sich an die Früchte dieses Sommers: Brust, Knöchel, Wade und Knie. Alle Eroberungen geschehen in einem nur von Fliegen- und Mückengesumm unterbrochenen Schweigen im Junijuliaugustgras. Wie warm die Hand auf dem Bauch ist. Wie warm der Bauch unter der Hand ist. Ein Lied schiebt sich in Jaschas Kopf, ein Lied von den sieben Tränen. *Sieben Tränen muß ein Mädchen weinen, sieben Tränen auf dem Weg zur Frau,* aber Fenebergs Thulsernische Inbrunst hat diese Tränen längst verwandelt in bunte Gläser, jedes mit einer anderen Farbe, wonach sich der Charakter bestimmen läßt, wie er erzählt hat von Jaschas Traumgesicht. Sieben Träume muß ein Mädchen träumen, sieben Träume auf dem Weg – aber Feneberg hat sieben wandernde Hände. Sieben Hände wandern, und sieben Hände erzählen. Die erste Hand erzählt vom Brand des elterlichen Hofes, und sie berührt eine Brust. Die zweite Hand erzählt vom großen Hagel und vom Wind des Unheils, und sie streichelt einen Knöchel. Die dritte Hand erzählt vom Prügelstudium bei den Jesuiten, und sie hält eine Wade, als wäre sie eine Brust. Die vierte Hand zieht ein Kärtlein aus der Tasche, und sie umfaßt ein Knie, gibt es nie wieder frei. Die Augen aber lesen, was auf dem Kärtlein geschrieben steht: *Ach könnt ich, was ich wollte; / Ach wär ich, was ich sollte; / Ach thät ich, was ich könnte; / Ach liebt ich, daß ich brennte.* Die fünfte Hand muß besonders viel und vergeblich erzählen: vom guten Sänger, von der Seminarordnung, von Geißlern und Pönitenten, vom Christkindleinwiegen, vom elsässischen Weinhändler, von der armen Fischersfrau, von der Priesterweihe, vom Rehbockschießen, von der Lehre in Dillingen, vom Papstbesuch, von den Jesuitenintrigen, von den *Goldkörnern.* Und diese Hand tut sich schwer mit dem Oberschenkel. Die sechste Hand liegt warm auf dem Bauch. Sie weiß die Brust in nächster Nähe. Das macht sie mutig und sanft. Die sechste Hand erzählt, wie die Kalebasse in die Welt kam, denn als Johann Michael

Feneberg sieben wandernde Hände wuchsen, die erzählen mußten, damit es zur Gründung unserer Sippe kommen konnte, da lag die Erde noch wüst und leer, weil es noch keine Kalebasse gab. Fenes sechste Hand liegt auf dem warmen Bauch und nähert sich dem Goldenen Vließ aus der entgegengesetzten Richtung: nämlich von oben, weil der Durchstieg von unten durch den Kamin nicht zu schaffen ist, weil die Hand zwischen den Säulen des Herkules verhungert wäre und auf der Strecke geblieben. Johann Michael Fenebergs sechste Hand kommt nicht ohne Unterstützung aus, die sie sich beim Propheten holt für unsere bibelfeste Jascha. Bis zu der Berge Gründen war ich schon hinabgefahren, zitiert die Kalebasse, der Erde Riegel wollten ewig mich verschließen, und Jonas war verdrossen und er war entrüstet. Da sprach der Herr: Bist du mit Recht erzürnt? Darauf ging Jonas aus der Stadt und ließ sich nieder, östlich von der Stadt. Er baute sich dort eine Hütte und wollte sich darunter in den Schatten setzen, bis daß er sehe, was mit der Stadt geschehe. Da ließ der Herr Gott einen Kürbis über diese Hütte wachsen. Am Morgen aber ließ der Herr diesen Kürbis durch einen Wurm stechen, so daß er verdorrte und in seine Haut die Geschichte der Schöpfung geschrieben werden konnte mit der kalten Nadel.

So kommt mit Fenebergs sechster Hand, die sich behutsam aber beharrlich vorarbeitet, die Kalebasse in die Welt. Jetzt muß nur noch Kosmas gezeugt werden, unser Tüftler und Erfinder des Ewigen Umgang, der Erbauer des Thulserner Glockenspiels *So trolln wir uns ganz fromm und sacht,* der später aufbricht, auf Pilgerfahrt geht zum großen Te Deum, zu dem ein riesiges Rauchfaß durch das Kirchenschiff geschwenkt wird, in Schwung gebracht und gehalten von sieben weißgekleideten Mönchen. Die siebte Hand Fenebergs aber zeugt Kosmas. Die Kalebasse zeigt es ganz deutlich, wie diese Hand der Jascha den Zopf löst, sie zeigt, wie die Säulen des Herkules fallen. Die siebte Hand also löst den Zopf. Die siebte Hand also greift nach dem schwarzgoldenen Vließ. Der siebte Finger aber der siebten Hand tut die siebte Tat, denn sieben Tränen sind vorgeschrieben, die sich in sieben Hände verwandeln, die erzählen müssen und wandern: gespiegelt in sieben stummen Dragoaugen.

Zweites Buch

Erster Drehbericht

Liebste Alfina,
nein, beim Beobachten der Dreharbeiten will ich dich nicht
um mich haben. Alltag, Arbeit und Verliebtsein haben sich
noch nie vertragen. Ich habe mich so sehr in meine Aufgabe
vertieft, daß ich schon glaube, nicht nur von dem Schlaraffenlandfilm als Chronist zu berichten, sondern selbst am
Süßen Brei mitzuwirken: als wäre ich, den Erfahrungen
meiner Generation gemäß, nicht mehr Akteur, sondern
Ausstatter oder Statist. Die Filmerei gibt mir die Gelegenheit, nach Jahren wieder an meinen Geburtsort zurückzukehren. Du weißt nicht, wie lange es her ist, daß ich mich
von diesem Tal verabschiedet habe, um den Schutz der
Großstadt der Intimschnüffelei des Landlebens vorzuzie-
hen. Damit habe ich mich nicht gerade konform verhalten.
Heutzutage zieht es besonders die Intellektuellen wieder
aufs Land, ganze Regionen werden von ihnen aufgekauft,
kaum einen trifft man noch, der nicht irgendein Häuschen
in der Toskana, im Oberbayerischen oder im Thulsernischen hätte. Dann wird von Dorfgemeinschaft und Natur,
von Nachbarschaftshilfe und Lebensqualität geschwätzt.
Offenbar sind diese Leute völlig ahnungslos, was an alltäg-
licher Grausamkeit auf dem Land praktiziert wird. Da ich
dort aufgewachsen bin, weiß ich, wovon ich spreche. Mich
bringen keine zehn Pferde für dauernd in so ein Kaff zurück.
Die Arbeit am Schlaraffenlandfilm ist gerade richtig. Rückkehr in die Heimat: das treibt einem das Bild vom verlorenen Sohn vor die Augen, der heimkehrt nach Jahren des
Umherirrens im Sumpf der Großstädte. Reumütig kehrt er
heim, einst in Zorn und Hochmut geschieden. Da steht der
Heimkehrer auf einem Hügel und blickt hinab ins Tal, und
wie bestellt kommen ihm aus dem Herbstnebel, Gegenlicht-
aufnahme in Farbe mit leichtem Filter, die Orte seiner

Kindheit entgegen, die Gespenster steigen aus den Grüften, die dicken Wörter wie Blut und Boden, Haus und Hof, Schicksal und Scholle, Gemüt und Gegrübel, Stolz und Stamm. Ein wehmütiges Wohlbehagen breitet sich aus, wird getragen von einem Musikteppich, sagen wir von Ennio Morricone: *Es war einmal in Amerika.* Lauter versteckte Wolfsfallen, in die du tappst, obgleich du mit dem Kopf längst darüber hinaus zu sein glaubst. Machen wir uns nichts vor, meine Alfina. Der Thulserner Andenkenhandel lebt davon. Freundlich ist man in Thulsern nur zu denen, die etwas bringen oder dalassen. Am angesehensten sind und bleiben die Skilehrer.

Was meinen Geburtsort betrifft, so sind noch immer einige Rechnungen offen. Aber ich will es kurz machen: Alles ist bloß schlimmer geworden – und lächerlicher. Willst du den neuesten Schildbürgerstreich hören, ausgedacht am Biertisch, wo im Thulsernischen stets Politik gemacht wurde und wohl auch weiterhin gemacht werden wird? Da sollte ein in Konkurs gegangenes Hotel in ein Behindertenheim umgebaut werden, doch dann hieß es in Thulsern plötzlich, man wolle keine Halbdeppen in einem Höhenluftkurort. Schließlich gebe es ein Frankfurter Urteil, in dem einem Griechenlandurlauber Schadensersatz zugesprochen worden sei, weil dessen Urlaubsfreude getrübt wurde durch Rollstuhlfahrer, die im gleichen Hotel wie er Quartier gemacht hatten. Die hart arbeitenden Menschen, die in Thulsern Erholung suchten, hätten einen Anspruch auf eine von Halbdeppen sauber gehaltene Umgebung. Darüber hinaus sei das Hotel gar nicht geeignet, weil man es wegen der Ansprüche, die Rollstuhlfahrer heutzutage stellten, völlig umbauen müßte. Dafür habe man kein Geld. Die freien Mittel seien längst in der Überdachung der Sommereisbahn verbaut.

Heimat, deine Sterne, pflegte weiland Rudi Schuricke zu singen. Aber ich will dich nicht mit Lokalpolitik aus Schilda langweilen, sondern dir von unserer Arbeit berichten. Schon sage ich *wir*. Auf dem Drehplan stand ein besonders dicker Brocken, den wir möglichst schon am Anfang hinter uns bringen wollten: die Krönung des Schlaraffenkönigs. Ursprünglich war dafür Schloß Neuschwanstein vorgesehen: aus guten Gründen, wie sich denken läßt. Aber im letzten Augenblick entzog man uns die Drehgenehmigung. Dabei hätten Sängersaal und Sängerlaube mit den Darstellungen von Parzival, Lohengrin und Klingsors Zauberwald vorzügliche Kulissen abgegeben. Du mußt dir nur einmal vorstellen, wie der Schlaraffenkönig im Thronsaal neben den sechs heiligen Königen Kasimir, Stefan, Heinrich, Ludwig, Ferdinand und Eduard, wie er unter dem byzantinisierenden Lüster aus vergoldetem Messing die Krone entgegennimmt und sich dann zum Thronsessel begibt, der mit einem auf Säulen ruhenden Dach überwölbt ist. Wir hätten einen Wagnerteppich unter die Szenen gelegt, den Schlaraffenkönig dann in sein Arbeitszimmer begleitet und ihn vor den auf Gobelins gemalten, wie gestickt wirkenden Szenen gefilmt: unser Wurstel vor Tannhäuser im Venusberg. Kamerafahrten stellte ich mir vor durch den Wohntrakt, vorbei an den Bildern aus der germanischen Sagenwelt, vorbei an den Spieß- und Heckel-, Hauschild- und Pilotyschinken. Immer wieder durchbrochen von der byzantinisierenden, dann wieder romantisierenden, bald gotisierenden und bald französisierenden Architektur, die schließlich auf einen Kollegen von mir zurückgeht: auf den Bühnenmaler Jank. Er fertigte die Bilder, nach denen die Architekten zu bauen hatten. Das ist wie heute beim Film. MacDonnald Unltd. hatte ein ausgefeiltes Konzept, was im Wintergarten mit dem maurischen Springbrünnlein, was in der Grotte, jener künstlichen Tropfsteinhöhle mit dem winzigen Wasserfall und dem illuminierbaren Mond gedreht werden konnte. Ich wußte, wie man das Wohnzimmer des Königs mit den Bildern vom Gralswunder, mit Lohengrins Ankunft in Antwerpen sowie Lohengrin als Kämpfer für Elsa von Brabant für unsere schlaraffischen Zwecke nützen wollte. Perfekt wäre die Ankleideszene im Ankleidezimmer des Königs vor den Bildern »Walter im Kreise der Vögel« und »Walter singt vor Herzog Welf VI.« geworden, indes das vorherrschende Blau im Schlafzimmer mit seinen Tristan-und-Isolde-Motiven einiges Kopfzerbrechen bereitete: Immer wieder suchte der Kameramann bei der Vorbesprechung den Ausblick auf den fünfzig Meter hohen Wasserfall in der Pöllatschlucht, während es mir mehr auf den Waschtisch mit dem fließenden Champagner, abgeleitet aus einer Quelle über dem Schloß, angekommen wäre. Der Höhepunkt wäre natürlich die Nutzung der Schloßküche gewesen: Lohengrin und Tannhäuser, Parzival, Tristan und Isolde als Schutzpatrone des Thulserner Schlaraffenkönigs, angeführt von König Ludwig II. als Major domus, getragen von Wagnermusik, von Wagner und wieder Wagner, auf dem Weg in die Küche, dem eigentlichen Reich unseres Regenten: wie Majestät geruhen, Platz zu nehmen, wie dero Blick auf die turbinengetriebenen Rotationsspieße zu fallen belieben, an denen sich die Braten drehen, angeblich eine Konstruktion von Leonardo da Vinci, wie der Ofenrauch unter dem Fußboden abzieht und nebenher gleich Platten und Geschirr vorwärmt, wie der Speiseaufzug beladen und in den dritten Stock geschickt wird, wie die vier Öfen der Warmluftheizung geschürt werden, wie um die Säulen aus poliertem Granit Geflügelberge gestapelt werden, obenauf der Pfau, denn der Pfau ist ein königliches Tier. Dort wollten wir Szene um Szene drehen: wie der König einen Fisch ruft, der aber sagt: Ich bin doch erst auf einer Seite gebraten. Worauf der König antwortet: dann dreh dich um und salze und schmälze dich selbst, wie ein jegliches Stück Hausrat herankommt, wenn es gerufen wird. Tischlein rück näher! Und Säckchen Mehl, daß du das Brot mir knetest! Schenk ein, mein Krug! Doch wo ist's Glas? Im Kommen soll sich's spülen.

Aber wo keine Drehgenehmigung ist, da hat sogar die MacDonnald Unltd. das Recht verloren. Aus lauter Enttäuschung ging ich zum Essen und bestellte einen Spätzleauflauf. Ein Kilogramm Sauerkraut wird zusammen mit zweihundertfünfzig Gramm Spreck, einem Schuß Weißwein oder Most, mit Salz, Pfeffer, Wacholderbeeren, Kümmel, einer Prise Zucker sowie einigen Apfelschnitzen gar gekocht. Der nicht zu fette Speck wird nun fein geschnitten und zusammen mit den nach bewährtem Rezept hergestellten Spätzle unter das gekochte Kraut gemischt. Das Ganze wird in eine feuerfeste Form gefüllt, ehe eine schöne Portion Käse darübergerieben wird. Zuletzt wird der Spätzleauflauf im Backofen goldgelb gebacken.

Dermaßen gestärkt, wollte ich der Verweigerung der Drehgenehmigung auf den Grund gehen. Du wirst staunen, wenn ich dir erzähle, was ich herausfand: Schloß Neuschwanstein war schon vermietet. Eine Gedenkfeier sollte stattfinden, eine Art Freundschafts- und Kameradschaftstreffen, eine Art Klassentreffen, eine Jahrgängerfeier. Von ehemaligen Mitgliedern der SS. An die tausend Angehörige der 1. SS Panzerdivision »Leibstandarte Adolf Hitler« wollten sich auf Schloß Neuschwanstein treffen. Warum ausgerechnet auf Schloß Neuschwanstein? Weil dort eine der letzten Großtaten der SS kurz vor Kriegsende vorgesehen war. Ich habe mich ein wenig umgetan und bereichere meinen ersten Drehbericht an dich, meine geliebte Alfina, mit Auszügen aus der eidesstattlichen Erklärung des Kunstmalers und SS-Gruppenführers Ebrecht, abgegeben in Dachau am 7. 9. 1947, also knapp ein Jahr vor meiner Geburt: »Ende April 1945 forderte mich SS-Gruppenführer Stroob auf, ihn nach dem Schloß Neuschwanstein bei Füssen/Lech zu begleiten, da er dort seine Maßnahmen für den Fall einer Feindbesetzung treffen wollte ... In Neuschwanstein trafen

wir die Kunsthistoriker Dr. G. Schiedlausky und Dr.
B. Lohse...; Stroob... befahl die Sprengung von Neuschwanstein. Da mir die scharfen Proteste der Kunsthistoriker gerechtfertigt erschienen, bat ich Stroob, mir die Durch-
führung seiner Anordnung zu überlassen... Nachdem
Stroob mir diesen Auftrag übertragen hatte, kam ich in
einer späteren Besprechung mit Dr. Sch. und Dr. L. überein,
daß... die beiden Herren, trotz der damit fraglos vorhan-
denen Lebensgefahr, das Schloß und den darin gelagerten
Kunstbesitz dem feindlichen Kunstschutz übergeben sollten.«

Aber auch die SSler durften sich nicht in Neuschwanstein
treffen. Nun liegt zum achten Mai die Einladung des Thulserner Adlerwirtes vor. Weil kein genügend großer Saal für
so viele Teilnehmer zur Verfügung steht, ist geplant, in der
Gemeinde ein großes Zelt aufzuschlagen. Nach Meinung
des Wirtes hat das Treffen mit Politik überhaupt nichts zu
tun, es gehe um reine Kameraderie.

Vorerst ruht also das Schlaraffen-Filmprojekt. Der gesamte
Aufnahmestab hat sich in das Grandhotel Thulserna, in den
neuen *Adler* zurückgezogen, in dem während der Winter-
saison die Skirennläufer des Weltcup-Rennens von Thulsern untergebracht werden. Es ist eines dieser riesigen
Hotels mit allem Komfort, von der Bowlingbahn bis zum
überdachten Tennisplatz, vom Hausfriseur bis zum Presse-
zentrum, von dem aus Fernschreiben in alle Welt versandt
werden können. Auf diese Weise sind wir stets mit der
Zentrale in Amerika verbunden. Die Zimmer sind ruhig
und bequem eingerichtet, es mangelt an nichts.

Für die Filmleute mag dies ein Hotel wie jedes andere sein,
für mich aber, meine geliebte Alfina, ist es das nicht. Ich
habe nämlich eine besondere Beziehung zu diesem Hotel.
Das liegt nicht zuletzt an dem Blick aus meinem Apparte-
mentfenster. Während Wohn- und Schlafzimmer nach Süd-
osten schauen, steht der Schreibtisch vor dem Fenster auf

der Bergseite. Indes ich dir schreibe, geht mein Blick hinaus und fängt sich immer wieder an einem kleinen Häuschen auf der Rückseite des Hotels. Es sieht aus wie ein besserer Geräteschuppen, für eine gewöhnliche Baubude ist es zu stabil. Immerhin ist es gemauert und hat ein ziegelgedecktes Dach. Ich kenne das Häuschen, das da steht, als hätte man vergessen, es abzureißen. Ich kenne es genau, wie ich auch den Grund und Boden genau kenne, auf dem das Hotel steht. Das Häuschen auf der Rückseite des Hotels war einmal unser Oma ihr klein Häuschen, und der neue Thulserner *Adler* steht an der Wolfsgrube. Die Wolfsgrube aber war einst im Besitz meiner Sippe. Ich könnte also mit einiger Berechtigung sagen, das Hotel stehe auf meinem Grund und Boden, mithin auf einem Fleck Erde, den ich einmal erben sollte. Ich habe ihn aber nicht geerbt. Aus guten Gründen.

Da sitze ich also mit dem gesamten Filmteam in einem Grandhotel, das auf jener Heimaterde erbaut ist, die einmal mir zugedacht war von meinen Altvordern.

Die durch ein Kameradschaftstreffen alter Nazis verhinderte Arbeit am Schlaraffenlandfilm versetzt mich in eine Lage, wie sie in alten Büchern beschrieben wird: als hielte mich ein Achsbruch der Kutsche an einem Ort fest, den ich von früher her kenne.

Vor mir auf dem Schreibtisch liegt mein erster Drehbericht an dich, meine geliebte Alfina, vor meinen Augen habe ich auf der Kienbergseite unser Oma ihr klein Häuschen, drüben auf dem Rauchtischchen aber liegt jener Gegenstand, der mich seit einiger Zeit durch mein Leben begleitet, wo immer ich mich auch befinde: meine Kalebasse.

Diese Kalebasse diktiert mir, was ich für dich aufschreibe Wort für Wort. Sie erzählt mir die Geschichte meiner Sippe und somit mein Herkommen. Sie erzählt mir jene Geschichte, die ich an dich weitergeben muß, damit du Bescheid weißt, worauf du dich einläßt mit einem wie mir.

Deiner Liebe bin ich es schuldig, daß du alles über mich und meine Herkunft erfährst.

Nichts will ich auslassen, nichts begradigen oder beschönigen, auf keinen will ich Rücksicht nehmen, sondern mich rückhaltlos und ungeschützt in den Dienst der Kalebasse stellen.

Sie allein soll mir die Hand führen, denn sie war von Anfang an und bei allem dabei.

Die Kalebasse macht mich zum Nacherzähler.

Sobald ich aus dem Hotelfenster auf unser Oma ihr klein Häuschen schaue, rollt ein Film vor meinen Augen ab, den nur ich sehen kann. In diesem Film geht es ausschließlich um die Geschichte unserer Sippe, und die Darsteller sind alle echt. Jeder spielt sich selbst und sein Leben, jeder kennt seinen Text, weiß, wann sein Auftritt kommt, kennt das Stichwort für seinen Abgang, sagt keinen Satz zu wenig und keinen zu viel. Der Film läuft unaufhaltsam, auch wenn ich die Augen schließe, wenn ich zu Bett gehe und über die Arbeit am Schlaraffenprojekt nachdenke. Manchmal glaube ich, der Film laufe schon mehr als hundert Jahre und habe noch immer kein Ende gefunden, obwohl doch längst niemand mehr aus unserer Sippe in unserer Oma ihrem kleinen Häuschen wohnt. Halte ich die Kamera, habe ich diesen Film ausgestattet, wer ist für die Beleuchtung, wer für die Dialoge verantwortlich? Ich muß ernstlich aufpassen, die Filme nicht durcheinanderzubringen.

Es ist schon eine Teufelei mit dem Heimkommen, denn es geht doch nicht so glatt und so kalt, wie ich es mir gewünscht habe. Es hätte mich auch gewundert. Jede Rückkehr verdeutlicht uns den Schmerz der eingestandenen Niederlage, und ich frage mich, ob wir nicht alle mit demselben Hunger nach demselben geliebten Blendwerk einst loszogen, mit diesem Durst nach jenem Zauberglanz, der, »in der Wirrsal von Nichtigkeiten hervorgebracht, so überraschend ist wie die glühenden Funken, die von einem kalten Stein geschlagen werden« – wie es in alten Büchern heißt.

Verachte mir diese alten Bücher nicht, meine geliebte Alfina, denn in ihnen steht viel Nützliches und Wahres, so auch der Satz: »Wir wandern zu Tausenden über das Angesicht der Erde, die Erlauchten und die Namenlosen – erwerben unseren Ruhm, unser Geld, oder nur eine Brotkruste; aber mir scheint, heimzukehren ist für jeden von uns gleichbedeutend mit dem Ablegen einer Rechenschaft.«

Ich bin hierher gekommen, nicht nur um einen Film zu sehen, sondern um meinen Rücken gegen die Wand zu stemmen.

Liebste Alfina, da die MacDonnald Unltd. wegen des geplanten SS-Treffens in Neuschwanstein keine Drehgenehmigung erhielt, tagte der Krisenstab. Wir vom Film kennen das: da wird der Drehort besichtigt, da werden die wichtigsten Fragen geklärt, da werden Genehmigungen eingeholt und zugesichert – und dann kommt alles doch ganz anders als geplant. Der Ausstatter des Schlaraffenprojektes war vom Veto der Bayerischen Verwaltung der staatlichen Schlösser, Gärten und Seen besonders betroffen. In solcher Lage hilft nur die beharrliche Suche nach einer Ersatzlösung. Schließlich setzte ich mich mit meinem Vorschlag durch und bekam von der Produktionsleitung grünes Licht. Meine Überlegung war ganz einfach: Wenn wir schon nicht an den Originalschauplätzen drehen dürfen, müssen wir selbst solche schaffen. Die Bauwut Ludwig II. sollte uns entgegenkommen. Schließlich ist der bayerische Märchenkönig der größte Film-Ausstatter aller Zeiten: die Kulissen, die er sich für seinen Privatfilm schuf, in dem er und nur er die Hauptrolle spielte, haben sich gehalten, und sie werden überdauern. Wenn eines schönen Tages die Traumfabrik Hollywood nicht mehr sein wird, gibt es noch immer die Schlösser von Ludwig II. Du mußt wissen, meine Alfina, daß ich im Schatten Neuschwansteins zur Schule ging. Das prägt einen Menschen. Ich erinnerte mich an diese Zeit, und ich erinnerte mich an einen nie in die Tat umgesetzten Plan zu einer Ausstellung »Ungebautes Bayern«. Darin sollten Modelle jener Gebäude und Straßenzüge gezeigt werden, die – aus welchen Gründen auch immer – doch nicht gebaut wurden. Was wußte ich von Ludwig? Daß er, bis heute legendenumwuchert, außer an Schlössern auch an der Bauchbehaarung junger Bauernburschen interessiert war. Stolz und einsam, rastlos und traurig in schnöder Welt, der er sich selbst mitsamt seinen deutschen Sehnsüchten nach Reinheit, Erhabenheit und Größe als Gesamtkunstwerk entgegenstellte, verwandelte Ludwig das Leben in ein gigantisches Kostümstück. Er häufte Detail und Talmi und brachte es fertig, bis hin zum Befehl, bei Rothschild einzubrechen, mit Hilfe einer zum Zitat geronnenen Vergangenheit den Mythos über die Geschichte, die Laune über die Historie triumphieren zu lassen. Ein Regent wie aus dem Drehbuch, eine Herausforderung für den Film: »Ein Rätsel will ich bleiben mir und der Welt.« Ich wußte von Ludwigs kühnstem Traum: Schloß Falkenstein. Ideal für die Krönung des Schlaraffenkönigs. Aber Schloß Falkenstein wurde nicht mehr gebaut, der gelieferte »Marmor« war schon aus Gips. Der Falkenstein im Herzen Thulserns trägt heute die höchstgelegene Burgruine Deutschlands.

Die Lösung hieß also: Die MacDonnald Unltd. baut für den Film nach, was Ludwig II. nicht mehr gegönnt sein sollte. Wir vom Film sind es gewohnt, die Welt zu verdoppeln. Sofort begannen umfangreiche Recherchen, man suchte und beschaffte alte Pläne, studierte Skizzen und Aufzeichnungen. Von Anfang an stand fest: Des Königs Traum ist uns Befehl. Von Anfang an stand fest: Grundlage sollte das Phantasiebild des Bühnenmalers Christian Jank sein, das er 1883 als Vedute im Auftrag des Königs erstellt hatte. Eine Reproduktion wurde in verschiedener Größe allen zuständigen Mitarbeitern des Stabes ausgehändigt. Zu sehen ist eine gewaltige Burganlage, hochgotisch mit Erkern und Zinnen und Türmchen und Balkonen. Das Hauptgebäude gleicht einem dieser treudeutschen Rathäuser. Insgesamt aber läßt dieser Entwurf von Schloß Falkenstein Neuschwanstein nur noch wie ein Lebkuchenhäuschen aussehen. Genau das war es, was die MacDonnald Unltd. für ihren Film brauchte. Wie weiland der König, so verwarf auch die Filmgesellschaft die kleinmütigen Entwürfe von Dollmann, die nichts weiter als eine Armeleuteburg vorsehen. Auch die Planungszeichnungen des Oberbaurates Max Schultze reichen nicht aus, wenngleich sie Dollmanns langweiligen und biederen Vorschlag um einiges übertreffen. Ludwig scheiterte angeblich an den nichtvorhandenen Finanzen. Für die MacDonnald Unltd. konnte das kein Argument sein: Sie wollte für verschiedene Szenen Schloß Falkenstein nachbauen, es nach Beendigung der Dreharbeiten wieder zerlegen und nach Amerika bringen, wo es zunächst eingemottet und später für eine Eisrevue verwendet werden soll.

Schon sicherte man für die Aufnahmen die Entwürfe für die Wandgemälde im Festsaal von Hermann Kaulbach mit Szenen aus dem *Orlando Furioso* des Ariost, schon sammelte man die Aquarelle und Vorentwürfe des königlichen Schlafzimmers mit Figuren von August Spieß, schon hortete man Sepia-Zeichnungen zu Bett und Waschtisch, Thronsessel, Ständerspiegel, Schwammbehälter und Wasserkanne. Noch einmal besuchte ich den Thronsaal von Neuschwanstein, stellte mich vor das beeindruckende Bild gegenüber der Apsis, auf dem der Heilige Georg den Drachen tötet, denn über dem Drachen, auf dem Gipfel des Falkensteins, ist das Traumschloß des Königs zu erkennen. Ausgiebig studierte ich das Bild eines unbekannten Meisters von Schloß Falkenstein, das heute das Amtszimmer des Bürgermeisters schmückt. Schultzes aquarellierter Aufriß der Bettapsis und der beiden Seitennischen mit tabernakelartigem

Waschtisch und Hausaltar wurde mir ebenso geläufig wie das geplante Fußbodenmosaik des Schlafzimmers, welches das Mosaik des Kaiserpalastes von Byzanz zum Vorbild hat. Der Aufriß der Kaminwand mit dem Entwurf zum Wandgemälde »Tanz unter der Dorflinde« schmückte die Büros ebenso wie die perspektivische Ansicht mit Blick auf Turmzimmer und Erker oder der Wandaufriß für das königliche Arbeitszimmer nebst dem Gemäldeentwurf für das Speisezimmer, welches den Überfall auf einen Warenzug darstellt: Ludwig dachte zeitweilig an eine Raubritterburg. All diese Materialien leisteten für die Arbeit am Schlaraffiafilm unschätzbare Dienste. Der Ausstatter beschäftigte sich mit der mäßigen Ausdehnung des Grundrisses, bedachte den massiven Felsuntergrund, zerbrach sich den Kopf über die Anlage von Terrassen, Treppenrampen und umlaufende Schildmauer mit Türmchen und halbrunden Bastionen, er entwarf den freistehenden Torturm, den fünfstöckigen Rundturm sowie das Satteldach für das Hauptgebäude. Es galt, einen Felsvorsprung für die Anlage des Quertraktes zu nützen und an der Nordseite des Palas einen runden Treppenturm einzuplanen. Die Umfassungsmauern sollten nach königlichem Wunsch rauh und unregelmäßig bearbeitet sein, um die gesamte Anlage harmonisch der Umgebung anzupassen. Das Erdgeschoß sollte außer der Küche und den Wirtschaftsräumen lediglich zwei Räume für die Dienerschaft aufweisen. Was die weitere Ausgestaltung betraf, griff man dankbar auf heimatkundliche Beschreibungen zurück: ihnen zufolge verband eine Wendeltreppe die Vorhalle mit den Wohnräumen. Diese führten von einem Vorsaal in das für unsere schlaraffischen Interessen wichtige Speisezimmer und von dort aus weiter in ein Arbeitszimmer, das für den König von Porcolandria nur wieder ein Speise- oder Schlafzimmer sein würde. Von größtem Interesse war es für uns zu erfahren, daß im Zentrum der gesamten Burg das Schlafzimmer stehen sollte. Zwar galt es noch zu berücksichtigen, daß der Festsaal im obersten Stockwerk dem großen Saal der Albrechtsburg bei Meißen nachgebildet sein sollte, zwar mußte bedacht werden, daß Gästezimmer von Ludwig gar nicht mehr vorgesehen waren, doch am wichtigsten war für die MacDonnald Unltd.: das Schloß sollte um das Schlafzimmer herum gebaut werden, dem Zentrum des Schlemmens und Verdauens.

Sowenig die Filmgesellschaft vor der Verweigerung von Schloß Neuschwanstein kapitulierte, sowenig gaben die alten Kameraden auf. Thulserns neuer *Adler* führt beide zusammen. Geplant ist ein Treffen früherer Angehöriger der SS-Panzerdivision »Leibstandarte Adolf Hitler«, »Hitlerjugend« und »Totenkopf« zum 8. Mai. Eine Unterschriftenliste des Pfarrgemeinderates gegen dieses Treffen kann bereits auf über fünfhundert Unterschriften verweisen. Der Pfarrgemeinderat wendet sich nicht pauschal gegen jeden, der einmal Soldat bei der Waffen-SS war, sondern gegen jene, die nichts dazugelernt haben und gegen eine »Verhöhnung der Opfer nationalsozialistischer Terrorherrschaft«. Ausgerechnet vierzig Jahre nach Kriegsende solch ein Treffen zu veranstalten, sei »in höchstem Maße geschmacklos«, wie es in dem Schreiben heißt. Der Thulserner Adlerwirt jedoch rühmt sich, selbst SS-Mitglied gewesen zu sein: als Koch, wie in Thulsern vermutet wird. Schon gehen Geschichten über ihn um: daß sein Mercedes einen schwarz-weiß-roten Aufkleber mit der Aufschrift *Urlaub in der Heimat* trage, daß im Büro ein Hitler-Bild hänge, daß den Fliesen der Kellerbar Hakenkreuze eingebrannt seien, daß der Wirt wegen der Verwendung von Emblemen verfassungswidriger Organisationen vom Amtsgericht schon einmal zu einer Geldstrafe verurteilt worden sei. Der Hausherr meint jedoch, die ehemaligen SS-Kameraden könnten sich im neuen *Adler* miteinander so wohl fühlen wie die Schlaraffenland-Verfilmer. In einem Zeitungsbericht, den ich dir zum Abschluß meines ersten Drehberichtes beilege, liebste

Alfina, wird eine Stellungnahme des Kameradschaftsverbandes zitiert. Darin heißt es: »An unserer Geschlossenheit und der Festigkeit im öffentlichen Auftreten voller Disziplin sollen unsere Gastgeber ihre Freude haben, werden wir unsere eigene Art bestätigt finden, und alle übrigen werden vielleicht, sofern sie dessen noch fähig sind, etwas nachdenklich werden.«

Kosmas

Dieses Kapitel erzählt von Jascha und wie sie
ihren Kosmas aufzieht, von Zahnrädern und Stalldunst,
vom Leben im Stadel an der Wolfsgrube:
bis Kosmas in die Lehre kommt.

Alfina, wenn du mich wirklich liebst, dann mußt du mich
verstehen wollen. Hör auf das Rollen der Kerne, wenn sich
der Kürbis dreht. Wie ein hereinstürzendes Licht ordnet die
Erinnerung uns das Leben, sagt die Kalebasse: Auf einmal
erscheint die Welt wie ein vertrautes Haus, in dem alles an
seinem Platz ist, wo es Schmerz gibt und manchmal auch
lauter Glückseligkeit und Lachen und Weinen zugleich. Es
scheint ein Haus voll Sanftmut und Wärme zu sein, in dem
das Licht zwischen weißen Blumen hindurchdringt, mit
denen die Vorhänge bestickt sind. Die Sessel öffnen ihre
Arme mit der Herzlichkeit von Altvordern, selbst die stehende Luft und der Rand, den ein Rähmchen an der Wand
hinterließ, sind beredt. Die Kalebasse zeigt uns Jaschas
Auszug an Lichtmeß aus Reval, wir sehen, wie Feneberg
ihren Körper erkundet wie einen fremden Kontinent: die
Landschaft der Waden, die Schenkelschluchten mit der
einzigen, alles entscheidenden Tiefe. Der tätowierte Kürbis
hätte für den Erweckten noch ein anderes Mittel gewußt:
Verbrenne drei Haare von den Schamteilen und drei andere
von der linken Achselhöhle und mische das Pulver unter die
Speise deiner Liebsten. Dann wird sie für immer dein. Aber
Feneberg ist um kein Haar besser als alle anderen Männer,
die nur noch das Sägemehl in ihren Waden spüren, sobald
sie abgeladen haben. Jascha dagegen weiß, was alles sich
verändern wird. Laß die Frau ihren Harn in ein ehern
Geschirr lauffen, rät die Kalebasse, lege die Nacht über eine

91

eiserne Nadel hinein. Hat solche des Morgens kleine rothe Flecken, so ist das Weib schwanger; wo nicht, wird die Nadel schwartz oder rostig sein. Daß sie in der Hoffnung ist, weiß Jascha sofort. Ihre ersten Worte gelten dem Kind. Die Kalebasse hat eingraviert, was Jascha inwendig spricht: *Was ich besonders fürchte, mein Kind, sind die ersten Dornen, denen du auf deinem Lebensweg begegnen wirst.* Erst danach fragt sie, schon wieder unterwegs, westwärts, eine Alte, ob sie einen Buben austragen wird oder ein Mädchen. Die Alte sagt, was der Kürbis wiederholt: Mache zwey Gruben in die Erde, wirf in eine Gersten, in die andere Weizen, in beide aber gieße den Urin der Geschwängerten und bedecke sie wieder mit Erde. Schießt der Weizen eher auf als die Gerste, so wirds ein Sohn, kommt die Gerste jedoch eher, so hast du eine Tochter zu gewarten. Einmal gelingt es der Jascha unterwegs, sich in einem Spiegel zu bestaunen: ihr Geschlecht, das zu lächeln scheint zwischen den Gerüchen nach Fisch und gestöckelter Milch, anmutig wie Sternenknospen – und ein Gefühl dabei wie lauter Glanz und Aussatz.

Jascha erinnert sich der Zeit voraus an ihr Kind, das längst vor seinen Träumen durch ihre Träume geht. Sie stellt es sich vor als Moses im Weidenkörbchen, wozu der Kalebasse sogleich einfällt: *Und das Weib ward schwanger und gebar einen Sohn. Und da sie sah, daß es ein feines Kind war, verbarg sie ihn drei Monate. Und da sie ihn nicht länger verbergen konnte, machte sie ein Kästlein von Rohr und verklebte es mit Erdharz und Pech und legte das Kind darein und legte ihn in das Schilf am Ufer des Wassers.*

Jascha aber gibt ihrem Kind alle Namen dieser Welt und heißt es schließlich Kosmas. Unterwegs ins Thulsernische oftmals in Speicher und Stadel hausend, lernt die junge Frau, die Sterne zu zählen. Einzig Drago hält zu ihr, umkreist sie bald nah, bald fern, hält ab, was zu nahe zu kommen droht. Wie oft sich das Kind an ihren Bauch lehnt.

Wie oft es auf Bäume klettert und in Heustöcken nächtigt mit seiner Mutter, die unterwegs vergißt, warum sie ins Thulsernische muß. Als Lavendelweib schlägt sie sich durch, bündelt Lavendelsträußchen für die Herrschaft, für gestärktes Leintuch und Wäschekasten. An der Grenze ins Thulsernische liest Jascha die Inschrift auf dem Sockel eines Bildstocks: Im Schweiße deines Angesichts... Da begreift Jascha: ihr Traum ist zerstoben, vorbei und verweht. In Thulsern endlich hat einer ein Einsehen und weist der Schwarzzopfigen mit dem Wolfshund aus den polnischen Sümpfen und dem Büblein an der Hand einen Schupfen zu: Der Stadel gehört dem Mechaniker Ziegler. Auf dem First des Daches wachsen steile Gräser, aus allen Ritzen lebt es heraus.

Jascha beschließt: Thulsern heißt das Ende meiner Reise aus Reval, Kosmas, ihr Frühlingsknäblein, das den Zorn besiegte und die Trauer und die Lust auf Vergeltung, auch die Reue und mit ihr die Buße, soll hier heranwachsen.

Kosmas: große Augen und wildes Haar, sagt die Kalebasse. Noch rettet ihn Jascha vor jedem Windhauch auf ihren Schoß, aber schon zeigt sich die Verwandlung. Soeben noch Einfaltspinsel, halb Fuchs, halb Hase, kann er seiner Mutter schon ein derart finsteres Gesicht schneiden, daß sie erschrickt. Er verzerrt den Mund, als wollte er ausspucken, Kraft wird Wildheit, einen Wimpernschlag lang ist die Straße gelb. Dann wieder nimmt er die Zehen in den Mund, saugt daran, leckt sie ab, ertastet mit den Fußballen feuchtes Gras, nagt gierig an einer Brotrinde: langsam, sagt die Mutter, es nimmt sie dir keiner. Die Kalebasse zeigt Jascha über den Waschkessel im Freien gebeugt, und sie verrät ihre Gedanken im Laugendunst. Jascha – und was sie nicht will: bloß nicht die steife Kälte zwischen winterweißen Schenkeln, alles, bloß nicht die bösartige Gier des Alters, die tückische Übereinkunft mit dem Unabänderlichen, bloß keines dieser schweißigen Weiber werden mit geblähten

Bäuchen, als trügen sie Drillinge, bloß nicht wächsern in einem Kissen versinken mit verklebten Augendeckeln und ausgeweinten Augen in schwarzen Löchern, gehalten nur noch vom zähen Geweb selbstbetrügerischer Erinnerung, bloß keine blaugeäderten Waden, bloß nicht zum graufetten Weib herunterkommen, bloß nicht den hungrigen Witwenblick, der sogleich den fehlenden Knopf bemerkt, den Fleck auf dem Rock, die mangelnde Schuhpflege, bloß nicht die verräterische Geste, mit der eine Strähne hinters Ohr gesteckt wird, bloß das nicht, sagt die Kalebasse, sondern dafür überschüssige Gesundheit und makellose Haut und einen Zopf, an dem man ein halbes Regiment aufhängen könnte. Die Kalebasse verliebt sich in ihr Bild von Jascha, sie zeigt die Frau verglühende Sommerabende lang unter Phlox- und Fliederbüschen, sie läßt ihr Gelächter hören, als wäre die Welt mit ihrem Kummer nichts als ein Scherz der Elemente. Was diese Frau will? Gelassen hinter Särgen einhergehen können, unberührt und unberührbar und laut und deutlich sagen können: Schlafen kann ich, wenn ich gestorben bin. Schmutzig aufgeblüht vor Lebensgier zeigt sie uns die tätowierte Brust; Jascha schleudert Honig, kocht Beeren ein, recht Laub zusammen, verscheucht Wespen, schaufelt Schnee, als erholte sie sich täglich vom Tod, als besiege sie diesen stündlich mit triumphierendem Gelächter. Wovor sie sich fürchtet? Vor einem erbärmlich bedeutungslosen Leben, banal, sinnlos vergangen, nein: glorreich soll es sein, voll Abenteuer, Freude und geheimnisvollem Schmerz, bloß nicht unnötig, bloß nicht nichtig. Die Kalebasse kennt Jaschas Lust, nach einem Sommergewitter nackt um einen Baum zu tanzen und zu spüren, wie die Brustwarzen steif werden und sich strecken. Die Kalebasse treibt Jascha über den weichen Boden einer frischen Wiese, mit dem Wind in den Achseln und einer vom Regen vollgesoffenen Erde zwischen den Zehen und einem Dampf in der Luft, dick wie ein Tuch, danach die wohlig müden Gesten und das Wissen: Die Welt wird hier gemacht, nirgendwo sonst, in nichts anderem als diesem leisen Schwanken, das dem Elend jedweden Zugriff entzieht. Beide Hände um eine Tasse gelegt, hockt sie da, zopfbewehrt, stiert ins Feuer, sieht Jahrhunderte kommen und gehen: Jascha, auf der Kalebasse mit einem Gesicht wie eine weite Landschaft, halb verschattet, die Erfahrungen aufgestaut in den Rissen um die Augen, wo die kalte Nadel besonders gründlich grub. An solchen Tagen hat die Frau die Unruhe einer launischen Katze, sie weiß genau, was sie zu arbeiten hätte, aber heute kann sie nicht, sie will auch nicht, es geht nicht, nicht beim besten Willen, und wie eine Katze beäugt sie sich selbst mit violettem Blick, sie legt ihre Hände zwischen die Oberschenkel, ehe sie nach dem Zopf greift. Da entdeckt sie den Leberfleck auf der Oberseite ihrer rechten Hand, in der Nähe des Knöchels, sie erinnert sich, wie Feneberg ihre gesprenkelte Haut liebkoste und dabei von glühenden Sternschnuppen sprach. Da ruft sie, um die bösen Geister zu bannen, Kosmas beim Namen – mit einer Stimme, als habe sie wochenlang keine Silbe gesagt. Sie macht sich Sorgen, sie denkt an die Zukunft des Kindes. Weswegen ist sie aufgebrochen? Was wird aus dem Kind werden, wenn sie alt ist? Wie viele Türen werden sie abweisen, wie viele Hunde werden sie verjagen, wie viele Demütigungen hält sie aus? Wann geht auch sie in die Knie? Sie darf nicht in die Knie gehen. Sie darf nicht nachgeben. Sie muß sein wie ihr Zopf: fest und straff und stark, so stark, daß man ein halbes Regiment an ihm aufhängen könnte. Wie ihr Zopf muß sie sein. Es darf keine Altersflecken geben, nicht auf der linken noch auf der rechten Hand, es darf keine blaugeäderten Beine geben, stark muß sie sein, aushalten muß sie etwas können, sie muß es lernen, alles auszuhalten, beharrlich will sie sein, nicht nachgeben, nicht nachgeben, beharrlich und aufrecht will sie sein: Keiner soll kommen und versuchen, sie von ihrem Weg abzubringen. Keinem soll es gelingen, sie unsicher zu machen. Sie hat Kosmas und Drago und das Leben in ihr, das sie keinen sehen lassen will, weil es keinen etwas angeht, keinen, keinen.

Nacht für Nacht hört Jascha auf den flachen Atem des Kindes. Vor dem Einschlafen erzählt sie ihm, bis der Kopf auf ihre Brust sinkt. Sie spürt eine Kraft in sich, als könnte sie die abweisenden Berge um dieses Tal mit einem Blick aus ihren Augen so klein machen, daß sie in ihrer Schurztasche verschwinden: das ist immer dann, wenn sich Kosmas ängstigt. Sie baut für Kosmas eine Schaukel, legt für ihn und seine geschnitzten Holzschiffchen einen Weiher an. Wie er davor sitzt und Winde und Wellen studiert und von schäumenden Meeren spricht, wie er am Holz riecht, wie behende er mit Werkzeug umgeht, Weiches schnitzt, Sprödes spleißt, Kirsche von Buche und Linde unterscheidet. An einem Abend glaubt er, der Mond sei in den Weiher gefallen und könne nicht untergehen, dann wieder glaubt er an ein Leben von Jahrtausenden. Wankend vor Müdigkeit knöpft er seine Hosen auf am Abend, schüttelt sie herunter, fällt dem Bett entgegen und einer kohlrabenschwarzen Nacht mit Träumen von einem Essen wie auf alten Gemälden. Einmal in der Nacht greift er in Jaschas Brüste. Sie schnellt hoch wie eine Forelle. Jascha beginnt, trotz Zopf mit Vorliebe schwarze Männerhüte zu tragen, solche mit breiter Krempe. Sie kann vor Kosmas mit einem Lachen den Hut ziehen, das perlt wie Rosentau. Sie mag das braune Bier, sagt, es sei gut gegen löchrige Augen und Haarausfall, ab und zu raucht sie ein Pfeifchen zum Feierabend, dann schaut sie über dem Weiher dem Rauch nach, streicht über die schwarzen Härchen, die auf ihrer Oberlippe stehen: zart und straff. Einheimische, denn Wanderer sind zu diesen Zeiten selten in solch abgeschiedener Gegend, die entlang der Viehweide auf dem Steinweg die Felder durchqueren, sehen die Hütte kaum, die sich an den Fuß des Kienberges schmiegt, als suche sie Halt und Schutz. Diese Flurgegend trägt seit alters den Namen *An der Wolfsgrube*. Im Sommer ist das handtuchbreite Gärtchen vor dem Stadel von der Sonne beschienen. Jascha harkt, bückt sich zwischen einem hohen Haufen Unkraut und einem niedrigeren Häufchen Pflanzerde hinter einem verlotterten Zaun. Sie wirft alles Unkraut zusammen, hie und da ist ein Stein darunter, der die Harke klingen läßt. Der Winter dauert lange, noch in den letzten Tagen war Schnee gefallen. Vielleicht kommt es noch einmal ordentlich zum Sauen, dann ist die ganze Arbeit wieder umsonst. Jascha hält es mit dem Garten, sie will etwas wachsen sehen, kann nicht sein ohne Zupfen und Jäten, Klauben und Setzen. An einem kleinen Fenster des Schupfens sitzt das Büblein, mit dem sie eines Tages in dieses Tal gekommen ist: bewacht von einem Wolfshund mit Drachenaugen. Kosmas spielt mit Zahnrädern, die er hinter dem Stadel gefunden hat. Vermutlich hat Ziegler, der Feinmechaniker, dort sein Gerümpel stehen. Beim Spiel mit den Zahnrädern stößt das Kind kurze Freudenschreie aus, der Hund hüpft, fletscht die Zähne, Jascha schaut auf, geht zum Kind, blickt es an, lächelt, streicht ihm über den Kopf. Das Kind ist nackt und speichelt, Jascha geht zurück zum Unkraut, das Kind läßt sich nicht von den Zahnrädern ablenken. Es rollt die spitzen Rädchen über Wange, Nase und Stirn bis zu den Ohren, über die Haare zurück zum Mund. Jascha sieht mit Eulenaugen um sich, ihr Blick geht über die Felder, zurück auf den armseligen Stadel, auf ihren Kosmas, voll Stolz nimmt sie das Kind bei der Hand, führt es in das Gärtchen, bespricht mit ihm fachmännisch die Arbeit, erklärt, geht zurück in den Stadel, verriegelt die Tür. Draußen legt sich eine Stille über die Welt, über die Linie der Bäume und der Berge, die zahnradgezackt dastehen und nicht weichen wollen. Krähen hängen in der Stille. Es geht dem Frühjahr entgegen, aber Kosmas sieht, im Fenster sitzend, seine Mutter schon im Sommergarten: die braunen Arme, die mageren Beine, er sieht die Schultern und den

Zopf. Jascha dreht sich gerade um und schaut zurück. Sie steht am Herd. Kosmas holt einige Zahnrädchen aus der Tasche und lacht mit Augen, als könnten sie in die Vergangenheit sehen und in die Gegenwart zugleich. Viel gibt es nicht über die Einrichtung des Stadels zu sagen, entschuldigt sich die Kalebasse: alles ist ziemlich bescheiden, um nicht zu sagen ärmlich. Vielleicht steht auf dem Tisch eine Schüssel dampfender Kartoffeln und ein Krug Milch, daneben ein angeschnittener Laib Brot und ein Messer, möglicherweise noch ein Stück Ziegenkäse. Kosmas klammert sich an den Tisch, läßt nicht von den Zahnrädern, zieht Speichelfäden, seine Mutter fragt: Bist du wieder am Glockengießen? Der Hund liegt unter dem Tisch, Kosmas krallt seine Zehen in das Fell. Jascha wischt den Speichel vom Mund, doch neuer tritt aus. Nachts liegen Jascha und Kosmas nebeneinander, wärmen sich unter der Decke, manchmal tastet der Sohn die Mutter ab, greift zwischen ihre Beine, spürt Roßhaar, wie es sein Kissen füllt, spürt Jaschas Zopf, den sie löst vor dem Schlafengehen, Jascha schnarcht ein wenig, sie bläst, auch Kosmas pfeift dünn, jauchzt, wenn er von Zahnrädern träumt. Die Mutter nimmt die Hand des Kindes aus ihrer Beuge, legt sie an ihre Brust, der Wind streicht den letzten Schnee vom Dach, er treibt den Regen gegen die Fensterläden, rüttelt an ihnen, durchbricht die Stille, Drago, der Wolfshund schnappt im Traum. Nach Milchbrocken schläft Kosmas besonders gut und tief. Tagsüber ist Jascha mit dem Korb auf dem Rücken unterwegs. Sie hausiert mit ihrer Heimarbeit, geht als Störnäherin über Dörfer und Höfe, ihre fleißigen und geschickten Hände sind schnell beliebt. Diese Hände schichten die Holzbeige auf, bringen Kosmas Schrauben mit und krumme Nägel, neue Zahnräder, einmal ein altes Uhrwerk. Jascha harkt oder näht, blickt über die Viehweiden ostwärts, stopft des Abends, bis die Kerze fast heruntergebrannt ist, lacht über Dragos Schnappen. Kosmas träumt jetzt vom Uhrwerk, will nachts herumrennen mit schwarzen Sohlen, kann nicht mehr von Rädern und Federn lassen, will wissen, wie die Dinge zusammenhängen, will, daß die Uhr auch richtig geht. Wenn sie spät heimkehrt von ihren Hausiergängen, wenn sich die Störnäherei in die Länge gezogen hat, horcht Jascha vorsichtig, füttert das Kind, will zum Essen das Spielzeug wegräumen, da schreit Kosmas auf wie ein Tier, rafft Zahnräder und Schrauben gierig zusammen. Nachts merkt Jascha, wie ihr Sohn im Traum fliegt. Als er daran erwacht, muß er mit dem Hund mehrmals ums Haus rennen, erst atemlos kann er wieder einschlafen. Seine Ungeduld bei anhaltendem Regen, wenn er nicht ins Freie kann, seine Schätze auf der Fensterbank. Im Sommer denkt sich Jascha die Luft voll bunter Schleier und Farben. Kosmas unternimmt Ausflüge in Zieglers Feinmechanikerbude; ehe er heimkehrt, muß er noch im Gießbach herumplanschen, muß im Sumpf wühlen, mit Vögeln und Hasen sprechen, mit sich alleine und mit Drago Verstecken spielen. Später muß er ängstlich nach Hause rennen, er will keine Angst vor den Hirten mit den grausamen Gesichtern und der Geißel in der Hand haben, er möchte auch gerne einmal in ihre Unterstände kriechen, aber sie lassen ihn nicht, jagen ihn und den Wolfshund mit Steinen davon, ein Stein trifft, das Weinen des Kindes erstickt in der Mutterschürze. Daraufhin: tagelanges Spielen mit dem Uhrwerk. Kosmas beobachtet die Kröten, er spielt mit dem Gedanken, eine in Jaschas gelösten Zopf zu legen, er hat seiner Mutter schon Würmer und einmal eine Blindschleiche unter die Decke getan oder in den Schuhen versteckt. Warum muß sie, wenn sie nicht näht oder strickt, immer Gartenwerkzeug zusammentragen? Warum wischt sie den Bretterboden im Stadel, warum legt sie Blachen aus, warum melkt sie die Geiß, warum vertreibt sie schnarchend die bösen Geister, warum zieht sie ein Schaffell über Kosmas, wenn er Fieber hat? In einer Sturmnacht ist Jascha, als stünde der

Stadel allein auf einem Riff inmitten schäumender See und sie säße auf dem Dach, eine Fahne schwenkend. Heilige Mutter Gottes, bitt' für uns arme Sünder jetzt und in der Stunde unseres Ablebens. Die kläglichen Versuche der Thulserner, den Wolfshund mit Steinen zu erschlagen, Drago zu vergiften oder in einem Netz zu ersäufen. Jascha zerschlägt vor Wut Flaschen und Geschirr, um ihren Schmerz und all die Enttäuschung durch Putzen aus sich herauszuwringen. Als sie an den Steinmauern die Viehweiden entlang geht, überlegt sie mit Kosmas, was geschähe, reihte man alle Mäuerchen aus den mühselig aufgeklaubten Steinen dieser Erde aneinander. Wie lang wäre diese Schnur? Die Stille über dem Land, das Scheppern eines fernen Geläuts. Auf einigen Höfen ist Jascha als Störnäherin schon angesehen, im Dorf ist sie nichts als eine Hausiererin zweifelhafter Herkunft, mit einem ledigen Kind und einem bösen Hund. Da entdeckt der Pfarrer durch einen Zufall ihr Wissen. Schweigend hört er ihr zu, wenn sie singt in ihrem Garten: fremde Lieder in einer Sprache, die in Thulsern keiner verstehen kann. Die Männer interessieren sich für den Zopf, fürchten aber den Hund, sie machen sich über den Uhrwerkfimmel des Bankerts lustig. Einige Dorfbewohner gehen zum Pfarrer und verleumden die Frau: an ihr hänge ein Fluch, sie nähe nicht sauber, verlange zu viel beim Hausieren, ihr Gewebtes weise Mängel auf, der Erfindungsreichtum der Thulserner ist immer groß, wenn es um üble Nachrede geht. Außerdem: wer wisse, mit wem sie es treibe in ihrem Stadel hinten am Kienberg an der Wolfsgrube, wo sich Fuchs und Hase gute Nacht und so weiter? Am Ende habe sie es gar einmal mit dem Hund, einmal aber mit dem eigenen Sohn, dessen Vater sie hartnäckig verschweige, sie werde schon ihre Gründe haben. Der Herr steh uns bei.

Aber Jascha schert sich nicht um das Gerede. Sie beginnt, ihren Sohn zu unterrichten. Kosmas liebt das Buchstabengeflimmere und das Rechnen mit flachen Kieselsteinen, mit

Zahnrädern und Schrauben. Wenn er einen Satz beim Lesen nicht gleich richtig herausbringt, überfällt ihn roter Zorn. Manchmal wirft er dann mit Gegenständen oder rennt um den Stadel: die Zunge, sagt das Kind, ist zu langsam, die Öffnung des Mundes ist zu klein, die Wörter darin wie sperrige Zaunlatten. Das Spiel mit den Zahnrädern beruhigt ihn wieder, er baut Türme, wirft die schwarzen Haare aus dem Gesicht, läßt seine Nacktheit bräunen im Sommer. Jascha öffnet die Fenster, sonnt das Bettzeug, pflanzt und läßt blühen, erneuert den Zaun, erweitert das Gärtchen, kann stundenlang Kosmas zusehen, wie er sich mit dem Uhrwerk auseinandersetzt, wie er die Federn und Schrauben genau untersucht, wie er rechnet und Pläne macht. Manchmal hilft er jetzt schon bei einem Bauern ausmisten, striegeln, melken. Aber die Zahnräder in Zieglers Werkstatt sind ungleich interessanter. Er saugt den Geruch auf, vergafft sich in die Mechanik, will wenig wissen von Kuhbäuchen und Misthaufen, dafür alles und immer noch mehr von der Mechanik. Eines Tages zeigt ihm Ziegler eine Banknote, die er knisternd glättet auf dem Oberschenkel, um sie zwischen Daumen und Zeigefinger zu reiben und ins Licht zu halten. Ziegler drückt Kosmas die Hand, bis die Finger weiß werden. Dabei zeigt er seine schlechten Zähne. Ziegler läßt nie den Stumpen ausgehen. Jascha dagegen schaut auf ihre Rosenstöcke, die im Winter von den Rehen angefressen werden. Warum Kosmas nicht gerne beim Bauern ist? Sobald er den Stall betritt, walzt ihm ein Dampf entgegen, der ihm den Atem nimmt. Das Kind starrt auf blauädrige Euter und verdreckte Viehärsche und peitschende Schwänze mit verkoteten Quasten. Die Bäuerin kriecht unter einem Tier hervor, lallt Unverständliches: Sie hat einen schweren Sprachfehler und einen verunstalteten Mund. Der Bauer streicht dem Vieh über den Rücken, betatscht die Bäuche, die Frau trinkt kuhwarme Milch aus einer Tasse mit einem abgesprungenen Henkel. Ein halb-

101

nacktes schielendes Mädchen erscheint, schwankend im unbestimmten Stallicht, mit einem Ausschlag auf der Haut, es riecht nach Urin. Im Arm trägt das Kind eine unheimlich grinsende Puppe. Das Mädchen ist sehr zutraulich; Kosmas fällt auf, daß es sich zwischen den Beinen häufig kratzt. Der Bauer reißt ein Fenster mit Gewalt auf, Glas splittert, die Frau hockt mit gespreizten Beinen auf einem Schemel, reibt ihre Knie, stöhnt, stützt den Kopf in die Hände, blickt nicht auf, verbirgt ihr Gesicht. Kosmas kann hier nicht bleiben. Er sieht auf einem eselgrauen jämmerlich mageren Klepper, dürrer noch als sein Reiter, den Doktor kommen. Von ihm sagen die Leute, er braue Arzneien aus Säften, die er der heimatlichen Flora entzieht: ebenso einfach wie abscheulich.

Eines Tages erhält Kosmas genagelte Schuhe: Er kommt in die Schule. Sein Schulweg ist lang und einsam, führt durch meist nasses Gras, über saure Wiesen, im Winter heißt das durch den Schnee, kniehoch, im Sommer spritzt der Saft zwischen den Zehen. Rast hält der Schüler bei einem Heustadel, in dem alte Huinzen lagern. Warum hat Kosmas so oft eine schmutzige Hose? Warum muß er den Ärmel zum Abwischen des Rotzes hernehmen? Warum muß er das Brot gierig in den Mund schieben: es nimmt dir doch keiner. Jascha sagt es immer wieder. Der Hosensack ist prall von Zahnrädchen, Schrauben und flachen Steinen. Manchmal kann Kosmas vor Glück pfeifen und im Rennen Grasbüschel ausreißen. Dann rennt er so, daß er sich verschluckt, daß er hustet, rülpst und den Bauer vergißt. In der Schule will keiner neben ihm sitzen. Der stinkt nach Geißbock, sagen sie, der schifft an jede Zaunlatte, der bockelt nach Seich und Abort, der hat verfilztes Haar, der speichelt. Aber Kosmas hat eine glockenklare Stimme: Er kann wunderschön singen. Die Mitschüler heißen ihn Stinker und Hosenseicher, im Rechnen ist er unschlagbar, der Lehrer sagt, er solle nicht so verdreckt daherkommen. Kosmas hat gar kein Kindergesicht mehr, sondern ein sehr altes Gesicht. Er ißt eine Handvoll Sand, wenn ihn der Lehrer vor der Klasse blamiert hat. Den Sand kratzt er während der Pause aus der Schulhausmauer, ganz hinten in einer Ecke. Er bewahrt den Kalk auf in seiner Hosentasche bei den Federn und den Zahnrädchen. Keiner will mit dem Hosenseicher spielen. Wenn du mir die Rechnung machst, sag ich nicht mehr Seicher zu dir, sagen sie. Der Lehrer gibt ihm einmal eine Bürste für die Trauerränder unter den Nägeln. Auf dem Heimweg kommt dem Schüler der Wolfshund entgegen. Zusammen gehen sie an den Ställen vorbei, aus denen es dampft. Es stinkt nach Vieh, nicht nach Geiß. Es stinkt reich, nicht ärmlich, man kann das Vieh stampfen hören oder mit dem Schwanz schlagen. Kosmas hüpft auf einem Bein. Er spürt die Zahnräder im Hosensack. Drecksau, sagen sie zu ihm. Er hockt sich auf einen mitten auf dem Feld abgestellten Mistwagen, hebt Mistfladen vom Bock ab wie Pfannkuchen, läßt sie auf die Wiese segeln, legt seine Brotrinde auf das jauchegetränkte Brett, sagt ganz laut: Mutterficker. Das hat er heute zum ersten Mal gehört. Er pfeift dem Hund, schnappt sich die Brotrinde, springt vom Bock, springt wie ein Frosch, zieht die genagelten Schuhe aus, trägt sie jetzt, geht barfuß, steigt bis zu den Knöcheln in eine frische Kuhpflatter, spürt wohlig Wärme aufsteigen, fühlt es auch warm die Schenkel hinabrinnen, riecht schon die Strenge seines Urins. Jascha erwartet ihn beim Rosenwässern. Sie erzählt ihm, daß der alte Ziegler gestorben ist und die Hütte, die sie bewohnen, jetzt dem jungen Ziegler gehört. Sie können weiter bleiben, nur der Mietzins erhöht sich. Das bedeutet noch mehr Lauferei mit dem Hausierkorb, noch mehr Störnäherei. Jascha muß sich noch mehr gefallen lassen, Kosmas muß noch öfter alleine bleiben mit sich, dem Hund und den Zahnrädern. Jaschas Glück, wenn Kosmas nachts am Roßhaar reißt und sich an sie schmiegt, als wollte er in sie zurück. Wenn sie nicht schlafen kann, sieht sie ihrem Sohn beim Atmen zu, sie sieht ihn auf dem Schulweg, sieht ihn in den Bach rutschen, sieht ihn die Schuhe nach Hause tragen. Schon ist er wieder ins Uhrwerk verkeilt. Jascha schmiegt ihre Wange in seine Achselhöhle. Sie bestellt den Garten für den Herbst, zupft und rupft, versetzt noch einmal dies und das, schneidet zu, deckt ab, schneidert und strickt für Kosmas und für fremde Leute, sie melkt die Geiß, buttert ein wenig und käst, Kosmas speichelt längst nicht mehr so viel wie früher. Auch seine Zahnradspiele sind ruhiger geworden, er verletzt sich nicht mehr an den scharfen Zacken, nur noch ab und zu werfen die Hirten mit Steinen. Vor dem Haus spürt sie den frischen Wind im Gesicht, es riecht schon ein wenig nach Schnee. Jetzt möchte sie in einem Landauer übers Land brausen: bloß keine erbärmliche Sinnlosigkeit, bloß kein Wartenmüssen. Sie hausiert mit Putzlappen und Wollsocken. Sie bewahrt sich das Leben in ihr, das sie keinen sehen lassen will. Beim ersten Schnee erklimmt der Bub den Kienberg, macht auf halber Höhe kehrt, stürzt sich die Geröllhalde hinab, zieht den Kopf ein, rollt sich zusammen, will eine Kugel sein, ein Ball, will die geschliffenen Steine spüren und die zahnradzackigen, will ihr Grau ganz aus der Nähe sehen. Überrascht sieht er unten, woraus es überall blutet, er leckt das Blut auf, spuckt auf die Wunden, später wird er den Schorf essen. Das tut er auch, als er sich beim Holzspalten ins Knie hackt. Wenn Jascha alleine unterwegs ist, betet sie manchmal: Unter deinen Schutz und Schirm fliehen wir, o heilige Gottesgebärerin. Maria breit den Mantel aus, mach Schirm und Schutz für uns daraus. Meerstern ich dich grüße, Gottesmutter süße. Da fällt die Pfarrhaushälterin für einige Zeit aus, weil sie verreisen muß: Mit ihrer Mutter im Unterland soll es zu Ende gehen. Da erinnert sich der Pfarrer an die Jascha und an ihr Wissen. Der Zopf beunruhigt den Pfarrer. Sie macht ihm den Haushalt, sie kocht, wäscht, bügelt und stopft. Es sei nicht gut, daß der Knabe heranwachse und noch immer bei der Mutter schlafe, hört sie. Sie hört viel vom Gerede, das im Dorf umgeht über die Jascha an der Wolfsgrube. Schmutzige Geschichten, aber Jascha denkt an die Zukunft von Kosmas und bringt ihm neue Zahnräder mit. Der Bub hüpft vor Freude. Der Stinker wird Meßdiener. Er lernt, die Hostien bereitzulegen, dem Pfarrer ins Gewand zu helfen, er lernt das Confiteor, und er beginnt, einen Gegenstand besonders zu lieben: das Rauchfaß, das er ab und zu schwingen darf. Das Rauchfaß. Der Weihrauchduft. Das atmende Rauchfaß. Das güldene Rauchfaß. Der Zauberkessel. Der Ministrant beschließt, eines Tages ein Rauchfaß zu stiften. Oder noch besser: selber eines zu bauen. Ein ganz besonderes Rauchfaß. Zu Hause zieht er ein Nachthemd von Jascha über, bindet einen Schal um den Bauch, zieht eine Schnur durch die Henkel eines Topfes, füllt ihn mit Heu, entzündet es und schwingt den Kessel hin und her, hin und her, macht Kniebeugen, spielt den Ritus et cum spiritu tuo. Jascha erzählt ihre Lieblingsgeschichten aus der Bibel. *Und die Wolkensäule machte sich auch von ihrem Angesicht und trat hinter sie. Es war aber eine finstere Wolke und erleuchtete die Nacht, daß sie die ganze Nacht, diese und jene, nicht zusammenkommen konnten. Da nun Mose seine Hand reckte über das Meer, ließ es der Herr hinwegfahren durch einen starken Ostwind die ganze Nacht und machte das Meer trocken; und die Wasser teilten sich voneinander. Und die Kinder Israel gingen hinein, mitten ins Meer auf dem Trockenen; und das Wasser war ihnen für Mauern zur Rechten und zur Linken.*

Der Pfarrer aber ist einer, der den Segen mit dem Kochlöffel erteilt. Jascha mag ihn nicht: den ekligen Husten des ewigen Stumpenrauchers, die verschwitzten Socken, die häßlichen, mit Borsten bestückten schwammigen rosigen Beinchen, denen sie das Fußbad bereitet, die trockenen Fürze, die der Pfarrer fahren läßt, wo er geht und steht. Jascha mag es nicht, wie er mit geblähtem Bauch nach dem Essen auf dem Sofa hockt, die Beine gespreizt, wie er einnuckelt und mit verstopfter Nase atmet, die Füße in ausgefransten Filzlatschen. Überall liegt kalter Rauch, hängt in Gardinen und in jedem Gewand, der Pfarrer schmatzt und redet nach dem Essen gern Anzügliches, faßt die Jascha am Handgelenk, läßt sie nicht mehr los, flüstert: Halte dich bereit. Der Herr kann zu jeder Stunde kommen. Er verlangt von ihr, daß sie ihm Marzipanbrot bäckt. Sie kann das, denn eine Zeitlang hieß eine ihrer Stationen Lübeck. Sie erinnert sich, bei einem Schwaben in Stellung gewesen zu sein, der in das Geschäft eingeheiratet hatte. Honig, Zimt und Mandelkern, und eine Farbe wie altes Elfenbein muß es haben, dann ist es gelungen. Außer Jascha kann das keine in Thulsern: Marzipanbrot backen. Mit dem Ansehen wächst die Zahl der Neider.

Einmal kommt sie spät aus dem Pfarrhof zurück: kein Kosmas, kein Drago, die Stadeltüre sperrangelweit offen. Sie findet den Sohn im Hemd nahe am Tränkbach, blaugefroren, Zahnräder im Mund und in der klammen Hand, wirre Worte stammelnd. Jascha hüllt den Sohn in ihren Mantel, trägt ihn heim, reibt ihn ab, gibt ihm Honig und Milch, legt sich im Bett auf ihn, um ihn zu wärmen. Sie sehnt den Frühling herbei, bäckt, näht, strickt, melkt die Geiß, füttert die Vögel, deren Flug Kosmas mit größter Sorgfalt studiert. Der Bub wird wieder gesund, endlich kommt der Frühling, es wird warm Mitte Mai, Kosmas hüpft wie ein Vogel umher, woher kann er das, so hüpfen.

Im Herbst nimmt Ziegler ihn in die feinmechanische Lehre.

Flora

Dieses Kapitel erzählt, wie Kosmas seine Lehre beendet,
was einen Projektanten auszeichnet, wohin die Reise führt
und der Ewige Umgang, was einer aus dem Süden
mitbringen kann
und wie die Schatten länger werden.

Und nach einer weiteren Drehung der tätowierten Weltenbrust stoßen im Inneren der Kalebasse die Kerne aneinander wie Murmeln. Eingeritzt in die Haut ist unser Kosmas, der sich den Ewigen Umgang in den Kopf gesetzt hat,
seit er mit Zahnrädern spielt. Kosmas will das Geheimnis
des Perpetuum mobile ergründen und einen Ewigen Umgang bauen, wie er das nennt. Ist es der himmelstürmende
Menschheitstraum oder bloß eine phantastische Grille, ist
es Vision oder Windei, was Kosmas nicht ruhen läßt? Will
er der Herr über eine Weltmaschine jenseits der Grenzen
von Zeit und Raum sein, will er triumphieren über Tod und
Vergänglichkeit mittels Riemen und Ketten, Flaschenzug
und Hebelwerk, mittels Kugeln und Gewichten und Rädern
und Widerlager? Kosmas hat sich eine Maschine in den
Kopf gesetzt, die sich ohne fremde Energie bewegen und
Arbeit verrichten kann. Er hat irgendwoher etwas aufgeschnappt vom Prinzip von der Erhaltung der Energie, ir-
gendeiner hat ihm den Floh ins Ohr gesetzt und ihm einen
lateinischen Namen gegeben und von der Lehre der vis viva
gesprochen. Und bei Kosmas hat sich die Überzeugung vom
Zusammenhang der Naturkräfte eingefräst. Seither kann er
nicht mehr von seiner Weltenmaschine lassen, seither treibt
der Ewige Umgang ihn um und um. Das ist etwas vom Stein
der Weisen, sagt er, das gleicht der Quadratur des Kreises,
darin ist etwas vom spiritus mundi, wie der Pfarrer sagt,

107

dem er sich anvertraut. Der Pfarrer macht ihn auf die jesuitischen Mühen aufmerksam, dem Perpetuum mobile auf die Spur zu kommen. Der Pfarrer weiß von einem gewissen Athanasius Kircher und seinem Schüler Schott, er erklärt das Perpetuum mobile zum Indiz für jene Harmonie, die Himmel und Erde durchwaltet, er erhebt es zum Beweis des ewigen göttlichen Kreislaufs, spricht von den Bahnen der Gestirne, nennt Tag und Nacht, Ebbe und Flut, Sommer und Winter, Leben und Sterben, Gedeih und Verderben, sagt: der Kosmos selbst ist ein Perpetuum mobile. Aber nicht das ist es, was unseren Kosmas interessiert, behauptet die Kalebasse. Längst hat der Feinmechanikerlehrling von Automaten gehört, von der singenden Nachtigall, vom mechanischen Violinspieler, vom Rechenkünstler, dem maschinellen Schachgenie von der Puppe Olympia. Die Kalebasse hilft beim Nachschlagen, blättert für Kosmas in *Gehlers Physikalischem Wörterbuch auf das Leipziger Jahr 1833* aus dem Fundus des Pfarrers, dem Jascha Socken und Füße gewaschen hat: *Reden wir zuerst vom Perpetuum mobile physicum, so unterliegt es keinem Zweifel, daß es ein solches geben könne, da der Kreislauf der Dinge in der Natur stets ein fortdauernder, ununterbrochen sich erneuernder ist. Vermag man daher irgendeine solche in der Natur vorhandene Kraft zur Bewegung einer Vorrichtung zu benutzen, so ist damit die Aufgabe gelöst.* Das ist es, sagt Kosmas. Genau das ist es: eine in der Natur vorhandene Kraft zu einer Vorrichtung benutzen. Der sich ununterbrochen erneuernde Kreislauf. Der Zusammenhang der Dinge. Der Ewige Umgang.

Aber wie will er das hier im Thulsernischen zuwege bringen? Wie soll das in diesem abgeschiedenen Seitental möglich sein? Worauf kann man hier schon zeigen?

Hätte Kosmas die Kalebasse gehabt, wie sie auf mich gekommen ist samt dem Samtkragenmantel und dem Vergrößerungsglas, so hätte er Antwort erhalten. Die Kalebasse hätte ihm Bescheid gegeben: Höhenlage und alpines Klima lassen im Thulsernischen eine intensive Bewirtschaftung des Bodens nicht zu, hätte sie gesagt und auf die geringe Ergiebigkeit des Ackerbaus verwiesen, zugleich aber vom außerordentlichen Grasreichtum gesprochen, von Viehzucht und Milchwirtschaft, von der Thulserner Herdebuchgenossenschaft und den Käskuchen weit und breit. Von Lohnfuhrwerk wäre die Rede gewesen und vom Salzverkehr, von der einheimischen Rösserzucht, dem Brauerei- und Gaststättengewerbe. Von dort wäre die Rede auf die Mahl- und Gipsmühlen gekommen, auf Flachsbau und Garnhandel, auf Hausweberei und das Spinnen in der Kunkelstube.

Aber Kosmas hätte vermutlich abgewunken und gefragt, wo er mit seinem Mobile bleibe, wohin er mit seinem Ewigen Umgang solle: gewiß, da gebe es ehrbares Küfner- und Küblerhandwerk, gewiß, da sei auf den Stolz der Thulserner zu zeigen, mithin auf jene *von unfürdenklichen Zeiten her begründete unbeschränkte Freiheit, Handwerkh und Hanthierungen ohn allen Zunftzwang zu betreiben,* alles gut und recht. Aber wo bleiben die Möglichkeiten für einen wie ihn? Wohin soll einer, der sich das Perpetuum mobile in den Kopf gesetzt hat?

Und genau an dieser Stelle hätte sich die Kalebasse ein wenig gedreht und hätte unserem Kosmas die mathematischen Instrumente gezeigt, die Zirkel und Reißfedern, die Präzisions- und Katastermaßstäbe, Planimeter und Pantograph und Winkelspiegel, die sämtliche in Thulserns feinmechanischen Buden gefertigt werden.

Dorthin schau, hätte die Kalebasse gesagt zu unserem Kosmas. Aber was hätte er gesehen, was schon? Die Goldmedaillen vielleicht von den Weltausstellungen, die den Thulserner Feinmechanikern verliehen werden seit 1840, vielleicht auch Laufwerke, Schrauben und Zähler, Fassonfräser und die Perlmuttknopffabrik, die Schleiferei optischer Linsen, die Registrierapparate für Sternwarten, und immer wieder Zirkel und Reißfedern, Zirkel und Reißfedern. Da wäre unserem Kosmas allmählich ein Licht aufgegangen, denn all das kannte er von seiner Lehre her, in der er freilich den letzten Schritt noch nicht vollzogen hatte. Worin der letzte Schritt bestand?

Um ihm dies zu sagen, hätte die Kalebasse Doktor Magnus Jochams *Memoiren eines Obskuranten* aufgeschlagen und ein paar Zeilen daraus vorgelesen, weil sie eingeschrieben sind in die tätowierte Weltenbrust, weil sie eingeritzt sind in die Kalebassenhaut mit der kalten Nadel: *Die jungen Burschen gingen insgemein mit dem Beginn in die Schweiz oder ins Elsaß, um als Steinhauer oder als Maurer oder als Mechanikus zugleich Arbeit und Verdienst zu bekommen. Der Wandertrieb hatte sich so ausgeprägt, daß, wer nicht in die Fremde gegangen war, als halbfertiger Gesell galt. Manche junge Leute, in der Vollkraft ihrer Jahre, gewöhnt an Einfachheit und harte Arbeit, kehrten der Heimat ganz den Rücken und suchten in fremden Ländern und Erdteilen ein neues Heim aufzurichten: Finnland, Rußland, Nord- und Südamerika, Palästina, Ost- und Westafrika und selbst Australien waren die Ziele ihrer Wanderungen.*

Kosmas hätte endlich begriffen.

Die beste Bildung lernt der Mensch auf Reisen, hätte er sich gesagt. Auch er mußte hinaus. Schließlich hat er ein hehres Ziel: den Ewigen Umgang.

Kosmas will nicht nur Erfinder sein, denn auch Lügner erfinden: er nennt sich einen Projektanten, läßt aber auch Tüftler oder Mächler gelten.

Schon packt er seine sieben Sachen, schon schnürt er sein Ränzel, schon macht er sich auf, schon ist er unterwegs.

Richtung Süden.

Die Kalebasse sagt: Dies hat seine guten Gründe.

Sie zeigt mir unseren Kosmas, wie er über die Worte des Kathedralenbaumeisters Villard de Honnecourt nachdenkt und die Zeichnungen in dessen *Bauhüttenbuch* studiert: *So manchen Tag haben sich Meister gestritten, ein Rad von selbst drehen zu machen. Siehe hier ein solches, das man also durch sieben bewegliche Klöppel oder durch Quecksilber drehen machen kann.*

Hätte Kosmas eine Kalebasse gehabt, wie sie auf mich gekommen ist zwecks Auflösung der Erbengemeinschaft von meinem Onkel Firmian her, dem Herrn der sieben Meere, so hätte ihm dieser Medizinball den indischen Tschakravartis gezeigt, genannt der Radroller als Weltenherrscher, sie hätte vom Rad der Zeit gesprochen und vom Lauf der Dinge, hätte Theologensprüche zitiert: Aus Gott kommt alles, in ihn kehrt alles zurück, wie ein rollendes Rad, ohn' Anfang und End'. Die Spur, der Weg und die Strecke. Anfang und Ziel. Der Lebensweg, das Gehen, der Gang, der Gedankengang und der letzte Gang, Hinweg, Rückweg und Fluchtweg, der ewige Gleichlauf.

Der Ewige Umgang.

Das Prinzip eines in sich geschlossenen Kreislaufes, in dem gewonnene Energie ohne Verlust dazu verwendet werden kann, weitere Energie zu gewinnen, um weitere Energie zu gewinnen, um weitere Energie zu gewinnen... bis in alle Ewigkeit ohne Verlust. Ohne Verlust.

Unser Kosmas ist nicht faul, er macht sich kundig: er kennt Otto von Guerickes *Mobile perpetuum,* ein großes Luftthermometer in der Vorhalle seines Magdeburger Hauses ebenso wie die Konstruktion jener Trockensäule, die der Veroneser Physiker Giuseppe Zamboni ersann.

Damit sind wir über den Brenner, sagt die Kalebasse.

Die Spur führt südwärts.

Die Kalebasse zeigt unseren Kosmas über den Aufzeichnungen des Leonardo Pisano Fibonacci und über den Papieren des Petrus Peregrinus aus dem Feldlager anläßlich der Belagerung von Lucera: *Du solltest aber darauf achten, daß das Auge des Unerfahrenen nicht wahrnimmt, was wie geschickt angeordnet ist.* Auch die technischen Notizhefte des sienesischen Mariano di Jacopo, gen. Il Taccola sind dem Projektanten geläufig: *Un molino azionato mediante un sifone scavalcante un monte.* Kosmas kennt die *Magia naturalis* des Neapolitaners Giambattista della Porta, das *Novo teatro di machine et edificii* des Vittorio Zoncca, Stadtbaumeister zu Padua sowie die verschiedenen Überlegungen zu Perpetua mobilia aus Leonardo da Vincis *Codex atlanticus,* deren Erläuterung das Genie in Spiegelschrift über den Zeichnungen festhielt: *Oh, ihr Erforscher der beständigen Bewegung, wie viele eitle Hirngespinste habt ihr geschaffen bei dieser Suche. Gesellt euch doch zu den Goldmachern.* Aber Kosmas will nichts zu tun haben mit der Scharlatanerie. Warum soll ihm nicht gelingen, woran dieser da Vinci gescheitert ist? Und dennoch: Die Bedenken aus dem *Madrider Codex I* graben sich ein in Kosmas' Gedächtnis: *Ich habe unter anderen überflüssigen und unmöglichen Leichtgläubigkeiten der Menschen die Suche nach der immerwährenden Bewegung gefunden, die von einigen auch ewiges Rad genannt wird. Diese hat während sehr vieler Jahrhunderte in langer Forschung und Erprobung und mit großen Ausgaben die Menschen beschäftigt, und es widerfuhr ihnen am Schluß immer wie den Alchimisten, die wegen einer Kleinigkeit das Ganze verloren. Wer die ratio der Dinge verneint, offenbart sein Unwissen.* Kosmas verwirft diese Bedenken: Er nimmt sich vor, die Kleinigkeiten nicht zu übersehen und die ratio der Dinge zu bejahen. Schon zeigt ihn die Kalebasse über Christoph Scheiners *Gnomon in centro mundi.* Scheiner kann nicht irren, sagt sich Kosmas. Immerhin baute er das erste Keplersche Fernrohr, immerhin war er Mitentdecker der Sonnenflecken, immerhin ersann er den Storchenschnabel. Die Spur führt nach Palermo zu Caspar Schotts Vorlesungen, von dort weiter zu den Schriften des Francesco Lana, Conte de' Terzi in Brescia: *Prodromo overo saggio di alcune inventioni nuove.* In Mantua zeigt ihn die Kalebasse über die Entwürfe des Jacopo de Strada gebeugt, in Cremona über jene des Alessandro Carpa, die seinem Gewichtsmobile gelten. Kosmas bedenkt den Streit zwischen Giuseppe Ceredi und dem Venezianer Daniele Barbaro, er erwägt Buonainto Lorinis Einwände, *daß der, so sich auff die ewige Bewegung befleisset, ein ewiger Narr sei* – und Kosmas verwirft sie. Auch der Hader zwischen dem Galilei-Schüler Clemente Settimi und dem Mobile-Gegner Giovanni Alfonso Borelli, Mitglied der Accademia del Cimento Firenze bleibt Kosmas nicht unverborgen. Da fällt ihm der Satz wieder ein, den ihm seine Mutter Jascha mit auf den langen Weg gegeben hat: *Man kann mit einem Pfund nur ein Pfund im Gleichgewicht halten, niemals jedoch bewegen.*

Aber Kosmas läßt sich nicht vom Ewigen Umgang abbringen. Nicht einmal die ernste Warnung der Königlichen Pariser Akademie der Wissenschaften hält ihn auf: *Diese Art von Untersuchungen hat die Unzuträglichkeit, kostspielig zu sein; sie hat mehr als eine Familie ruiniert, und oft haben Mechaniker, welche große Dienste hätten erweisen können, ihr Glück, ihre Zeit und ihr Genie verbraucht.*

Vermutlich hätte nicht einmal die Kalebasse unseren Kosmas von seinem Weg abbringen können. Schon hört er, wie die Zahnräder ineinandergreifen, schon riecht er den Transmissionsriemen, schon trägt Kosmas das Zeichen seiner Zunft unter den Fingernägeln: Öl und Schmiere, fettige Schwärze, schon beißt er sich vor Zorn und Scham in die Hand,wenn er wieder einen Plan nicht aufgehen sieht in seinem Mächlerkopf, schon spritzt der Tüftlerschweiß, schon beschlägt der Gedankendunst das Vergrößerungsglas, das ich vor die Kalebassenhaut halte. Da hört Kosmas eine Stimme.

Er hört ein Singen.

Hört er seine Maschine schon singen?

113

Die Kalebasse weiß es besser: Es ist kein Ewiger Umgang, der da singt, es ist eine junge Frau.

Sie steht vor diesen mächtigen ockerfarbenen Häusern Roms, von denen der Putz blättert, die sich wie riesige Schiffsbüge in die Plätze schieben und nicht mehr weichen wollen.

Die Kalebasse weiß, wer diese junge schöne Frau ist. Es ist die italienische Flora, in die sich unser Kosmas sofort verliebt, die er kurzerhand mitnimmt über die Alpen ins Thulsernische, die er heimführt und der Jascha zeigt, die sie in den Arm nimmt und küßt und liebt vom ersten Augenblick an, obgleich die Flora kaum ein Wort Deutsch spricht oder versteht.

Ab jetzt gehört also die italienische Flora zu unserem Kosmas, und nach und nach kommen die Kinder: Benedikt wandert aus, Pirmin fällt für Kaiser und Vaterland, Kaspar geht zur Eisenbahn und Regula nimmt den Schleier. Kosmas läßt nicht mehr vom Ewigen Umgang. Er baut die Maschine in dem Stadel, in dem später die Kalebasse auf mich kommen wird mit dem Vergrößerungsglas und dem Samtkragenmantel.

Der italienischen Flora soll es nicht gelingen, im Thulsernischen heimisch zu werden: Trotz der Hilfe von Jascha gelingt es nicht, und auch die Kinder geben ihr keinen Halt. Indes Kosmas vor lauter Mächlerei Flecken ins Hemd schwitzt und den Stoff an Bauch und Rücken kleben läßt, indes sich seine Haare naßschwarz färben und er über seine Weltenmaschine gerne und geduldig Auskunft gibt, als hätte er immer nur Kinder vor sich, indes seine altväterlichen Gesten bekannt werden, seine buschigen Brauen, sein Neigen des Kopfes, seine Art, Zuspruch zu geben und Wärme zu verteilen, sein verschmitztes Lächeln im rechten Augenblick und sein Wissen um geheime Wünsche, übt Flora sich in einer ganz anderen Kunst. Ihre Liebe gehört von Anfang an den Schatten, ihr ist es von Anfang an darum zu tun, die sie umgebenden Gesichter zu schneiden und aufzubewahren wie gepreßte Albumblüten. Sobald sie ans Scherenschneiden geht, zittern ihre leicht feuchten Lippen, und ihr schmales Gesicht wird hell und dann wieder dunkel, ganz schnell wieder dunkel. Nichts bleibt als ein Schatten, sagt die italienische Flora, wirft dem Kosmas einen neuen Brand in sein Herz und spürt schon, wie Svea von innen gegen ihre Bauchdecke klopft. Sie wird bei der Geburt dieses Kindes sterben, und Kosmas wird eine Zeitlang nicht einmal den Trost haben, weinen zu können, so entsetzlich wird sein Schmerz sein. Er wird auf den Knien liegen, die von den Steinen bluten werden, er wird sagen: Daß gestorben wird, ist der größte Hohn. Er wird sagen: Ab heute ist mein Herz allein, denn das Leben verbrannte mir die Flügel, jetzt tötet der Tod sogar meine Träume. Aber noch ist es nicht so weit, noch wird gelebt und gelacht und die Aufzucht der Kinder verschlingt die Tage. Abends aber triumphieren Anmut und Fingerfertigkeit, wenn Flora beginnt, ihre gesehenen Bilder zu wiederholen. Sie braucht nur Schere und Papier für ihre Tätigkeit voll verhaltener Melancholie.

Da zeigt die Kalebasse eine schöne fremd aussehende Frau, die es ins Thulsernische verschlagen hat bloß wegen der Liebe, da zeigt die tätowierte Weltenbrust Akkuratesse und handwerklichen Fleiß. Spielende Kinder lassen sich aus dem Papier schneiden, die Profile von Jascha und Drago, von Kosmas und Benedikt, von Regula und Kaspar und Pirmin, der fällt für Kaiser und Vaterland. Spiele kann man spielen, Rätsel kann man raten, und man braucht dazu nicht mehr als Schere und Papier. Sonst keinen Aufwand. Die Weltmaschine läßt sich rasch aus dem Papier holen, rascher als aus Kosmas' Kopf. Während sie schneidet und das Papier gewandt dreht, erzählt Flora gerne die Legende aus dem Orient, derzufolge ein Hirte das Haupt seiner schlummernden Liebsten an einer sonnigen Mauer umriß, sie erzählt von der schönen traurigen Corinthia, der Tochter des Töpfers Dibutiades, die den Profilschatten ihres scheidenden Geliebten auf einem Felsen nachzieht, sie erzählt die Geschichte von einem Kaiser in China, dessen verstorbene Frau durch die Kunst eines Schattenspielers so täuschend heraufbeschworen worden sei, daß der mächtige Herrscher über dem Schauspiel seine Trauer vergessen habe. Flora legt ein Album an mit den Schattenrissen ihrer Umgebung: Kosmas ist darin mit seiner Weltmaschine, die Kinder, Jascha und Drago, Nachbarn, Gruppenbilder und Einzelporträts, manchmal mit getuschten Ergänzungen und besonderer Geschicklichkeit, was den Kopfputz der Frauen angeht, Blumen und Pflanzen verzeichnet die Kalebasse ebenso wie Spielzeug. Das Schattenleben sei jenes Leben, das sie nicht leben könne, gibt Flora Bescheid und lacht dazu, weil sie nicht will, daß einer solche Sprüche ernst nimmt. Für ihre Schattenspiele braucht sie nichts als einen Spielschirm aus Tuch und eine brennende Kerze oder eine Öllampe. Und sie braucht ihre Figuren, die sie selbst ausschneidet aus Lederresten oder aus Papier. Sie kann diese Figuren scharf werden lassen oder verschwommen, sie kann sie riesengroß erscheinen lassen oder als Gnom, sie kann Arme bewegen und Beine, sie kann Lippen öffnen und schließen. Manchmal haben die Puppen auswechselbare Köpfe und Gliedmaßen. Flora kann aber auch Tiere ausschneiden, sie kann einen Zirkus erfinden mit Pferden und Tigern, Kühen und Drachen und Schnecken und Fröschen. Dazu singt sie ihre fremden Lieder oder macht Geräusche mit feinen Glöckchen oder mit Knöpfen. Die Spiele stammen aus der biblischen Geschichte oder erzählen Abenteuer von geraubten Prinzessinnen und tapferen Rittern und von Drachen mit vogelähnlichen Köpfen, von Geistern und Perchten mit vorstehenden Zähnen und wilden Warzen. Es sind Geschichten aus der italienischen Heimat, aber auch solche vom Teufel und seiner Großmutter, es sind Ge-

116

schichten, die sie angeblich von Zigeunern erzählt bekommen haben will, von Zwergen und Vögeln in den Zweigen und Jägern und tanzenden Derwischen. Manchmal verspottet sie ein wenig Kosmas und seinen Ewigen Umgang. Aber sie gibt ihm auch wichtige Anregungen für das Thulserner Glockenspiel, denn Flora erfindet den weißen Ritter, der den schwarzen Ritter vom Pferd sticht, bei ihr tanzen die Kinder um den Hollerbusch, bis der goldene Hahn kräht und Stundenglas und Hippe sichtbar werden. Jede Puppe hat eine eigene Stimme. Nach und nach rückt die italienische Flora damit heraus, daß schon ihr Vater und ihr Großvater und solche noch weiter zurück mit Schatten gespielt hätten, durch ganz Italien gezogen seien sie bis hinauf nach Holland und bis hinüber nach Santiago di Compostela. Von ihren Altvordern her habe sie gelernt, im Schattenspiel durchaus auch Verstorbene wiederkehren zu lassen. Dazu läßt sie eine Figur über eine Kerze springen und einfach verschwinden. Tritt sie dann vor die Kerze, so ist sie wieder sichtbar. Gerne spielt sie »Operation«: Auf einem Tisch liegt unter einer Decke der Patient, dem mit einem großen Messer der Bauch aufgeschlitzt wird. Der Doktor fördert allerlei kuriose Gegenstände zutage, die in Wahrheit auf dem Tisch unter der Decke des Patienten liegen. Manchmal kommt der Mann müde aus dem Wald und will sein Essen, aber die Frau heißt ihn einen Faulpelz. Während die zwei sich streiten, stibitzt der Hund den Braten. Dann wieder erscheinen Handschattenbilder an der Wand: Kaninchen und Fuchs, Wolf und Hirsch, Katze, Ente, Adler und Spinne. Flora kann Rauch aus Schattenpfeifen steigen lassen, den Mond hinter vorbeieilenden Wolken verschwinden, die Morgenröte übers Gebirge ziehen und Schiffe mit hohem Seegang kämpfen lassen. Sie schneidet die Versuchung des Heiligen Antonius aus Pappe, läßt Hunde rückwärts rennen, ahmt das Balancieren des Einradfahrers nach, läßt den Dompteur den Kopf in den

Löwenrachen stecken, sie baut eine Arche Noah nur aus Schatten: zum Schluß läßt sich ein Taubenpärchen auf dem Hausboot nieder. Zuletzt führt Flora Kinder und Nachbarn, denen sie Kuchen reicht, in den Zauberwald. Am Anfang ziehen die Märchenfiguren vorbei und Flora singt dazu. Allmächlich wird der Gesang leiser, und es ertönen schaurige Geräusche. Wenn die Hexe den Prinzen verzaubert, werden zwei Deckel aneinandergeschlagen, und wenn die Hexe auf dem Besen durch die Lüfte reitet, stöhnen die Gespenster; Tod und Teufel treten auf, ebenso das eitle Mädchen mit dem langen Hals und der gestiefelte Kater. Gelegentlich gibt Jascha Ratschläge und argumentiert aus der Höhe ihrer Jahre. Manchmal nennt sie sich selbst lachend des Teufels Großmutter und streicht den Kindern übers Haar. Einmal steht Kosmas vor ihr, und die Kalebasse zeigt ein runzlig gewordenes Gesicht. Jascha erkennt, was es heißt, den ganzen Tag alt zu sein und mit jedem Augenblick älter zu werden. Sie erleidet die Schrecken der Schlaflosigkeit und Hungeranfälle nach Jugend. Ihre Häßlichkeit ist ihr stets gegenwärtig. Immer öfter hat sie jetzt das Gefühl, ihr Körper halte sich nur deshalb aufrecht, weil er nicht weiß, nach welcher Seite er fallen soll. Man nennt sie jetzt alt. Man ruft ihren Tod herbei. Sobald sie ihr Ende kommen sieht, verrät sie der italienischen Flora das Geheimnis des Marzipanbrotes. Und während wieder einmal der weiße Ritter den schwarzen Ritter vom Pferd sticht, während die Kinder um den Hollerbusch tanzen und der goldene Hahn kräht, stirbt Jascha. Die Kalebasse sagt: *Ihr Tod kam im Schlaf, als hätte er es sonst nicht gewagt.*
Beim Begräbnis bittet Flora die Trauernden, einige Schritte vom Grab zurückzutreten, auf daß kein Schatten in die Grube falle und mitbegraben werde.

Drittes Buch

Zweiter Drehbericht

Liebste Alfina,
glaub mir, in jeder freien Minute wandern meine Gedanken
zu dir. Die letzten Tage waren sehr anstrengend, und ich
war jedesmal froh, wenn ich wieder in mein Zimmer zurückkehren konnte, um auf der Kalebassenhaut zu lesen.
Ich hatte Probleme, mich auf meine Arbeit zu konzentrie-
ren. Es ist nicht immer leicht, beharrlich erzählend vorauszusehen, wie es gewesen sein könnte, wenn es dereinst
geschähe. Als Zeuge und einziger Chronist meines Thulsern
ist dies aber meine Aufgabe.
Mit dem Kopf war ich ganz woanders.
Mit dem Kopf war ich auf meinem Grund und Boden.
Mit dem Kopf war ich im Stadel, in dem sich das Gerümpel
von Generationen angesammelt hat.
Immer wieder blieb mein Blick an unserer Oma ihrem
kleinen Häuschen hängen.
Dazu brauchte ich nicht einmal aus dem Hotelfenster zu
schauen.
Meine Gedanken liefen mir nicht erst in den Pausen davon.
Mitten unter der Arbeit machten sie sich auf.
Alle liefen sie in eine Richtung.
Alle sammelten sich in unserer Oma ihrem kleinen Häus-
chen. Dort liefen die Fäden zusammen zu einem Knoten,
den ich lösen mußte, obgleich ich wußte, daß ich ihn
niemals lösen konnte.
Der Stadel. Unser Oma ihr klein Häuschen. Das Gerümpel.
Es riecht nach Staub und nach altem Holz, es riecht nach
Stoff und nach Moder und überall liegt Taubendreck.
Einige Dachplatten sind gesprungen, Trockenheit und
Kälte, Feuchtigkeit und Hitze haben sich in die Bodenbret-
ter geschrieben. Was sich da alles angesammelt hat an
Abgelegtem.

Was da alles zusammengekommen ist.

Stellage um Stellage.

Als Kind habe ich mir immer vorgestellt, daß einer zwischen all dem Krempel wohnt, daß die Decke schwankt, wenn er in seinem Verschlag auf und abgeht, daß die Lampe im Erdgeschoß dann ein wenig wackelt und das Licht flackert. Aber gesehen habe ich diesen Unbekannten nie. Ich habe ihn mir immer nur vorgestellt zwischen all dem Verhau und der Unordnung, wie er auf alten Zeitungen schläft, wie er sich mit zerschlissenen Vorhängen zudeckt, wie er im Winter friert und im Sommer vor Hitze fast umkommt. Manchmal glaubte ich, die Bodenbretter knarren zu hören. Heiligenbilder habe ich mir vorgestellt, altes Geschirr, Blechteller vom Krieg her, feldgrau, Schüsseln mit Sprung, Tassen ohne Henkel, erblindende Spiegel, viele erblindende Spiegel, aus denen dennoch die Gesichter der Altvordern blicken, mit einem Ausdruck von Wehmut und Erstaunen, umkränzt von welken Blumensträußchen. Dann wieder sah ich mich selbst durch knöchelhohen Staub gehen, als watete ich durch frisch gefallenen Schnee, als wäre ich dabei stark wie der Held meiner Kindheit: Prinz Eisenherz, der sich niederläßt auf einem alten Sofa wie auf dem Thron von Camelot. Und die Tür ginge auf und es erschiene mir Prinzessin Aleta, die ich aus den Händen des großen Khan befreite.

Liebste Alfina: Bei meinen Recherchen zu Schloß Falkenstein, das nun steht, stieß ich nebenher noch auf eine Persönlichkeit, der nachzugehen sich einmal lohnen würde. Allerdings müßte diese Gestalt zuerst von jenem heimeligen Spinngeweb befreit werden, in dem man sie gut aufgehoben glaubt. Solches geht auf das Konto als Heimatforscher dilettierender Dorfschulmeister, die sich beflissen des neuen Heimatkundetones zu bedienen wissen. Da ist von einem »eigenwilligen, dickköpfigen, streitbaren Romantiker und verschrobenen Märchenerzähler« die Rede, da wird über einen »originellen Waldschrat und schlitzohrigen Kauz« schwadroniert, da heißt es: »Wahres und Erdichtetes, Authentisches und Erfundenes über dieses einheimische Original sind fließend geworden. Geblieben ist das Andenken an eine geheimnisumwitterte Gestalt, diesen prächtigen Kerl mit zerzaustem Berggesicht, klarblauen Vergißmeinnicht-augen und urig-derber Wesensart, der sein Leben in selbst-gewählter Einsamkeit in der Freiheit der Natur und ›seines Berges‹ verbrachte. Geblieben sind die Geschichten und Anekdoten um ihn.« Und daran scheint kein Mangel zu herrschen. Womöglich wurde diesem vermeintlichen Original allerhand angehängt: er sei von seiner Mutter, angeblich »ein Weib wie ein Felsen«, bei der Heuarbeit am Falkensteinhang geboren worden, er habe an die vierzig Jahre als Einsiedler auf dem Falkenstein in einer Art Hunding-Hütte zwischen Hühnern, Geißen und Hunden zugebracht, mit seinem Gejodle die Schmuggler vor den Grenzern gewarnt, er habe geschnupft und Ziehharmonika gespielt, sei streitsüchtig gewesen und habe es für selbstverständlich erachtet, daß man ihm seinen Heusack gratis füllte. Von weither sei man gekommen, um seine Sprüche und Erzählungen zu hören oder von seinem Kräuterwissen zu profitieren. Sei er einmal krank gewesen, so habe er Kerzen oder Laternen ins Fenster gestellt, auf daß ihm aus dem Tal Hilfe zuteil werde. Nach dem Erwerb des Ruinengrundstückes durch König Ludwig II. habe er zeitweilig beim Bau der Straße geholfen. Später habe er eine Art Kiosk eröffnet und den Sommerfrischlern allerhand Geschichten aufgetischt: wie ihn der König mal alleine, mal zusammen mit Richard Wagner besucht habe, wie er mit Berggeistern umgehe, was in den Sternen geschrieben stehe, wie blau das Blaue sei, das er vom Himmel hole. Der Schulmeister schreibt in der von mir aufgestöberten Quelle: *Erzählt hat er viel, das meiste war übertrieben oder verlogen. Aber es machte ihn interessant, gehörte zu seinem Image und zu*

jener Atmosphäre, mit der er sich dort umgab. Offenbar
rechnet der Herr Lehrer dazu auch das selbstgeschaufelte
Grab, in das man den Einzelgänger nach seinem letzten
Willen legen sollte. Nicht einmal der wurde ihm erfüllt. Sie
packten die Leiche in ein Fäßchen und rollten es nach
Weissensee hinunter. Seine Hütte ließen sie verkommen,
ohne zu wissen, daß diese dem königlichen Bühnenmaler
Jank als Vorlage für die Hunding-Hütte diente, wie sie sich
Ludwig II. von Breling in Linderhof nachbauen ließ, einem
Bühnenbildentwurf folgend. Darin hörte Ludwig die heili-
gen Gesänge aus der Gralsburg Montsalvat. Später hat ein
Forstbeamter die Hütte niedergebrannt. Ich habe sogar eine
Abbildung des Bergeinsiedlers entdeckt: Sie zeigt eine Ras-
putingestalt mit steiler Militärmütze und leuchtender Ko-
karde, in Hemdsärmeln, breiten Hosenträgern, kariertem
Hemd, festem Schurz, vor seiner Hütte hockend, mit zärt-
lichen Pratzen eine Geiß auf dem Schoß tätschelnd. An der
Hüttenwand hängt direkt über dem Kopf eine Sense. Im
Volksmund hieß diese Gestalt Falkenstein-Sepp oder Kohl-
seppl, in Wirklichkeit hieß sie Josef Köpf und lebte von
1842 bis 1913.
Ich habe dir, liebste Alfina, deshalb von diesem Fund
berichtet, weil wir in der letzten Zeit hauptsächlich die
Einstellungen mit den Propheten und Wundererzählern
drehten. Wahrscheinlich wirst du dich fragen, was diese mit
dem Schlaraffenland zu tun haben. Du wirst dich wundern:
Propheten und Wundererzähler nämlich waren es, die zuerst davon Kunde gaben. Natürlich mußte das gefilmt
werden. Die Kamera begann mit einem umfassenden Rund-
schwenk vom Kirchturm aus über das Thulserner Tal.
Darunter wird später ein Schriftroller gelegt, der die geläu-
figsten Schlaraffenlandnamen auflistet; wegen der Interna-
tionalität des Verleihs ist das notwendig. Während also die
Kamera langsam unser Thulserner Juwel abtastet, wird in
Timbuktu wie in Hammerfest zu lesen sein: Schlaraffen-

land, Coquaigne, Cocagne, Cuccagna, Cucania, Cokaygne, Cockanyen, Cockaengen, Lubberland, Luilekkerland, Tierre de Janja, Bengo di Kurrelmure, Gugelmure, Porcolandria. Danach geht die Kamera zurück auf eine Panoramakarte. In der nächsten Szene kommt ein Herold die Treppen der Thulserner Pfarrkirche herunter und klärt die Zuschauer des Filmes auf: *Schlaraffenland, lat. Utopia, welches im Deutschen Nirgendwo heißen könnte, ist kein wirckliches, sondern erdichtetes und moralisches Land. Man hat es aus dreyerley Absichten erdacht. Einige stellen darunter eine gantz vollkommene Regierung vor, dergleichen wegen der natürlichen Verderbniß der Menschen in der Welt nicht ist, auch nicht seyn kan; und thun solches zu dem Ende, damit sie in einem Bilde desto deutlicher und bisweilen auch ungestraffter alle diejenigen Thorheiten und Unvollkommenheiten zeigen können, denen unsere Monarchien, Aristocratien und Democratien unterworffen sind. Andere suchen das Elend und die Mühseligkeit des menschlichen Lebens dadurch vorzustellen. Deßwegen erdichten sie solche Länder oder Insuln, darinnen man ohne Arbeit alles erlangen kan, da z. E. Seen voll Wein, Ströme voll Bier, Teuche und Wälder voll gesottener Fische und gebratenen Vögel sind, und was dergleichen mehr ist. Noch andere stellen darunter die lasterhaffte Welt vor und mahlen die Laster unter Bildern der Länder ab, z. E. die Landschafft Bibonia, die Republick Venerea, Pigritia und das Allgöw. Der Schlaraffe aber ist nichts als eine Person, welche ihr Leben in einem hohen Grade des trägen Müßigganges zubringt, welche sich einer wollüstigen und üppigen Muße widmet; in welchem Verstande es noch hin und wieder üblich ist, und von beyden Geschlechtern gebraucht wird.*

An unterschiedlichen, jeweils für den Fremdenverkehr besonders wichtigen Plätzen Thulserns wurden die nächsten Szenen gedreht. Sie galten einigen Größen der Antike. Krates trat auf und Pherekrates, Nikophon und Diphilos,

Herodot, Strabon und Dion, schließlich Telekleides mit einem kurzen Monolog, gefolgt von einem Auftritt Lukians: wie er von der »Insel der Seligen« berichtet. Wir stellten nach, was Lukian erzählte, setzten jedes seiner Bilder um vor thulsernischem Hintergrund.

Damit du es dir richtig vorstellen kannst, gebe ich dir, geliebte Alfina, den Wortlaut aus dem Drehbuch: »Wir übersteigen den Butterberg und sehen am Rande eines Sees ein kleines, saftiges Boot aus Rinderfett liegen, seine Haut aus Talg, sein Ruder aus Dick-und-Dünn des Ebers, sein Hinterteil aus Schinken, sein Bug aus Eierrahm, seine Bänke aus altem Speck, sein Ruderpflock aus Mark, seine Wasserschaufel aus Formkäse; so sieht das Boot aus, in das wir steigen. Wir rudern über den See von Frischmilch, über die Untiefen von Sauermilch, durch die Sturmflut von Buttermilch, durch die Spritzer der Brühe, an den Dickmilch-Inseln vorbei zu den Quark-Klippen, zu den Molken-Inseln, über den Seekies von Honigseim und stoßen ans Land zwischen der Butter-Mündung, dem Quark-Berg und dem Milch-See an der saftigen Grenze. Dann kommen wir weiter auf das Rahmkäs-Pflaster ins Talg-Gebüsch, auf den Altspeck-Acker. Da umringt uns ein dunkler Schmalznebel, daß wir Himmel und Erde nicht erkennen können, noch den Ort, auf den wir zugehen sollen. Und ich stoße mit dem Rücken an einen Grabpfeiler aus Quark. Ich strecke meine Hand vorwärts, um mich aufzurichten und fahre bis an den Ellbogen zwischen Ballen frischer Butter. Da sehe ich einen Burschen in einem See voller frischer Milch fischen mit einem Angelhaken aus Mark, einer Leine aus Schmalz und einer Rute aus Talg. Das eine Mal zieht er einen Lachs von altem Aspeck heraus, das andere Mal fängt er einen Lachs von Rinderfett. Er hat einen großen Knüttel von gesottener Braunwurst in der Hand; damit gibt er ihnen einen Streich, daß sie zu seinen Füßen auf dem Schiffdeck von Joghurt zappeln.«

Damit du, Alfina, aber auch auf dem laufenden bleibst, was unsere alten Kameraden betrifft, lege ich dir zum Abschluß meines Drehberichtes wieder einen Zeitungsartikel bei, dem du entnehmen kannst, daß der im Vereinsregister Stuttgart eingetragene »Kameradschaftsverband der Soldaten des I. Panzer-Korps der ehemaligen Waffen-SS«, zu dem frühere Mitglieder der SS-Panzer-Divisionen »Leibstandarte Adolf Hitler« sowie »Hitlerjugend« gehören, als gemeinnützig anerkannt ist. Die Staatsregierung sieht sich übrigens nicht in der Lage, gegen das geplante Kameradschaftstreffen einzuschreiten, zumal kein Verstoß gegen das Versammlungsgesetz vorliege. Die Sache ist also rechtens.

Benedikt

Dieses Kapitel erzählt,
was unser Benedikt unter dem Verwildern versteht,
es wirft einen Blick in die Thulserner Chronik,
führt eine Bürgerrechtsverzichtsurkunde vor
und allerlei sonstiges Vertragswerk,
tut einen großen Sprung
und schließt mit einem fehlgeleiteten Brief,
der doch in die richtigen Hände fällt.

Die Kalebasse dreht sich, meine geliebte Alfina, und in
ihrem Inneren stoßen die Kerne wie Murmeln aneinander.
Bei Benedikt kommt sie zum Stillstand, um dessen Unruhe
zu erzählen. Sie erzählt von einem, der es nicht mehr aushält
zu Hause, sie erzählt von einem, der hinaus will, egal
wohin, nur weg, weg, weg. Sie weiß die Geschichte von
unserem Benedikt, der behauptet, der Mensch sei dazu
bestimmt, im Zustand der Wildheit zu verbleiben, denn
jeder weitere Schritt bringe ihn dem Verderben näher.
Benedikt sitzt der Verheißung auf, das Glück bei den Wilden zu finden. Seine Sehnsucht gilt einem Land, in dem es
keinen gebahnten Weg gibt, keine Dörfer und keine Städte
mit Häuserschluchten, keine Meister und keine Vorgesetzten, weder Könige noch Kaiser. Blindes Vertrauen setzt er in
die Kraft der Siedler, will weg von den Duckmäusern
daheim im Thulsernischen, will nicht länger hofieren, wen
er nicht ausstehen kann, will keine Reichen mehr kennen
und keine Armen mehr, will nicht mehr sparen für nichts
und wieder nichts: nur noch das Geld zusammenraffen, um
die Überfahrt bezahlen zu können. Wer Thulserner ist, sagt
Benedikt, der kann nur noch Einsiedler werden, um in der
Zurückgezogenheit endlich zur Ruhe und wieder zu sich

selber zu kommen. Hätte Benedikt eine Kalebasse gehabt wie ich, wie sie auf mich gekommen ist mit dem Samtkragenmantel und dem Vergrößerungsglas, so hätte er deren Spott zu hören bekommen: *Die süßen Träumereien,* hätte ihm die Kalebasse gesagt, *in welche uns der Glanz der Heimatglocke einwiegt, verschmelzen alles miteinander in erhebender Harmonie: Religion, Familie, Vaterland, Wiege und Grab, Vergangenheit und Zukunft.*

Pfeifendeckel, hätte Benedikt geantwortet.

Schon träumt er vom Abschied, schon stehen ihm die Bilder vor Augen, wie er sich lossagt von all den Gewichten, die ihm anhängen, und wie er aufatmet, endlich von den Seinen und von Thulsern befreit zu sein. Sein Plan ist es, die Welt zu durchstreifen, um dereinst unter einem fremden Himmel die Tage zu verleben, ohne sie zu zählen, die Gedanken nur auf die notwendigsten Lebensbedürfnisse gerichtet und dennoch dabei zum Ziel der Weisheit zu gelangen, *gleichsam wie das Kind zwischen Spiel und Schlaf,* wie die Kalebasse das nennt. Unser Benedikt träumt davon, daß der Nordwind seine Hütte durchtobt, daß der Regen auf ein Palmendach prasselt, daß der Thulserner Benedikt durchs Fenster einen unbekannten Mond die Wolkenberge durcheilen sieht, und unser Benedikt spürt, wie sich dabei seine unbändige Kraft verdoppelt, eine neue Welt schaffen zu können. Schon sieht er vom Versteck des Auswandererschiffes aus seinen Kontinent verschwinden, schon betrachtet er in sich versunken das letzte Schwanken der Bäume seiner Heimat. Benedikt, sagt die Kalebasse, will sein Glück versuchen. Benedikt sagt zu den Seinen: *Glück ist nur dort zu finden, wo auch andere es suchen.* Mir aber sagt die Kalebasse: Das Glück liegt immer am anderen Ufer, und ich gebe das an dich weiter, meine geliebte Alfina. Benedikt aber sieht sich in langen Briefen das Gefühl beim Eintritt in diese mächtigen Urwälder beschreiben, die so alt sind wie die Welt. Bald verfängt er sich im Halblicht, bald stolpert er über umgestürzte Bäume, bald watet er durch Kräuter und Nesseln, bald durch Sumpfgebiete unvorstellbarer Größe. Er hört die furchtbare Stille dröhnen, spürt am eigenen Leib, wie eine Stille die andere ablöst in diesen Wäldern. Er schaut seiner Feder zu, wie sie schreibt: *Jedes Blatt redet eine besondere Sprache, jede Pflanzenfaser gibt ihren eigenen Ton. Eine seltsame Stimme erschallt: Es ist die jenes Frosches, der das Brüllen des Ochsen nachahmt. Aus allen Teilen des Waldes erheben Fledermäuse, an den Zweigen hängend kopfüber, ihren eintönigen Gesang: Man glaubt, immerwährendes Totengeläut zu hören.* Die Kalebasse zeigt Benedikt beim Eintritt in den Thulserner Verein der Auswanderer. Die Gesellschaft plant, sich am Missouri niederzulassen, vorab aber eine Kommission dahin zu entsenden, um Land anzukaufen und die Kolonisation vorzubereiten. Den Niagarafall will er rauschen hören, unvergeßliche Bilder will er in sich aufsaugen, welche die Thulserner Eindrücke ein für allemal löschen. Eine große und lange Einsamkeit wünscht sich Benedikt, eine stille Einkehr bis in die fernsten Tage. Benedikt beschließt, wie die Kalebasse das formuliert, *der verderbten Brut Europens den Rücken zu kehren* und die Ausbildung seiner Verstandeskraft fürderhin der Wildnis zu überlassen. Er will sich das Gewand des Papierbaumes um die Schultern legen und sich in Purpur kleiden, im Schatten selbst gepflanzter Bäume will er vor seiner Hütte sitzen und vielleicht in der Ferne, ganz weit weg, einen müden Wanderer erkennen. Aus seinen Augen will er Ruhe und Frieden leuchten lassen, in einer Matte will er liegen, ehrwürdig soll er aussehen: mit einem dichten Bart, so weiß wie der Schnee und nur ganz wenig Runzeln im Gesicht, denn Kummer, Sorgen und Unglück sollen ihm fremd sein. Unser Benedikt will nicht länger das Geklirre der Bajonette hören, das seinen Bruder Pirmin taub macht für alles andere auf der Welt, bis er fällt für Kaiser und Vaterland, er will nicht länger das alltägliche Elend sehen,

130

keines Menschen Knecht will er mehr sein. Wohin es ihn zieht, dort wird er auch die richtige Frau finden: eine fremde Schönheit. Aber die Kalebasse flüstert verstohlen: *Ein weißer Joseph hat es dort schwer, sein Gewand rein zu erhalten. An verführerischen Potiphars-Weibern ist kein Mangel. Fast alle Schattierungen sind vertreten, vom Ebenholzschwarz bis zum matten Weiß der Mischlinge.*

Benedikt aber will nach Hause schreiben: *Das Fleisch kostet fast gar nichts, und Jagdwild gibt es im Überfluß.* Den großen Sang des Urwaldes will er hören, Werden und Vergehen sollen sich in seine Haut einschreiben, ewigen Frühling will er und ein weißliches Licht soll vom Himmel tropfen und ihn eine Geliebte genießen lassen, wie man die Erde genießt. Diese Erde aber will unser Benedikt vom Sturm versengt sehen, er will sehen, wie ihn die Schatten der Wolken überholen, will spüren, wie es ihm den Atem in den Mund zurückdrückt. Zum Jubeln soll ihm sein und zugleich zum Frieren, durch Dornensteppen will er ziehen und zwischen Disteln schlafen, mit trägem Flug will er die Geier über dem Aas aufsteigen sehen, Schafe will er zusammentreiben, sie scheren, sortieren, markieren und die Wolle verkaufen, durch Labyrinthe aus Wasser, Schneewüsten, Felsen, dunkelgrünen Wäldern und orangehellen Sonnen will er streifen, und wenn die Sonne untergeht, soll es wie ein Weltuntergang sein, während er sich in eine Mulde im warmen Sand legt, eingehüllt von einem schneidenden Wind, einen kalbenden Gletscher vor Augen, Völker will er kennenlernen, die sich mit nichts als Tierhäuten bedecken, die rohes Fleisch essen und süße Wurzeln, deren langes prächtiges Haar von einer baumwollenen Schnur zusammengehalten wird, darin Pfeile stecken kreuzquer oder Adlerfedern. So stellt sich das unser Benedikt vor, und ich frage den beschnitzten Kürbis nach den Gründen für dieses Wegwollen.

Da drehe ich die Kalebasse, schon holt sie mir heran, was

131

ich wissen will, schon öffnet sie die Chronik Thulserns und tut kund, was eingeritzt ist in die tätowierte Brust wie mit der kalten Nadel: »Dies war ein Fehljahr, in dem die Äcker versoffen und die Berge rutschten. Auch hatten die Mäuse sich im Herbst so sehr vermehrt, daß sie den ganzen Boden unterwühlten. Viele Leute verkauften Hausrat und Betten, um sich und ihren Kindern Brod zu kaufen, manche kochten gar Schnecken und Roßfleisch, auch Habermauchen, Malten und Brennesseln. Die Regierung ließ aus Odessa Weizen kommen, aber es war Schwindelhaber.

Im Norden, Sachsen und Hannover soll es besser sein, desgleichen im Rheinland und Westfalen. Bei uns aber ist ein Jahr, desgleichen nicht gewesen ist seit den Hungerjahren, wovon die Alten sagen. Hatten wir doch in den letzten Jahresläuften hier von nichts anderem mehr gehört als von Krieg und Kriegsgeschrei und von Bayern und Österreichern, so durch die Lande gezogen sind und verköstigt werden mußten. Aber alles ist noch gar nichts gewesen gegen das himmelschreiende Elend, so ietzt über uns kommen ist. Im Märzen hat es angefangen da haben unsere Kinder zum ersten Mal nach Brot geschrieen und wir hatten schier keins. Und ist hernachmals alles so teuer geworden, als man es nimmer hat verzahlen mögen. Die Bretzgen und Wecken waren am Palmtag so klein, daß eins vom Linderbeck, der ihrer noch gemacht hat, wohl hat mehrere auf einmal essen können, ohne satt zu sein, wie sonsten von zweien und dreien der Brote. Das machte ein ganz mageres Jahr bei uns. Die Kuhbauern haben kaum ihr Essen geschnitten und auch die Gäulbauern haben nichts übrig. Man sagt: das nächste Jahr darf besser kommen, und ietzt ist schon im Märzen die Teuerung da und der Hunger. Und das Wetter sieht in diesem Frühling nicht aus nach einem guten Jahr. Schon im Jänner, mehr noch im Hornung ist es heiß gewesen als an mannichen Tagen im Sommer nicht. Es donnerten im Märzen Wetter am Himmel als sonst um

Jakobi. Weilen nun ietzt das Mehl so rar und schier nicht zu bekommen ist, tut manch Weib Kleie ins Brot und geriebene Erdbirn. Im Märzen hat es nach den ersten Mondsveränderungen anheben mit Regnen und hat hernach geregnet als an der Sündflut, also das Wasser überall gestanden ist im Ort und dahergeflossen als ein starker Strom. Die Quellen sind so stark geworden als seit Menschengedenken nicht. So ein Wetter haben wir ietzt, da man aussäen sollte. Daß Gott uns helfe! An Mariä Verkündigung ging ein ungeheurer böhmischer Wind, was die Alten sogleich bejammerten und sagen, daß es ein schlechtes Zeichen vor die Ernte sei. ›Wind an Mariä Verkündigung bläst Hunger und Teuerung.‹ Hierauf regnete es wieder Nacht und Tag. Im Aprilen ist es so kalt geworden als sonsten um Weihnachten. Hat wollen gar nimmer aufhören.« Das Bezirksamt hält unseren Benedikt mit seinem Auswanderungsfieber für geisteskrank, es fürchtet eine Epidemie, welche geeignet ist, die öffentliche Ordnung zu untergraben. Wenn es erst um sich greift, daß solche Vaterlandsverräter der Heimat den Rükken kehren, wenn es erst Mode wird, daß solche verblendeten Schwärmer die Beamten verspotten und auf die Steuerpflicht pfeifen! Aber vorerst sind es ohnedies nur die Liederlichen, die es fortzieht. Auf die kann man gerne verzichten. Hinaus mit dem brotlosen Gesindel! Soll es doch rheinabwärts im Holländischen den Seelenverkäufern in die Hände fallen, sollen sich doch die Profitgeier auf derlei Spinner stürzen. Sie werden schon sehen, wohin sie es bringen mit ihrem Hochmut: nämlich nirgendwo anders hin als in eine neue Knechtschaft. Da lobt sich die Obrigkeit die russischen Bedingungen, die da lauten: *Zeugnis der Ortsobrigkeit, daß der Auswanderer ein guter Hauswirt sei und den Gesetzen seines Landes Genüge geleistet habe; Stellung eines Bürgen oder Besitz und Mitnahme eines Vermögens von mindestens dreihundert Gulden; schriftliche Verzichtleistung auf Vorschuß- oder Entschädigungsgelder.* Da soll der Benedikt einmal sehen, wo er bleibt. Aber unseren Benedikt zieht es nicht ins Russische. Davon riet ihm seine Großmutter ab, die Jascha. Die kannte sich aus. Die hat ihm manche Geschichte erzählt von Riga und Reval und vom Zarenhof. Nichtsdestotrotz muß auch unser Benedikt eine Bürgerrechtsverzichtsurkunde unterschreiben, wie sie die Kalebasse eingraviert hat in ihre Medizinballhaut:

»...urkunde und bekenne hiemit, für mich, meine Erben und Nachkommen, daß, nachdem mir von dem Löblichen Dorf-Gericht zu Thulsern der erbetene förmliche Geburts-Brief in Absicht meiner vorhabenden Einlassung zu Nord-America ausgestellt worden, ich dagegen mein bishero allhier zu Thulsern gehabtes Bürgerrecht und LandesUnterthanenRecht aus freiem Willen wissentlich und wohlbedächtlich aufgesagt, und gänzlich aufgegeben habe: thue auch das hiemit nochmalen auf die allerbeste und verbindlichste Art und Weise durch diesen offenen Brief, dergestalten, daß weder ich für meine eigene Person, noch meine Erben und Nachkommen deßhalber von jetzo an und künftig von ewigen Zeiten die wenigste Ansprache weder an den hießigen Ort, noch an das Reich nimmer zu machen befugg seyn solle: Und wie ich dabey vor meinem wirklichen Weggehen all meine Schulden zu bezahlen verspreche. Also verbinde ich mich auch, falls wider Verhoffen jemand nach der Hand noch um weiter etwas, es betreffe was immer es wolle, mit Klage und Ansprache gegen mich nachkommen sollte, von dato innerhalb einer Jahresfrist hierum rechtlichen oder amtlichen Austrag vor Löblichem Gericht respective zu geben und zu nehmen. Zu Urkund wessen ich gezimest ersuchet und gebeten das Königliche OberAmt, daß Hochdasselbe führendes OberAmtsSignet (jedoch anderwärts ohne Nachtheil) öffentlich hievor gedruckt, so geschehen und gegeben ist: Den 8. April... (Jahreszahl unleserlich).«

Selbstverständlich wird unser Benedikt zur Kasse gebeten:

seine Abzugssteuer beträgt zehn Prozent vom mitgenommenen Vermögen, wozu noch Abgaben an die Gemeinde und drei Prozent Kriegskontribution kommen. Schließlich wird die Erlaubnis zur Auswanderung von dem Umstand abhängig gemacht, ob unser Benedikt ein Vermögen nachweisen kann oder nicht. Es muß wenigstens die Kosten der Anreise bis ins Holländische sowie die Schiffspassage decken. Den über Holland Auswandernden werden nur dann oberamtliche Pässe ausgestellt, wenn sie diesen Vermögensnachweis erbringen. Greif einer einmal einem nackten Mann in die Tasche, sagt dazu die Kalebasse und dreht sich weiter. Sie interessiert sich für die Hintergründe des Auswanderungsfiebers, will mehr wissen über Mangel an Arbeit, große Teuerung der Lebensmittel, allzu große Abgaben und Willkür der Beamten und Schultheisse, die mit dem Eintürmen rasch bei der Hand sind. Wie soll es einer in Zeiten der Not zu mehr als zweihundert Gulden bringen, die er für die Schiffspassage aufwenden muß?

Die Kalebasse zeigt unseren Benedikt schon auf dem Schiff rheinabwärts. Bis ins Holländische braucht er gut sechzehn Tage. Er trifft etliche Schweizer, die alle denselben Plan haben wie er. In Amsterdam gilt es, den falschen Versprechungen auszuweichen, einen Bogen zu machen um die Geschäftemacher, die sich unter Superkargos und Kapitänen, Schiffseignern und Auswanderungswerbern finden. Zuerst aber gilt es, eine Illusion zu tilgen: daß man ein Schiff nach Übersee abwarten könne wie eine Postkutsche. Da so ein Schiff oftmals bis zu vier Monaten im Hafen liegt, um günstigen Wind abzuwarten, kommt es zur Verarmung unter vielen Auswanderungswilligen. Benedikt hat Glück. Umkehren käme für ihn niemals in Frage. Schon nicht wegen der Schande. Krankheit und Elend machen sich breit. Noch etwas, worum es einen Bogen zu machen gilt. Benedikt ist gewitzt. Er mustert die Schiffe genau, die unter amerikanischer, holländischer, schwedischer, russischer und englischer Flagge segeln. Er weiß: sie sind in der Regel wegen des schnellen Geschäfts in einem elenden Zustand und unter der Führung unwissender oder brutaler Kapitäne, deren Patente nicht einmal das Papier wert sind, auf dem sie ausgefertigt sind. Benedikt legt Wert auf einen ordentlichen Vertrag, er will sich nicht übers Ohr hauen lassen. Wenigstens einen Vertrag will er vorweisen können.

Die Daheimgebliebenen warten und warten auf Post von unserem Benedikt. Immer haben sie das Bild vor sich, wie unser Benedikt eines Tages zwischen zwei Steinen seine Firmungsuhr zerschlägt und sich Haar und Bart wild wachsen läßt. Eines Tages erhält unsere Sippe einen Brief, aber der Brief ist ein Irrläufer. Er stammt nicht von unserem Benedikt, sondern ist von anderer Hand, und keiner weiß, an wen er gerichtet ist. Dennoch bewahrt die Sippe den Brief auf, als wäre er von Benedikt. Dank der Kalebasse ist der Wortlaut auf mich gekommen.

Baldimore den 15ten Heumonath 18 . . . (unleserlich)
»Gottes Segen zum Gruß
Viel geliebter Bruder Schwester Schwager und Geschwey samt allen guten Freundes wird Euch sehr wunder nehmen warum ich euch so lang nicht schreiben thu.

Das werdet ihr jetzt vernehmen: erstens will ich von der Reiß sagen, wie mir von Amsterdam nach Amerika in die Stadt Baldimore kommen sind, den 4ten Wintermonath sind wir erst auf den Heller kommen ungefähr 10 Stund von Amsterdam, und den 22ten dido sind wir von da auf der Kanal kommen wo zwischen Frankreich und Spanien durch fließt, nach Engeland, den 9ten sind wir auf das hohe Meer kommen und haben der Insel sanct Maria gesehen, daruf fliegen Kanarienvögel als wie bey euch die Spatzen, und den 12ten dido haben wir Todesgefahr erlitten von wegen denen Seeräuber, sie sind auf uns dar und sind ungefähr 60

Mann gewesen mit vielen Kanonen und Geschütz versehen, weil aber wir bey 200 Mann auf dem Schiff oben standen, und durch das Geschrey denen Weiber und Kinder sind sie wieder von uns ohne Streit darnach sind sie aber noch 2mal an unser Schiff kommen, da meine Lieben habt ihr die Todesgefahr sollen sehen und hören wo der Kapiten samt Mathrosen schryen ach Gott mir gehen alle zu grund, mir sind alle verlohren, da habt ihr sollen sehen die Händ aufheben und Gott den Allmächtigen anbethen das er uns sollte von denen grausammen Mörder erlösen, wie es auch geschehen ist, sonst haben mir keine Gefahr erlitten von keinem Sturmwind auch von keiner Krankheit, aber Hunger und Durst genug.

Den 21ten Jänner haben mir Land gesehen wo alle sehr erfreut hat, und haben ein Lozmann oder Wegweiser bekommen, darnach sind wir den 28ten dido vor die Stadt Naplis gekommen, da ist unser Schiff an Anker gelegt worden, und sind viel Leute ausgelößt worden, der Mathäus und Rosa sind auch in Naplis auf einem großen Bauerngut geblieben, er hat 15 Schwarze unter sich die er regieren muß zur Arbeit, sie merken wohl das sie einen Comandanten haben, da ist unser Schiff bey Naplis eingefroren und haben müssen stehen bleyben bis das Eis hinweg war, da sind wir erst den 12ten Mertz nach der Stadt Baldimore gefahren, da bin ich den 1ten April ab dem Schiff in die St. Baldimore kommen und bin jetzt mit meinen Kindern darin wohnschaft und treibe jetzt meine Bakerey wo ich mich recht gut und wohl dabey befinde ich bekomm vor 6 Kreuzer Kuchen 12 sent das ist 18 Kreuzer und vor ein 2 Kreuzer Steßli 6 sent der sent thut ein halben Groschen die Maß Honig kauft ich unter zwey Gulden, mein Verdienst beläuft sich täglich auf 2 Dahler und der Dahler thut 2½ Gulden, und jetzt will ich euch von der Stadt sagen die Stadt liegt satt am Wasser und ist in der größe von 70 Tausent Einwohner und ist nichts zu erdenken das nicht darin

Fabrizirt wird, jetzt will ich auch vom Lohn sagen, der allgemeine Taglohn ist ein Dahler, und wann ich eigene Kost halte so bekomm ich ein und ein halben Dahler. Ja meine liebe Freund in Amerika ist gewiß ein gute Verdienst und ein gutes Leben wann man darin ist, aber ich sage euch die Reiß ist hart, so hart als ein Kribelnus die fast nicht zerbeisen ist, aber wann sie erbiesen ist so geschmakt der Kernen beser als in einr andern Nuß, jetzt will ich euch auch sagen was die Fracht kostet über das Meer von einer Person die über 14 Jahr alt ist 200 Gulden und was unter 14 Jahr ist kost 100 Gulden und unter 4 Jahr ist frey und wann ihr aber 3 bis 4 Zentner schwere Sachen bey euch haben so kost es euch auch nicht mehr, und wann ihr in Amerika kommt und sind Fracht noch schuldig, so werden ihr ausgelößt. Aber ihr müßen 2 bis 3 Jahr arbeiten bis ihr das Geld wo man euch vor bezahlt hat verdient haben, darnach könnt ihr im Land gehen wo ihr wollen, darnach sind ihr frey und könnt euer Leben recht gut machen. Auf unserem Schiff sind bey 4 hundert Menschen gewesen davon sind 20 gestorben, aber die meisten nur Kinder und sind auch 5 gebohren worden im Schiff, ja meine Liebe Schwester und Bruder der Sterbfall hat mich auch getroffen den 22ten Hornung ist mein Kind Sybilla gestorben, und die Magdalena Weldin ist auch gestorben den 20 didi und sind beyde in Naplis auf der Erden vergraben, jetzt sage ich euch allen noch einmal die willens sind nach Amerika zu Reisen versehen euch gut mit lebens Mittel das wird auch sehr nützlich sein, jetz will ich auch von den Theurung sagen, das Pfund Rindfleisch gilt 10 Sent das Pfund grünen Speck gilt 12 Sent das Pfund Butter 18 Sent das Kaffee gilt 14 Sent der Zuker 11 Sent, das Pfund Brod 6 Sent der Sent thut ein halben Groschen wie oben steht, das Baar Manenschuh gilt 2 bis 3 Dahler aber das Leder ist so wohlfeil als bey euch, aber der Macherlohn ist zu theuer, das Zeug zu Kleidungsstük ist im Preis als wie bey euch aber alles theuer, und der

Macherlohn vertheurt die Kleidung gar stark, ein Schneider Meister hat von einem Manenrok 6 bis 7 Dahler, ein Balbierer hat von einem Bart runder machen 6 Sent und vom Haarschneiden 12 Sent und vom Aderlassen 25 Sent, und ein Hebam hat von einem Kind zu schöpfen 3 bis 4 Dahler, eine Näherin von einem Manenhem hat eine Halbendahler und das ist alles so wahr, so wahr als Gott im Himmel ist, jetzt will ich auch von meinen Kameraden sagen der Georg Anton und seine zwey Sohn sind 40 Meil von der Stadt Baldimore auf einem großen gut und arbeiten an ihrer Fracht zu verdienen, der Johann Benzinger ist sehr unglücklich gewesen auf dem Schiff, er hat 10 Lüdor gelt und 4 Sakuhren, ey der Nacht ist im die Küsten aufgebrochen worden und alles daraus genommen was er darin hat. Der Johann Eschbach und Karli Wehle von Riegel sind 9 Meil von mir, auch auf einem großen Baurenguth und geht ihnen sehr wohl, der Michael Mast Schneider ist über Tausend Meilen in das Land nein und wie es ihm geht weiß ich selbst nicht, der Ingnatz Gerber und der Böhm, und Michael Hog von Riegel sind bey Naplis blieben wo der Zimmermann und Rosen ist, der Konrath Schott von Kichlispergen ist 14 Meil von mir auf einer Mühle und befindet sich recht gut, diese alle lassen ihre Freundschaft viel Tausent mal grüßen und wolten von Herzen wünschen sie wären alle bey ihnen. Jetzt ende ich meine Schreibens und grüse dich Herz liebster Bruder Schwester Schwager und Geschwey samt euren Kinder und meine ganze Freundschaft überhaupt, und wolte mir jetzt nichts mehr wünschen weder wan nur du Herz liebster Bruder und schwester samt euren Haushaltung bey uns wären, so könnten ihr das Elendige Leben in Deutschland. Auch ein Gruß an mein Vetter Joseph Weis und auch an seine Frau und an alle ihre Kinder, und auch ein Gruß an mein Vetter Johann Weis und an die ganze Nachberschaft überhaupt, und ich hoffe noch einige von euch zu sehen in Baldimore.

Auch ein Gruß an meine Freund in Endingen, auch an mein Daufgötthe und Gotti, auch an mein Firm Götthi Franz Anton Fehr auch ein Gruß an den Herrn Pfarrer und an alle Vorgesezten und an die ganze Gemeinde überhaupt.

> Lebet wohl und gesund
> solches Bescheint
> Chrisostimus Weis
> in
> Baldimore.«

Von unserem Benedikt aber hat nie mehr einer ein Sterbenswörtchen gehört.

Regula

Dieses Kapitel erzählt,
warum sich unsere Regula öfter wäscht,
was ihr eingepflanzt wird vom alten Ziegler,
wie sie den Schleier nimmt, Barmherzigkeit übt,
dabei neue Wörter lernt,
bei einem Reitpeitschenfabrikanten Dienst tut,
den Kampf mit dem Drachen aufnimmt,
sich wie am Zarenhof aufführt
und schließlich einen Grabstein stiftet.

Alfina, hörst du, wie im Inneren des Kürbis die Kerne rollen wie Murmeln? Hör zu, wenn du mich verstehen willst. Jetzt schiebt mir die Kalebasse unsere Regula quer über den Tisch, die ältere Schwester von Svea, die ein Luder wurde. Regula aber nimmt den Schleier. Schon als Kind kann sie wunderschön beten, schon als Mädchen vergafft sie sich in die Muttergottes. Regula das Kind: wie es immer in den Spiegel schauen muß, weil es glaubt, eine große Warze im Gesicht zu haben oder ein Brandmal. Regula das Kind: wie es sich immer wieder die Hände waschen muß, wenn ihr der alte Ziegler eine seiner Geschichten erzählt hat und sie nicht mehr auslassen wollte aus der Zange seiner Schenkel, in die er sie gerne klemmte. Das Kind, das sich befleckt vorkommt von Worten, wie sie die Kalebasse taktvoll verschweigt.
Solche Geschichten erzählt Ziegler unserer Regula, der nur mehr der Rosenkranz Trost spenden kann. Der Feinmechaniker jedoch will nicht von dem Mädchen lassen. Immer wieder lockt er Regula in seinen Schuppen, wo sie ihm beim Melken der Geiß zusehen muß, weil auch sie nicht die Augen von Zieglers Händen wenden kann. Während er melkt, saugen sich die Mädchenaugen am Euter fest, indes

die Lippen Gebete murmeln: Lieber Gott, laß uns beim Essen deine Güte nicht vergessen.

Regula wächst heran: besonnen, beherzt, freundlich, aber mit einer leicht angerauhten Stimme. Eines Nachts findet sie einen Frosch in ihrem Bett und bringt eine Zeitlang kein Wort mehr über die Lippen, nicht einmal ein Gebet. Von diesem Tag an beginnt Ziegler, sie Fröschlein zu rufen und mit Wohlgefallen ihr Wachstum zu betrachten. Immer neue Geschichten weiß er, immer häufiger muß sich Regula die Hände waschen. Regula aber träumt von erhebenden Gefühlen, mit denen ihre Seele der Erde entflieht. Sie läßt nicht länger zu, daß sich einer wie der alte Ziegler, bei dem ihr Vater Kosmas in die Lehre ging, in ihre Abmachungen mit Gott einmischt. Ihre glühende Hingabe an die Pflichten des Glaubens veranlassen die Kalebasse zu der Feststellung: Regula ist nicht gläubig, sondern leidenschaftlich fromm. Sie besitzt das zweite Gesicht, wenn es gilt, den Kummer anderer zu ahnen, und sie hat eine linde Hand. Es dauert nicht mehr lange, und die Kalebasse läßt unsere Regula alle Zieglerschen Märlein vergessen und endlich hinter Klostermauern verschwinden. Im Noviziat lernt sie das Wörterbuch der Blicke und Gebärden. Danach geht sie selten in ihrer Deutung fehl. Sie lernt mühsam, aber sie lernt den raschen Wechsel von der Vertraulichkeit zum Argwohn. Nur manchmal denkt sie noch an den alten Ziegler und daran, was er sie vor dem Fortgehen fragt, indes seine Hände der Geiß ans Euter greifen: *Was sind Mädchen anderes als Entwürfe von Frauen?* Manchmal kollern Zieglers Geschichten als Wackersteine in ihrem Kopf. Unsere Regula lernt die Stationen ihrer Via Crucis und will doch nichts anderes als immerdar den Glanz des Himmels trinken und mit zitterndem Herzen dem himmlischen Bräutigam dienen. Aber die Gedanken kommen erst nach den Freuden, sagt die Kalebasse.

Zuerst ein paar Jahre auf der Siechenstation nur allerniederste Dienste zum Lobe des Herrn. Jetzt die Krüppel. Die Kalebasse erzählt von Schwester Regula, die den Schleier nahm und Braut Christi wurde, weil sie schön beten konnte. Schwester Regula führt die Zöglinge im Kreis, sie halten sich mit schmutzigen Händen an den Schürzen, abgebissene Fingernägel suchen nach Rockzipfeln, ein Verkrüppelter greint, winselt, will ausscheren, Urin näßt seine Hose, ein anderer leckt mit überlanger Zunge den Rotz von der Oberlippe, als zöge er ihn aus der Nase, ein Wolfsrachiger spuckt, der Hasenschartige schielt und speichelt und läßt sein Bein stehen, als der Blinde kommt, die Nonne greift ein, hilft dem Gestürzten auf, sie schlichtet, streichelt, tröstet, bettet – so will es die Kalebasse, so hat sie es eingeritzt in ihre Haut – Gesichter in die Höhlen ihrer Hände, sieht aber in Wirklichkeit eine fremde, sehr helle Sonne, weit weg, nach Brasilien zieht es unsere Regula, von Belém hat sie gehört, daß es Bethlehem heißt, aber noch viel weiter weg ist als das himmlische Jerusalem, von den Aufgaben der Mission ist ihr etwas zu Ohren gekommen, von einem Fluß namens Amazonas, von bunten Vögeln und einem heißen feuchten Wind, von einem Wort wie Gestade, ich schnappe langsam um und über, lieber Gott, steh mir bei, mach, daß dieser Tag schneller zu Ende geht, betet die Schwester, schreit es hinaus, nein, hinein, sie schreit es hinein, denn keiner darf es hören, Hoffart und Stolz, Sünden sind es, der Herr verzeih mir in seiner allmächtigen Güte, die Schmerzen sind für die Armen Seelen im Fegfeuer, Ringelringelreihen, Kinder sind wir zweie, sitzen unterm Holderbusch, nein, du mußt dich auch hinsetzen, laß die Hand nicht los, du weißt, er kann nichts sehen, hilf ihm doch, halte dich an meiner Schürze fest, keiner tut dir etwas, machen alle huschhuschhusch, Seemann möchte ich sein, im Wind segeln, im Korb sitzen, im Ausguck, am Mast lehnen, das Ruder halten, Erfinder möchte ich sein und sehr berühmt, auf einem Balkon möchte ich stehen, Jubel will ich hören von einer aufgeregten Menschenmenge, Dienst bei einem Bischof will ich tun, nach Rom, ich möchte nach Rom zum Heiligen Vater, der den Segen spricht über die Stadt und den Erdkreis, Heilige Mutter Gottes, bitte für uns arme Sünder, jetzt und in der Stunde unseres Ablebens, ich halte es nicht mehr aus, der laufende Rotz, die irren Gesichter, die Blöden, diese Krüppel, diese Verschrammten und Verschürften, hüte dich vor den Gezeichneten, denen der Saft aus dem Maul tropft, unaufhaltsam, unaufhörlich, die Hosenscheißer und Bettseicher, jede Nacht, die aus jeder Öffnung ihres Körpers immer nur stinken und stinken und wieder stinken, denen ich Mützen stricke, Socken für ihre Schweißfüße, Handschuhe für ihre verstümmelten Pratzen, für ihre widerlichen Greifer, komm, gib mir deine Hand und fürchte dich nicht, ich bin ja bei dir, Herr, es will Abend werden und der Tag hat sich geneigt, mußt nicht mehr weinen, wo hast du denn dein Schneuztuch, komm her, ja, so ists brav, siehst du, es geht ja schon wieder, heile heile Segen, drei Tage Regen, drei Tage Schnee, schon tuts nicht mehr, doch, es hört überhaupt nicht mehr auf, immer schlimmer wird es, in einer Bibliothek will ich verschwinden, auf dem Scheiterhaufen will ich brennen, warum habe ich mich als Braut Christus versprochen, eigene Kinder will ich, Buben und Mädchen, vor allem Mädchen mit braunen runden Schultern im Sommer und hellen Augen und lachenden Mündern, schönen Mündern, keinen Löchern mit schwarzen Stummeln darin, jetzt noch das Nachtgebet, unter deinen Schutz und Schirm, Maria breit den Mantel aus, wunderschön prächtige, hohe und mächtige, liebreich holdselige himmlische Frau, mich ekelt vor den entzündeten Geschlechtsteilen der Krüppel, die sich nicht waschen wollen, Decke über den Kopf, jetzt schlaft aber schön, ein Schutzengel wacht über dich, heile heile Holderbusch, drei Tage Schnee, nur Schnee, darin meine Spuren verwehen, huschhuschhusch, schon bin ich nicht mehr da, schon bin ich

144

weg, unterwegs bin ich, nach Belém, lieber Gott, hilf mir mit deinen Worten, sag mir Amazonas, Montevideo, ich sehe einen Berg, Belo Horizonte, Belo, aber schon zeigt die Kalebasse, wie Schwester Regula ihre Zelle aufsucht, wie sie den Rosenkranz umkrallt, wie sie sich aufs Bett wirft, nein, vorher dankt sie noch auf den Knien ihrem Schöpfer für den schönen Tag und für die Gnade, mit dem Glanz der Augen der Krüppel belohnt zu werden, Belo Horizonte, Regula, eine junge Frau mit einem schönen Mund und einem Herzen voller Wünsche, das in diesem Augenblick so aussieht, als hätte es Gott in Essig getaucht.

Diesen Teil von Regulas Geschichte erzählt die Kalebasse nur deshalb, weil Regula längst unter dem Boden ist. Angeblich hat der Kürbis der Braut Jesu dieses Versprechen geben müssen. Dennoch kommt es der beschnitzten Haut darauf an, daß wir Regulas Gedächtnis in Ehren halten. Schelten wir nicht die Raute, sagt die Kalebasse, wenn sie nicht nach Rosen riecht.

Regulas Erlebnis fällt in ihr achtunddreißigstes Lebensjahr. In jenen Augusttagen erhält sie von einem Pfarrer aus dem Unterland die Anfrage, ob sie eine geduldige und ebenso diskrete wie gebildete Krankenwärterin kenne, die bei einem Fabrikanten in den Dienst treten wolle. Regula hat stets gute Beziehungen zum Klerus unterhalten. Wo immer sie sich aufhielt, waren Schwarzröcke in ihrer Nähe. Sie erkundigt sich sogleich nach dem Salär, obschon dies für eine Geistliche Schwester ungewöhnlich sein mag. Aber es ist das Thulsernische, das in solchen Fällen durchschlägt. Seine Herkunft kann keiner verleugnen, sagt der Kürbis. Sie reist nach Isny, um die Stelle bei dem Reitpeitschen- und Galoppsteckenfabrikanten anzutreten, dessen Geschäftsverbindungen bis an den Zarenhof reichen. In Isny angelangt, hört sie nur Schlechtes und Böses über den Fabrikanten. Keinen findet sie, der ein gutes Haar an dem Witwer läßt, der sich mit seiner gesamten Verwandtschaft überworfen hat. Niemand könne mit diesem Ungeheuer auskommen, alle habe er hinausgeworfen, weil sie ihn nicht pflegen und ihm seine Schmerzen nehmen, sondern ihn möglichst rasch beerben wollten. Der Fabrikant habe im Verlauf seiner Krankheit mehr Pflegerinnen als Arzneien verbraucht. Man müsse sich vor seinem Jähzorn hüten: Der Alte werfe auch in hohem Alter noch mit Gegenständen oder greife gar zur Geisel, um diejenigen zu züchtigen, die er zur Linderung seines Leidens angestellt habe, gleichviel ob Mann oder Frau. Der Stadtpfarrer bestätigt Regula, was über den Fabrikanten im Umlauf ist und warnt davor, die Stelle anzutreten. Regula jedoch zögert nicht, sie ist fest entschlossen, den Kampf mit dem Drachen aufzunehmen: ihrer Nächstenliebe kann keiner entkommen, flicht die Kalebasse ein und zeigt gierige Opferaugen. Schwester Regula begegnet ihrem Patienten erstmals im Wintergarten, wo er in einem Liegestuhl liegt und ächzt. Wider Erwarten ist der Empfang nicht unfreundlich. Prüfende Reptilienaugen wandern über Regulas Leib, messen die Statur, schätzen die Kraft ab, welche die Nonne in den Armen hat, geben der Klosterfrau zu verstehen, keine der bisherigen Pflegerinnen sei auch nur einen Schuß Pulver wert gewesen, zaubern schließlich ein heimtückisches Reptilienlächeln auf das Gesicht des Fabrikanten und heißen die Braut Christi auf eine Art und Weise willkommen, der sie entnimmt, daß der Kampf mit dem Drachen stets ein Kampf auf Leben und Tod ist. Der Alte fragt Regula aus, examiniert sie, scheint mit ihren ebenso geradlinigen wie kenntnisreichen Antworten mehr als zufrieden, schnauft mehrmals vor Achtung und gesteht schließlich, in Regula eine Pflegerin gefunden zu haben, wie er sie immer gewünscht, bisher jedoch leider stets verfehlt habe. Für die Nonne beginnen angenehme Tage zwar voll Arbeit, doch ohne einen Mißton, ohne Jammern und Klagen, und ihr kommt vor, als tue sie schon ein halbes Leben Dienst beim Fabrikanten zu Isny. Plötzlich jedoch dreht der Wind, das Wetter schlägt um, von einem Augenblick zum anderen. Was Regula zuerst noch für ein Späßchen hält, wird sogleich bitterer Ernst. Ein Hundeleben beginnt, das ihr Nacht für Nacht die Geschichten wach ruft, die man sich im Reichsstädtchen über den Reitgertenmillionär erzählt. Wie oft denkt Regula an die warnenden Worte des Stadtpfarrers? Wie oft und wie bitter bereut sie, die Stelle angetreten zu haben? Nicht nur, daß sie allerlei unflätige Schimpfworte einstecken muß, Boshaftigkeiten und Erschwernisse, der Mann scheint ihr alles zum Fleiß zu tun – auch die Krankheiten des widerwärtigen Alten werden schwerer. Zum Rheumatismus und zur Gicht treten Bettnässerei, Durchfall und häufiges Erbrechen. Am meisten aber leidet die Klosterfrau unter der Bösartigkeit, mit der sie Tag und Nacht schikaniert wird, als hätte der Kranke Lust an der Demütigung, als halte ihn nur noch solche Teufelei am Leben.

Noch ist kein Vierteljahr vergangen, schon ist Regula am Ende ihrer Kräfte. Ihr Entschluß zur Kapitulation steht fest, sie wartet nur noch auf einen Anlaß, der ihre Kündigung auch in den Augen des Stadtpfarrers verständlich machen soll. Sie sieht diesen Augenblick gekommen, da der Patient das Verschütten einiger Tropfen Arznei auf einen wertvollen Teppich – angeblich ein persönliches Geschenk des Zaren – mit einem Hieb mit der Reitpeitsche beantwortet. Er trifft ihre Handfläche. Regula aber schließt die Hand sofort, als hätte ihr einer Trinkgeld zugesteckt. Sie sieht die mit einer Hornhaut überzogenen Hände des Fabrikanten, die nur schlagen, nicht aber streicheln können. Auf der Stelle läßt Regula alles liegen und stehen und geht Richtung Pfarramt.

Als wären Flehen, Bitten und Betteln des Fabrikanten ihr vorausgeeilt, überredet sie der Stadtpfarrer, es um Christi willen noch einmal mit dem armen Leidenden zu versuchen:

Denn was ihr um meinetwillen gelitten und dem geringsten meiner Brüder getan habt, das habt ihr mir getan.

Der Fabrikant bittet die Nonne feierlich um Verzeihung, er läßt eine Flasche Wein öffnen und gesteht der Braut Christi nach dem dritten Glas, er stehe längst mit einem Bein in der Grube, es werde nicht mehr lange dauern, bis sie ihm das zweite nachschieben müssen. Da sie eine Geistliche Schwester sei, verlange er von ihr das Gelübde, ihm einen marmornen Grabstein mit einer frommen Inschrift zu setzen, welche die Nachwelt an ihn erinnere und mit ihm versöhne.

Eine Zeitlang lassen Durchfall und Erbrechen nach, zu Ischias, Rheuma und Gicht kommt ein sonderbares Anschwellen der Halsschlagader, das den Atem des Alten immer dünner und röchelnder werden läßt. Die alte Liebenswürdigkeit und Sanftmut scheinen unter den geduldigen Händen Regulas zurückzukehren und den Fabrikanten auf einen friedlichen Tod vorzubereiten. Gelegentlich wagen sich sogar Angehörige ans Krankenbett. Sie werden vorgelassen, doch unter den strengen Blicken der Klosterfrau an jedweder Aufregung des Schwerkranken gehindert. Von Erbschaft darf nicht gesprochen werden, nicht von Gut noch von Geld. Allmählich bleiben auch die entfernten Nichten und Neffen aus, und Regula ist wieder mit dem Drachen allein, den sie längst besiegt glaubt. Da sie nicht an seinem Hort interessiert ist, sondern nur an seinem Tod, glaubt sie, mit Wachen und Pflegen ihren sicheren Sieg aussitzen zu können. Jetzt, da sie weiß, daß ihr Bleiben gewiß ist, werden auch mit zunehmender Schwäche des Patienten ihre Anordnungen harscher und ihre Handgriffe energischer. Der Peitschenfabrikant ist nur mehr Haut und Knochen, Regula dagegen das blühende Leben. Sie ist eine stattliche Frau mit rosiger Gesichtshaut, steht voll im Saft und füllt ihre Ordenstracht mit einer straffen Üppigkeit, die dem Stadtpfarrer so wenig entgeht wie den Honoratioren des Reichsstädtchens, von denen ein jeder nur mit Hochachtung von der aufopferungsvollen und entbehrungsreichen Arbeit der Schwester Regula spricht. Doch abermals kräht der Hahn und dreht sich mit dem Wind: Regula wird von der Sehnsucht befallen. Sie beginnt, sich ihrer Einsamkeit bewußt zu werden. Eines Nachts hält sie es nicht mehr aus und stellt sich bloß vor den Spiegel, um sogleich dem Sakrament der Buße mit etlichen Novenen Genüge zu tun. Doch kein noch so schmerzhafter Rosenkranz vermag den Pfahl im Fleische zu stumpfen: Regula spielt mit dem Gedanken, den Schleier abzulegen und in ein fernes Land zu gehen. Viel Wolle wird von ihr in dieser Zeit an der Bettkante des Siechen für die Mission verstrickt.

Eines Tages ist es so weit: der Fabrikant schickt nach dem Notar. Er setzt sein Testament auf. Schwester Regula ist nicht zugegen, am Hort des Drachen zeigt sie kein Interesse. Sie erfährt lediglich vom Notar, wie ungnädig der Alte noch immer mit seiner Umgebung umspringe, obgleich er doch schon in Kürze seinem Schöpfer entgegentreten müsse, wie er selbst genau wisse. Mit einer Mischung aus Abscheu und Hochachtung vor der klaglos ertragenen Pflegearbeit der Klosterfrau verabschiedet sich der Notar.

Schwester Regula beichtet dem Stadtpfarrer ihre Leiblichkeit. Er trägt ihr als Buße auf, weiter bei dem Schwerkranken auszuharren, ihn zu waschen und ihn zu pflegen und ihm den Eintritt in die Ewigkeit so leicht wie möglich zu gestalten. Den Gedanken, den Schleier abzulegen, dürfe sie keinen Augenblick mehr aufkommen lassen, sie versündige sich schwer, ob ihr denn das Gelübde und nichts mehr heilig sei.

Am Abend vor Schwester Regulas Geburtstag bäumt sich der Fabrikant noch einmal gegen die ablaufende Uhr auf. Nach einer kräftigenden Suppe verlangt er noch einmal nach einer Flasche besten Weines, herrscht seine Pflegerin an, mit ihm anzustoßen, das Glas in einem Zug zu leeren und nach Art des Zarenhofes über die linke Schulter an die Wand zu schmettern. Es ist unheimlich mitanzusehen, wirft die Kalebasse ein, wie es dem Sterbenden gelingt, noch einmal alle Reserven und die letzten Kräfte zu sammeln, noch einmal alle Niedertracht und Bösartigkeit, alle Heimtücke und Gemeinheit zu bündeln, um dem Tod ein Schnippchen zu schlagen und von der Schaufel zu springen. Nicht nur, daß sich der Fabrikant im Bett aufrichtet, nein: Regula muß ihn unter allerlei unflätigen Bemerkungen ankleiden, muß sich seine Zoten anhören, ein dreckiger Witz löst den nächsten ab, die alten Schikanen beginnen von neuem, als wäre der Bettnässer nie dem Grab nahe gestanden.

Für Regula bricht die grausamste Nacht ihres Lebens an. Alles wirft er ihr vor. Schließlich nicht nur den ruinierten Teppich, ein persönliches Geschenk des Zaren, weil sein bestes Pferd im Stall ein Rennen in Anteuil nur unter der Isnyer Rute gewonnen habe, so wie die Gäule, so bräuchten auch die Menschen die Knute, daran habe er sich sein Lebtag mit Erfolg gehalten, er verspüre eine höllisch himmlische Lust, einer Nonne einmal den Galoppstecken schmecken zu lassen, sie solle die Tracht öffnen, los, sofort herunter mit der Kutte, längst kenne er den Grund nächtlicher Novenen vor dem großen Spiegel. Schon greift eine bis auf den Knochen abgemagerte Hand nach der gestärkten Schürze, schon krallen sich geile Finger in die Brust, schon hat Schwester Regula den Totentanz von Tafamunt vor Augen, was Menschen tun, vergeht, verweht, der Tod und das Mädchen, von diesen Stunden eine ist deine, für den ihre leibliche Schwester Svea Modell stehen sollte, Svea, die ein Luder wurde, schon hört Schwester Regula die Reitpeitsche durch die Luft fahren, schon hört sie die Gerte singen, der Fabrikant muß wahnsinnig und im Delirium sein, woher hat er auf einmal diese Kraft, schon zerreißt Stoff, schon nimmt ihre Haut, ihre rosige Haut den Schlag entgegen, die Reitgerte schneidet ins Fleisch, ein brennender Schmerz schreit auf, brüllt, ehe er langsam verweht und mit ihm die Lust an der Bestrafung, und Regula, die Braut Christi, glaubt einen Wimpernschlag lang, einen Spiegel in tausend silberne Scherben zerspringen zu sehen.

Was macht Regula in diesem Augenblick? Die Kalebasse hat es eingeritzt in ihre Haut wie mit der kalten Nadel. Überdeutlich zeigt sie, wie die Klosterfrau mit ihrer kräftigen Hand die Reitgerte aus der Luft greift, wie sie die Rute dem Greis mit einer Drehung entwendet und in eine Ecke schleudert, wie ihre starken Finger, die soeben noch die Haube in Ordnung gebracht haben, als Lanzen in die Brust des Fabrikanten dringen, wie sie das Männlein zurückstoßen zum Bett, wie sie es ins Bett schubsen, dieses Nichts, das dem Tod nicht entgehen wird, denn keiner springt ihm von der Schaufel, von diesen Stunden eine ist deine, wie die rosigen fleischigen Nonnenfinger ein Kissen greifen, wie sie das Kissen auf das Gesicht des Peitschenmillionärs drücken, ein persönliches Geschenk des Zaren, duftend, weiß, gestärkt, mit einem Wappen bestickt, wie sie das Kissen so lange halten, drücken und pressen, bis sich nichts mehr rührt darunter, bis dieser Hund keinen Laut mehr von sich gibt, bis kein Röcheln mehr hörbar ist, bis der Schinder keinen Mucks mehr tut, bis das Auge des Drachen schon zu koagulieren beginnt und sich die Finsternis auftut, eine Finsternis wie zwischen den Galaxien, wie die Kalebasse zitiert.

Regula wagt es nicht, bis zum Morgengrauen in das Zimmer zurückzukehren. Was sie in dieser Zeit tut, ob sie betet oder für die Mission strickt oder sinnlos im Haus umgeht, ruhelos treppauf treppab, weiß nicht einmal die Kalebasse. Vielleicht hallen die erstickenden Laute des Sterbenden noch nach, vielleicht spiegeln sich die brechenden Augen in den Fenstern, vielleicht schwört die Nonne, erstmals in ihrem Leben Stimmen zu hören, nein: nicht Stimmen – eine

Stimme nur. Kein Geräusch im Haus klingt nach Leben. Nicht einmal der Wind ist zu hören, gleichgültig erlöschen die Sterne, gleichgültig ziehen Wolken über einen niedrigen Himmel. Schwester Regula findet sich mit zitternden Beinen, zerrissener Tracht und vom Peitschenhieb zerschundenem Gesicht vor dem Spiegel. Die Rute hat eine Furche quer ins rosige Fleisch gelegt und die Ränder bläulich violett gefärbt. In der Kammer nebenan liegt eine Leiche mit einem bösen Ausdruck im Gesicht, ein wenig verzerrt, das Maul leicht verzogen, der ausgetretene Speichel ist schon weißlich vertrocknet. Nonnenhände streichen das Kissen noch einmal glatt, heben den Kopf zart wie einen toten Vogel und betten ihn neben das eingestickte Wappen in den Duft frischer Stärke. Schwester Regula verläßt das Sterbezimmer und schickt nach dem Stadtpfarrer. Von jetzt an macht sie alles ungeduldig: die Leute, das Flüstern, das Einsegnen des Toten, der Händedruck des Stadtpfarrers, das Rascheln der Kleider, der hartnäckige Geruch nach Urin und Erbrochenem, der sich im ganzen Haus ausgebreitet hat. Die Bewegungen der Nonne werden fahrig, das Rosa ihrer Haut erblaßt, die Augen werden unstet, der Blick flackernd. Erst als sie hinter dem Sarg geht, sind ihre Schritte wieder fest, und ihre Stimme ist wieder bei Kräften: Der Herr gebe ihm die ewige Ruhe und das ewige Licht leuchte ihm, Herr lasse ihn ruhen in Frieden. Amen.

Schon sind Anekdoten über den Toten im Umlauf: er soll mehrmals in Sankt Petersburg und ein Freund des russischen Zaren gewesen sein, er soll sein Vermögen nur mit Schlägen gemacht haben, diese und jene Absonderlichkeit habe er gehabt, sich diese und jene Schrulle geleistet, auch ich habe ihn gekannt, einmal hat er mir sogar. Aber Schwester Regula hört dies nicht mehr, längst ist sie nach Thulsern in ihre Heimat zurückgekehrt. Da erhält sie vom Stadtpfarrer zu Isny einen Brief des Inhalts, daß das Testament des Fabrikanten eröffnet worden und sie darin als Universalerbin eingesetzt sei. Kann man sich Regulas Bestürzung vorstellen, fragt die Kalebasse. Soll ich nach Isny fahren oder ist es eine Falle, überlegt Regula. Wieder und wieder gehen ihre Augen über den Brief, wägen jede Zeile, prüfen jede Silbe. Darf sie den Hort des Drachen überhaupt annehmen? Alle ihre Gedanken bleiben an Fragezeichen hängen. Soll sie die Erbschaft ausschlagen oder Gutes tun mit dem vielen Geld, soll sie alles verschenken, es Kirche, Orden, Mission stiften? Noch einmal reist sie nach Isny. Sie will endlich ohne Schuld sein. Je näher sie dem Reichsstädtchen kommt, desto lebendiger wird die Erinnerung. Die Bilder einer Nacht ziehen noch einmal an ihr vorbei. Zuletzt zerspringt ein großer Spiegel in tausend silberne Scherben, und der Schatten einer Reitgerte saust durch die Luft. Worte jagen durch Regulas Kopf: sie heißen Verzweiflung, Notwehr, Unglück, Gerechtigkeit. Wie lange hätte der Fabrikant noch gelebt? Aber der Stadtpfarrer empfängt sie mit Glückwünschen, die Honoratioren sprechen von ihrer aufopferungsvollen Pflege und der Geduld, mit der sie das Scheusal ertragen habe, ohne jemals zu jammern oder zu verzagen: Regula, das Vorbild christlicher Nächstenliebe, das Beispiel für Übermenschliches, wie es nur Klosterfrauen zuwege bringen, die ihr Leben in den Dienst am Nächsten gestellt: Denn was ihr dem geringsten meiner Brüder getan habt, das habt ihr mir getan. Der Stadtpfarrer spricht von den Untaten des Fabrikanten, von seinen wüsten Jahren, von der Frau, die er unter den Boden gedemütigt habe, aber Regula weiß nur von seinen Tugenden. Kein Wort von Hartherzigkeit, keines von Grausamkeit und teuflischer Freude am Quälen. Schwester Regula verteidigt den Reitpeitschenfabrikanten, versucht, sein Wesen nicht nur zu rechtfertigen, sondern auch zu erklären, spricht von zu wenig Liebe unter den Menschen, entkräftet alle Anekdoten, ob beglaubigt oder nicht, tritt als einzige dem vernichtenden Urteil entgegen, das Isny längst über seinen reichsten Bürger gefällt hat.

Schwester Regula ziert sich zuerst noch ein wenig, tritt aber schließlich die Erbschaft an – und teilt mit keinem. Kein Heller bleibt den Armen, kein Batzen geht an Orden, Mission, Kirche, Staat oder Erbengemeinschaft.

Regula verschwindet: zuerst aus dem Reichsstädtchen Isny, danach aus dem Gesichtskreis unserer Familie, schließlich sogar aus dem der Kalebasse.

Ob die Braut Christi ihr Verlöbnis kündigte und den Schleier zurückgab, ob Regula teure Spiegel kaufte, auswanderte oder, dem Vorbild der Muttergottes folgend, gen Himmel fuhr – darüber verliert die Kalebasse keine Silbe.

Das Letzte, was sie in ihre Haut eingeritzt hat wie mit der kalten Nadel, ist der Grabstein, den Regula dem Reitpeitschenfabrikanten setzen ließ.

Aus weißem Marmor.

Mit der Aufschrift: *Selig sind die Besitzenden, denn sie werden getröstet werden.*

Aber vielleicht ist diese ganze Geschichte nichts als eine weitere Lüge der Kalebasse aus Belém, der beschnitzten Kürbishaut, des tätowierten Globus, der rundherum und von oben bis unten gravierten Weltenbrust, die mein Onkel Firmian, der Herr der sieben Meere, einst übers große Wasser und in unsere Sippe gebracht hat, die auf mich gekommen ist mit dem Samtkragenmantel, auf daß ich die Erbengemeinschaft auflöse, weil ich es angeblich am weitesten gebracht habe von uns allen.

Vielleicht erzählt die Kalebasse gar nicht die Geschichte von unserer Regula, die den Schleier nahm, vielleicht erzählt die tätowierte Brust nur eine andere Geschichte nach – sagen wir: die Geschichte eines früh verwaisten Mischlings – stellen wir uns vor: die Geschichte eines scheuen Stotterers namens Borba Casmurro Bras, Sohn eines Mulatten und einer Einwanderin, womöglich einer entsprungenen Nonne, die Geschichte eines beharrlichen

Autodidakten, einsam ob seiner Fallsucht, der in einer fernen Zeit, da es noch Sklaven gab und Könige, am Ende gar ein Präsident wird, und weil es der Kalebasse gefällt: Präsident der Academia Brasileira De Letras.

Vielleicht ist jede Geschichte nichts anderes als die Erinnerung an eine andere.

Der Kürbis sagt: Erzählen allein genügt nicht.

Worauf es ankommt, ist das Wiedererzählen – ein Erzählen, das die Geschichten für sich in Besitz und Anspruch nimmt, sie für eigene Zwecke nutzbar macht, sie dabei eigenen Zielen unterwirft und durch Weitererzählen verwandelt.

Schon höre ich die Kalebasse sich auf eine ganz andere Geschichte berufen und sagen: »Wir tun nichts anderes als lügen und uns ein großes Ansehen geben. Das Wort wurde geschaffen, damit wir allen unseren Empfindungen und Eindrücken eine übertriebene Größe und Bedeutung beilegen, vielleicht sogar, damit wir an sie glauben können.«

Svea

Dieses Kapitel erzählt, wie Svea ein Luder wurde.

Wieder dreht sich die Kalebasse, läßt die Kerne rollen im Inneren wie Murmeln, als wäre alles nur ein Spiel.

Früher oder später hat jeder aus unserer Sippe einmal wissen wollen, wie Svea ein Luder wurde und warum.

Svea ist die Tochter der italienischen Flora und des in die goldenen Regeln der Mechanik vergafften Kosmas.

Die italienische Flora pflegt das Schattenreißen, übt sich im Scherenschnitt, trägt stets Schere und schwarzes Papier bei sich, Kosmas aber hockt in seiner Bude, tüftelt am Ewigen Umgang und erfindet für Thulsern das Glockenspiel, bei dem der weiße Ritter den schwarzen Ritter vom Pferd sticht, die Kinder um den Hollerbusch tanzen, ein goldener Hahn kräht und den alsbaldigen Schluß anzeigt. Dann erscheint der Sensenmann, und Stundenglas und Hippe werden sichtbar, bis die Glock' Zwölfe schlägt. Ehe Kosmas und die italienische Flora darangehen, Svea zu zeugen, sprechen sie in jener wortlosen Sprache miteinander, die wir alle in uns bergen, behauptet die Kalebasse. Sie wünschen sich dieses Kind, aber noch ist dieses Kind, welches ihr letztes sein soll, ohne Ahnung von ihrem Wunsch in der Ewigkeit verborgen. Beim ersten Kuß scheint der italienischen Flora, als werde ihr ein Blick in die Zukunft gewährt, als sehe sie ihr weiteres Leben für den Bruchteil eines Augenblickes ganz deutlich vor sich. Überdeutlich. Und Flora erschrickt heftig, will die Kalebasse wissen, und: dies gebe besonders schöne Kinder. Flora aber fühlt sich wie unter dem Grabstein der Traurigkeit liegen. Zu Kosmas gewandt, sagt sie: *Es gibt Dinge, die heilig sind, wenn nur zwei Herzen davon wissen, aber lächerlich, wenn Dritte davon erfahren.*

156

Kosmas versteht ihre Worte erst, als seine Flora im Kindbett bleibt. In diesem Moment der grausamen Erkundung nach dem Preis der Schönheit sieht Flora aus, als trage sie eine Spinne auf der schneeigen Stirn, als krieche ihr eine grünliche Raupe ins schwarze Haar. Kosmas weiß von dieser Sekunde an, daß er mit seinem Leben bezahlt für jeden Augenblick der Trennung von ihr.

Svea ist die Jüngste. Als sie zur Welt kommt, bleibt ihre Mutter, die italienische Flora, im Kindbett. Zu dieser Zeit beginnt Kosmas, von der Pilgerreise zu reden, auf die er sich eines gar nicht mehr so fernen Tages machen werde nach Vollendung des Glockenspiels und des Ewigen Umgangs. Kosmas erzählt dann vom riesigen Rauchfaß, das zum Te Deum durch das Schiff der Kathedrale von Santiago di Compostela schwinge, an Seilen in Schwung gebracht und gehalten von sieben weißgekleideten Mönchen. Jedem erzählt er davon. Gar nicht genug kriegen kann er.

Svea hat vier Geschwister: Kaspar, der sich dem Fortschritt stellt und zur Eisenbahn geht, Benedikt, dem es zu eng wird in Thulsern, der auswandert, Pirmin, der den Rock des Kaisers wählt und fällt für Volk und Vaterland, und Regula, die nicht vom Rosenkranz lassen will und Braut Christi wird für alle Ewigkeit.

So erzählt es mir die Kalebasse, sobald ich an ihr drehe. So holt sie herauf aus der Zeit, was versunken schien und doch am Leben blieb, weil es eingeritzt ist mit der kalten Nadel in die Rinde des Kürbis, weil es eingeschrieben ist in den lederhäutigen Medizinball, weil es eintätowiert ist in die Brust, die vor mir auf dem Rauchtischchen liegt: wie sie einst mein Onkel Firmian, der Herr der sieben Meere, übers große Wasser gebracht hat aus Belém, das Bethlehem heißt, aber in Brasilien liegt.

Die Kalebasse sagt: »Schöne Frauen dürfen an Wunder glauben, da sie selber welche vollbringen.«

Bei Svea bemüht die Kalebasse das Wort der Dichter.

Bei Svea sagt sie: »Was für eine Verschwendung von Schönheit. Drei schöne Frauen könnte man daraus gestalten, und genug Liebreiz bliebe übrig, würdig eines Raphael und eines Tizian.« Und so zeigt sie mir die Kalebasse: ein hoch aufgeschossenes Mädchen mit Fohlenbeinchen und so hellem Haar, daß Kosmas immer nur von seiner Weißtännernen spricht. Nichts schlägt durch von Floras Schwärze – ausgenommen die Augen, bei denen man von schwarzem Geflacker sprechen müßte. Aber das gibt es nicht, sagt die Kalebasse. Ich weiß es besser, obgleich ich Svea nie gekannt habe von Angesicht zu Angesicht. Dennoch: Ich bleibe dabei, daß ich es besser weiß, denn ich habe es am weitesten gebracht von unserer Sippe, ich, Unserallerkind, bin es auch, der sie auflösen muß: die Erbengemeinschaft. Unserallerkind wird unser Oma ihr klein Häuschen zur Versteigerung bringen und die erste und die zweite Hypothek. Ich weiß, aus welcher Stille Sveas Schönheit rührt.

Schon sehe ich zu, wie die Fohlenbeinchen allmählich aufhören, bloß herumzustakeln und einzuknicken bei jeder Gelegenheit. Wie rund die Waden werden, die Röcke bald zu kurz, das Mieder rasch zu eng. Zu rasch. Svea wächst heran, und die Thulserner finden ihr Wohlgefallen an der Biegsamkeit. Stielaugen wachsen ihnen, jeden Sommer größere, bis schließlich eines Tages Wetten abgeschlossen werden, wer wohl den ersten Stich macht, wer die Weißtanne umtut. Aber noch steht sie stolz und bolzengerade. Längst beginnt sie zu ahnen, was sie da an sich herumträgt und vorzeigt, obwohl alles bedeckt ist, wie es sich gehört. Aber was da aufschießt und nicht berührt werden darf, was da blusig und wadig und weißzopfig tänzelt, das weiß schon, was es hat an sich, das wartet selber gespannt auf den ersten Stich, das kann es schier nicht mehr erwarten. Dem geht es vielleicht wie später dir, meine geliebte Alfina, die du mich liebst trotz allem, das hättest leicht du sein können, meine Angebetete. Die Kalebasse meint das auch.

Zufrieden ruhen die Augen von Kosmas, dem Tüftler und Glockenspieler auf seiner Svea, dem größten Wunder Thulserns, dessen Anblick ihn die im Kindsbett verbliebene Flora zeitweilig vergessen läßt, dessen Lachen ihm hinweghilft über Benedikt, den an die Fremde verlorenen Sohn, dessen Augenblitzen ihm Regulas Gier nach dem Schleier verzeihlich macht, dessen Locklippen selbst Kaspar, dem Eisenbahnbruder, die Träume unterbrechen und ihn auffahren lassen, wie manch anderen jungen Thulserner.

Wieder einmal wird ein Fest gefeiert in unserer Sippe, weiß die Kalebasse zu berichten. Wieder einmal wird die gestärkte Tischdecke aufgelegt, wieder einmal wird das gute Geschirr herausgeholt, gilt es doch, Sveas Geburtstag zu feiern. Großjährig wird unsere Svea, geboren im Zeichen der Jungfrau. Sie leuchtet an diesem Tag, umgeben ist sie von einem Strahlenkranz, den jeder sieht, weil er aus himmelblauen Astern besteht, die sich die Weißtännerne selbst ins Haar gesteckt hat, rings um die Stirn und den ganzen langen Zopf entlang bis über die Hüften, die Hüften.

Die Kalebasse sagt: Svea wird unter den Frauen ihrer Zeit zur Legende. Sie wird geliebt und verehrt, weil sie Liebe und Verehrung verdient. Die Legende gedeiht, genährt von unerreichbarer Schönheit. Die Kalebasse sagt: Die Ebenmäßigkeit ihres Antlitzes ist geeignet, den Neid der Götter heraufzubeschwören – ein Gesicht, geschliffen wie Porzellan.

Die Kalebasse kennt sich gar nicht mehr vor lauter Schwärmerei. Alles findet sie bei Svea in vollkommenem Einklang: Nase und Mund, Wangen und Augen, Lippen und Stirn. Unsere weißtännerne Svea: geboren im Zeichen der Jungfrau, am Todestag ihrer Mutter, der italienischen Flora, das Licht der Welt erblickt am denkwürdigen 18. September, just an jenem Tag, wie der Kürbis sogleich einflicht, an dem Jahre später Greta Lovisa Gustafson geboren wird, die unter dem Namen Garbo zu einigem Ruhm kommt und seit

1941 nicht mehr filmt. Die Kalebasse weiß derlei, sie allein vermag solche Übereinstimmung zu benennen, nur von ihr erfahre ich, wie die Welt zusammenhängt und was sie zusammenhält in ihrem Innern. Die Kalebasse sagt: Man braucht die Weißtännerne nur anzuschauen: ihre Augen, die Lider, die langen Wimpern, die Bewegungen mit einer Leichtigkeit wie die von Kindern, mit ihren Schritten eines Eroberers, mit dem Hochmut einer Diva, hoffärtig und aufbrausend, und immer wieder dieses durchsichtige Licht um sie, unglaublich wie alles Klare. Mit einem Lächeln gelingt es ihr, dich zum Sklaven zu machen, mit einem Blick tötet sie. Die jungen Männer, die um sie werben, drohen in ihrer Schönheit zu ertrinken.

Wer sitzt da noch am Tisch außer dem Vater und den Geschwistern? Es ist ein Gast: der akademische Bildhauer und Steinmetz Bonaventura Heel, dessen gleichnamiger Enkel viel später Opfer des Trugbildes der als Trapezkünstlerin berühmt gewordenen Sandra Cosmea Lagerfeld aus Montada wurde. Bonaventura Heel, Freund des Erfinders Kosmas, kann nicht von den Röcken lassen, sammelt junge Mädchen, aber wirklich zählen bei ihm nur die Jungfrauen, die Kleinen, wie er sagt, die noch nach Milch duften. Ihnen wird die Ehre eines Ringleins an einer goldenen Halskette zuteil, die in seinem Brusthaar verschwindet. Der Steinmetz will sein Patenkind Svea schon lange aus dem Marmor beißen. Svea aber trägt einen Schleier um ihre Schönheit, um zu verbergen, was doch nicht zu verheimlichen ist.

Die Kalebasse fragt: Wo haben wir sie schon einmal gesehen? Auf alten Bildern, im Traum oder im Film? Ist es die Erinnerung an eine vor Ewigkeiten erzählte Geschichte, die wir erst später erleben?

Als wollte sie Svea entrücken, umgibt sie das Mädchen mit Vieldeutigkeit und Rätselhaftem, heißt sie bald Versuchung, bald Verführung, mal Königin Christine, mal die Kameliendame. Die tätowierte Brust sagt: Ihre Schönheit ist ein Stein des Anstoßes, denn das Schöne ist nichts als der Beginn des Schreckens. Solche Anmut sei herausfordernd, solches Ebenmaß von der Arroganz der Perfektion. Der beschnitzte Kürbis erzählt: Zur Zeit des Lorenzo Medici beherrschte Simonetta Vespucci Florenz, aber Svea, unsere Weißtännerne hinter den sieben Bergen ist tausendmal schöner als sie. Als die Vespucci dahinging an Schwindsucht, trug man ihren Leichnam in einem gläsernen Sarg durch die Stadt, auf daß die Welt Abschied nehme von der Schönheit. Wiedergeboren ist sie in Svea, lichtumkränzt: eine Quelle für Träume. Berühre sie nie! Wann wird Svea zur Legende? Schon bei ihrer Geburt, an der ihre Mutter stirbt? Hat solche Schönheit die Macht, alle ihrem Willen unterzuordnen?

An ihrem Geburtstag erzählt Svea von den langen Wintern ihrer Kindheit, welche die Erinnerung an die kurzen Sommer vertreiben. Sie weiß von grünen Seen und schneidenden Winden, die den Nebel ins Eis treiben und das Eis in den Nebel, das Mädchen erfindet Geschichten vom Drachenblut, das floß zu Zeiten, da ein schwermütiger König ein schönes Dorfmädchen zur Frau nahm, die grausam herrschte und sanft und am Ende nicht sterben konnte vor lauter Schönheit und Ebenmaß. Svea erinnert sich an den Schulweg, auf dem sie einer alten Frau Sand ins Fenster wirft, sie denkt an das Beutelchen mit Murmeln, das sie eifersüchtig bewacht. Ihr Pate Heel hat es ihr geschenkt: Murmeln aus Marmor, die sie über den Boden schießt. Die Kugel wird vor dem letzten Daumenglied mit der Spitze des Zeigefingers gehalten. Der Mittelfinger hält die Spitze des Daumens. Die Hand liegt ruhig mit dem Gelenk auf dem Boden. Die Mädchen spielen das Brückenspiel und das Kreisspringen, Würfelschuß und Kugelbahn, Blindgänger, Weitergeben, Hunderter und Schatzkammer, Pflaumenpflücken und Pyramide. Svea sieht sich selbstvergessen tanzen und in der Tenne beim Theaterspielen. Regula, die spätere Braut Christi, ertappt ihre Schwester eines Tages vor dem Spiegel, wie sie sich so lange aus einem alten Vorhang wickelt, bis sie sich nackt sieht und ihre Brusthütchen liebkost. Die Kalebasse kennt Svea scheu und unter dem Tisch, wenn Besucher kommen und Kosmas nach dem Ewigen Umgang fragen, der das Thulserner Glockenspiel antreiben soll ohne fremde Hilfe: der Totentanz, die Weltmaschine. Einmal sitzt das Mädchen dem Vater auf dem Schoß und kämmt ihn und kämmt ihn und will gar nicht aufhören. Dann wieder spielt sie mit Drago, der, wie einst sein polnischer Ahnherr, keinen an das Kind läßt. Nie hat einer Svea weinen gesehen, nie hat jemand das schöne Mädchen beim Wegwischen von Tränen beobachtet. Ein Bruder weiß, wie ihr Gesicht erstarrt, sobald sie laute Stimmen hört. Kosmas weiß, wie gerne er sich von der Weißtännernen in seiner Mächlerbude vom Ewigen Umgang weglocken läßt, weil sie alles erklärt haben will, am liebsten dreimal. Und immer ist dieses Licht um das Mädchen. Theater spielt sie gerne. Vatermutterkind. Immer gibt sie den Ton an, und die anderen müssen spielen, was sie verlangt. Sie erfindet für alle ein Lieblingsspiel: das ertrunkene Kind. Sie bringt gute Zeugnisse nach Hause. Der Lehrer sagt: Meine Svea ist ein gescheites Mädchen, das sich nur deshalb zurückhält, weil es den Abstand zwischen sich und den anderen nicht zu deutlich machen will. Sie kann den Lehrer so anschauen, daß er das spanische Rohr wieder senkt. Mitunter führt sie naseweise Reden, schmollt, läßt die Fransen ins Gesicht hängen, hat kaum Freunde, trödelt auf dem Schulweg, geht am liebsten allein durchs Weidach, schaut zu, wie sie den Hasen ans Scheunentor nageln und ihm das Fell über die Ohren ziehen, war schon beim Kalben dabei und beim Sterben einer alten Frau. Manchmal schwänzt sie die Schule, versteckt sich in der Tenne, spielt allein Theater und nur für sich, alle Rollen auf einmal, übt vor dem Spiegel das Tanzen und probt, wie Daniel die unschuldige Susanna rettet: *Ich will keine Schuld haben an ihrem Blute. Kehrt um und richtet noch einmal, denn die beiden Männer haben falsches Zeugnis abgelegt.* Eines Tages ist sie wie vom Erdboden verschluckt: Sie folgt einem Flötenspieler.

Die Kalebasse nennt den Tag, an dem Sveas Interesse an Schmetterlingen erwacht. An dem Tag erschrickt Svea an dem, was erstmals mit ihr vorgeht. Sie entdeckt die Welt der Nachtfalter, weil sie länger wachliegt in dieser Nacht. Fortan kennt sie die Stunde, in der die Dämmerung webt und die Nachtblüten ihre Kelche öffnen, sie atmet den Duft von Geißblatt und Phlox, kennt Petunie und Seifenkraut und Natternkopf am Wiesenrain oder die Nachtkerze an Brachäckern. Die Kalebasse sagt: Seither weiß Svea, wann die Nachtfalter aus dem Blattdickicht schwirren, aus ihren Schlafbäumen schnellen, die Schattenorte verlassen, die Mauern, Fensterläden, Höhlen und Keller, die tagsüber Orte sind fürs Theaterspiel, Susanna im Bade oder Daniel in der Löwengrube, für Esther, Judith und die sieben makkabäischen Brüder, für die drei Jünglinge im Feuerofen und die Empörung des Absalom: *Das Heer des Absalom wurde geschlagen. Der undankbare Sohn entfloh auf einem Maultier, blieb aber mit seinen langen Haaren am Aste einer Eiche hängen. Dort wurde er von seinen Feinden getötet. Seine Leiche warfen sie in eine Grube und türmten große Steine darüber.*

Am liebsten flattern sie in bewölkten Nächten, und Svea spricht mit ihnen, nennt die Falter Kinder des Mondes, beginnt, mit ihnen Theater zu spielen, wünscht sich ihre Mondfarben im Gesicht, die milchigen Töne, die Schimmer und die aschigen Flügelzeichnungen, die sie gerne um ihre Augen wüßte. Die Kalebasse dreht sich, ich höre die Kerne in ihrem Inneren rollen, als stießen Murmeln aneinander. Mit dem Vergrößerungsglas, das auf mich gekommen ist wie der Samtkragenmantel meines Onkels Firmian, des

Herrn der sieben Meere, der die Kalebasse mitgebracht hat aus Belém, das Bethlehem heißt, aber in Brasilien liegt, erkenne ich die Falter, sehe, wie sie mit Svea den Duftbahnen folgen durch die Finsternis, sehe auch, wie die Kugelaugen der Schwärmer leuchten im Zwielicht. Schon begleite ich die Weißtännerne barfuß über die feuchte Morgenwiesen, schon beobachte ich mit Hilfe der tätowierten Kürbishaut ihr Spiel mit Liguster- und Wolfsmilchschwärmer, schon höre ich, wie das Mädchen mit Wein- und Windenschwärmer ein neues Stück einstudiert: *Das ist Ruth, die Schwiegertochter des Noemi aus dem Lande Moab.* In die Kalebasse unter meiner Lupe ist eingraviert, wie unsere Svea den Nachtfaltern folgt, wie sie dahinpfeilen in stoßender Bewegung im Schwirrflug. Von Anfang an ist Svea mit dem Totenkopfschwärmer vertraut. Alle kennt sie, alle nennt sie beim Namen: den schmächtigen Erlen-Glasflügler, den blauen Rotringelschwärmer, Stutzflügel und Rotrandbär, Silberfleck, Taubenschwanz und Nonne, Feuerglucke, Hofdame, Blausieb und Rostkreuz, Roseneule, Achatflügel und Buchenspinner, Aronstab, Hausmutter, Kapuziner, Schwarzauge und Ziegelwelle. Sie heißt sie ihre Nachtstreuner und Langschläfer, fühlt jedes Härchen ihres Rückenpelzes, hört, wenn sie surrend heranstoßen, freut sich am hellen Zirpen, faltet mit ihnen die Schwingen zum Schlaf dachförmig gegen den Leib, wird mit ihnen zum Dreieck. Svea weiß: berührt man den Schläfer, erzittert er. Manche Schwingen klaftern bis über eine Dreifingerspanne. Die Kalebasse aber sagt: Für die Weißtännerne gilt, was für die Schwärmer gilt. Sie brauchen zum Leben die Weite und den unbehindert schnellen Flug.

Die Kalebasse duldet keine Menschen in ihrem Kalebassenhimmel, nur Tiere und Fabelwesen und Pflanzen. Svea jedoch nähme sie gerne auf, emporheben möchte sie das schöne Kind, eine Himmelfahrt einrichten für die Anmutige. Hinaufstürzen soll unsere Svea, begleitet von Zygänen,

Schwärmern und Spinnern, Bären und Glucken, Pfauen-
augen und Eulen und Faltern mit der Maserung von Holz
und der Farbe von Rinden, mit Trugaugen und Warnmalen,
mit rußiger Schwärze, grellem Gelb und wildem Rot, noli
me tangere, voran die Russische Fahne aus einer trockenen
Steinhalde, Blätter und Büsche hinter sich lassend, die
Verpuppung im Zwischenreich der Dämmerung, dem
Traum- und Elfenland von Sveas Kindheit.

Heute wird unsere Svea großjährig. Sie trägt ein weißes
Kleid, und in der Hand läßt die Kalebasse sie ein weißes
Sträußchen halten. Am festlich gedeckten Tisch erkenne ich
Kosmas sowie die Geschwister Kaspar, der zur Bahn geht,
Pirmin, der fällt für Kaiser und Vaterland und Regula, die
den Schleier nimmt und Braut Christi wird. Benedikt fehlt,
weil er längst ausgewandert ist. Noch einer sitzt am Tisch:
der Bildhauer Heel, ein Freund von Kosmas, Bewunderer
von dessen Idee vom Ewigen Umgang, Sveas Pate, mit einer
goldenen Kette um den Hals und etlichen Ringlein daran.

Heel hat einen Plan im Kopf, der ihn umtreibt: Er will einen
Totentanz schnitzen. Er will die Figuren herausholen aus
dem trockenen Lindenholz. Einen Totentanz will er schnitzen, wie es ihn noch keinen gegeben hat weit und breit. Und
Kosmas soll das Drehwerk dafür erfinden. Wer sonst käme
für die komplizierte Mechanik in Frage als der Erbauer des
Thulserner Glockenspiels zu der Melodie *So trolln wir uns
ganz fromm und sacht?* Wie oft haben die Männer den Plan
schon besprochen? Wie oft haben sie ihn schon durchge-
kaut in der Mächlerbude und in Heels Atelier? Wie oft ist
Svea dabeigesessen mit hellen Augen und diesem Licht um
sie, einem Licht zum Rasendwerden, wie Heel sagt, und die
Kalebasse widerspricht ihm nicht.

Den Tod und den Papst will Heel, den Tod und den Kaiser,
den König, den Edelmann bis hinab zum Spielmann und
zum Kind. Aber das reicht ihm noch nicht. Er verlangt
mehr: den Tod und den Wucherer, die Badhur und den

Kirchweihpfeifer, Jude, Blinder und Narr. Und weil ein Fest ist, weil Svea, Kosmas' Weißtännerne, großjährig wird, weil das gute Geschirr auf dem Tisch steht auf der gestärkten Decke, weil Kosmas die italienische Flora nicht vergessen kann, weil es Wein gibt, weil so viel Schönheit und Anmut ihresgleichen nicht haben auf der Welt, stimmen Kosmas und Bonaventura Heel, akademischer Bildhauer und Steinmetz mit goldenen Ringlein an goldenem Kettchen in einen Wechselgesang ein zu Ehren unserer Svea und eingedenk ihrer Vision vom mechanischen Totentanz, wie es ihn noch keinen gegeben hat seit Menschengedenken. Schon füllen sie die Gläser, schon gibt Heel den Ton an, schon stimmt die Kalebasse mit ein und Pirmin und Regula und Benedikt in Amerika oder Australien und Svea und mit ihr auch ich: »So trolln wir uns ganz fromm und sacht von Weingelag und Freudenschmaus, weil uns der Tod sagt Gute Nacht, dein Stundenglas rinnt aus. Auch dir, der grad den Humpen schwang, den Hut im Nacken voller Schneid, bald gibt man dir beim Leichengang ein trauerschwarz Geleit. Und du dort mit dem großen Maul, verziert mit Ordensband und Stern. Bedenk: der Schreiner war nicht faul. Dein Sarg ist nicht mehr fern. He Nachbar, denkst auch du wie ich. Mir paßt die Welt, ihr Saus und Braus. Der Weg ist gleich für dich und mich. Komm mit, trink endlich aus. Trink aus mit rot und weißem Wein, der Svea gilt der letzte Tanz. Wir torkeln frei ins Grab hinein im Abendsternenglanz.«

Sobald der Gesang verstummt, erhebt sich Bonaventura Heel, fährt mit der Hand durch die Luft, schneidet und zerteilt sie mehrfach, schreit um Ruhe, alle erschrecken, bis Heel in die eisige Stille hineinsagt: Jetzt weiß ich, was mir noch fehlt und wonach ich gesucht habe all die Jahre: der Tod und das Mädchen. Danach habe ich gesucht bei all jenen, die noch nach Milch duften, ehe sie zum Ringlein werden. Die Kalebasse zeigt, wie Heel schwankt, sie wiederholt seine Worte: Der Tod und das Mädchen, wie er es greift, wie er ihm ans Mieder geht, wie er es küßt wie weiland bei Niklaus Manuel und mit dem Knochenfinger den Rock rafft und alles Bitten und Betteln vergeblich ist: *dein Mund, dein Leib, dein Haar', dein Brüst muß alles werden fauler Mist.*

Und alle sind still am Tisch, doch schon gilt als ausgemacht, daß Svea Modell stehen wird. Das muß sie, das ist sie ihrem Paten schuldig, die Weißtännerne. Sagt ja, sagt nein, getanzt muß sein, singt Heel und sieht schon den Sensenmann vor sich, wie ihn mir später die Kalebasse zeigt, wie er mit beinerner Hand Sveas Brust umfaßt und die Hippe über ihrem Haupt schwingt. Doch in diesem Augenblick dreht sich die Kalebasse, läßt die Kerne in ihrem Inneren klingen wie Murmeln, läßt Zeit verstreichen nach der Geburtstagsfeier, da unsere Svea zum Modell erkoren ward für den Tod und das Mädchen.

Da ist an einem Tag Drago nicht um Svea, die über einen Acker geht und bei einem Teich niederkniet. Als sie sich kämmt, springt ihr ein Frosch in den Schoß, der Himmel wird schwarz, der Frosch springt zurück und der Spiegel des Teiches zerspringt. In einem Scherben erkennt Svea ein Gesicht. Es ist Heels Gesicht. Sie steht auf, geht ein paar Schritte, sie bekommt Angst, sie hört die Ringe der Halskette Heels klingeln, sie dreht sich um, sie rennt, die Halskette holt sie ein. Die Kette legt sich um ihren Hals, im Rücken drückt die Rinde eines Baumes, die Ringlein klingeln ganz nah, eine Zunge kriecht in ein Ohr, kriecht weiter, bis Beine nachgeben und sich ein Himmel seitwärts dreht und kippt, und die Ringe dröhnen, und eine Kette kettet, und überall riecht es nach Fisch. Was weiß die Kalebasse von jenen, die nach Milch riechen, wenn sie in den Wald hineingehen und nach Fisch, wenn sie aus ihm herauskommen? Am nächsten Tag ist der Himmel noch immer schwarz, aber das Gras hat sich schon wieder aufgerichtet, es ist frisch und feucht und die Baumrinde tut, als wisse sie von nichts. Da spürt sie wieder einen Rücken, noch einmal spürt sie ihn. Diesmal legen sich Hände auf Augen und Mund, Nachtfalter schwirren umher, Wolfsmilchschwärmer und Birkenspanner. Heel nennt sein Patenkind plötzlich seine Frau, sein Weib, seine Hex, sein Luder, aber Svea glaubt ihm nicht. Er will, daß sie es glaubt und das Wort wiederholt. Wenn sie nicht gehorcht, reißt eine Hand an ihrem Zopf, dann wird die Hand flach und trifft trocken auf eine Wange, einmal, zweimal. Eine Stimme zwingt Svea hinter Heuschober, in Städel, ins hohe Gras. Luder, sagt die Stimme und drückt ein Brandmal in ein Gesicht. Aber Svea glaubt es nicht, kann es nicht fassen. Schon geht das Wort im Dorf um. Blicke schauen Svea an, Augen treffen sie, als wollten sie die Weißtännerne nie mehr sehen. Einige bekreuzigen sich verstohlen, wenn der Zopf die Straße hinaufgeht, Fenster werden verriegelt, überall zischt das Wort Luder. Luder sagen die Glocken, Luder sagt die Straße, Luder sagen die Bäume, Luder sagen die Zaunlatten, das Dunkel flüstert Luder, der Tagesanbruch wiederholt es. Augenpaare zwischen Vorhangspalten sagen Luder. Über der Eingangstüre hängt ein geköpfter Hahn, sein Blut tropft auf die Türschwelle. Kurze Zeit später steht ein Schubkarren mit Saumist auf dem Dach. Kosmas sieht in seiner Mächlerbude die Weltmaschine wässrig werden. Zuletzt liegt Drago vergiftet vor dem Haus, eingerahmt von Rattenköpfen. Im Garten die Habergeiß. Steine krachen nachts gegen die Läden. Spät im Herbst ziehen die Dorfbewohner hinter dem Pfarrer der Wolfsgrube entgegen. Ein Rauchfaß wird geschwungen, Kreuz und Fahne sind Zeugen des Geschehens. Da wird eine Muttergottes angefleht, Meerstern ich Dich grüße, wunderschön Prächtige, Hohe und Mächtige, da schwingt ein Rauchfaß, da bekreuzigt sich ein Pfaffe, da segnet eine Hand, da klingelt ein Ringlein mehr an einer Kette, da wird Weihwasser versprengt mit dem Wedel, aber das Wort Luder will nicht abgehen, will sich nicht wegwaschen lassen, denn da soll ein Luder ausgetrieben werden mit flammendem Schwert, bloß weil Svea nicht glauben will, was ihr ein Mund sagt, ehe die Zunge ins Ohr kriecht und weiter von dort. Svea geht weg. Es ist, als berühre sie den Boden schon nicht mehr. Ersäufen hätte man dich sollen wie eine junge Katze, sagt eine Stimme. Kosmas verwirrt sich die Weltmaschine, es kommt nur noch der Tod aus dem Glockenspiel, keine Kinder tanzen mehr um den Hollerbusch, Kaspar dient schon der Eisenbahn, Benedikt ist längst ausgewandert, und Regula spricht von der Strafe Gottes, trocknet nicht die Tränen Sveas, sondern die Tränen Christi, in dessen Namen gerichtet wird. Heel aber, der den mechanischen Totentanz bauen und den Tod und das Mädchen aus dem Holz beißen wollte, geht in den Hanf. Ein Eiswinter steht der Weißtännernen bevor, ohne Drago und ohne Nachtfalter und ohne einen alten Vorhang, aus dem sie sich hätte wickeln können, bis sie vor dem Spiegel gestanden wäre, um eine neue Rolle zu lernen: Unter welchem Baume hast du Susanna sündigen sehen? Svea träumt immer wieder denselben Traum: Sie sieht einen Haufen sauber aufeinander geschichteter Scheiter. Es herrscht Stille, indes Frauen schwarze Lumpen in Teer tauchen und damit die Scheiterbeige umwickeln. Alles geht ruhig und geordnet vor sich. Sieben Paar Männerfäuste pochen gegen die Tür, aber Kosmas brütet über dem Ewigen Umgang, Pirmin steht im Manöver, Kaspar ist bei der Bahn, Benedikt ist ausgewandert, Regula leckt die lacrimae Christi. Hände reißen am Zopf, Zähne beißen, eine Faust platzt in ein schönes Gesicht, eine Baumrinde preßt Buchstaben in einen Rücken: Sie ergeben das Wort Luder. Eine Stimme auf dem Dorfplatz ruft: noch einmal, mein Kind hat nichts gesehen. Sonntagskleider und Blasmusik und eine Soutane, das Rauchfaß, das schwingende Rauchfaß. Was Svea sieht, das sieht sie mit geschlossenen Augen, aber die Kalebasse hat eingeritzt mit der kalten Nadel, was geschieht. Sie kennt die

Fackelträger, sie kennt die hundert Schmähstrophen, sie kennt das Lied vom Luder, das stets die Ehrenwerten anstimmen, sie weiß, wer die trockenen Scheiter Feuer fangen läßt. Die Kalebasse hält Sveas Augen fest verschlossen, verbreitet um die Weißtännerne ein Licht, spuckt dem Pfaffen in den Weihwasserkessel, färbt den Wedel schwefelgelb, teert die geilen Glotzaugen, löscht den Feuereifer und das Wort Luder im Nachthimmel. Langsam beginnt Svea über die Glut zu gehen, durch die Gasse von Thulserns Meute bis hin zur Wolfsgrube, Nachtfalter im Gefolge, Rostkreuz und Bandeule, Geißblattzygäne und Nagelfleck, Feuerglucke und Trauerfalter. Svea geht, als trügen sie Hände und Füße durch ein leeres Thulsern, vorbei am Spiegel, in dem sie sich ein letztes Mal kämmt, geht weiter und weiter, blickt nicht einmal zurück, spürt hinter sich den Himmel brennen, ahnt Wind und Funkenregen wie ein Wetterleuchten weit hinten am Weltenrand, den sie zurückläßt, mit jedem Schritt mehr. So geht sie Tage, kriecht aus einer Schlammpfütze, noch immer den Zopf bis zur Hüfte, zur Hüfte. Die Kalebasse entwirft Szenen wie von fern: hohe Berge unter einem Himmel mit Wolkentupfen, Svea schlafend, wieder erwachend, im Gehen essend, schlafend, trinkend, erwachend. Sie sieht sie mit Nachtfaltern spielen, an Dornenhecken vorbei, quer durch Getreidefelder, über Dorfstraßen, Kleinstadtmärkte, Landstraßen. Manchmal flüstert sie mit Spinnen oder Feuersalamandern, hockt einem Karren auf, der sie mitnimmt ein Stück des Weges, sie tritt unter Türen, kriecht in Strohsäcke, schläft im Heu, unter Buschwindrosen, wird müde und hungrig, folgt einem Schatten, der ihr vorauseilt, vergißt schließlich viel, vergißt Thulsern, vergißt das meiste, doch nie den Tod und das Mädchen. Vielleicht verwandelt sie sich auch in einen Nachtfalter, vielleicht wird sie zeitweilig Ligusterschwärmer, Blausieb oder Schönbär, Blutfleck oder Rotes Ordensband. Vielleicht gaukelt sie um ein Feuer, stiehlt sich in eine Steinmetzwerkstatt, sieht Heel einem Mädchen aus den Röcken helfen, schickt ihm einen Zopf über den bloßen Rücken, tanzt ums Licht, tanzt, tanzt. Svea verlegt sich aufs Tanzen, bis eine Steinmetzhand nach dem Falter schlägt, ihn beinahe trifft, ihn blenden will mit einem brennenden Kienspan, ihn eine Motte heißt, die längst zum Fenster hinaus ist, weiter. Manchmal schlagen Hände nach ihr, aber sie tanzt nur noch und gaukelt. Zuletzt kommt sie in eine Stadt mit einer Treppe mitten ins Meer, in Straßen und in Paläste, die von einem großen Erdbeben heimgesucht wurden am Allerheiligentag des Jahres 1775, gegen dreiviertel zehn Uhr. Es soll ein wolkenloser und friedlicher Spätherbsttag und das Inferno innert neun Minuten vorbei gewesen sein. Svea aber, die Weißtännerne, ist plötzlich begehrt als tanzender Nachtfalter. Plötzlich wird ihr zugejubelt. Jeder Wunsch wird ihr plötzlich von den Lippen abgelesen. Plötzlich steht sie im Licht und auf dem Plakat ganz oben. Plötzlich schläft sie auf Kissen prall mit Straußenfedern, und lange muß einer anstehen um Karten für einen Platz, von dem aus er sie auftreten sieht mit dem Zopf bis zu den Hüften. Und keiner weiß, woher diese Frau kommt. Jeder wartet nur auf ihren Auftritt.

Ist sie schon da?

Wann endlich erscheint sie?

Gibt es sie überhaupt?

Schon am frühen Morgen fragen die Männer nach ihr mit einem vom Alkohol sauren Atem.

Der Auftritt kommt mit der Plötzlichkeit des Lichts. Svea dreht sich langsam wie im Schlaf und zeigt allen der Wunder größtes: wie schön diese Frau ist. Einmal verharrt sie mitten in der Drehung. Ihre Füße trommeln fremdartige Geräusche. Wie weit ist es von ihrer Achsel zum Hals? Warum kann sie ihre Arme nicht anders als nackt tragen? Wie gekreuzigt muß sie dastehen in ihrem Katzenkostüm mit einem Licht um sich, getönt wie alte Bronze. Das Gesicht ist kaum zu sehen, sie trägt ein Visier, das aussieht wie ein Schmetterling. Der weiße Zopf reicht bis zu den Hüften, den Hüften. Svea ist ein Geheimnis, aber es gibt kein Geheimnis, sagt die Kalebasse, das nicht sofort ganz Lissabon ansteckte. Noch hat Svea kein Wort gesagt, und schon glaubt jeder, allnächtlich stiegen die Engel zu ihr nieder. Sie aber genießt die Aura, die sie stets an sich hat und um sich: das Kapriziöse und mild Exaltierte, die Pose und vor allem ihr Urteil, das keiner Silbe bedarf, sondern nur einer hochgezogenen Augenbraue. Ihr schwören sie bei allem, worauf die Welt sich gründet. Während sie tanzt, ziehen von früher bekannte Gesichter an ihr vorbei wie ein Trauerzug, treten der Reihe nach heran, küssen die Stirn. Die reichen Männer aber auf den besten Plätzen sehen Arme und Schultern, wollen ihre Zähne hineinschlagen, wünschen Ansehen und Berechnung zum Teufel. Ihre Bewunderung für diese Frau ist nichts als Begehren, und um diesem Körper, den sie besitzen wollen, einen besonderen Duft zu verleihen, dichten sie Svea tausend Leben an, eine dunkle Vergangenheit, die Begabung zur Staatshure. Aber keinem gelingt der Zutritt zu ihren Träumen. Keinem. Alle sagen, ihre Gunst sei noch ungerechter verteilt als das Gold. Die Briefe, die sie ihr schreiben, bleiben unbeantwortet, obgleich ein jeder endet mit: jetzt und ewig Dein, bis zum Tode, noch nach dem Tode.

Ihre unübertreffliche Gabe, einen grausamen Satz in einem Lächeln auslaufen zu lassen.

Ihr Blick, mit dem sie Gift in die Augen ihrer Bewunderer träufelt.

Als wäre sie ein Wesen, das des Trostes nicht bedarf. Dann singt sie.

Die Erschöpfung schmückt ihre Augen.

In der Dämmerung scheinen die Gestalten wie sterbende Fische herumzuschwimmen.

Die Gäste legen das Besteck beiseite, lassen das Essen kalt werden. Regungslos stehen die Kellner. Die Beleuchtung besteht nur aus Kerzenlicht und glimmenden Zigarillos. Die Stimme der Weißtännernen läuft über die Rücken. Es heißt, Svea sei die beste Fadista seit Maria Severa, einst eine Mätresse, die als Opfer einer unglücklichen Liebe auf einem Strohsack starb. Svea singt die Lieder eines angeblich schwindsüchtigen Dichters: Sie handeln von der Bitterkeit der Unglücklichen und von streunenden Messerhelden. Ihre Stimme klingt wie aus einer fernen Zeit: zuerst überdehnt, leicht vibrierend, dann wieder roh und von einer Kraft, die gewalttätig sein kann. Sobald sie das Lied anstimmt von der Frau, die sich weiterschleppt zwischen Dornen und so viel Treulosigkeit beweint auf dieser Welt und den tauben Schmerz, der inwendig tötet, glaubt jeder, der sie dabei anschaut, er sehe ihr Herz, wie es nackt in einem Glas zittert.

Die Männer liegen Svea zu Füßen, überschütten sie mit Geschenken, bestürmen sie mit Anträgen. Nicht einen erhört sie, auch nicht den Dichter, der über sie schreibt, was die Kalebasse eingeritzt hat in ihre Haut. »Langsam errichtet sie eine Mauer des Schweigens. Den Grundstein legen die langen Gesprächspausen. Darauf schichtet sie die kurzen Sätze, darüber die einsilbigen Antworten, die Augenblicke der Zerstreutheit, der Versunkenheit und der Nachdenklichkeit, endlich das nachsichtige Dreinblicken und resignierte Zuhören, zuletzt das geheuchelte Gähnen hinter dem Fächer. Ihre Bewunderer leiden wie Satan, der auf einem Aschenhaufen in der Hölle sitzt und sich daran erinnert, daß er einst einen Thron hatte, aus Regenbögen geflochten, zu Häupten der Sterne.«

Von Svea heißt es schließlich: Wer solche Lieder singt, wird diese Welt nie verlassen. Der heimliche Wunsch der Verehrer, Svea möge nie sterben, geht in Erfüllung. Zwar spürt sie an manchen Tagen das Erdbeben von Lissabon in ihrem

Leib und in jeder Faser, aber sie altert nicht. Zwar schleichen die Tage dahin wie Schildkröten und die Stunden schlagen von Jahrhundert zu Jahrhundert, doch die Jahre belasten Svea nicht mehr als eine gleiche Anzahl von Rosenblättern. Vor lauter Schönheit scheint sie den Boden nicht mehr zu berühren, die Sternschnuppen erlöschen nicht auf ihrer Haut.

Die Kalebasse sagt: Eine Katze hat sieben Leben.

Pirmin

Dieses Kapitel erzählt,
wie Pirmin in schmucker Uniform
einen Exerzierplatz überquert im Stechschritt,
wie er sich mit ausgesuchter Lektüre unterm Arm
bei Gewitter an einen stillen Ort zurückzieht
und welch ehrenvollen Nachruf einer bekommen kann,
dem es eher unrühmlich erging.

Wieder stoßen die Kerne im Inneren der Kalebasse aneinander, doch diesmal klingt es nicht nach Murmeln, diesmal, meine geliebte Alfina, klingt es nach Detonation. Diesmal ist nämlich die Rede von unserem Pirmin, der angeblich fiel für Kaiser und Vaterland. Angeblich. Immer hat es, sobald die Rede auf Pirmin kam, in unserer Sippe einmütig geheißen, daß er gefallen sei. Ja, der ist gefallen, sagten alle, nickten und schwiegen ein wenig, schwiegen mehr oder minder bedeutsam, als wüßten sie etwas, sagten aber dann doch nichts, außer eben, daß Pirmin gefallen sei: für Kaiser und Vaterland. Für wen sonst? Da ich dem Frieden nicht traue, suche ich Rat bei der Kalebasse, lasse das Vergrößerungsglas langsam über die tätowierte Weltenbrust wandern, suche hier und suche dort, ob mir nicht irgendeine Ätzung mit der kalten Nadel unseren tapferen Helden näherbringen kann.

Viel kann man über ihn nicht sagen, sagt die Kalebasse: immer verschwindet er im aufgewirbelten Staub, immer wird gesprengt und immer explodiert etwas, wenn von unserem Pirmin die Rede ist. Aber da ich gegenüber meiner geliebten Alfina keinen auslassen kann, der Auskunft gibt über mein Herkommen und der hineingehört in die Erbengemeinschaft, die ich auflösen muß, darf ich auch Pirmin

nicht unterschlagen. Immer ist unser Pirmin von Pulverdampf eingehüllt. Woher das bloß kommt?

Nach einigem Hin und Her mit der Lupe habe ich die
Gestalt endlich unter dem Brennglas. Die Kalebasse zeigt
Pirmin im Feld. Da ich mich bei Uniformen schlecht aus-
kenne, weiß ich nicht, um welchen Krieg es sich handelt.
Pirmin steht in vollem Putz. Das Koppel sitzt ordentlich in
der Mitte, die Uniform ist zugeknöpft bis zum Hals, der
Säbel an der Linken ist blitzblank geputzt. Das kann man
am Griff sehen, an den Quasten und an der Scheide. Pirmin
ist in heftiger Bewegung. Er geht eiligen Schritts, straff sitzt
seine Hose, straff sitzt die rote Blutnaht, das Knie gestreckt,
zwodrei. Der schmucke Offizier überquert einen Platz, der
eingesäumt ist von Militärgebäuden, Gewehrpyramiden
und Geschützlafetten. Pirmin überquert den Platz rasch,
etwas scheint ihn zu treiben. Schon schaue ich genauer hin,
schon erkenne ich: der trägt etwas unter dem linken Arm.
Als wäre es eine kleine Aktentasche, als transportierte er
eilig eine geheime Kommandosache: ein dickes Bündel
Papier. Sofort will ich wissen, wes Inhalts und versuche,
mit der Lupe noch genauer hinzuschauen, noch präziser
heranzuholen, was eingeritzt ist in die Haut des Kürbis,
der auf mich gekommen ist vom Herrn der sieben Meere
nebst dem Samtkragenmantel. Erst jetzt erkenne ich: Es
handelt sich um ein Buch. Ich muß also noch genauer
hinschauen, so genau, daß meine Augen schmerzen, bis
ich endlich den Titel des Buches erkenne. Ja, jetzt sehe ich
es ganz genau: Es handelt sich um Herrn von Romockis
Geschichte der Explosivstoffe. Ich halte fest: Pirmin, der
Sohn von unserem Kosmas, steht im Feld, schreitet in
Uniform eilends quer über einen Platz und hat ein Buch
unter seinen linken Arm geklemmt, mit der Hand aber hält
er den Griff seines Säbels, indes die Rechte zackig zum
Mützenrand sticht, um einen vorübergehenden Offizier zu
grüßen. Quer über den Platz muß unser Pirmin nach dem

Willen der Kalebasse, und mir ist, als könnte ich in der Ferne das dumpfe Dröhnen der Geschütze hören, als wäre der Krieg ein Gewitter in einiger Entfernung. Wohin ist Pirmin unterwegs mit der eingeklemmten *Geschichte der Explosivstoffe?*

Vermutlich zu einer Lagebesprechung im Kasino oder zu einer Instruktion der Mannschaft. Wem will er etwas vorlesen aus dieser Schrift, die mir völlig unbekannt ist: sich oder anderen, Ranghöheren oder niederen Chargen? Pirmin hat den Platz fast überquert, das Buch ist noch immer eingeklemmt unter der linken Achsel, die linke Hand umfaßt noch immer den sauber polierten Griff des Säbels. Steht da ein Schweißtropfen auf der Stirn des Soldaten? Schwitzt der Mann unter der Schirmmütze? Darf das sein? Darf sein, daß ein deutscher Offizier schwitzt im Feld? Oder spielt mir die Kalebasse nur einen Streich? Will sie sich lustig machen über das Militärwesen, an das Pirmin Herz und Seele gehängt hat. Schon als Kind sehe ich ihn auf der Kürbishaut die Franzosen jagen, schon als Jüngling kann er nicht vom Zündeln lassen: jedes Hölzchen gerät ihm zum Säbel oder zum Gewehr, jedes Sandkastenspiel zum Festungsbau. Kommen in ihm die Ordnungsliebe der scherenschneidenden italienischen Flora und der Erfindergeist von unserem Kosmas zum Gären? Oder sind es Jaschas Geschichten von der Garde des Zaren zu Sankt Petersburg?

Pirmin geht über den Platz hinaus, er sucht eine schmale Gasse, er schlägt den Weg ein, der diese Gasse hinunter führt, er geht weder ins Kasino noch zur Instruktion der Freiwilligen und der Rekruten. Der Schweiß steht ihm auf der Stirn, heiß ist es unter der Achsel, in die das Buch geklemmt ist: *Die Geschichte der Explosivstoffe.* Stechender wird der Schritt, perlender wird der Schweiß, dampfender wird die Achselhöhle. Vielleicht hat Pirmin längst das Gefühl, daß es ihn gleich zerreißen wird, während in der Gewitterferne der Krieg stattfindet. Aber schon sind die

Abstände zwischen Blitz und Donner kürzer, schon rückt näher, was soeben noch dumpf grollte. Pirmin ist auf dem Weg zur Latrine.

Endlich hat er das Häuschen erreicht.

Endlich betritt er den engen, fast finsteren Raum, in dem es süßlich riecht und Fliegengesumm zu hören ist.

Endlich kann er die Schirmmütze vom Kopf reißen und an den Nagel hängen und die Handschuhe abstreifen und mit ihnen die Stirn trocknen, auf der die nassen Haare schwarz kleben.

Endlich kann er die Hand vom Griff des Säbels nehmen.

Endlich kann er das Buch neben sich legen, weil er beide Hände braucht zum Aufknöpfen der Uniform.

Zuerst den obersten Verschluß, zuerst den eng anliegenden Kragen geöffnet, zuerst Luft in den Hals gelassen.

Danach die anderen Knöpfe.

Knopfloch um Knopfloch.

Endlich ist die Uniformjacke offen.

Endlich kann sie ausgezogen und an den Haken an der Latrinentür gehängt werden.

Endlich greifen die Hände überkreuz zu den Hosenträgern, endlich werden die Hosenträger von den Schultern gestreift.

Endlich kann der Verschluß am Bund geöffnet werden, dann der Hosenschlitz, Knopfloch um Knopfloch.

Süß riecht es in der Latrine, die Fliegen summen, ewiger Sommer, der Krieg kommt näher und das Gewitter.

Endlich kann die Hose über die Knie gestreift werden und die feldgraue Unterhose gleich mit.

Endlich kann sich der schmucke Offizier setzen.

Endlich greift seine Hand nach der Lektüre.

Die Geschichte der Explosivstoffe.

Der Krieg ist weit weg. Das Gewitter zieht so herum. Mal näher, mal ferner.

Hier steht kein Soldat am Wolgastrand.

Hier hält keiner Wache für sein Vaterland.

Hier sitzt einer auf dem Donnerbalken und studiert Fachliteratur.

Die Kalebasse hat eingeritzt in ihre Haut, welche Buchstaben in diesem Augenblick vor die Augen unseres Pirmin treten, der noch immer schwitzt, jetzt freilich nicht mehr so stark. Die Temperatur unter den Achselhöhlen sinkt, das Haar bleibt naß und schwarz. *Die außerordentliche Bedeutung, welche die Explosivstoffe in ihren so mannigfaltigen Verwendungsarten in unserer Zeit angenommen haben,* liest Pirmin aus dem Buch, wie ich von der tätowierten Weltenbrust, *dürfte eine umfassende Darstellung des Entwicklungsganges, welcher von den ersten Anfängen des Schießpulvers zu den neuesten Errungenschaften der Explosivstoff-Technik führt, nicht unwillkommen erscheinen lassen.* Gierig liest Pirmin weiter, ohne sich die gewünschte Erleichterung verschaffen zu können. Er ist zu sehr abgelenkt, das Vorwort des Verfassers nimmt ihn zu sehr gefangen. Und in der Nähe grollt der Donner: *daß zum Beispiel der Torpedo älter ist als das Geschütz und das Gewehr, und daß durch Nitrierung organischer Substanzen hergestellte Explosivstoffe schon im Anfang des XV. Jahrhunderts in Deutschland bekannt und in Gebrauch waren.*

Pirmin ist Feuer und Flamme.

Das hat ihn immer interessiert.

Schon als Kind hat er gerne mit Karbid geschossen.

Schon als Bub hat er dem Jäger beim Gewehrreinigen auf die Finger geschaut.

Schon als Jüngling hat er es nicht erwarten können, heimlich und schwarz einmal den ersten Schuß zu tun.

Schon als Rekrut ist es ihm immer bloß auf das Schießen und auf das Explodieren angekommen.

Schon als junger Offizier will er sich durch Tapferkeit vor dem Feind auszeichnen.

Lesen bildet.

Wissen ist Macht.

Er wird auch die weiteren Schriften des Herrn von Romocki beim Regiment bestellen: *Zwei noch folgende Bände werden die Explosivstoffe in der neuesten Zeit behandeln, und zwar wird,* sagt die Kalebasse, *der in den letzten Jahrzehnten besonders hervorgetretenen natürlichen Einteilung in Schießpräparate (Treibmittel) und unmittelbar zerstörend wirkende Sprengmittel entsprechend, der eine von ihnen – »Die rauchschwachen Pulver« betitelt und im Herbst d. J. erscheinend – die erstgenannte, der andere die zweite Gruppe von Explosivstoffen in ihrer geschichtlichen Entwicklung verfolgen.*

Endlich fühlt Pirmin auch die erhoffte Erleichterung in seinem Bauch, endlich sind seine Därme in Bewegung geraten, endlich wird der Druck von ihm genommen, der ihn den Kasernenhof fast im Stechschritt durchqueren ließ.

Endlich.

Unser Pirmin vergißt die Zeit, die Welt versinkt um ihn, er hat sich an den süßlichen Gestank gewöhnt, das Fliegensumm erinnert ihn vielleicht an einen der heimatlichen Wiesheustädel, in denen die alten Huinzen aufbewahrt werden und die genügend Schutz für eine donnernde Entdeckung bieten: daß es zweierlei Menschlein gibt auf Erden. Denn wie jeder von uns, so hat auch Pirmin seine ersten Erfahrungen mit dem, was Röcke trägt, in einem windschiefen Wiesheustadel gemacht. Wo sonst?

Aber nicht Röcke und Zöpfe sind Pirmins Begehr, sein Begehr sind die Deckel, die einer von den kochenden Töpfen nehmen kann, in denen es brodelt und sprudelt, seine Sehnsucht sind Zündplättchen und Pulverdampf, seine große Liebe ist die dicke Berta. Was er hier auf der Latrine alles erfährt, indes ein Gewitter aufzuziehen scheint, es wird schon ganz dunkel: daß der Gebrauch des Feuers für Kampfzwecke uralt ist und kaum viel jünger als der Gebrauch des Feuers überhaupt. *Die vorzüglichsten Brand-*

mittel des Mineralreiches, das Erdöl, die Erdharze und der Schwefel, verlassen an vielen Orten bereits brennend das Erdinnere und konnten schon aus diesem Grunde nicht lange unbekannt bleiben. Die künstliche Zusammensetzung von Brandsätzen aber und die Herstellung besonderer Werkzeuge zur kriegerischen Anwendung des Feuers scheint erst in einer geschichtlich nicht ganz unbestimmbaren Zeit begonnen zu haben.

Schon mischt sich die Kalebasse ein, schon macht sie sich bemerkbar, schon muß sie mit ihrem Bildungsgeprotze aufwarten: *Homer kennt noch keine Feuerwerkskunst,* behauptet sie. Sie wisse derlei verbindlich, zumal sie es gewesen sei, die ihm die Hand geführt habe. *Als Hektor bis zu den griechischen Schiffen vorgedrungen ist und sie in Brand zu setzen sucht, geschieht dies in einer Art, welcher der bei Sinnreichem mit Vorliebe verweilende Dichter keine weitere Schilderung widmet, also wohl nur durch aus den Feuern der Stadt herbeigeholte brennende Scheite, und so wenig ausgiebig ist das Verfahren, daß sich Trojas Geschick von froher Siegeshoffnung zum unvermeidlichen Verderben wendet, bevor zwei Schiffe verbrannt sind.*

Durchs kleine herzförmige Fenster sieht Pirmin die ersten Blitze zucken, und gleich darauf hört er den Donner rollen.

Das Gewitter ist jetzt ganz nah.

Im peloponnesischen Kriege hingegen kommen, ergänzt die Kalebasse ohne Gewitterfurcht Pirmins Lektüre, *besonders bei den Belagerungen von Plataiai* – und hier muß Pirmin zweimal lesen, weil er es sich nicht vorstellen kann, daß eine Stadt so heißt – *und Delion schon Feuerkünste zur Anwendung, die sich bis tief ins Mittelalter hinein erhalten haben.*

Da befreit eine neue Welle Pirmin vom Druck, der ihn schwitzen ließ und ihn mit Siebenmeilenstiefeln über den Exerzierplatz hetzte.

Für einen Augenblick verschwimmen die Buchstaben vor den Augen, weil alle Denk- und Muskelkraft dem Öffnen und Schließen des Pförtners gilt, doch dann liest Pirmin sogleich begierig weiter:

Die erste didaktische Darstellung des antiken Feuerwerkswesens gibt Ainaias »der Taktiker« und beschreibt einen Brandsatz aus Pech, Schwefel, Werg, Weihrauch und Kienspänen, der in Feuertöpfen zur Verwendung kommt, und empfiehlt, auf die Sturmdächer der Belagerer hölzerne Brandwerkzeuge zu werfen, welche so gestaltet sind, wie die mörserstößelartigen, mit denen man den Brotteig zu bearbeiten pflegt, also an den beiden Enden kugelförmig, in der Mitte dünner und cylindrisch; sie sollen aber noch größer (Hesiod beschreibt jene als drei Ellen lang, will die Kalebasse wissen), an den beiden Enden mit starken Eisenspitzen igelartig besetzt und an dem Mittelteil mit Brandmaterial umhüllt sein. Dieses Brandwerkzeug ist ebenso sinnreich wie einfach: da es an beiden Enden ungefähr gleich schwer war, mußte es immer waagrecht fallen, mit beiden Enden zugleich festhaften und den brennenden Mittelteil seiner ganzen Länge nach der Oberfläche des Sturmdaches nahebringen. Auch weiß Ainaias schon...

Doch weiter kann Pirmin nicht lesen.

Mitten im Satz wird er unterbrochen.

Das Gewitter unterbricht unseren Pirmin mitten in seiner Fortbildung: bei heruntergelassenen Hosenträgern.

Da schlägt nämlich etwas ein.

Es ist aber kein Blitz, der da einschlägt.

Denn das Gewitter ist natürlich der Krieg.

Der Krieg also ist es, der da einschlägt und unseren Pirmin an der Weiterbildung hindert, ihn einfach unterbricht und ihm vorenthält, was Ainaias auch schon weiß.

Es ist nämlich eine Granate, die da einschlägt wie ein Blitz.

Mitten in die Latrine trifft sie.

Als hätte einer das exakt berechnet.

Und die Granate reißt unseren Pirmin in Stücke.

Keines der Stückchen wird mehr erfahren, was Ainaias weiß, nur die Kalebasse weiß es und hat es aufbewahrt auf ihrer Haut, weil es wieder einmal eingeritzt ist in die tätowierte Weltenbrust mit der kalten Nadel:

Ainaias weiß nämlich nichts anderes, *als daß das Wasser Brennstoffe wie der von ihm empfohlene nicht netzt, daher auch nicht löscht, daß es sie vielmehr noch oft im brennenden Zustande weiterträgt und so den Brand vergrößert, daß dagegen der Essig sie angreift und löscht.*

Aber das interessiert unseren Pirmin schon nicht mehr. Nicht ein Fetzchen von ihm reizt solches Wissen noch. Und als die Kameraden den Schaden betrachten, als der Kommandant nach dem Sturm die Häupter seiner Lieben zählt, da hat nicht eines gefehlt außer dem von unserem Pirmin, von dem nicht ein Fetzchen geblieben ist: außer seinen Hosenträgern, Marke *Herkules*.

Nicht von ihm noch von der *Geschichte der Explosivstoffe.* Der Regimentskommandant wird es sich nicht nehmen lassen, den Vordruck an die Angehörigen persönlich zu unterzeichnen: *in treuer Erfüllung seiner Pflicht gefallen für Kaiser und Vaterland.*

Aber das ist so nicht wahr, wie ich ganz deutlich unter dem Vergrößerungsglas erkennen kann auf der Kalebasse. Pirmin sitzt auf der Latrine, als eine Granate einschlägt. Er hat die Hosen heruntergelassen, weil er sich von einem Druck befreien will, dem er nicht gewachsen ist.

Und keiner, weder im Regiment noch in unserer Sippe, traut sich die Frage zu stellen, ob es einen tragischeren Tod geben kann als den von unserem Pirmin.

Daheim freilich im Thulsernischen werden Lieder angestimmt, als die Nachricht eintrifft vom Heldentod: *Ich hatt' einen Kameraden* und *Gestern noch auf stolzen Rossen,* eine Messe wird gelesen und ein richtiger Leichenschmaus wird abgehalten mitten in der schlechten Zeit, obwohl es gar keine Leiche gibt, dafür aber Heimaterde im Sarg und ein Paar Hosenträger sowie die gemeinsame Überzeugung, auf der Heide blühe ein Blümelein. *Und das heißt Eeerika.* Und weil Sedanstag ist, wenn einer fällt für Kaiser und Vaterland, geht einer der Veteranen auf einen Hügel namens Hörnle, von dem aus später Hörnerschlittenrennen gestartet werden, zündet drei Böller, die hinrollen über das Thulserner Tal als Erinnerung an das Kriegsgewitter und einem mehr von uns den Schritt leicht machen sollen in die Ewigkeit, für Gott, Kaiser und Vaterland.

Viertes Buch

Dritter Drehbericht

Liebste Alfina,
was ist das: unser Oma ihr klein Häuschen? Abend für
Abend kehre ich von den Dreharbeiten zurück, verlange an
der Hotelreception meinen Schlüssel, gehe auf mein Zimmer und schaue zum Fenster hinaus. Es geschieht wie unter
Zwang. Wenn ich untertags während der Arbeit durch
Thulsern wie über einen Friedhof gehe, habe ich das Gefühl,
in einem Fotoalbum zu blättern. Plötzlich war alles wieder
lebendig, plötzlich ist nichts vergangen: ich fand die Enge
wieder, das Schwarze, die abgestandene Luft aus Schweiß
und feuchten Kleidern, die alte Beklommenheit war wieder
da: *eine Art schwüle Kälte*. Als gäbe ich Gräbern zu trinken.
Ich sah mich als Kind um Großmutters Haus toben, ich
spielte im Garten, ich roch das Gras, hörte die Vögel,
kletterte auf Bäume, zerrte die Katze am Schwanz. Der
Lärm von damals war in meinen Ohren, das Wetter, die
Jahreszeiten zogen durch mich hindurch. Dennoch geschah
nichts. Nur das Licht schien sich ein wenig zu verändern.
Wurde es braunstichig wie auf alten Fotografien? Zog es
sich zurück, verlosch es oder verschob es sich nur, däm-
merte ein Unwetter herauf, zogen Schneewolken über einen
Hochsommerhimmel? Alle Konturen kamen mir über-
scharf vor, aber die Laute waren gedämpft, als bewegte sich
die ganze Welt auf einem dicken Velour. Wie gestopft
kamen mir meine Schritte vor, wie in Zeitlupe vollzogen
sich meine Bewegungen. Über meinen Erinnerungen lag ein
satter Geruch, ein schwerer Duft wie an einem heißen
Sommerabend, wenn alles müde ist von der Hitze des Tages
und in lautloser Reglosigkeit wartet, daß es Nacht wird. Ich
schien Augenblicke zu durchleben, die mich das Atmen
vergessen ließen, dann wieder glaubte ich, an einem mor-
schen Seil zu hängen über einem schlammigen schmierigen

Abgrund. Meine Haut roch nach altem Papier, nach toten Vögeln und stockfleckiger Wäsche. In kochender Luft saß ich, rührte mich nicht, starrte nur hinaus und sah nichts als unser Oma ihr klein Häuschen. Bisweilen glaubte ich, scharrende Schritte zu hören, als gingen Hühner über den Flur des Hotels. Was hing da für ein Wandteppich in meinem Zimmer? War es nicht jener abgewetzte und ausgebleichte Wandteppich über dem Diwan in der guten Stube meiner Großmutter? Zeigte er nicht zwei fette Gänse mit Katzenblick, die seit meiner Kindheit durch meine Träume zogen und mich oft und oft in einen Dschungel entführten, halb Paradies, halb Hölle, aus dem ich mich stets nur durch Erwachen befreien konnte? Traten die Teppichgänse nicht aus dem Stoff heraus, schnappten sie nicht schon nach mir? Waren die Augen nicht tigergelb und das Gefieder rötlich geflammt?

Damals setzte sich die fixe Idee in mir fest, wer so lebe wie ich, der lebe nicht lange, und was bei den anderen Übertreibung sei, das sei bei mir Natur. Wieder hörte ich den trockenen Klang aufschlagender Kinderbälle, wieder spielte ich das Spiel »Gebannt«, das ich nur deshalb so gerne spielte, weil mir dieses Wort so gefiel, wieder hatte ich die Vorstellung, sehr bald im Stehen zu sterben, das Gesicht an eine Fensterscheibe gelehnt. Wieder sah ich mich Mittag für Mittag von der Schule nach Hause kommen und darauf achten, ob nicht zum Zeichen, daß einer von uns gestorben war, eine schwarze Fahne aus einem Fenster wehte für mich, um mich rechtzeitig auf Trauer und Schmerz einstellen zu können. Warum nur glaubte ich immer wieder, unser Oma ihr klein Häuschen sei vom Tod belagert? Warum sah ich den Tod, wie er auf dem Hof spielte mit einer Fahrradfelge, die zu meinem Rad gehörte? Das Fahrrad gehörte zum Sonntag, wie die Papierdrachen, die Blasmusik auf dem Platz vor der Kirche, wie mein Körper, den ich auf dem Bett liegen sah, Knie und Knöchel,

Wade und Bauch, seine Größe in der Welt und meine gewisse Art zu lächeln.

Alles war mir damals möglich. Alles. Es gab keine Grenzen, und es gab nichts, was mich hätte hindern können, das Bild meines Widersachers in ein Froschmaul einzunähen.

War Troja schon gefallen?

War das Rad schon erfunden?

Wieviele Nachmittage habe ich zugebracht jenseits der Eisenbahnlinie zwischen steilen Gräsern und Hintergärten, zwischen Holzgestellen und Hasenställen, mit fahrenden Wolken überdeckt, die der Pfiff einer Lokomotive erhellte wie ein Blitz längst versunkene Kontinente: als gelte es, mir meine Zukunft anzuzeigen – eine goldene rauschende Zukunft, selbstverständlich?

Welches Land habe ich damals verlassen, welche Grenze mußte ich überschreiten?

Ehe ich jedoch zu sehr abschweife, erzähle ich lieber, um welche Grenzüberschreitungen es zuletzt bei uns auf dem Set gegangen ist.

Liebste Alfina, der Eintritt ins Schlaraffenland hat der MacDonnald Unltd. manches Kopfzerbrechen bereitet. Die Herren konnten sich nicht einigen, ob sich die Reisenden Richtung Cuccagna durch einen Berg aus Pflaumen oder Brei oder Buchweizen fressen sollten. Mußte ein Lethe-Fluß überschritten werden, mußten die Reisenden also vorher gestorben sein, wie ist das filmisch umsetzbar, galt es, sich durch Schweinedreck oder Rotz zu fressen, sollten nur Blinde und Stumme den Weg kennen, waren Schnee und Eis zu überwinden, war ein Pflaumenkuchenberg zu erklimmen oder eine Mauer aus Kandiszucker? Fragen über Fragen. Als die Fachleute endlich mich um Rat fragten, wurde die Sache nicht einfacher, zumal ich ohne Umschweife gestehen mußte, daß sämtliche Möglichkeiten auf Thulsern zuträfen. Die Stimmung wurde erst wieder besser, als der Erfolg des Schlaraffenlandspieles besprochen wurde, den die Werbeabteilung der MacDonnald Unltd. verzeichnen kann. Dabei handelt es sich um ein simples Würfelspiel, welches nach der Vorlage eines Bologneser Kupferstechers entwickelt wurde. Es stellt die gastronomischen und lukullischen Spezialitäten verschiedener Weltstädte vor. Das Siegerfeld in der Mitte zeigt einen Thulserner mit Spitzhütchen auf einem Kässpatzenberg thronend. In den Drehpausen findet dieses Spiel beim Aufnahmestab sowie in den Künstlergarderoben regen Zuspruch: Filmleute und Schauspieler lieben es, weil es ihren geistigen Ansprüchen entgegenkommt.

Ehe eine Entscheidung über den schlaraffischen Grenzübertritt fiel, hatte ich Zeit, mich ein wenig in Thulsern umzusehen. Ich lernte Leute kennen, die voll Stolz ihre Hakenkreuzfahnen über das Sofa hängen, die mit Dolchen, Büsten, Bildern, Uniformen und Ehrenzeichen einen schwunghaften Handel mit aller Welt treiben, die hinter Glasvitrinen Nazischätze aufbewahren, durch Alarmanlagen gesichert. Hunderte von NSDAP-Armbinden, Naziorden, Büchern und Stahlhelmen liegen bereit. Die Hinterlassenschaften von SA und SS und HJ und RAD, vom Spaten über die Nahkampfspange bis zur Ehrennadel bringen die Augen der alten Kämpfer zum Glänzen. Für einen SS-Dolch erhielt ein Thulserner fast tausend Mark. Auf Waffen- und Militaria-Auktionen erzielen die Posten »Drittes Reich« Höchstpreise. Die Lager liegen in Thulsern. Die »Große Urkunde für das Eichenlaub zum Ritterkreuz des EK« wechselt nicht unter zwanzigtausend Mark den Besitzer. Hitlers Federzeichnungen werden ebenso im Thulsernischen aufbewahrt wie ein »Bettzeug aus dem persönlichen Besitz des Führers, weißes Leinen, mit durchbrochenem Rand, gesticktem Adler und Monogramm« oder Görings Haarbürste; Kompanien von Spielzeugsoldaten, paradierend oder beim Einsatz von Flammenwerfern, in Panzern, auf dem Krad, hinter dem Geschütz gewinnen unter ausgestopften Raubvögeln endlich die Entscheidungsschlachten des Zweiten Weltkrieges, halten die Erinnerung warm und geben ihre Erfahrungen an die Enkel weiter. Ein Thulserner Zahnarzt, der die Nationalzeitung im Wartezimmer auslegt, protzt im Behandlungszimmer mit einem Kranz gezogener Zähne an der Wand: Schmunzeln; wer nach der Herkunft fragt, bekommt zur Antwort: Die Kopfhaut einer Judenstirn ergibt 'nen prima Lampenschirm.

Schließlich einigte sich die Produktionsspitze von MacDonnald Unltd. auf eine amerikanische Variante des schlaraffischen Grenzübertrittes. Die Aufgabe des Ausstatters bestand darin, den mit Zucker und Schokolade bestreuten Reisberg zu bauen, durch den sich zwei Handwerksgesellen fressen. Sobald sie auf der anderen Seite herauskommen, blicken sie auf Nesselwang, ziehen weiter und kommen in Pfronten an ein Haus, das aus aufeinandergestapelten Nougatblöcken besteht. Das Dach besteht aus Pfannkuchen, die Straße zwischen Pfronten und Nesselwang aber wurde mit lauter Pommesbuden garniert. Die Szenen des Durchfressens mußten mehrmals und immer wieder gedreht werden, weil der Reisberg immer wieder umzufallen drohte.

Erst als die Reisbergszene endlich im Kasten war, konnte mit dem Dialog von Lust und Frust begonnen werden. Als Kulisse wählte man dafür Schloß Linderhof in der Nähe von Oberammergau, ehemaliger Zehntbesitz des Klosters Ettal. Während ihres Gespräches bewegen sich die beiden Schauspieler in Kostümen aus der Zeit des Sonnenkönigs vom Vestibül über die kleine Treppe ins westliche Gobelinzimmer, vorbei an Schäferszenen, von dort weiter ins Musikzimmer, verweilen zur Sorge des Kameramannes zu lange im Spiegelzimmer, ziehen von dort ins östliche Gobelinzimmer, bringen den großen Porzellanpfau ins Spiel. Nach einem Schnitt wird der Dialog im blauen Kabinett fortgesetzt. Anschließend lassen sich Lust und Frust im Speisezimmer am Tischleindeckdich nieder.

Abschied

*In diesem Kapitel nimmt Kosmas Abschied
vom Ewigen Umgang.*

Die Kalebasse dreht sich und läßt endlich Kosmas zu Wort
kommen:
Vielleicht sollte ich jetzt weggehen, ich könnte gehen, am
Ewigen Umgang kann ich nichts mehr tun, aber ich gehe
nicht, weil ich nicht von den Zahnrädern lassen kann und
nicht von den Transmissionsriemen, weil ich meiner Weltmaschine anhänge, obgleich ich weiß, daß ich gescheitert
bin, weil ich mir zu viel vorgenommen habe, weil ich immer
mehr gewollt habe, als möglich ist, das Geheimnis des
Ewigen Umgangs mag lösen wer will, ich werde es nicht
sein, es ist nichts mehr zu tun für mich, die Werkstatt ist in
Ordnung gebracht, die Scharniere sind geschmiert, das
Gerät ist gewartet, es steht ruhig, worauf warte ich noch,
warum gehe ich nicht, warum bin ich nicht längst gegangen,
im Angesicht meiner Maschine bin ich nur noch ihr Abwart, ich habe sie gebaut, ich habe sie erdacht, ich habe sie
erlitten, jetzt habe ich die Werkstatt sauber gemacht, als
wäre die Maschine bereit, die Welt zu empfangen, aber
selbstverständlich interessiert sich kein Mensch für meinen
Ewigen Umgang, wie sollte er auch, ist ja auch richtig so,
gerecht ist es, wie es ist, keine Veränderung mehr, ich bin
am Ende meiner Maschine angekommen, es ist ausgetüftelt
und zu Ende erfunden, was erfunden werden mußte, und
ich bin der Abwart meines Werks, könnte also gehen,
müßte nur zur Tür hinaus, vorbei an meiner Maschine,
vorbei am Ewigen Umgang, müßte ich zur Tür hinaus, die
schwere Eisentüre müßte ich öffnen, die ich all die Jahre
sorgfältig verschlossen hielt, auf daß keiner meine Kreise

störe und meine Zahnrädchen durcheinanderbringe, auf daß keiner die Unruhe herein und die Ruhe hinaustrage aus meiner Werkstatt, in der ich den Ewigen Umgang ersonnen habe, erdacht habe ich ihn, selber habe ich ihn mir erdacht, mit der nötigen Vorsicht müßte ich die Werkstattüre öffnen, mit dem Schlüssel, von dem es nur ein Exemplar gibt, und dieses Exemplar trage ich auf meiner Brust wie andere ein geweihtes Medaillon tragen, das die Muttergottes zeigt oder das Herz Jesu, das aussieht, als wäre es ein Herz mit Motor, so sieht es aus manchmal, die Türe wäre endlich offen und Luft strömte herein in meine Werkstatt, die bisher verschlossen war, luftdicht, der Ewige Umgang ließ sich nur darin ausdenken, sonst wäre es gar nicht gegangen, das ist eine Grundbedingung gewesen von Anfang an, wie das Arbeiten mit geölten Handschuhen, die ich ausziehen müßte, um die Türe zu öffnen, denn sonst glitte ich von der Klinke und wäre außerstande, diese überhaupt herunterzudrücken, wie es für das Öffnen jeder Türe nun einmal notwendig ist, warum gehe ich nicht, ich habe hier nichts mehr zu tun, nichts mehr verloren habe ich hier, weg von dieser Ruderbank, weg von dieser Galeere, an die ich mich gekettet habe aus Übermut und Erfindergeist, aus Hochmut und Stolz und Suche nach dem eisigen Abseits, ich sollte jetzt wirklich endlich die Werkstatt verlassen, die Maschine sollte sich selbst überlassen sein, ich sollte hinausgehen in die Luft, die ich gar nicht mehr kenne, fremd wird sie mir vorkommen, sobald ich den ersten Zug nehme, sehr fremd vielleicht, weil sie frei ist von Zahnrädern und Transmissionsriemen und Scharnieren und Gelenken und Zusammenhängen und Übersetzungen, eine fremde und eine frische Luft werde ich atmen, ich werde über den Platz gehen, werde die Meter zwischen Werkstatt und Wohnhaus hinter mich bringen, vielleicht sollte ich auch über die Wiese gehen Richtung Wald oder Richtung Kienberg, vielleicht Richtung Geröll oder Richtung Schlucht, so viele Richtungen wären möglich, wo der Mensch doch in Wirklichkeit immer nur eine einzige Richtung nehmen kann, ich begreife das gar nicht, wie das möglich ist, daß ich jetzt einfach gehen könnte, daß ich gehen sollte, die Tür öffnen und hinter mir schließen sollte, die Maschine mit sich allein lassen sollte, still, vereist, wäre die eine Richtung, laut und fröhlich und wie eine gemähte Wiese duftend vielleicht die andere, die Schritte auf dem Kiesweg, die Schritte auf dem Werkstattboden Richtung Kiesweg, dazwischen die Tür, die Klinke, die nur heruntergedrückt werden muß, und schon öffnete sich die Werkstattür, und die Welt käme herein wie auf Besuch, um die Maschine zu sehen, um den Ewigen Umgang zu bewundern, so sauber wäre der Werkstattboden, daß man von ihm essen könnte, wie geschleckt wäre er, was stehe ich hier noch herum und belästige am Ende gar die Maschine, was soll diese blödsinnige Hinstarrerei auf die Zahnräder, und was soll das Geglotze auf die Transmissionsriemen, was sollen diese schmierigen Finger, die über die Messinggriffe streichen, was hat der Putzlappen auf den Eisenstangen zu suchen, was will er, warum bewegt der Lappen ständig die Hand hin und her, warum kann er die Hand nicht loslassen, ich stehe hier nur noch so herum, ich sollte längst die Werkstatt verlassen haben, warum habe ich mich vor den Ewigen Umgang auf den geschleckten Fußboden gehockt, was soll diese affige Herumhockerei vor einer Maschine auf dem Werkstattboden, was hat mein Rücken davon, wenn er sich an den Ewigen Umgang lehnt, was sollen diese Schmeichelei und dieses alberne Geschmuse, hat das etwas zu bedeuten, worauf warte ich, weshalb wollen die Finger nicht lassen von dem Gefummel, warum gönnen sie sich keine Ruhe, was müssen sie ständig hin und her und hin und her und streicheln und kosen und schmeicheln und lutschen und lecken und tätscheln, und was müssen die Lippen brabbeln und was muß der Mund auf und zu gehen und Speichelfäden ziehen und küssen wollen, küssen wollen, auch das noch, warum muß das ein Mund, wenn er einen Ewigen Umgang vor sich hat, was zieht ihn denn so an, hat er einen Magneten im Fleisch und läßt sich einfach hinziehen, unwiderstehlich, ich habe hier doch nichts mehr zu tun als auf die Dunkelheit zu warten, auf die ich doch auch draußen auf dem Kiesweg warten könnte, auf die Dunkelheit des Gerölls oder auf die Helligkeit der Schlucht, es käme darauf an, welche Richtung ich einschlüge, wohin ich die Schritte lenkte, oder lenken die Schritte mich, weil sie Bleisohlen haben, die nicht von der Maschine lassen, die sich festschrauben vor dem Ewigen Umgang, die sich in den Werkstattboden krallen, der so geleckt ist, daß man die Suppe von ihm löffeln, warum ist die Werkstatt so hell, woher kommt das Licht, woher kommt all das Licht, kommt es vom Ewigen Umgang oder durchs Westfenster, vor dem der Fensterladen scheppert, weil der Wind dagegenschlägt und hereinwill, um die Maschine zu sehen, um den Ewigen Umgang und die Zahnrädchen, von denen eines ins andere greift, durcheinanderzubringen, draußen soll er bleiben, der Wind, draußen, ich will hier keinen haben, keiner soll meine Weltmaschine sehen dürfen, kein Wind und kein Licht und keine Luft, lieber ersticke ich, ich habe heute besonders gut geheizt, meinen Hemdkragen werde ich öffnen müssen, einen Knopf, den Kragenknopf, einen Knopf anstelle der Werkstattüre, aber ich könnte gehen, bestimmt ist die Sonne längst untergegangen und bestimmt wirft der Mond schon die Schatten der Bäume auf die Werkstatt, in der meine Maschine ruht, sie ruht, wie sie daliegt, wie sie da liegt und ruht und wartet, vielleicht wartet sie darauf, daß ich endlich meine Finger von ihr lasse, daß ich endlich meinen Rücken von ihr nehme, daß ich endlich aufstehe vom sauberen Werkstattboden, daß ich endlich den Lappen in die Ecke lege oder auf die Werkbank, daß ich endlich die Hände an der Hose abreibe und hinausgehe, einfach so, wie all die

Jahre vorher, die ich auch immer wieder hinausgegangen bin, aber jeden Tag bin ich wiedergekommen, Tag für Tag bin ich zurückgekehrt, nicht einen Tag habe ich meine Maschine im Stich gelassen, nicht eine Sekunde habe ich nachgelassen in meinem Eifer, nicht einen Lidschlag lang wollte ich aufhören mit dem Erfinden am Ewigen Umgang, meine Mahlzeiten habe ich hier eingenommen, geschlafen habe ich hier, neben der Maschine, die noch keiner gesehen hat, die auch keinen etwas angeht, weil sie etwas ist, das man nicht herzeigt, sondern in sich hat, für das man nur selbst einen Blick hat und das richtige Wort, das für die anderen gar nicht vorkommt, weil es nicht vorgesehen ist, weil es dafür auch gar kein Wort gibt, aber jetzt müßte ich schon die Lampe nehmen, um quer über den Hof auf dem Kiesweg auf das Wohnhaus zuzugehen, wo mich niemand erwartet, weil es außer mir und dem Ewigen Umgang nichts mehr gibt auf der Welt, vielleicht gibt es nicht einmal mehr das Wohnhaus, vielleicht habe ich mir das schon vor langer Zeit weggedacht, möglicherweise habe ich es zugunsten der Maschine wegerfunden, kann sein, daß ich das eine oder andere Teil aus dem Wohnhaus für die Maschine verwenden konnte, daß ich deshalb langsam Stück für Stück in die Maschine hineingebaut habe, um ihr eine schöne Wölbung zu geben wie im Keller, um ihr eine Südseite zu schenken, einen Balkon mit Blick ins Gebirge, um ihr ein, zwei Treppen für den Aufgang zu schenken oder sie mit einer gemütlichen Stube zu überraschen, mit einem Dachboden voll geheimnisvollem Gerümpel oder bloß mit einem Hoflicht, das ihr während der Nacht das Gefühl gibt, nicht allein zu sein auf der Welt, während ich schlafe, in Wirklichkeit aber nur so tue, als schliefe ich, weil ich die ganze Zeit weitererfinde, weil ich die ganze Zeit weitererfinden muß, weil nämlich mein Ziel der Ewige Umgang heißt, den ich erfinden werde, richtig erfinden, nicht bloß vorstellen oder sich einbilden oder auf ein Blatt zeichnen oder aus Sperrholz aussägen, warum gehe ich nicht, warum bloß können die Finger nicht vom Messing lassen, nicht von den Schaltern und nicht von den Schraubköpfen, als wäre dies Nahrung für sie, ich habe alles dabei, was ich zum Essen brauche, Erfinder brauchen nicht viel, wichtig ist, daß die Maschine satt wird, solange sie nicht satt ist, kann es auch der Erfinder nicht sein, wäre ich aber gegangen, so wäre ich bestimmt zum Essen hinüber ins Wohnhaus gegangen, dabei ist der Werkstattboden doch so sauber, ich habe ihn doch extra so sauber gefegt, daß ich von ihm schlecken könnte, wonach mich verlangt, mich und die Maschine, vielleicht sollte ich ihr noch einen Schluck geben, vielleicht verlangt sie noch nach einem Nachtisch, eine Kleinigkeit nur, feste Nahrung, flüssige Nahrung, ich könnte ihr beides bieten, je nach Lust und Laune, während draußen längst die Mondschatten um die Werkstatt schleichen und nur darauf warten, daß ich die Türe öffne und sie und damit die ganze Welt hereinlasse, bitte sehr, ich bitte darum, nur einzutreten, einer nach dem anderen, die Mondschatten zuerst, oder nein, halt, die Luft zuerst, dann die Mondschatten, bitte nicht drängeln, der Wind an dritter Stelle, wenn es denn sein muß gemeinsam mit den Mondschatten, meinetwegen, und nach und nach ein Stück Welt um das andere, immer schön der Reihe nach, die Unruhe gegen Ende und ganz zum Schluß Stolz und Zufriedenheit – oder wartet da noch jemand, warten da noch Unzufriedenheit und Enttäuschung oder Vergeblichkeit und keine Gnade, weit und breit keine Gnade, das sind die bösen Augenblicke, in denen sich solches entscheidet, denn solches entscheidet sich immer erst in der Dunkelheit, ganz egal, ob du dem Ende ruhig und gelassen zusiehst oder voll Aufregung, immer hängt es davon ab, ob du das Wünschen schon verlernt hast oder noch nicht, ob du ein guter Erfinder bist, der mit seiner Maschine zufrieden ist oder ob du eingesehen hast, längst eingesehen, daß der Ewige Umgang nicht gebaut werden kann, daß du ihn höchstens aufs Papier schmieren könntest oder aus Sperrholz aussägen oder zusammenleimen als Schwindel, als verstunkenen verlogenen gotteserbärmlich zusammengelogenen und erstunkenen und erlogenen und zusammengeleimten Schwindel, Einbildung alles, Einbildung, von der die Menschen sagen, daß sie die Leute krank mache, Einbildung, sagen sie, macht die Leut' krank, sie sagen das mit mildem Bedauern, das sie immer parat haben für jeden Erfinder, daß nichts daran zu ändern ist, jetzt, während die Mondschatten um die Werkstatt schleichen, heimlich die Kieselsteine zählen auf dem Weg, bis ich herauskomme, damit sie hineinschlüpfen können und meine Weltmaschine bestaunen, den Ewigen Umgang, blitzblank poliert und mattschwarz, wie es sich gehört für eine solche Erfindung, und wie wären sie plötzlich überrascht, wenn ich vor ihnen stünde, wenn ich ihnen in den Weg träte, den Mondschatten, der Luft und dem Wind und somit der ganzen Welt ganz einfach in den Weg träte und sie hinauswürfe, samt und sonders zur Tür hinauswürfe, das ganze Gesindel, denn ich bin gar nicht gegangen, ich habe meine Maschine nie verlassen, ich habe nur so getan, denn ich bin doch nicht dumm und lasse ausgerechnet jetzt meine Weltmaschine im Stich, ausgerechnet jetzt, da ich die Kerzen angezündet habe und froh bin, nicht gehen zu müssen.

Das Rauchfaß

Dieses Kapitel erzählt, was unserem Kosmas abgeht,
warum er aufbricht zu einer langen Fahrt
auf ausgetretenen Pfaden,
wie er sich fragt, ob er schon dort gewesen ist,
bevor er ankommt und wann die Reise ohne Wiederkehr
endgültig beendet ist.

Wie Murmeln stoßen die Kerne im Inneren der Kalebasse
aneinander, wenn sie sich dreht, meine geliebte Alfina, um
mir Kosmas' Abschied unter die Lupe zu schieben, so daß
mich fröstelt und ich den Samtkragen des schwarzen Man-
tels hochschlagen muß. Unser Kosmas fühlt sich verlassen
von der ganzen Welt: Jascha hat ihn verlassen und Drago
vor Zeiten, mit Rattenköpfen bekränzt, Flora, seine italienische Flora hat ihn verlassen im Kindbett mit Svea, die
gleichfalls verschwand, ebenso Regula, die den Schleier
nahm, Pirmin, der fiel für Kaiser und Vaterland, Benedikt,
der auswanderte und Kaspar, dem das Elternhaus zu
unordentlich war, zu wenig sauber und zu wenig fleißig.
Schließlich hat ihn der Ewige Umgang verlassen und mit
ihm das Glockenspiel: *So trolln wir uns ganz fromm und
sacht.* Kosmas sitzt eingeklemmt im Schraubstock seiner
Illusionen, zwischen Einsamkeit und einem raschen Ende,
das er auf sich zukommen sieht. Getrieben von der Hoffnung auf Vergebung, getrieben von dem Wunsch, ein Gelübde abzulegen, es im nächsten Leben besser zu machen,
getrieben vom Begehr, die wunderbare Heilung an sich zu
erfahren, ist er bereit, was er hat, in jedweden Klosterbrun-
nen zu werfen. Die Kalebasse sagt: *Wo Sünde ist, muß auch
Schuld sein, und wo Schuld ist, muß zuerst Reue sein, und
dann wird die Strafe für die Schuld erfolgen.* Kennt Kosmas

seine Schuld? Muß er deshalb eine Pilgerfahrt antreten als Eintritt ins Paradies? Oder geschieht alles nur, weil es die Kalebasse für unsere Sippe so beschlossen hat? Wohin treibt es Kosmas, welche Richtung schlägt er ein? Nach Compostela, das man mit Sternfeld übersetzen könnte, Richtung Finisterre, also ans Ende der Welt. In Santiago will er sich den Beichtzettel holen, nach Möglichkeit am fünfundzwanzigsten Juli: ... *hat dieses Heiligtum besucht, gebeichtet und die Lossprechung empfangen.* Aufs Holz des Heiligen Kreuzes will er klopfen können, die Nägel berühren und den Schwamm, der in Essig getaucht wurde von einem Hauptmann. Das Kreuzesholz will unser Kosmas küssen, ein Stück aus ihm herausbeißen und davontragen im Mund, um von seinen Visionen geheilt zu werden. Die Wunderkraft des Heiligen Prezipuzius will er preisen, der wiederauferstandenen Vorhaut von Christi Beschneidung. Zu den zwei Häuptern des Johannes des Täufers will er reisen, nach Konstantinopel und ins Französische. An einer Springprozession teilzunehmen ist er gewillt, fünf Schritte vor und zwei zurück zu einer Musik, die sich anhört wie ein Kinderlied: *Fuchs, du hast die Gans gestohlen.* Am fünfundzwanzigsten Februar will er in Eichstätt das Sankt-Walburg-Öl aus dem Schrein der Heiligen tropfen sehen, den Portiunkula-Ablaß will er erwerben und dabei sein, wenn die Pilger schreiend und tobend das Kirchenportal stürmen und einander tottrampeln vor lauter Ungeduld, den Camino will er gehen, die Milchstraße als das himmlische Abbild des heiligen Weges, von Vézelay über Roncesvalles und die Brücke von Puente la Reina, auch ist er bereit, sich als Leihpilger anmieten zu lassen, um für noch einen Sünder nach Santiago zu ziehen, der selbst krank ist, verhindert oder einfach nur zu faul, den mitgegebenen Talisman brächte er in Berührung mit der Reliquie des Heiligen, das Legat könnte ihm die Pilgerfahrt bezahlen, seinen Körper zu züchtigen ist unser Kosmas willens, sagt die Kalebasse und läßt ihn unter Psalmengesang sich selbst auspeitschen und mit jedem selbsterteilten Schlag auf den blutenden Rücken die gesammelten Sünden der verderbten Welt aufnehmen. Wer hat ihm das eingeredet, unserem Tüftler und Mächler, der von allen verlassen wurde, einschließlich seiner Weltmaschine? Wer hat ihm das eingehämmert, daß die Schuld durch das Sakrament der Buße verringert oder vergeben werden könne, die Sündenstrafe aber im Fege- oder im Höllenfeuer getilgt werden müsse? Wer hat es ihm eingefräst, daß der bewährteste Weg, den Ablaß zu erlangen und damit einen Nachlaß der Zeit im Fegefeuer, eine Pilgerfahrt sei? Schon hört er Stimmen. Schon hört er Jascha und Flora, Svea und Regula, Benedikt, Pirmin und Kaspar, schon hört er, wie all diese Stimmen von der einen übertönt werden, die da sagt: »*Jetzt* ist es Zeit, und *das* ist der wahre Tag der Erlösung, um alle Flecken der Sünde von deiner Seele zu waschen und dein kümmerliches Erdenleben für die ewige Herrlichkeit einzutauschen. Komm und brich auf, tue Buße ohne Zaudern, schieb von dir, was dich bekümmert und bedrückt.« Schon sieht sich unser Kosmas den unzähligen Gefahren des Weges ausgeliefert: dem Unwetter und den wilden Tieren, dem Hunger und dem Durst, der Krankheit und den Wegelagerern, den Scharlatanen und Versuchern. Kein Schutzbrief wird nützen, der aussagt, daß er reinen Herzens unterwegs ist, um Vergebung zu erlangen und von der Last seiner Hybris befreit zu werden. Schon ist unser Kosmas am Sinnieren: Liegt Jakobus wirklich im Schrein zu Santiago? Wurde der Leichnam wirklich gestohlen nach der Hinrichtung des Heiligen und in einem Schiff ohne Ruder und Segel in siebentägiger Fahrt nach Spanien gebracht, gezogen von einem Schwanenweibchen mit erhobenen Schwingen, erwartet von einem schwermütigen Ritter, dessen Pferd scheut beim Anblick des Heiligen, seinen Reiter in die Tiefe reißt, aus der er errettet wird, über und über mit Muscheln bedeckt? Schon sieht sich unser

Kosmas nach seiner Heimkehr stolz eine Jakobsmuschel in seinen Türsturz im Stadel schnitzen. Aber zugleich weiß er: das Wichtigste wird er auch dann nicht sagen können, weil er kein Wort dafür weiß. Er wird nur daliegen auf dem Rücken und in die Milchstraße starren können und es sagen wollen, immer wieder sagen wollen, wenn ihn der Weg wieder einmal eingeholt hat – und er wird es doch nicht sagen können. Gewiß: er wird die Jakobslitanei herschnurren und das Gelübde ablegen, aus der Ewigkeit herüber dafür zu sorgen, daß einer aus unserer Sippe eines Tages nach dem Jakobus benannt werden wird, zumal sich schon auffällig viele Jacopos gefunden hatten unter den Tüftlern am Perpetuum mobile. Der du eine in die Handfläche eines Büßers geschriebene Sünde vergeben hast, der du die Ketten des Frevels sprengen kannst, der du den Übertritt in die Ewigkeit erleichtern kannst.

Warum muß sich Kosmas einbilden, ein Hexer zu sein, ein Magier und Schwarzkünstler, einer von denen, die in den alten Bußbüchern aufscheinen? Warum muß Kosmas glauben, er habe gefrevelt und Gott versucht mit seiner Weltenmaschine und nun werde ihm mit der Einsamkeit kalt die Rechnung präsentiert? Warum muß er glauben, er habe dafür gerade zu stehen, wenn das Weltgericht hereinbricht und mit einem einzigen ekelhaften Rülpser aus dem tiefsten Inneren des Leibhaftigen das Licht des Reiches Christi ausgeblasen wird, warum muß die Kalebasse ausgerechnet an dieser Stelle Öl in die Flammen gießen und sagen: *Und ich sah einen Engel vom Himmel fahren, der hatte den Schlüssel zum Abgrund und eine große Kette an der Hand. Und er griff den Drachen, die alte Schlange, welche ist der Teufel und Satan und Gottseibeiuns und band ihn tausend Jahre. Und warf ihn in den Abgrund und verschloß ihn und versiegelte oben darauf, daß er nicht mehr verführen sollte die Heiden, bis daß vollendet würden tausend Jahre; und danach muß er los werden eine kleine Zeit. Und wenn die* tausend Jahre vollendet sind, wird der Satan loskommen aus seinem Gefängnis. Und er wird ausgehen zu verführen die Heiden an den vier Enden der Erde, den Gog und den Magog, sie zu versammeln zum Streit, welcher Zahl ist wie der Sand am Meer. Und ich sah die Toten, beide, groß und klein, stehen vor Gott; und Bücher wurden aufgetan, und ein anderes Buch wird aufgetan, welches ist das Buch des Lebens. Und die Toten werden gerichtet nach der Schrift in den Büchern, nach ihren Werken.

Was sind die Werke von unserem Kosmas?

Gehören dazu nicht der Ewige Umgang, Svea und Regula, das Glockenspiel, Pirmin und Benedikt, Kaspar und die Sorgen, die er Jascha und Flora machte?

Warum muß ausgerechnet unser Kosmas einer werden, der nur mehr danach trachtet, jene kostbare Glasphiole zu erwerben, in die der Klang der Glocken Salomonis eingefangen ist? Warum will er den zersägten Berg besteigen, Montserrat, der aussieht wie ein Schiff, wie eine Orgel oder eine uneinnehmbare Burg, geschaffen aus dem Zorn der Engel?

Die Kalebasse erzählt nichts von Kosmas' nächtlichem Erschrecken, nichts von den tiefeingegrabenen Spuren, nichts vom Widerhall der Schritte jener, die er verabschiedet hat. Dagegen berichtet sie, wie er sein Vorhaben dem Pfarrer meldet und wie dieser ihn beglückwünscht, nicht ohne die Geschichte von einem zu erzählen, der in Kastilien von den Heuschrecken bei lebendigem Leib aufgefressen worden sei. Kosmas kennt andere Heuschrecken. Er bittet um einen Geleitbrief, der eingraviert ist in die tätowierte Weltenbrust wie mit der kalten Nadel: *Ich, Korbinian Köberle, Pfarrer und Geistlicher Rat zu Thulsern, bestätige allen und jedem, der dieses Schriftstück einsieht, daß mein Pfarrkind Kosmas mit keiner kirchlichen Strafe und keiner Irrlehre oder Häresie behaftet ist, daß er die katholische, apostolische und römische Religion aufrichtig bekennt und aufgrund seines guten Rufes und der Ehrenhaftigkeit seines Namens allen empfohlen werden kann.* Die Unterschrift des Pfarrers wird rechtskräftig durch das Siegel der Polizeikommandantur sowie des Bürgermeisteramtes.

Schon denkt Kosmas über die Mauern nach, die er durchbrechen wird auf dem Weg und die ihn noch in sich selbst zurückhalten. Schon weiß er, daß der Heilige seine Ketten sprengen und seine Kerker öffnen wird. Schon sieht er sich vereint mit den Hinkenden, den Buckligen, den Kropfigen und Verschrammten. Auch er ist einer der Abstoßenden. Aber er will nicht aufgeben. Er will sich befreien von dem, was ihm an Gewichten anhängt. Er weiß, was die Kalebasse jedem von uns sagt: *Am Tage, da du sprichst: das genügt! bist du schon tot. Wer nicht weitergeht, tritt auf der Stelle.* Der Pfarrer rät unserem Kosmas, ein Testament zu machen. Kosmas aber befolgt diesen Rat nicht. Über seine Gründe schweigt die Kalebasse.

Hätte Kosmas seinerzeit ein Testament hinterlassen, wäre ich vielleicht heute als Unserallerkind nicht in der Lage, die Erbengemeinschaft auflösen zu müssen. Allerdings wäre dann vermutlich auch nicht die Kalebasse auf mich gekommen, so wenig wie der Samtkragenmantel oder das Vergrößerungsglas.

Kosmas macht kein Testament. Was er noch an Geld hat, reicht gerade, um sich für die Wallfahrt einzukleiden. Die Kalebasse zeigt ihn mit einem Paar schwerer Stiefel, einem hölzernen Wanderstab mit einem Haken am oberen Ende für die Kürbisflasche und einer Metallspitze am unteren Ende gegen böse Hunde und für den Weg über Stock und Stein, sie zeigt unseren Kosmas mit einem großen Schlapphut und mit einem Lederbeutel am Gürtel für den Reiseproviant, ein Messer, einen Trinkbecher, das Geld und den Schutzbrief, schließlich zeigt sie den weiten dunkelblauen Umhang. Damit geht er zum Pfarrer und bittet demütig und ergeben, Beutel und Stab zu segnen. Der Pfarrer sagt, was mir die Kalebasse wiederholt: *Empfang diesen Beutel als Zeichen deiner Pilgerschaft, damit du durch deine Buße dein Heil verdienst und an das Ziel deines Pilgergelübdes gelangest. Empfange diesen Stab; er verleihe dir, die Schlingen des bösen Feindes zu überwinden und das Ziel zu erreichen.* Schließlich hat Kosmas noch ein Almosen zu geben: dies ist der Augenblick, da er den Thulsernern sein Glockenspiel vermacht: *So trolln wir uns ganz fromm und sacht.* Angetrieben sollte es werden ohne fremde Hilfe, vom Ewigen Umgang nach einem gescheiterten Plan. Als Perpetuum mobile hat sich Kosmas den Totentanz gedacht, die Weltmaschine als Ewigen Umgang: ein Glockenspiel.

Kosmas kehrt dem Thulsernischen den Rücken, und jeder weiß, der ihn ziehen sieht: Wer so geht, der kommt nicht wieder.

Die Kalebasse dreht sich, läßt in ihrem Inneren die Kerne aneinander stoßen wie Murmeln und sagt: »Zwischen Morgen und Abend zieht sich der Weg dahin. Mal ist er erdig, mal felsig, mal mit Steinplatten befestigt, mal bedeckt mit verdorrten Blättern, mit Schlamm, Sand oder Schotter. Er klettert baumlose Hügel hinauf, schleicht träge auf der Sohle fruchtbarer Ebenen dahin oder schneidet ganze Landschaften in zwei Stücke. Die Pilgerpfade verlaufen, als wären sie sich selbst überlassen. Quellen und Lichtungen, Steinbrüche und Holzwege, Rodungen, Furten und Brücken folgen einander, der Weg selbst bleibt unvorhersehbar in seinem Lauf. Der Wanderer auf den Wegen Gottes pilgert von einer Reliquie zu einem Heiligtum nicht nur in gerader Linie, dies um so weniger, als er seine Zeit nicht zählt. Rings um die Schlösser, Abteien und befestigten Marktflecken flicht sich ein unentwirrbares Netz von Pfaden, ausgetrockneten Bachbetten, Durchgängen und Feldwegen; sie schmiegen sich an das Gelände an, benützen den Rand der Äcker und die Spuren uralter Gewohnheit. Manchmal ist der Straßenzustand so schlecht, daß sich bald die Auffas-

sung verbreitet, es sei ein frommes Werk, an seiner Ausbes-
serung mitzuhelfen. Wie oft das Zögern an einem Wegkno-
tenpunkt? Soll man einen Hirten suchen, der einem raten
kann? Sich nach der Sonne richten? Dem Bach folgen? Das
Gras, das Moos an den Bäumen zur Orientierung nehmen?
So lange warten, bis einen die Nacht einholt? Man muß
über achttausend Fuß hinauf- und ebenso viele wieder
hinuntersteigen. Tatsächlich ist dieser Berg so hoch, daß es
scheint, er berühre den Himmel; wer hinaufsteigt, könnte
meinen, den Himmel mit der Hand zu betasten. Zwischen
Morgen und Abend, über Erde oder Fels, Pflastersteine,
verdorrte Blätter, Schlamm, Sand oder Schotter läuft der
Weg. Ihn gilt es zuerst zu gehen.«
Kosmas atmet den Duft von Rosmarin und Lavendel,
tauscht sein Geld um, härtet seine Sohlen mit Kerzenruß,
Schnaps und Olivenöl, füllt seinen Kopf mit Wunder und
Legenden, von denen er unterwegs hört, lernt, faules Wasser zu trinken und über dem Feuer die Ungeziefer aus dem
Mantel zu schütteln. Auch lernt er Sätze aus dem Pilger-
buch: *Gangon dissila, schatuwa ne tu so gausa moissa*, das
heißt: *Gott vergönne euch einen schönen Abend, liebliche
Maid, kommt und schlaft mit mir.*
Kosmas lernt, die Muschelbrüder auseinanderzuhalten: die
Lehrlinge und die Meister, die Weinleser, die den Geldbeutel stiebitzen, die Beffleur, die beim Kartenspiel betrügen,
die Blanccoulon, die sich der Händler in den Gaststätten
annehmen, die Absender, die einen anderen ins Jenseits
befördern. Kosmas weiß, was die schwarz verschleierten
Schönen begehren, die in der Kirche unter den Augen der
Muttergottes ihre Reize zeigen, Kosmas hört eines Tages
einfach auf, die Friedhöfe zu zählen, an denen er vorbei-
kommt, er weiß dafür, in welchen Stadtmauern Nischen
eingelassen sind, in denen der zu spät kommende Wallfah-
rer immer noch Brot und Wasser finden kann, er kennt die
Unterschiede zwischen Hospiz und Strohhütte, Spital und

Armenhaus. Wenn er irgendwo in einer Kaschemme ein Mädchen mit Zöpfen sieht, wie sie aufträgt und bedient, sind seine Gedanken bei seiner Weißtännernen, die ein Luder wurde, weil keiner es mit ihrer Schönheit aufnehmen konnte. Mit Karl dem Großen steht er auf dem Gipfel eines Berges, errichtet ein Kreuz, entdeckt den Felsen, den Roland mit dreifachem Schwertstreich von oben bis unten spaltet. Die Legende vom abgehängten Gehenkten ist ihm ebenso vertraut wie der Brauch in Galizien, den Hühnern Wallfahrerbrot hinzuwerfen, weil sie anderes nicht fressen. Kosmas weiß, warum in einer Kathedrale Hahn und Henne zu sehen sind, was es bedeutet, wenn eine Schenke nur Strohbündel heraushängt, wie die Pilger in der Kathedrale zu Pamplona abgefüttert werden, gleichviel, ob es Gaukler sind, Bärenführer oder Scherenschleifer, Vagabunden oder Gescheiterte, die mit mehr Schulden beladen sind als mit Jakobsmuscheln. Er steckt in Triacastela einen Kalkstein in seinen Beutel, um ihn bis Castañeda zu tragen, und kurz vor dem Ziel unterzieht er sich in einem bestimmten Flüßchen der Hodenwäsche, um anschließend den Monte del Gozo mit den vier Steinsäulen zu erklimmen, welche hundert Tage Ablaß gewähren. Von dort sieht er schon die Türme von Santiago di Compostela. Schon hört er im Schiff der Kathedrale die Pilger reden, ohne die Stimme zu dämpfen, schon vernimmt er, wie sie sich in allen Sprachen rufen, wie sie in Zungen reden, essen, schlafen, in Ekstase geraten, weinen, beten, sich an die Brust schlagen, psalmodieren oder Handel treiben, *indes die Kinder um die Säulen herum einander nachjagen, die Kranken stöhnen, die Priester ganzen Gruppen die Beichte abnehmen, die Sterbenden sich auf das Hintreten vor Gottes Gericht vorbereiten, voller Erstaunen, sich hier zu befinden,* wie die Kalebasse feststellt.

Unser Kosmas wird Zeuge, wie sich die Chorherrn bezahlte Frauen in die Beichtstühle holen und wie sich das Jakobsfest feiern läßt: »Da wird irgendein fröhlicher Zecher als heiliger Jakobus verkleidet«, berichtet die Kalebasse, »mit Hut, Stab, Wasserflasche und muschelbesetztem Gewand. Die Flasche macht die Runde, und Gott weiß, wie oft während des Essens der Weinschlauch herumgeht. Nach dem Essen tanzen sie zum Tamburin zu Ehren des Festes einen wahren Hymnus des Fleisches; so feiern sie ihre Wallfahrt wie ein Bacchanal, tanzen, hüpfen und springen zu Ehren der mutmaßlichen Verdienste ihrer Reise nach Santiago und lehren schließlich die kredenzenden Mägde, wie man den Rosenkranz noch beten kann.«

Es ist schier nicht zu glauben: unser Kosmas unterwegs nach Santiago di Compostela. Die Kalebasse sagt: *Sein Name ist unter seine Schuhe geschrieben. Wie diese abgenutzt sind, so ist sein Name bald ausgelöscht.*

Kosmas auf dem Weg: immer wieder die armseligen Dörfer, die dunkel gekleideten Frauen, die durch die engen Gassen schlurfen, ockergelbe Farben, verschmutztes Kalkweiß, das Elend überall in öden Fensterhöhlen, die weiten Ebenen, karg und ausgedörrt, gegliedert von protzigen Städten mit hochmütigen Gesichtern, dann wieder die Steppe auch in den Herzen, ein Hund, der hinter einem dreintrottet, bis auch er aufgibt und umdreht, zögernd zuerst, dann aber endgültig, Dörfer voll Geschichten, Häuser voll Träume von einem glücklicheren Leben, staubiges Geschick, endlose Felder.

Unterwegs fürchtet Kosmas immer wieder Gefahr zu laufen, in die Vergangenheit zurückzukehren, die Gespenster nicht loszuwerden, die ihm anhängen wie die Ketten einem Sträfling, nie, niemals in der Kathedrale und in dem Licht anzukommen. Kosmas auf dem Weg: halb eingestürzte Fassaden, bröckelndes Mauerwerk, Fliegen und Krähen über den Feldern, blaßrosa Giebel verfallener Paläste, das Kastilien des Weizens, manchmal ein Dorf, das in der Jauche zu ersaufen scheint, Wege, Gesichter, Brunnenränder, schließlich in Galizien höhlenartige Häuser aus Dreck und Trostlosigkeit, zahnlose Greise und schöne Kindermünder, zarte, schöne Kindermünder, hohle Augen, niedere Stirnen.

Die Kalebasse sagt: *Der Mann, der seine Schuhe schneller auszieht als sein Schatten, das ist unser Kosmas.* Und sie sagt: *Es ist gut, seinem Hang zu folgen, sofern er steigt.* Kosmas indes fragt sich: Bin ich schon dort gewesen, ehe ich ankomme? Habe ich die Möglichkeit, als ein anderer zurückzukehren?

Seine quälende Angst vor der Verdammnis, weil er gefrevelt hat mit dem Ewigen Umgang.

Sein Vorhaben: *die straß zu sant Jacob in warheyt gantz erfaren*, wie ihm ein altes Pilgerbüchlein verspricht.

Endlich der Anblick der Kathedrale: diese selbstherrliche und steingewordene Hoffnung gegen die Finsternis, die doch lichtlos ist, düster und schwarz vom ewigen Gebet.

Kosmas stellt sich die Krüppel vor, wie sie zum Te Deum, wenn das Rauchfaß durch das Kirchenschiff schwingt, gehalten von sieben weißgekleideten Mönchen, die Krükken schwenken, wie die Kröpfe abfallen, wie die Wunden heilen und die Augen wieder leuchten, wie die Ohren aufgehen und zu glühen beginnen, wie das Elend abblättert wie ein getrockneter Fladen. Wie viele sind auf dem längsten Weg ihres Lebens einfach weggestorben?

Ein abgegriffenes Stück Stein ist das Ziel: einmal die Finger in jene Vertiefung an der matt glänzenden Säule zu senken, in welcher der Händedruck Jesu zurückgeblieben sein soll, als er, der Legende zufolge, die Kirche gedreht haben soll um hundertachtzig Grad! Einmal an der Rückseite des Altares stehen und die Treppe besteigen, um den Heiligen von hinten zu umarmen, ihm seinen Mantel umzulegen und seinen Hut aufzusetzen. Einmal im Angesicht der Muttergottes mit dem großen Messer im Herzen den goldenen Hahn dreimal krähen hören, sehen, wie der weiße Ritter den schwarzen Ritter vom Pferd sticht, wie die Kinder um

den Hollerbusch tanzen und der Knochenmann Stundenglas und Hippe schwenkt.

Das schließlich ist die Verheißung: das leere Grab zu füllen,
auf das unser Kosmas zugewandert ist.

Noch einmal fragt er: Bin ich schon dort gewesen, bevor ich
ankomme?

Noch einmal antwortet die Kalebasse: *Eine Reise ist erst
dann zu Ende, wenn man sie dreimal gemacht hat: einmal
vor dem Aufbruch, einmal auf dem Weg und einmal bei der
Rückkehr.* Hört Kosmas noch hin, sieht er noch einmal all
die dunklen Traurigkeiten in den Gesichtern, denen er
begegnen mußte, ehe er sich hinlegen konnte zum Sterben,
um Abschied zu nehmen: Abschied von Jascha und ihrem
Zopf, Abschied von Regula, die den Schleier nahm, Abschied von Pirmin, der fiel für Kaiser und Vaterland, Abschied von Benedikt, dem Thulsern zu eng wurde auf die
Dauer, Abschied von Drago und dem Kranz toter Ratten-
köpfe, Abschied von der italienischen Flora, die Schatten
riß und im Kindbett blieb, Abschied von seiner Weißtännernen, Abschied von Svea, die ein Luder wurde, Abschied
schließlich vom Ewigen Umgang und vom Glockenspiel: *So
trolln wir uns ganz fromm und sacht?*

Hört Kosmas noch hin? Ich weiß es nicht. Ich kann es nicht
erkennen, denn schon läßt die Kalebasse zusammen mit den
sieben weißgekleideten Mönchen an sieben Tauen das
Rauchfaß nieder im Kirchenschiff, schon setzen sie es gemeinsam in Gang, lassen es schwingen, immer gewaltiger
greift das Pendel, immer dichter werden die Weihrauch-
schwaden, als drohten sie, alle zu ersticken, die unter dem
schwingenden Rauchfaß im Kirchenschiff der Kathedrale
zu Santiago di Compostela längst eingestimmt haben in das
brausende Te Deum, aus dem ich Kosmas' Stimme nicht
mehr heraushören kann.

Fünftes Buch

Vierter Drehbericht

Liebste Alfina,
Beunruhigendes tut sich in meiner Umgebung, ich will es dir
nicht vorenthalten. Da ist ein Buch herausgekommen:
Pfrontar Spinnar und Originale. Erschienen im Verlag für
Heimatpflege Kempten im Heimatbund Allgäu e.V. Es
enthält allerlei Kurioses und Originelles, auch solches, was
dafür gehalten wird, beispielsweise Mundartgedichte, wie
sie jetzt im Schwange sind landauf landab, Lebensläufe und
viel Gutgemeintes. Auf Seite 104 allerdings enthält es Be-
merkenswertes. Vier Fotos sind abgedruckt. Das erste Foto
zeigt eine Schi-Hex in voller Aktion, das zweite Foto zeigt
Xaver Babel und Josef Bendl, die sich für die Fasnacht als
Popl Bua und Popl Fany verkleidet haben. Das dritte Foto
zeigt Josef Filleböck und Alois Eberle, die sich als Popl Fany
und Popl Bua verkleidet haben. Das vierte und größte Foto
schließlich zeigt die Popl Fanny, ein Weiblein mit Kopftuch
und Korb an der Hand. Daneben ist folgender Begleittext
gedruckt: *POPL FANY – FANNY POPPLER (Original).*
Was wäre die Herbstkirbe ohne Fanny gewesen? Wenn sie
mit dem kleinen Leiterwagen, dem Schirm und dem Korb
durch die Gassen zog, um ihre Bekannten aufzusuchen,
wollte niemand bei ihr in Ungnade fallen, denn das hätte
sich böse auf den guten Ruf des Betroffenen auswirken
können. Ein Lied davon konnten sowohl Café Fuchs als
auch Café Fackler singen. Sie war zeitlebens Gast in den
beiden weit über unsere Grenzen hinaus bekannten Häu-
sern. Sie hätte bestimmt des öfteren gedarbt, wenn sie nicht
von dort ihr Notwendigstes bekommen hätte. Leider mußte
sie, wie auch ihr Sohn, in der Kriegszeit durch politische
Einflußnahme ihr Leben lassen.
Liebste Alfina, der letzte Satz ist besonders bemerkenswert.
Wieder einmal wird die Hitlerei als das große Unheil darge-

213

stellt, welches wie ein Hagelschlag auch über den Höhenluftkurort Pfronten hereingebrochen ist. Da verschwindet eine Frau mit ihrem Kind und muß, wie sich der Schreiber so feinsinnig ausdrückt, *in der Kriegszeit durch politische Einflußnahme ihr Leben lassen.* Zwei Tote *durch politische Einflußnahme*, über die sich die Pfrontener kurze Zeit später in der Fasnacht lustig machen, verkleidet als Popl Fanny und Popl Bua. Wo sind sie geblieben? Was ist mit ihnen geschehen? Wer war da um seinen *guten Ruf* besorgt, wer hat dafür gesorgt, daß Popl Fany und Popl Bua *ihr Notwendigstes* bekamen? Verschwanden sie im KZ, fielen sie dem Euthanasieprogramm zum Opfer, wer von den Pfrontenern hat sie denunziert, wer abgeholt? Wie oft habe ich selbst ahnungslos in meiner Kindheit die Popl Fany nachgeäfft, einen Leiterwagen hinter mir herziehend, an den eine scheppernde Kette von Blechbüchsen gebunden war! Wie oft wurde ich dafür mit Beifall und Gelächter belohnt!

Keine Ahnung hatte ich von *politischer Einflußnahme* und von *Kriegszeit*, nichts wußte ich, weil mir keiner etwas erzählte. Ein Wort wie *Zusammenbruch* faszinierte mich, und aus den Geschichten meiner Umgebung schloß ich, daß der Krieg unter anderem dazu da war, hinaus in die Welt zu ziehen, fremde Länder kennenzulernen und gefährliche Schnäpse zu trinken: drei Schluck und du bist sofort blind! Im Jelänger-Jelieber der Sommernächte, als ich die tausend Stunden eines einzigen Tages zusammenzählte, sog ich den Duft auf von Tünche und Heu, von Tabak und Leder und Schweiß, ich ordnete die Welt im Rhythmus des Sense dengelnden Bauern, ich spielte mit Hobelspänen und hätte am liebsten im Sägemehl geschlafen. Ich lernte, wie Nägel riechen und alte Frauen, Margeritenwiesen und Karbolineum und im Schulhaus die Klassenzimmer nach den großen Ferien. Mit dem Lesen lernte ich das Schreiben: Schönschrift übte ich besonders gerne, jede Bruchrechnung, die

aufging ohne Rest, war ein Triumph. Buntstifte und Wachs-
malkreiden, Griffelschachtel und Pfannenfeder Cito-fein
zählten zu meinen Schätzen wie die Knöchelchen toter
Vögel oder der Schwanz einer Maus, der bei einer Mut-
probe abgebissen wurde. Ich glaubte an den Wunschzettel
zu Weihnachten und an die Allmacht der Feuerwehr.
Bald danach brütete ich stundenlang über Büchern und
hörte ungläubig meine Mutter behaupten, sie habe die
ganze Zeit, als sie mich trug, Buch um Buch gelesen. Dabei
wußte ich, daß kein Wort davon wahr war. Ich erinnere
mich jedoch an die luftigen Phantasiegebilde und die
Ströme bunter Bilder, in denen ich badete. Ich fand die
Quellen des Nils, entdeckte das Geheimnis des Dschungels,
durchmaß Wüsten und Urwälder, suchte Elfenbein, stieß
auf Gold. In traumverlorenen Ritterromanzen bewegte ich
mich so selbstverständlich wie in einem Unterseeboot, ich
bestieg den Eiffelturm wie den Nanga Parbat, überstand
das Erdbeben von San Francisco und befehligte sämtliche
Flotten der Erde.
Liebste Alfina, die Vorstellung von einem Wasser, das von
den Toten erweckt und ewige Jugend verleiht, hat die
Thulserner seit je beherrscht. Nicht umsonst gibt es besonders in dieser Region eine große Anzahl von Sanatorien,
Kurorten, Heilbädern und Gesundbrunnen. Seit Alexander
dem Großen ist das Wasser des Lebens ein gutes Geschäft,
denn der Jungbrunnen ist das wirksamste Mittel gegen
Alter und Tod. Die Thulserner berufen sich dabei so gerne
auf Herodot wie auf die Apokalypse oder den Teich Be-
thesda aus dem Johannes-Evangelium. Es fiel schwer, uns
bei der großen Auswahl von Bad Wörishofen bis Bad
Faulenbach oder Jodbad-Sulzbrunn für einen bestimmten
Drehort zu entscheiden. Schließlich setzte sich der Vorschlag durch, auch den Jungbrunnen in Thulsern zu drehen:
am Flosche, einem Tümpel unterhalb des früheren Pfarrhofes, auch Pfarrers Loch genannt. Hier entstand der erste Teil

dieser Sequenz, der nach Vorlagen aus Boschs Gemälde *Garten der Lüste* gestellt wurde. Dabei kümmerte uns kleinlicher Forscherstreit wenig: deuteten die einen das Triptychon als Darstellung des Trieblebens, so war es den anderen eine Warnung vor der Libertinage. Gleichviel ob Andachtstafel einer freigeistigen Sekte, falsches Paradies, Verfall, Verderbtheit oder Apotheose der freien Liebe: Die McDonnald Unltd. legte Wert auf Boschfarben und Bosch-licht und achtete streng auf die Einhaltung der Choreogra-phie des Umrittes im Mittelteil. Auch die nach Bosch ausge-stattete Reiterprozession um den Flosche verzichtete nicht auf Hirsche, Geparden, Fische und Schweine, auch hier saßen Nackte auf Rössern, einer auf einem Einhorn, auf Rindern, Bären und Kamelen, auf Stieren mit übergroßen Hoden, auch in unserem Film gab es entsprungene Nonnen mit halbgeschorenen Köpfen, die Sau mit Äbtissinnen-haube, das auf einer Kirsche balancierende Vogelpaar, es gab eine Negerin mit einem Pfau als Kopfschmuck, eine Gruppe von Nackten, die eilends in ein Riesenei zurück-kriecht, verschiedene, jeweils bis zu den Knien im Wasser stehende Gruppen von nackten Frauen, die einen mit Ra-ben, die anderen mit Störchen auf dem Haupt, auch bei uns schwamm in der Mitte des Teiches eine gläserne Halbkugel, auch bei uns hockte ein Trommler in einer Trommel, die von einem Dämon geschlagen wurde.

Die zweite Jungbrunnensequenz wurde am Dorfer Weiher gedreht. Der Ausstatter ließ sich von Lukas Cranach und seiner Jungbrunnendarstellung ebenso beeinflussen wie von einem Stich des Hans Sebald Beham, einem Holzschnitt zu Thomas Murners *Ein andechtig geistliche Badenfahrt* und dem Fresko im Castello di Manta bei Cuneo. Überdies studierte er neueste Dissertationsliteratur aus Zürich sowie diverse volkskundliche Abhandlungen, die alle gleich lang-weilig waren. Die Szene am Weiher wurde eröffnet mit einem Einzug durch ein Tor des Müßigganges, neben dem

Kutschen für Rundfahrten bereit stehen. Am Wegkreuz zur Lach- oder zur Wonnequelle wurde ein Herold postiert, der immer wieder folgende Worte wiederholte:

Welcher ein altes weybe hat,
der schick sie auch mit in das Bad,
sie badet kaum drey tage:
so wird darauß ein junges Dirnlein,
ungefehr bey achtzehen jaren.

Der Akt der Taufe wurde an einem runden Brunnen mit glatt poliertem Marmorstein vollzogen. Warmes und kaltes Wasser aus zwölf Röhren floß in ihn. Ringsherum herrschte mächtiges Gedränge unter Männlein und Weiblein aller Nationen und Hautfarben. Mönche waren darunter, Priester, Ritter, Landsknechte und Bürger, Bauern, Handwerker und Fahrende. Straßen und Wege waren verstopft mit Karren, Sänften, Schlitten und Mistwägen, auf denen vorzugsweise alte Frauen herbeitransportiert wurden. Manche brachten ihre Alte auch auf dem Rücken. Hierbei ließ man sich von Sindbads fünfter Reise und einem anderen klassischen Vorbild inspirieren. Die Alten waren besonders sorgfältig ausgesucht und teilweise nicht einmal geschminkt: häßliche runzlige Gesichter mit Zahnlücken, kahlen Schädeln, die Haut voller Krätze, mit zittrigen Bewegungen und erloschenen Augen, gebückt und krumm kamen sie daher. Von allen Seiten hörte man sie husten und ächzen, räuspern, stöhnen und spucken. Oft tropfte Speichel aus ihren Mäulern und zog lange Fäden. Zwölf Mann hievten die nackten Alten mit ihren Hutzeln zwischen den Beinen in den Brunnen. Auch Hans Sachs war unter ihnen zu erkennen. Nach kurzer Zeit aber sprangen sie leichtfüßig heraus und waren im Alter von achtzehn bis zwanzig Jahren: sie warfen das Alter von sich *wie ein Käfer abstreift seine Raupenhüll*, um es mit dem Drehbuch zu sagen.

Die wieder jungen Mädchen hatten die Farbe weißer Seerosen und sagten, wie Kirschen und Erdbeertorten: nimm mich, iß mich. Sie verstehen sich als Leckerbissen. Die Frauen gebären tanzend und musizierend, die Kinder kommen sprechend und gehend und vor allem essend zur Welt, indes sich ihre Väter nach Lust und Laune unter den anderen Frauen und Mädchen umtun. Da auf den bildlichen Darstellungen des Schlaraffenlandes die erotische Freizügigkeit eher zurückhaltend behandelt wird, beschloß die MacDonnald Unltd. nach einer genauen Marktanalyse, auf diesem Gebiet im Film etwas zuzulegen. Selbstverständlich nahmen auch Frauen sich ihr Teil, getreu dem schlaraffischen Satz: *So tut eines dem anderen viel Gutes.* Schließlich wollte die Produktionsleitung nicht auf diverse Klosterszenen verzichten. Streng nach literarischem Vorbild hatte der Ausstatter deshalb fliegende Mönche zu ermöglichen: »Als der Abt nun erblickt, daß die Mönche von ihm fliehn, nimmt er ein Mädchen von der Straße, ihr weißes Hinterteil kehrt er nach oben und schlägt die Trommel mit den Händen, damit die Mönche wieder landen. Als seine Mönche dies erblicken, zur Magd hinunter schnell sie fliegen, gehn um das Mädchen ganz herum und streicheln alle den weißen Hintern; und dann, nach ihren Anstrengungen, gehn sie sanftmütig heim zum Trinken, und gehn zu ihrem Essen, eine sehr schöne Prozession.« Die Nonnen des nahe gelegenen Klosters an einem Fluß voll süßer Milch und viel Seide ringsum nehmen gerne ein Bad. Die Regieanweisung der alten Vorlage führt dazu aus: »Die jungen Mönche, die das sehen, machen sich auf und fliegen los und kommen zu den Nonnen bald. Und jeder Mönch nimmt sich eine, trägt eilig seine Beute weg zu der grauen Abtei. Und sie lehren die Nonnen ein Gebet mit Freudensprüngen auf und nieder.« Hierfür boten sich zahlreiche Komparsen an. Als wir jedoch eine Gruppe von Nonnen unter Führung einer überaus attraktiven Oberin auf dem Weg zur Mariengrotte unterhalb von Schloß Falkenstein führen wollten, wo im Winter 1887/88 eine gewisse Theres eine Muttergotteserscheinung im Traum hatte, welche einen besonders sensiblen Geistlichen namens Josef Stach dazu veranlaßte, eine Lourdesdarstellung in Auftrag zu geben, deren Einweihung er aber nicht erlebte, weil er an jenem Tag vom Aggenstein stürzte, an dem die Statue im Ort eintraf, wurden wir abermals an den Dreharbeiten gehindert.

Eine große Anzahl ehemaliger Spielhahnjäger feierte einen Gedenkgottesdienst, bei dem auch die markigen Worte eines Feldpredigers nicht fehlen durften. Nach ihrer Absegnung begaben sich die alten Kämpfer zu einer Gulaschkanone, die von den in der Nähe stationierten Gebirgsjägern aufgestellt worden war. So bleibt hierzulande die altbewährte Suppe am Dampfen.

Kaspar

*Dieses Kapitel erzählt, warum unser Kaspar
eine Uhr braucht, wie ein Fahrplan entsteht,
was einem durch den Kopf gehen kann
zwischen Thulsern und Paris,
warum eine Alpe verwüstet wird,
wie es zu unserer Oma ihrem kleinen Häuschen kommt
und welcher altbekannte Spruch
einen Heimkehrer einholen kann.*

Mit dieser Umdrehung, meine geliebte Alfina, schiebt mir
die Kalebasse Kaspar unter das Vergrößerungsglas, und die
Kerne treffen aufeinander wie Murmeln. Kaspar ist der
Sohn von Kosmas und der italienischen Flora. Seine Geschwister heißen Regula, aber die nahm den Schleier, heißen Pirmin, aber der fiel für Kaiser und Vaterland, heißen
Benedikt, aber der wanderte aus und ward nicht mehr
gesehen, heißen Svea, aber die wurde bekanntlich ein Luder. Mit Kaspar kommt das Sparen in unsere Sippe, und mit
dem Sparen kommt die Verachtung. Die Kalebasse sagt:
Kaspar hat sie von Anfang an alle verachtet: Kosmas,
seinen eigenen Vater, hat er verachtet wegen des Ewigen
Umgangs und des Glockenspiels, *So trolln wir uns ganz
fromm und sacht,* Flora, seine eigene Mutter, hat Kaspar
verachtet wegen des Schattenreißens und des Scheren-
schneidens, Regula, seine eigene Schwester, hat Kaspar
verachtet, weil sie ihre Erbschaft nicht teilen wollte, sondern statt dessen es der Mutter Maria gleichtat und gen
Himmel fuhr oder wer weiß wohin, Benedikt, seinen eigenen Bruder, verachtete Kaspar, weil ihm Thulsern zu eng
wurde über kurz oder lang, Svea, seine eigene schöne
Schwester, verachtete Kaspar, weil sie ein Luder wurde,

Jascha aber, unser aller Mutter, verachtete Kaspar wegen ihres Zopfes, an dem man hätte ein halbes Regiment aufhängen können. Kaspar führt Neuerungen in unsere Sippe ein. Die Neuerungen haben die Namen Ordnung, Fleiß und Sparsamkeit. Die Kalebasse sagt: Kaspar ist unser aller erster Spießer. Sein Leben verläuft zwischen Hochzeit, Kindstaufe und Beerdigung. In der Kirche werden seine höchsten Wünsche befriedigt. In seiner armseligen Beschränktheit dient er nur einem Götzen: dem Eigennutz. Kaspar darf man sich vorstellen als einen scheinlebigen Kerl, der nicht weiß, daß er schon gestorben ist. Die Kalebasse spricht auch vom *umwandelnden Leichenbitterstock seines eigenen inneren ewigen Todes*. Dabei ist der Kaspar durchaus einer, der sich sehen lassen kann: ein stattlicher Kerl, dem man gesunde Rösser in seiner Remise zutraut, dessen Aufmachung alleweil propper ist und ordentlich, der etwas hermacht, dem Schutz und Schirm zuzutrauen sind. Er beginnt schon als Kind, sein Spielzeug der Größe nach zu ordnen. In der Schule fällt er nicht durch besondere Leistungen auf, sondern durch Fleiß und Strebsamkeit. Nur eine Lehre als Feinmechaniker kommt für ihn in Frage. Er verlegt sich auf die Reißzeugmacherei. Dort braucht man solche Geradeausdenker und Kantenfeiler. Kaspar legt ein ordentliches Meisterstück vor, bekommt eine Belobigung vom Meister. Einen seiner Stechzirkel will die Fabrik gar als Ausstellungsstück mit auf die Weltausstellung nach Paris nehmen. Da wechselt Kaspar den Beruf. Die Eisenbahn kommt ins Thulsernische und Kaspar weiß sofort: das ist seine Welt. Ohne Ordnung geht nichts bei der Bahn. Von nun an bestimmt der Fahrplan sein Leben. Bei der Streckeneinweihung lernt er in Nesselwang die Sattlerstochter Walburg kennen. Kaspar erkundigt sich nach Ruf und Mitgift, wird beim Störsattler wegen der Walburg vorstellig, hält um ihre Hand an und bekommt sie, bestellt das Aufgebot, heiratet, zeugt nach einjähriger Ehe Luis, läßt nach zwei

Jahren Baptist folgen und wieder nach zwei Jahren Firmian. Luis fällt als Mitglied eines Schneeschuhbataillons in der Nähe von Reval und schließt damit den Kreis, Baptist geht zur Bahn und wird fast wie sein Vater, Firmian aber wird der Herr der sieben Meere und bringt die Kalebasse übers große Wasser in unsere Sippe und mit ihr den Samtkragen- mantel sowie das Vergrößerungsglas. Die Walburg ist dem Kaspar eine brave Frau. Sie bringt die Söhne, wie es sich gehört, sie wäscht für andere Leute, wie ihr aufgetragen wird, sie summt gerne ihr Lieblingslied. Es heißt: *Fein sein, beinander bleibn.* Nie, daß die Walburg geklagt hätte über stockende Pedanterie, platte Behaglichkeit oder anmaßende Würde. Nie. Es wird schon seine Ordnung haben, wird sie vermutlich gesagt und auch gedacht haben. Der Kaspar aber geht zur Bahn, bringt es immerhin zum Reichsbahnas- sistenten, zu einer schmucken blauen Uniform mit goldenen Knöpfen, die an Fronleichnam besonders glänzen: genauso, wie wenn der Prinzregent auf Besuch wäre im Jagdschlöß- chen des Finanzrates Dr. Biesinger. Ab und zu kommt der Prinzregent ins Thulsernische, geht gern auf die Jagd, läßt sich am Abend ein Ständchen bringen von den Jägern und Treibern und seinen Thulserner Untertanen. Auch der Prinzregent hat ein Lieblingslied. Er hat es der Walburg abgelauscht, behauptet die Kalebasse, aber ich glaube ihr diesmal nicht. Es heißt: *Fein sein, beinander bleibn.* Kaspar sagt: Solange wir einen Prinzregenten haben, ist alles in Ordnung. Und Ordnung ist das halbe Leben. Ordnung muß sein. Wo kämen wir da hin bei der Bahn, wenn es keine Ordnung mehr gäb' und die Züge führen, grad wie's dem Lokführer paßt? Hätte er damals schon die Kalebasse gekannt, die sein Sohn Firmian eines schönen Tages mit- bringen wird aus Belém, dann hätte er gehört, was ihm die tätowierte Weltenbrust zugeflüstert, was ihm der be- schnitzte Medizinball ins Ohr gesungen hätte, wenn er wieder mit seinem Prinzregenten gekommen wäre und der

Ordnung, die bei der Eisenbahn sein muß: *Der Philister ist das Material der Monarchie und der Monarch ist immer nur der König der Philister.* Aber vermutlich hätte Kaspar so wenig darauf gehört wie jeder andere seines Schlages, der ohne geistige Bedürfnisse auskommt *in Folge des streng und knapp normalen Maßes seiner intellektuellen Kräfte.* Kaspar hätte vermutlich sogleich vom Gespenst der schlechten Zeiten gesprochen, das dann auch erschien anno Vierzehn-achtzehn. Zwar wird Kaspar eingezogen und trägt jetzt statt der Eisenbahneruniform den Rock des Kaisers, aber Kaspar kann weiterhin Dienst bei der Bahn tun. Er bleibt im Thulsernischen, achtet auf Ordnung, bringt es aber doch nicht zum Bahnhofsvorstand. Als der Krieg ausbricht, ist Luis gerade zehn Jahre alt, Baptist zählt acht und Firmian sechs Jahre. Man geht zum Fotografen. Das Bild zeigt eine dünne Frau, drei ordentlich gekleidete Knaben mit kahlge-schorenen Köpfen sowie Kaspar, wie er mächtig in der Mitte sitzt, mit Schnauzbart und in Uniform, als müßte er in zwei Stunden nach Verdun. Kaspar spricht, wenn er nicht von den schlechten Zeiten spricht, von der guten alten Zeit, da das Handwerk noch goldenen Boden hatte. Besonders liebt er die Sonntage, an denen es ihn auf die Flur zieht. Sonntage sind für Kaspar fast wie Weihnachten. Mir aber sagt die Kalebasse, während sie eine Sonntagsszene unter mein Vergrößerungsglas rückt: *Der Sonntag ist so etwas wie eine höfliche Drohung. An Sonntagen sehen Familien aus, als hätte man sie auf dem Friedhof zusammengeklaut. Die Familie ist eine Bombe mit roten Schleifchen. An Weihnachten nehmen wir uns zusammen. An Weihnachten gelingt uns nahezu alles. Die Kinder werden kurzerhand wieder Kinder. Vater fühlt sich als Großvater. Draußen ist es dunkel.*

An einem Sonntag beschließt Kaspar, zur Eisenbahn zu gehen.

An einem Sonntag hält er um die Hand von Walburg an.

An einem Sonntag vollzieht Kaspar, was man Ehe nennt.

An einem Sonntag packt Kaspar sein Bündel und macht sich auf den Weg: er geht nach Paris. Zu Fuß. Von Thulsern nach Paris. Er will zur Weltausstellung, aber er will nicht seinen Stechzirkel bewundern, sondern er will eine Taschenuhr kaufen. Wer bei der Eisenbahn ist, sagt sich Kaspar, ist auf eine genau und zuverlässig gehende Uhr angewiesen. Eine Schweizeruhr soll es sein. Erworben auf der Weltausstellung zu Paris. Eine Anschaffung fürs Leben. Deshalb macht sich Kaspar zu Fuß auf nach Paris, wo auch das Urmeter sein soll: Triumph aller Ordnung! Denn Ordnung muß sein. Wo kämen wir da hin bei der Bahn, wenn es keine Ordnung mehr gäbe und der Fahrplan nicht mehr gälte! Kaspar ist stolz darauf, kein Handwerker mehr zu sein, sondern Bahnbeamter. Beamter: das ist schon etwas anderes als Mächler und Tüftler, als Auswanderer und Klosterfrau, als Glockenspieler und Luder, nun gut: Pirmin fiel für Kaiser und Vaterland. Aber Beamter: so weit hat es vor ihm noch keiner gebracht in der ganzen Sippe. Kaspar weiß: er ist der Höhepunkt. Vorerst! Vor ihm waren sie allesamt nur Spinner und Schattenreißer. Endlich kommt einer, der auf Ordnung hält, einer, der weiß, was sich gehört, einer, der ein ordentliches Schlafzimmer haben wird und eine gute Stube, einer endlich, der nicht mehr im Stadel hausen will oder in der armseligen Mächlerbude, in der die Weltmaschine steht, der Ewige Umgang, der sich doch nicht dreht.

Unterwegs nach Paris legt sich unser Kaspar den Fahrplan für sein Leben zurecht. Er fragt sich, was er braucht, und er beantwortet seine Fragen gewissenhaft.

Eine ordentliche Stellung.

Eine brave Frau.

Ein anständiges Hauswesen.

Tüchtige Söhne.

Ordnung, Fleiß und Sparsamkeit.

Sparsam muß sie sein, seine Zukünftige. Häuslichkeit geht ihm über alles. Kaspar nimmt wörtlich, was er in der Schule gelernt hat und heute noch aufsagen kann, weil es einen Sinn hat und wahr ist: *Der Mann muß hinaus ins feindliche Leben, muß wirken und streben und pflanzen und schaffen, erlisten, erraffen.* Das ist wahr: Er muß hinaus ins feindliche Leben, zu Fuß ins feindliche Frankreich, das geschlagen wurde anno Siebzigeinundsiebzig, er muß hinaus zur Weltausstellung nach Paris, aber nicht der Weiber wegen, ein Luder reicht in der Familie, sondern wegen der genauen Schweizeruhr, weil Ordnung sein muß und weil es auf Genauigkeit ankommt bei der Bahn. Er würde sich die Uhr schon erlisten, er würde wirken und streben, wie er es von klein auf gewohnt war, er würde ackern, er würde es schaffen, ein Kind zu zeugen, einen Baum zu pflanzen und ein Haus zu bauen. Ja, ein Haus mußte gebaut werden eines Tages. Das mußte er sich noch erraffen. *Und drinnen waltet die züchtige Hausfrau, die Mutter der Kinder, und reget ohn' Ende die fleißigen Hände,* Ordnung, Fleiß und Sparsamkeit, Häuslichkeit und ein einfaches, beschauliches Leben, denn die meisten Laster entspringen dem Mangel an Häuslichkeit, *und mehrt den Gewinn mit ordnendem Sinn, und füget zum Guten den Glanz und den Schimmer und ruhet nimmer.* Unterwegs nach Paris zur Weltausstellung überfällt unseren Kaspar die Erkenntnis, daß Bescheidenheit eine Zier sei und weit mehr dazu gehöre, im stillen Gutes zu tun alle Tage, als manchmal etwas Großes mit Geräusch. Er verachtet die Bettler, die Handwerksburschen und Vagabunden, auf die er unterwegs stößt. Herrgott ich danke dir, daß ich nicht bin wie die, sagt er mehr als einmal. Wie gut er es doch im Thulsernischen hat, wo die Gemeinde ein eigenes Siechen- und Armenhaus hat: jenseits des Flusses auf Hausnummer Vierunddreißig. Dem Gott, dem Kaspar dankt, dem dankt er, weil er in ihm einen Gott erkennt, welcher alle Menschen zur Arbeit erschaffen hat, weil es ein

Gott ist, der den Müßiggang verachtet, weil dieser Gott schon durch den Mund Salomons verkündet hat: *Wer seinen acker mit fleiß bawet/ der soll brots genug haben/ unnd wer muossig geet/ der soll mangeln*. Solchen Gott lobt Kaspar zu Fuß von Thulsern nach Paris zur Weltausstellung, wo er eine Schweizeruhr kaufen wird: eine Anschaffung fürs Leben. Nein, seinen Kindern wird er niemals den Müßiggang zulassen noch Überfluß oder Luxus und Tand. Nichts ist besser als Ordnung, wirre Regellosigkeit hat noch stets geschadet. Die Eisenbahn ist dafür das beste Beispiel. Eine gute Stube stellt sich Kaspar vor, ein Sofa mit einem gestickten Spruch darüber an der Wand:

*Ordnung draußen, Ordnung drinn
Rein die Red' und rein der Sinn*

Kaspar denkt nach darüber zwischen Thulsern und Paris, was es mit den Tugenden und Pflichten auf sich hat, welche der Bürger dem gesamten Staat schuldig ist, welche sich selbst gegenüber und welche der Allgemeinheit. Kaspar bedenkt Gerechtigkeit und Redlichkeit und sucht für jede Frage ein Beispiel aus dem Eisenbahnwesen. Auch die Eisenbahn darf sich nicht durch Verschwendung und Üppigkeit zu Grunde richten, auch die Eisenbahn muß an verschiedenen Klassen festhalten. Das ist auch ganz in Ordnung so. Die Eisenbahn gibt das beste Beispiel dafür, daß jeder mit seinem Vermögen wirtschaften muß. Wo käme man hin bei der Bahn, wenn jeder Eisenbahner ständigem Schlendrian und Müßiggang nachgäbe, wenn er Karten spielte, statt seine Pflicht zu tun.

Unterwegs fällt Kaspar auf, daß die Feiertage nicht von Gott, sondern von den Menschen geschaffen wurden. Aber die Bahn verkehrt jeden Tag, ohn Ansehen des Datums. Kaspar sagt: Arbeit wird allein durch Gewohnheit süß. Je seltener man sich dem Müßiggang ergibt, desto angenehmer bleibt einem das Schaffen, und er beschließt, keine Lieder mehr zu singen von Wein, Weib und so fort. Wie im

Bahnhof, so muß auch bei ihm zu Hause jedes Ding seinen Ort und seine Bestimmung haben. Und so oft etwas nicht an seinem Ort ist, sind Weib und Kinder anzuhalten, das Ding unverzüglich wieder an den rechten Fleck zu verbringen, so wie es der Bahnhofsvorstand von seinem Reichsbahnassistenten mit Fug und Recht verlangt. Ordnung muß sein. Niemals darf ein Eisenbahner in die Verlegenheit kommen, etwas an einem ungewissen Ort suchen zu müssen: zum Beispiel der Fahrdienstleiter die Kelle für das Signal freie Fahrt. Kommt ein Fehler öfter vor, so muß bestraft werden, wer ihn sich zu Schulden kommen läßt. Zur Ordnung gehört die Reinlichkeit. Welchen Eindruck würde es machen, wenn die Eisenbahner zerschlissen, verschlampt oder verdreckt daherkämen? Auch in seinem Haus wird Kaspar nichts Schlampiges dulden. Damit seine Kinder rechtzeitig an die Arbeit gewohnt werden, wird er ihnen einen Fahrplan entwerfen. Er wird ihnen stets so viel Arbeit aufgeben, wie sie bewältigen können. Ständig wird er ein Auge darauf haben, daß sie ihre Arbeit auch hintereinander weg verrichten, ohne sich alle Augenblick umzuschauen oder die Arbeit aus der Hand zu legen. Das beste Vergnügen an der Arbeit, will Kaspar seine Söhne lehren, ist das Fertigwerden. Eine Arbeit, die zu oft unterbrochen wird, kann kein Vergnügen machen. Um Sudelei und Pfuscherei zu verhindern, wird er jeden Abend eine Inspektion zu Hause vornehmen, denn was der Vorstand für den Bahnhof, das ist unser Kaspar für seinen Haus- und Ehestand. Er will nicht nur ein sparsames Weib, sondern auch eine sparsame Familie. Erstens: Vermeidung alles unnützen oder überflüssigen Aufwands. Zweitens: Jeder lerne, sich nach der Decke zu strecken. Wie bei der Eisenbahn, so wird auch Kaspar einen vernünftigen Überschlag dessen machen, was seine Familie in einer Woche, in einem Monat, in einem Jahr braucht und verbraucht. Arbeit macht das Leben süß, wird er sagen: sie hält von den Lastern fern und von den Versuchungen, sie hält gesund

und bringt Ehre und Ansehen. Immerhin wird er es bis zum Reichsbahnassistenten bringen. *Durch ordentliches Haushalten werden die Kammern voll köstlicher Reichtümer,* sagt schon Salomon, sagt sich Kaspar auf dem Weg zur Weltausstellung in Paris. Jung gewohnt, alt getan. Das soll für Fleiß gelten, für Ordnung und Sparsamkeit. Punktum. Er wird seine Familie jene Regeln lehren, die er in seiner Kinderzeit vermißt hat. Zu selten hat ihn Kosmas zur Arbeit angehalten, zu selten hat seine Mutter Flora ihm die strenge Hand gezeigt. Kaspar sagt: *Iß und trink mit Mäßigkeit! Wach und schlaf zur rechten Zeit! Reinlich sei in allen Sachen. Dies wird gesund und alt dich machen.* Einfache Regeln für einfache Sachverhalte. Wie bei der Eisenbahn. Spare in der Zeit, so hast du in der Not. Kaufe nicht, was du brauchst, sondern was du nicht entbehren kannst. Zum Beispiel eine Schweizeruhr. Was du selbst machst, brauchst du nicht zu verlohnen. Aus Pfennigen werden Groschen, und aus Groschen werden Taler. Ordnung und Pünktlichkeit sind Generaltugenden. Ohne die beiden fährt kein Zug. Deshalb wird Kaspar darauf achten, daß die Ordnungsliebe bei Weib und Kind bleibende Bestandteile ihres Charakters sind. Zwischen Thulsern und Paris beschließt Kaspar, zukünftig alles zur rechten Zeit zu tun. Und diese Zeit halten heißt, Ordnung halten. Was du heute kannst besorgen, das verschiebe nicht auf morgen. Kaspar beschließt, ein Büchlein mit solchen Weisheiten anzulegen, sobald er wieder zu Hause ist: dem Vorbild des Tagesjournals folgend, in das der Bahnhofsvorstand jede Ankunft und Abfahrt des Zuges mit Wagennummer und Verspätung eintragen muß. Kaspar beschließt, nicht nur ein guter Eisenbahner, sondern auch ein guter Hausvorstand zu werden. Er sagt: *Ein Guter schafft was Gutes gern und fraget nicht, ob Arbeit schändet. Dem trägen Hochmut bleibt er fern, sein Ruhm sind arbeitsfrohe Hände. Wer immer tun läßt, niemals tut, ist weder sich noch andern gut.* Kaspar beschließt, genügsam zu sein. Genügsam und zufrieden. Die Zufriedenheit ist eine Tugend und ein Glück. Aber die Feiertage! Die Feiertage gehen unserem Kaspar nicht aus dem Sinn zwischen Thulsern und Paris. Jetzt ist er schon kurz vor den Toren der Stadt, jetzt ist er schon knapp davor, auf der Weltausstellung endlich seine Schweizeruhr zu erwerben, die er braucht für einen ordentlichen Dienst bei der Bahn, da muß er noch eine Rechenaufgabe im Kopf lösen. Eine Aufgabe, die er sich selbst stellt. Es ist die Berechnung des Schadens, welchen die Feiertage verursachen: Die Kalebasse hat eingeritzt mit der kalten Nadel, was Kaspar inwendig spricht kurz vor den Toren von Paris: »Betrachte man einmal ein Land, das aus dreißigtausend Familien besteht. Rechnet man, daß in denselben niemand etwas verdient als der Hausvater, in jedem Haus aber nur ein erwachsenes Kind, Geselle oder Knecht halb so viel als der Hausvater, und die übrigen Hausgenossen alle nichts. Setze man den Verdienst des Hausvaters nur auf zwanzig Kreuzer, und den Verdienst des Kindes, Gesellen oder Knechts nur auf zehn Kreuzer, so beträgt ein einziger Feiertag bei uns einen Schaden von fünfzehntausend Gulden, welches für ein Land von einer so mittelmäßigen Größe gewiß beträchtlich ist. Wenigstens haben wir nun dreißig Feiertage mehr als die Protestanten, folglich haben wir da einen zuverlässigen Schaden von vierhundertfünfzigtausend Gulden. Rechne ferner, daß auch die Tage, welche keine Sonn- und Feiertage sind, durch unser Kirchengehen und dergleichen Übungen nur eine Stunde versäumt wird; rechne solcher Tage in einem Jahr nur zweihundertvierzig, so betragen solche Stunden, wenn man auf einen Tag zur Arbeit nur zwölf Stunden rechnet, bei jeder Familie zwanzig Tage, folglich nach jeder Berechnung einen Verlust von zehn Gulden. Multipliziere solches mit der Zahl der dreißigtausend Familien, so verliert das zum Beispiel genommene Land wieder dreimal hunderttausend Gulden.« So denkt ein Thulserner auf dem Weg zur Weltausstellung in Paris.

Unser Kaspar kauft seine Schweizeruhr. Von nun an weiß er, was die Glock' zeigt und das Stündlein geschlagen hat. *Von diesen eine ist deine.* Ohne daß er es will, geht ihm das Lied nicht mehr aus dem Sinn, das gespielt wird, wenn beim Thulserner Glockenspiel der weiße Ritter den schwarzen Ritter vom Pferd sticht, wenn die Kinder um den Holler-busch tanzen und der goldene Hahn dreimal kräht, wenn der Sensenmann sichtbar wird und mit ihm Stundenglas und Hippe, ehe die Glock' Zwölfe schlägt: *So trolln wir uns ganz fromm und sacht.*

Aber noch ist es nicht so weit. Nein. Es ist noch lange nicht so weit. Vorher muß noch um die Walburg angehalten, vorher muß noch geheiratet, vorher müssen noch Kinder gezeugt werden, drei an der Zahl und alles Söhne: Luis und Baptist und Firmian, welcher der Herr der sieben Meere wurde und die Kalebasse auf mich gebracht hat nebst dem Samtkragenmantel und dem Vergrößerungsglas, auf daß ich, Unserallerkind, den Stadel ausräume und die Erbenge-meinschaft auflöse, weil ich es am weitesten gebracht habe von unserer Sippe. Die Kalebasse zeigt Kaspar auf dem Heimweg von Paris Richtung Thulsern. Immer wieder muß der Mann, der das Urmeter gesehen hat, auf die Uhr schauen. Immer wieder will er wissen, was es geschlagen hat. Nicht genug kann er bekommen von all der geheimnis-vollen Ordnung, die nur so lange richtig geht, solange man sie immer wieder aufzieht und nicht nachläßt, auf ihr Ticken zu achten und sie vor jeder Erschütterung zu schüt-zen.

Zeitweilig ist der Kaspar mit einem Landsmann aus dem bayerischen Oberland zusammen, einem gewissen Florian Seidl, der gleichfalls auf der Walz war zur Weltausstellung, den es jetzt gleichfalls wieder heimwärts zieht. Der Florian Seidl ist einer, der über die Ordnung so denkt wie Kaspar, denn eines Nachts in einem Lager zwischen Elsaß und Lothringen erzählt der Seidl unserem Kaspar eine Geschichte, welche dieser nicht vergessen, sondern später einmal seinen Kindern und Kindeskindern erzählen will als Beispiel dafür, wohin es führt, wenn der Mensch sich gegen die Ordnung auflehnt im Luxus und zu freveln beginnt. Dir, meine geliebte Alfina, kann ich die Geschichte nur erzählen, weil die Kalebasse mitgeschrieben hat, als Florian Seidl meinem Großvater Kaspar erzählte, wie die Alpe verwüstet wurde:

»An der Grenze des bayerischen Oberlandes«, wird Florian Seidl zu meinem Großvater gesagt haben, »nicht weit vom Wendelstein, ragen die Kaiserer in die Höhe, zackiges, steiles Gefels, das den größten Teil des Jahres mit Schnee bedeckt ist. In alter Zeit sollen hier Almen gewesen sein, saftige grüne Wiesen mit großen Herden, so daß die Menschen die Fülle hatten an Milch, Butter und Käse. Wenn aber der Mensch im Überfluß hat«, wird der Seidl mit erhobenem Zeigefinger hinzugefügt haben, »dann wird er sorglos, übermütig und weiß nicht mehr, was er alles beginnen soll in seinem Stolz. Immer ausgelassener wurden die Bauern, immer toller trieben sie es. Zuletzt kamen sie so weit, daß sie die heilige Gabe verunehrten.« Seidl wird erzählt haben, wie die Bauern Kegelbahnen bauten aus Käslaiben, wie sie aus Butter Kegel formten und danach mit Kugeln schoben, die sie aus Brot buken. Angeblich juchzten sie dazu, sprangen und schrien vor Übermut. Übermut tut selten gut, wird Kaspar gesagt und Florian Seidl wird ihm zugestimmt haben, ehe er ergänzt haben wird: »Darüber ergrimmte der Himmel. Ein Gewitter zog auf, ganz schwarz standen die Wolken, türmten und türmten sich immer höher hinauf, verdeckten nun die Sonne schon und zogen näher und näher; finster wurde es, daß auch den Tollsten das Singen verging und das Herz bänglich schlug. Zu spät! Näher und näher rückten die Wolken.

231

Noch war es stille, unheimlich still. Dann aber brach es los, Blitz und Donner und ein Strömen und Brausen, ein Toben und Tosen vom Himmel herab. Vom Gestein rissen die Wassermassen die fruchtbare Erde und spülten sie zu Tal, Rasen und Wälder und was noch vor kurzem gegrünt im Sonnenlicht, schoß bergab. Mauern versanken, und Häuser verschwanden. Als das Wetter aber vertobt hatte, ragten die Felsen kahl in die Höhe zum Zeichen dafür, daß der Mensch«, wie der Florian Seidl sich ausgedrückt haben wird laut Kalebasse, »nicht zu übermütig sei und daß ihm die Speise nicht gegeben, damit zu freveln.« Später wird Kaspar die Geschichte von der verwüsteten Alpe noch mehrmals erzählt und immer ein wenig verändert haben, stets in Gedanken dabei an jenen Weggefährten aus dem Oberland, dessen Bahn er nur einmal gekreuzt hatte.

An einem Sonntag wird Kaspar mit seiner Schweizeruhr heimgekehrt sein.

An einem Sonntag zeugt er seinen ersten Sohn.

An einem Sonntag zeugt er seinen zweiten Sohn.

An einem Sonntag zeugt er seinen dritten Sohn.

Hätte Kaspar auch nur eine Tochter gezeugt, so hätte er sie, behauptet die Kalebasse, zweifellos nur dem Manne zur Frau gegeben, der, allen Gewohnheiten und Rechtsbräuchen zum Trotz, auf seinen Namen verzichtet und dafür den der Frau angenommen hätte. Schon sehe ich einen Grabstein: Hier ruht XY, geborener Z.

Aber Kaspar zeugt drei Söhne.

Der erste Sohn wird Bergführer.

Der zweite Sohn geht zur Bahn.

Der dritte Sohn wird der Herr der sieben Meere.

Lange Jahre bewohnt Kaspar mit seiner Familie eine Dienstwohnung im Bahnhofrückgebäude.

Er wartet, bis die Söhne erwachsen sind.

Dann beschließt er an einem Sonntag, die Dienstwohnung

zu verlassen und ein Häuschen zu bauen: unser Oma ihr klein Häuschen samt der ersten und der zweiten Hypothek. Kaspar beschließt, mit der Arbeitskraft seiner Söhne, mit seinem Ersparten, mit Walburgs Erwirtschaftetem und mit dem Bedienungsgeld von Zieglers Frieda den Besitzer des Stadels nebst Ziegenstall und Schupfen auszubezahlen, vom Bauern Schwaber ein wenig Boden zu erwerben und ein Häuschen darauf zu stellen.

Kaspar sieht es gerne, daß Zieglers Frieda ein Auge auf Firmian hat. Zwar ist die Frieda bloß eine Bedienung, mithin eine eher leichte Person, an der sich jeder die Hand abwischen kann, aber die Konstellation ist günstig: der Stadel gehört dem Ziegler. Der machte gerne große Sprüche, ging eines Tages nach Berlin, kam mit einem Klumpfuß und arm wie eine Kirchenmaus zurück, ist furchtbar durstig seither und hockt jeden Abend beim Adlerwirt, wo seine einzige Tochter, die Frieda, als Saaltochter bedient. Manchmal, wenn er wieder hinaus muß in den Hof, um sein Wasser abzuschlagen und den Druck loszuwerden, hört er es in der Rinne plätschern. Dann schaut er erstaunt in den sternenklaren Himmel, verliert sich irgendwo in der Milchstraße und sagt laut, was die Kalebasse genüßlich wiederholt: *Blutsackermant, nachts zwölf, es regnet, und ich hab mein Bett noch an der Sonne.*

Kaspar sagt: Ziegler braucht jede Mark für Schnaps. Er wird mir den Stadel nebst Ziegenstall und Schupfen verkaufen. Die Frieda will meinen Firmian. Sie wird ihr Bedienungsgeld gerne in das Häuschen stecken, das einst auch Firmian gehören soll zu einem Drittel. Die anderen zwei Drittel werden sich Luis und Baptist mit Kelle und Schaufel erst noch verdienen.

Kaspar kauft dem Ziegler den Stadel ab.

Plötzlich kann unsere Sippe auf Eigentum zeigen.

So weit hat es noch keiner gebracht, glaubt Kaspar.

Vorbei sind die Zeiten der schwarzen Zöpfe, der Glockenspiele und der Schattenrisse, vorbei die des Schleiers und des Luders.

Die Kalebasse zeigt die verschiedenen Baupläne, die immer kleiner ausfallen, bis zuletzt ein Häuschen bleibt mit einer Küche, einer guten Stube, einem eiskalten Schlafzimmer, einem Dach über dem Kopf und einer offenen Veranda. Das Gerümpel aber wandert in den Stadel, schlägt sich zu jenem, das schon von der Jascha her da ist, von Kosmas und Regula, von Flora und Svea, von Benedikt und Pirmin, der fiel für Kaiser und Vaterland. Später hat sich unter diesem Gerümpel auch die Kalebasse aufgehalten. Sie hat Kaspar beobachtet beim Bau des Häuschens, sie wird gesehen haben, wie die Söhne zulangen mußten, wie Luis die Ziegelsteine schleppte, die Baptist aufmauerte, wie Firmian den Mörtel umrührte, die Haare aus der Stirn warf, manchmal laut fluchte, öfter aber still in sich hinein. Jede freie Minute hängen die drei Söhne an das Häuschen. Die Walburg wäscht für fremde Leute. Eines Tages stolpert sie.

All dies sieht die Kalebasse und schreibt es in ihre Medizinballhaut mit der kalten Nadel. Die Grundzüge des Kleinbürgertums, lese ich unter dem Vergrößerungsglas, »sind ein krüppelhaft entwickeltes Gefühl des Eigentumsrechtes, ein stets hochgespanntes Verlangen nach innerer und äußerer Ruhe, eine dunkle Angst vor allem, was auf irgendeine Weise diese Ruhe verscheuchen könnte, und ein hartnäckiges Streben, sich so rasch als möglich alles erklären zu können, was das gewöhnliche Gleichgewicht der Seele ins Schwanken bringt und die gewohnten Ansichten über das Leben und die Menschen stört. Der Kleinbürger reicht dem Menschen gleichzeitig eine Flasche Schnaps und ein Büchlein über die Schädlichkeit des Alkohols und hebt von dieser und von jener Ware ein gewisses Prozent zu seinem Nutzen ein. Der Kleinbürger ist ein erbärmliches Wesen und man sollte, wäre er nicht so schädlich, von ihm gar nicht sprechen, doch muß man von ihm mehr als von allem anderen

234

sprechen, so zuwider es auch ist. Denn wir alle gehören einer Klasse an, die das, worauf es ankommt, weder beherrscht noch besitzt.«

Sobald unser Oma ihr klein Häuschen steht und die erste und die zweite Hypothek aufgenommen sind, entwickelt Kaspar eine neue Leidenschaft, die ihn nicht mehr losläßt bis an sein Ende: er geht gerne auf Begräbnisse. Es verschafft ihm Genugtuung, hinter den Särgen besonders von Gleichaltrigen oder Jüngeren herzugehen, stramm und nicht selten in Uniform, mit goldenen Knöpfen, die in der Sonne blinken. Kaspar erweist gerne die letzte Ehre. Jeder Schritt ans Grab eines anderen ist ein heimlicher Triumph, ist ein Sieg in einer Schlacht, deren Ausgang nur Kaspar nicht zu kennen scheint.

Bis zuletzt predigt er Ordnung, Fleiß und Sparsamkeit. Längst ist der Erste Weltkrieg beendet, längst ist die Weimarer Republik gescheitert, längst lebt ein Hitler und ein tausendjähriges Reich soll geschaffen werden, da spricht unser Kaspar noch immer von Reinheit und Ordnung, von Zucht und von Fleiß, von Sparsamkeit und davon, wohin wir kämen, wenn es all dies nicht gäbe bei der Bahn. Die Schweizeruhr geht noch immer, weil Kaspar sie nicht stillstehen läßt, weil er sie immer wieder aufzieht, weil er sie vor jeder Erschütterung bewahrt, weil sie ihm anhängt an einer silbernen Kette.

Als Kaspar mitten im Zweiten Weltkrieg an Bauchverhärtung stirbt, sind zwei seiner Söhne schon nicht mehr am Leben. Einer steht im Feld und kommt nicht mehr rechtzeitig nach Hause. Kaspar hinterläßt kein Testament, will nur, daß er mit der Schweizeruhr begraben wird. Erbberechtigt an unserer Oma ihrem kleinen Häuschen sind jetzt außer Walburg Baptist mit Frau Kathi und Kind Martin, Erna, die Witwe von Luis mit Sohn Raimar, Frieda, die Witwe Firmians mit Sohn Bruno. Ich als Unserallerkind komme erst später.

Die Kalebasse sagt: In jeder ordentlichen Erbschaftsgeschichte kommt ein Testament vor mit mehr oder weniger raffinierten Klauseln. Aber was ist das hier für ein armseliger Verein: Er kann nicht einmal auf ein Testament verweisen. Als ob sie noch nie etwas von einem letzten Willen gehört hätte. Und die Kalebasse sagt: Offenbar gibt es hier in Wirklichkeit nur mich, die tätowierte Weltenbrust, den Samtkragenmantel nebst Vergrößerungsglas und Unserallerkind, das die Erbengemeinschaft auflösen und alles seiner Alfina erzählen muß, um sie von ihm abzubringen und um zu zerstören, wonach es verlangt.

Schon dreht sie sich weiter, schon stoßen im Inneren der Kalebasse die Kerne aneinander wie Murmeln, schon zeigt sie unter der Lupe Kaspars Sohn Baptist, dürr, wie er aus der Kriegsgefangenschaft heimkehrt und vor der Entlassung durchs Lager Dachau muß nach dem Willen der Alliierten. Dort liest er einen Spruch, der ihm vertraut ist von Kindheit an von seinem Vater Kaspar her, dort liest er an der Mauer: *Es gibt einen Weg zur Freiheit. Seine Meilensteine heißen: Gehorsam, Fleiß, Ehrlichkeit, Ordnung, Sauberkeit, Nüchternheit, Wahrhaftigkeit, Opfersinn und Liebe zum Vaterlande.*

Walburg

Dieses Kapitel erzählt von Walburgs Waschgängen,
von Fußlappen, Wickelschürzen und Seifenlaugen,
und es endet mit den Armen Seelen,
denen einiges vergolten werden soll.

Wenn sich die Kalebasse dreht, meine geliebte Alfina, stoßen in ihrem Inneren die Kerne aneinander wie Murmeln:
Und schon liegt eine neue Figur obenauf, schon spielt mir
der beschnitzte Kürbis, die tätowierte Weltenbrust, ein
anderes Mitglied unserer Erbengemeinschaft zu und unter
das Vergrößerungsglas, auf daß ich vorankomme mit dem
Ausräumen des Stadels und der Auflösung, zu der ich
verpflichtet bin, weil ich es am weitesten gebracht habe von
uns allen.

Fein sein, beinander bleibn höre ich jemand singen, und ich
sehe, es ist Walburg aus Nesselwang, Kaspars Frau und
Mutter der Söhne Luis und Baptist und Firmian, welcher
der Herr der sieben Meere wurde und die Kalebasse in
unsere Sippe gebracht hat über das große Wasser.

Fein sein, beinander bleibn. Das wollte Walburg immer. Sie
ist ihrem Mann eine brave Frau und den Söhnen eine gute
Mutter, sofern eine Mutter gut sein kann, wie die Kalebasse
sagt. Walburg kennt die Arbeit, nie hat sie einen Bogen um
sie geschlagen, nie ist sie ihr ausgewichen, schon als Kind ist
sie mit den anderen neun Geschwistern dem Vater zur
Hand gegangen, hat ihm das Zaumzeug gehalten, das Leder
eingefettet und als Älteste nach dem frühen Tod der Mutter
den Haushalt geführt und die Geschwister großgezogen.
Die Walburg ist dünn wie ein Stecken, aber sie kann
zupacken. Es macht ihr nichts aus, im Bahnhofhotel in der
Küche zu helfen, es macht ihr nichts aus, bei fremden

Herrschaften zu putzen oder geholt zu werden, wenn ein Fest gefeiert wird, um aufzutragen und abzuspülen. Jeden Pfennig legt sie auf die Seite, jeden Groschen liefert sie bei Kaspar ab, der sich das Häuschen in den Kopf gesetzt hat: *Fein sein, beinander bleibn.*

Da sucht der Leiter des Reichsarbeitsdienstlagers drunten im Meilinger Bad an der Vils eines Tages eine zuverlässige Kraft für das, was so anfällt an Wäsche von seinen Männern. Die Walburg rechnet im Kopf schnell nach, macht ein Angebot und erhält sogleich den Zuschlag. Schon wird im Hof des Bahnhofrückgebäudes ein großer Kessel mit Ofenrohr aufgestellt, schon schichten Luis und Baptist und Firmian das Schürholz auf, schon wächst die Holzbeige, schon wird die Waschküche hergerichtet für die schmutzige Wäsche aus dem Lager. Die Kalebasse zeigt, wie der erste Lastwagen heranrollt, wie die Männer in ihren Knobelbechern von der Ladefläche springen, wie sie Körbe prallvoll mit Unterhosen und Unterhemden, Jacken, Socken, Leibchen und Pullovern, Uniformblusen und Sonntagshemden vom Lkw hieven, indes Walburg ein Seil spannt kreuzquer über die Wiese hinter dem Bahnhofrückgebäude. Die Frau füllt den großen Kessel Schaff um Schaff, bereitet eine Lauge, heizt und schürt, bis die Lauge kocht, in die sie die Schmutzwäsche wirft, um mit einem schon ausgebleichten breiten Holz langsam umzurühren und die einzelnen Stücke aus dem brodelnden Laugenwasser zu holen. Nie hat es ihr bislang etwas ausgemacht, anderer Leute Dreck aufzuräumen oder fremder Leute Wäsche zu waschen. Aber als sie die verstunkenen Fußlappen des Arbeitsdienstes in die Nase bekommt, als diese Beize aufsteigt und sich einfrißt, da spürt sie einen Widerwillen, da muß sie schlucken, daß es ihr nicht hochkommt, zwei-, dreimal muß sie schlucken und schlucken, daß es sie nicht würgt. Von der ersten Wäsche an widersteht ihr alles, was mit dem Reichsarbeitsdienst zusammenhängt. Aber sie traut sich nicht, es Kaspar zu sagen. Sie glaubt, das sei nur eine Empfindlichkeit, die ihr nicht zustehe, sie denkt an den Wäschepfennig und was sie bekommt pro Kilo und daran, wie der Pfennig in das Häuschen wandert, das Kaspar mit Hilfe seiner Söhne bauen will: *Fein sein, beinander bleibn.* Zeitweilig nimmt das Häuschen die Form einer Sparbüchse an, aber das ist der Walburg bloß recht. Sie weiß genau, was ihr Hausvorstand hält von Ordnung, Fleiß und Sparsamkeit und daß man es damit zu etwas bringen kann, wenn man nur will. Deshalb schluckt sie und versucht, nicht länger an die Fußlappen des Arbeitsdienstes zu denken. Sie will sich die Männer auch gar nicht vorstellen: weder bei ihrer Arbeit noch abends, wenn sie die verschwitzten Füße lüften, die Socken ausziehen, Tarock spielen und ab und zu mit den Fingern zwischen den Zehen popeln oder die Fußnägel wegreißen. Das will sich die Walburg gar nicht erst ausmalen, weil sie sonst sofort wieder schlucken muß, und das will sie nicht, weil sie die Socken wegen des Häuschens waschen muß, weil sie die verseichten Unterhosen in die Brühe tauchen muß, weil sie die Wäsche aufhängen muß auf der Leine hinter dem Haus, Tag für Tag, für das Reichsarbeitsdienstlager, wegen des Häuschens, das da auch an der Leine hängt und im kochenden Kessel schwimmt wie die Hemden und die Fußlappen mit ihrem beizenden Geruch, der nicht mehr aus der Nase will: als wäre sie Fischverkäuferin. So stellt sich Walburg eine Fischverkäuferin vor: die Finger eisblau und ewig stinkend. Ewig. Aber die Walburg will keine Fischfrau sein. Wenn sie die schmutzige Wäsche gewaschen hat, will sie den Gestank der Fußlappen nicht aus der Waschküche in die Wohnung tragen, sie will nicht das Essen damit berühren, das sie ihren vier Männern kocht, wie sie gerne sagt. Es soll ihr keiner anmerken, wie sehr ihr die Wäscherei widersteht, wie ihr zuwider ist, was sie da auf sich genommen hat, bloß weil es in dem schönen Lied heißt: *Fein sein, beinander bleibn.* Wieviele Dachziegel

kann man vom Waschpfennig kaufen, wieviele Rafennägel, wieviele Schalbretter? Obgleich die Pläne für unser Oma ihr klein Häuschen immer schmächtiger werden und bescheidener, denkt die Walburg beim Umrühren des großen Kessels gerne daran, wie sie die Küche einrichten wird, wo das Sofa stehen soll, die Gautsche, wie man in Nesselwang dazu sagt, welches Bild über dem Ehebett hängen soll, ob es unser Herr am Ölberg ist oder die Darstellung der Muttergottes mit dem Schwert in der Brust. Die Kalebasse zeigt die Walburg, wie sie sich auf der Veranda sitzen sieht in einem Korbstuhl, wie sie Wolle aufwickelt, um einem der Buben einen Janker zu stricken, wie sie mit besonderer Aufmerksamkeit auf Firmian blickt, weil er so unruhig ist, immer ein Treibauf und jäh und gach, denn die Walburg kann nicht wissen, daß Firmian eines Tages der Herr der sieben Meere werden und die Kalebasse aus Belém übers große Wasser in unsere Sippe bringen wird. Auch bei Regenwetter muß für den Reichsarbeitsdienst gewaschen werden. Zweimal die Woche fährt der Lkw vor und lädt ab, zweimal die Woche wird einer Frau ein wenig schlecht vor dem Aufheizen des Kessels, der nur im Sommer im Freien steht, im Winter aber zwischen anderen seifenbleichen Schäffchen und Kübeln in der Waschküche, in der es nie richtig trocken wird, so sehr die Walburg auch lüftet. Kaspar hackt nach Feierabend das Holz, spaltet die Scheiter für den Waschkessel, während er die Söhne dazu anhält, sauber und ordentlich die Holzbeige zu errichten, denn Ordnung muß sein, wo kämen wir da sonst hin bei der Bahn. Und immer wieder muß Kaspar auf seine Schweizeruhr schauen, immer will er wissen, wie spät es ist, immer muß er auf Zeiger und Zifferblatt starren wie ein Firmling und seine Söhne heimlich stoppen: welcher braucht am längsten für das Aufschichten des Kleingehackten, welcher macht es am ordentlichsten? Keine Frage: Es ist unser Baptist.
Unser Baptist macht immer die schönsten Holzbeigen. Im-

mer braucht er den Vater. Immer muß er gesagt bekommen, was er zu tun hat. Immer tut er, was der Stärkste von ihm verlangt. Walburg sieht mit Stolz und Entsetzen, wie ängstlich ihr Baptist ist und wie ordentlich. Warum kann er nie für das geradestehen, was er getan hat? Warum muß er sich immer nach den anderen richten? Warum sagt er nie, was er denkt? Warum tut er nie, was er denkt? Luis ist verschlossen. Er rennt einfach los, wenn es ihm zu viel wird. Luis wird Langstreckenläufer. In aller Frühe kann man ihn auf die Berge rennen sehen. Je dünner die Luft wird, um so wohler fühlt er sich. Luis wird Langstreckenläufer und Bergführer. Die Touristinnen können sich auf seinen starken Arm verlassen. Luis weiß das. Allmählich beginnt er, mit seinem Kapital zu wuchern. Firmian ist ein Hitzkopf. Die Feinmechanikerlehre paßt ihm überhaupt nicht. Wie oft hat er schon mit der Feile auf das in den Schraubstock gespannte Eisenstück geschlagen? Wie oft hat ihm der Meister eine Ohrfeige deshalb gegeben? Firmian will hinaus. Sein Kopf ist in den Wolken. Von seinem ersten Lohn hat er sich einen Atlas gekauft. Er war schon überall, und überall kommt er hin mit dem Finger auf der Landkarte. Aber das reicht ihm nicht.

Vorerst wird das Häuschen gebaut: koste es, was es wolle. Kaspar muß sein Häuschen haben. Er schaut auf die Uhr, als könnte er ablesen, wie lange es noch dauern wird.

Das Häuschen wird gebaut. Kaspar baut es mit der Uhr in der Hand, Walburg baut es beim Waschen der Fußlappen des Reichsarbeitsdienstes, Luis baut es mit zusammengekniffenen Lippen, Baptist baut es aus Gehorsam, Firmian baut es mit Flüchen inwendig und nach außen, aber auch in Gedanken an Frieda Ziegler, die handsame Kellnerin aus dem *Adler*, die mehr von ihm will als er von ihr. So legen sie allesamt Stein auf Stein. Das Häuschen wird bald fertig sein. Gerümpel und Arbeitskleidung verschwinden im Stadel. Je mehr Krempel und Verhau sich dort ansammelt, um so abfälliger spricht Kaspar von Jascha und von Kosmas und von Svea, die ein Luder wurde. Frieda weiß: je öfter sie sich im Gasthaus anfassen läßt, um so schneller wird das Häuschen fertig. Manchmal hofft sie auf Firmians Eifersucht, wenn ihr die Männer ans Mieder gehen. Aber Firmian kennt keine Eifersucht. Er ist unterwegs mit dem Finger auf der Landkarte. Wie lange noch? Stein auf Stein. Das Häuschen wird bald fertig sein. Gegen die stinkenden Fußlappen kämpft Walburg mit Zungenbrechern. Während sie den Kessel heizt und die Lauge umrührt mit dem seifenbleichen Holz, sagt sie immer häufiger: Wir Wiener Weiber wollen weiße Wäsche waschen wenn wir wüßten wo warmes Wasser wär. *Fein sein, beinander bleibn.* Das summt sie dazwischen. Fein sein, wenn wir wüßten, wo warmes Wasser. Zeigt her eure Füßchen. Zeigt her eure Schuh. Wir schauen den fleißigen Waschfrauen zu. Aber der Gestank der Fußlappen widersteht Walburg trotzdem. Da hilft alles fein sein, beinander bleibn nichts. Da helfen die Wiener Weiber nichts und nichts die fleißigen Waschfrauen. Die Fußlappen stinken. Die Unterhosen seicheln. Die Unterhemden schweißeln. Die Oberhemden müffeln. Manche Hosen sind vorne gelb und starr vor Urin. Aber das Häuschen muß gebaut werden. Die Kinder sollen es einmal besser haben. Eine Küche und eine gute Stube, ein Schlafzimmer und ein Zimmer für die Söhne, die sich ihr Anteil erarbeiten müssen: mit und ohne Bedienungsgeld. Vorbei sollen die Zeiten sein, da die Jascha aus den polnischen Sümpfen kam mit Drago und einem Büblein ohne Vater an der Hand und einem Zopf auf dem Rücken, an dem man hätte ein halbes Regiment aufhängen können. Der Schupfen ist gerade noch gut genug für das Handwerkszeug und für das Gerümpel. Wenn wir wüßten wo warmes Wasser wär. Das kalte Wasser kommt zuerst in den großen Kessel. Dort wird es zum Kochen gebracht. Die Lauge wird in kleinere Schäffchen umgefüllt: kübelweise. Ein Schäffchen für die

Unterhosen, ein Schäffchen für die Fußlappen, ein Schäffchen zum Spülen. Die Lauge im Schäffchen für die Fußlappen muß besonders heiß sein, weil die Fußlappen des Reichsarbeitsdienstes besonders stinken. Jedes Schäffchen steht auf einem hölzernen Bock, der aussieht wie ein Kreuz. Jedes Schäffchen hat links und rechts einen über den Rand hinausstehenden hölzernen Griff. Jedes Schäffchen enthält kochendheiße Lauge. Stein auf Stein. Das Häuschen wird bald fertig sein. Kübelweise gießt Walburg aus dem Kessel die Lauge in die Schäffchen. An manchen Tagen ist der Gestank der schmutzigen Wäsche unerträglich. Schon in der Früh kann die Walburg nichts essen, weil ihr sofort alles widersteht. Ihr ist, als lägen da keine Milchbrocken in der Schüssel, sondern die Fußlappen des Reichsarbeitsdienstes.

Aber schon dreht sich die Kalebasse ein wenig, ich kann die Kerne im Inneren hören, wie sie wie Murmeln aneinanderstoßen. Da entsteht unter dem Vergrößerungsglas ein neues Bild. Was ist eintätowiert in die medizinballedrige Weltenbrust?

Wieder sehe ich Walburg. Sie trägt eine Wickelschürze, steht barfuß in Holzpantoffeln in der Waschküche. Sie verteilt die Schäffchen rund um den Kessel. Sie heizt den Kessel. Kübelweise schüttet sie die siedendheiße Lauge in die einzelnen Schäffchen. Der Lkw des Reichsarbeitsdienstes fährt vor. Zwei Männer springen von der Ladefläche, zwei Männer laden ab: körbeweise Fußlappen, körbeweise Unterhosen, körbeweise Hemden. Singend tragen die Männer die Körbe in Walburgs Waschküche. *Die Reihen dicht geschlossen.* Und noch einen Korb. *Blüht ein Blümelein. Und das heißt.* Noch einen Korb und noch einen. *Eeerika.* Schon widersteht es der Walburg. Schon springen die Männer auf den Lkw zurück, schon biegt er aus dem Hof. Stein auf Stein. Das Häuschen wird bald fertig sein. Die Holzpantinen klopfen. Schritt für Schritt. Und die erste und die zweite Hypothek. Zeigt her eure Füßchen, singen die Holz-pantinen, zeigt her eure Schuh, wir schauen den fleißigen. Wir Wiener Weiber. Wenn wir wüßten. Nur ganz leicht dreht sich die Kalebasse, nur ganz zaghaft stoßen in ihrem Inneren die Kerne aneinander wie Murmeln. Nur ganz zufäl-lig wickelt sich die Wickelschürze nicht um Walburg, um die sie schon gewickelt ist größtenteils, nur ganz beiläufig ist da noch ein Stück Wickelschürze ohne Beschäftigung, nur ganz nebenher entdeckt dieses freie Stück Wickel-schürze, dieses Luder, nein Svea wurde ein Luder, die Weißtännerne, der ganze Stolz von unserem Kosmas, *So trolln wir uns ganz fromm und sacht*, nur ganz nebenbei und beiläufig und zufällig und ohne Absicht und ohne, ganz und gar ohne wickelt sich ein Stück Wickelschürze um eine Entdeckung. Diese Entdeckung für die Wickelschürze heißt Holzgriff. Der Holzgriff gehört einem Waschschaff. Das Waschschaff steht auf einem Holzbock. Der Holzbock sieht aus wie ein Kreuz. Der du für uns das schwere Kreuz getragen hast. Die Wickelschürze wickelt sich. Sie wickelt sich einszweidrei um einen Holzgriff eines Waschschaffs. In dem Waschschaff auf dem Holzbock schwimmt Lauge. Die Lauge ist für die Fußlappen des Reichsarbeitsdienstes. Die Fußlappen stinken. Der Walburg ist fast schlecht. Weil die Fußlappen stinken, muß die Lauge kochen. Ergo: In dem Waschschaff auf dem Holzbock, der du für uns das schwere Kreuz, schwimmt siedendheiße kochendheiße Lauge. Selbstverständlich für die Fußlappen. Selbstverständlich gegen den Gestank der Fußlappen. Die Wickelschürze wik-kelt sich um den Holzgriff. Sie hält ihn fest, denn ein Griff ist dazu da, um festgehalten zu werden oder um beim Wegtragen des Waschschaffes behilflich zu sein, ganz abge-sehen davon, ob das Waschschaff mit heißer Lauge oder mit kaltem Wasser oder überhaupt nicht gefüllt ist. Die Wickel-schürze besteht auf dem Wickeln und auf dem Wegtragen, der Holzgriff verhält sich so, wie sich ein Holzgriff verhält.

Ganz leise stoßen im Inneren der Kalebasse die Kerne aneinander, als die Holzpantinen, in denen Walburg barfuß geht, feststellen: da ist Schmierseife auf dem Waschküchenboden. Die Holzpantinen erkennen, daß da Schmierseifenlauge auf den Boden gespritzt sein muß: womöglich beim Umfüllen der Lauge aus dem großen Kessel in die kleineren Schäffchen, die alle auf einem Holzbock stehen, der du für uns das schwere Kreuz. Die Holzpantinen vertragen sich nicht mit der Schmierseife. Die Zehen von Walburg versuchen, sich in die Sohle der Holzpantinen zu graben. Aber das Holz gibt nicht nach. Es hat nur die Schmierseife im Sinn unter sich auf dem Boden der Waschküche, während die Wickelschürze weiter nichts im Kopf hat, als sich um den Holzgriff des Waschschaffes zu wickeln, in dem die heiße Lauge schwimmt für die Fußlappen des Reichsarbeitsdienstes. Während sich das eine wickelt und während das andere sich noch wundert über das, was unter der Sohle glitscht, meldet sich der Magen. Er sagt zuerst noch: *Fein sein, beinander bleibn,* er singt zuerst noch: zeigt her eure Füßchen, zeigt her eure Schuh, er bricht sich zuerst noch die Zunge: Wir Wiener Weiber wollen weiße Wäsche waschen wenn wir wüßten. Aber dann weiß er nicht mehr weiter. Er weiß nicht mehr weiter, weil er sich umdreht. Aber damit konnte die Wickelschürze natürlich nicht rechnen. Wer denkt auch schon in dem Augenblick, in dem man sich um den Holzgriff eines Schäffchens mit heißer Lauge wickelt, daran, daß es einem Magen einfallen könnte, sich auch einmal umzudrehen? Wer kann damit rechnen? Weder die Wickelschürze kann damit rechnen noch die Holzpantinen, die sich nie für die Wickelschürze interessiert haben, sondern immer nur für den Waschküchenboden, so wie sich die Wickelschürze nie für die Holzpantinen oder den Waschküchenboden interessiert hat, ganz egal, ob Schmierseifenlauge ausgeschüttet worden ist oder nicht. Holzpantinen und Wickelschürze haben nichts miteinander zu tun. Sie haben verschiedene Interessen, die erst zusammenkommen, wenn sich ein Magen umdrehen will. Warum will sich der Magen umdrehen? Hält er es auf der einen Seite nicht mehr aus? Hat das etwas zu tun mit den Fußlappen des Reichsarbeitsdienstes? Da greifen auf einmal Hände ins Leere. Was sind das für Hände und wem gehören sie? Die Hände gehören Walburg, und plötzlich sehe ich: Das sind Hände, wie geschaffen für eine Geige. Täusche ich mich auch nicht? Machen mir da nicht die Finger bloß etwas vor? Die Hände greifen. Aber es ist keine Geige da. Nicht einmal ein Wäscheseil ist gespannt. Es ist überhaupt nichts in der Luft. Außer einem ganz bestimmten Geruch. Einem Reichsarbeitsdienstgeruch. Einem Lagergeruch. Stein auf Stein. Das Häuschen wird bald fertig sein. Wir Wiener Weiber. Wenn wir wüßten. Zeigt her eure Füßchen, zeigt her eure Schuh. Aber die Schuh haben den Kopf ganz woanders. Sie haben ihn bei der Schmierseifenlauge auf dem Boden der Waschküche. Die Wickelschürze wickelt und läßt nicht mehr los. Ein Griff ist ein Griff ist ein Griff. Eine Lauge ist eine Lauge ist eine Lauge. Sie ist heiß. Sie ist siedendheiß. Sie ist kochendheiß. Der Griff gehorcht. Er tut, was die Wickelschürze verlangt. Die Holzpantinen fügen sich. Sie tun, was die Schmierseife auf dem Fußboden der Waschküche verlangt. Der Magen gibt nach. Er tut, was Walburg von ihm verlangt: Er dreht sich um. Während er sich umdreht, dreht sich auch noch etwas anderes. Das Waschschaff dreht sich, weil der Griff gehorcht. Genauer gesagt: Es neigt sich. Es neigt sich schräg vom Bock, während sich der Magen umdreht, zeigt her eure Füßchen, wenn wir wüßten, wo warmes Wasser. Warmes Wasser fließt. Kochendes Wasser fließt aus. Die Wickelschürze wickelt. Was sie einmal am Wickel hat, entwickelt sich nur so, wie sie es sich in den Kopf gesetzt hat. Der Magen dreht sich. Die Sohlen gleiten. Das Waschschaff neigt sich. Die heiße Brühe tritt über den Rand. Wo fließt sie hin? Die Kalebasse zeigt mir, wohin die

Brühe fließt nach dem Gesetz der Schwerkraft und den goldenen Regeln der Mechanik. Während die Wickelschürze vermutet, die Lauge fließe auf die Holzpantinen, während die Holpantinen vermuten, die Lauge fließe über die Wickelschürze, während der Magen vermutet, die Lauge tilge den Gestank der Fußlappen des Reichsarbeitsdienstes, verhält sich die kochend heiße Lauge ganz anders. Sie entdeckt ein Wäscherinnenbein. Sie entdeckt einen Oberschenkel. Schon berechnet sie das Gefälle, schon kennt sie den Winkel, schon weiß sie, wie die Fallhöhe zu nützen ist, schon setzt sie sich in den Kopf, vom Oberschenkel den Weg über das Knie, die Kniescheibe, über die Wade hinunter zum Schienbein zu nehmen, schon hat sie den Ehrgeiz, auch noch den Knöchel zu erreichen, schon erkennt sie, nein: den Knöchel wird sie wahrscheinlich doch nicht mehr schaffen, weil sie vielleicht von einem Schrei aufgehalten wird, das läßt sich auch unter dem Vergrößerungsglas nicht genau feststellen, ob die siedendheiße Lauge nur über den Oberschenkel und die Kniescheibe bis zur Wade laufen kann, oder ob sie es wegen eines Schreies nicht mehr bis zum Knöchel schafft. Aber wer könnte den Schrei hören? Wem kann er gelten? Die Männer sind längst mit ihrem Lkw wieder ins Arbeitsdienstlager gefahren. Sonst ist niemand in der Waschküche. Kaspar ist bei der Eisenbahn. Er darf seinen Dienstplatz nicht verlassen. Unter keinen Umständen. Luis ist in den Bergen oder rennt querfeldein oder will herausfinden, wo sich bei den KdF-Weibern die Beine in die Haare bekommen. Baptist ist so mit Gehorchen beschäftigt, daß er keinen Schrei hört. Ein Schrei bedeutet womöglich, daß er handeln müßte. Er kann aber nur etwas tun, wenn ihm vorher einer sagt, was er tun soll. Firmian ist mit dem Finger auf der Landkarte. Vielleicht erreicht der Nagel des rechten Zeigefingers gerade die Mündung des Rio Pará. Dort liegt Belém, das auf Deutsch Bethlehem heißt, obwohl es nicht im gelobten Land liegt. Von dort wird Firmian die Kalebasse über das große Wasser in unsere Sippe bringen und mit ihr den Samtkragenmantel und das Vergrößerungsglas, die auf mich gekommen sind, auf Unserallerkind, welches die Erbengemeinschaft auflösen muß, weil ich es am weitesten gebracht habe: angeblich.

Meine geliebte Alfina: überlegen wir zusammen, wem der Schrei gelten könnte, der da durch die Waschküche gellt. An wen hätte sich Walburg wenden können? Niemand ist zu Hause, niemand in der Nachbarschaft kann den Schrei hören. Vielleicht rangiert Kaspar gerade einen Güterzug, während er gewissenhaft auf seine Schweizeruhr blickt.

Wir können es nicht sagen, meine geliebte Alfina, nur die Kalebasse weiß Antwort.

Sie sagt: weil Walburg weiß, daß sie allein ist mit ihrem Schmerz, weil Walburg weiß, daß ihr niemand beistehen kann, während die kochende Lauge den Weg nimmt von ihrem Oberschenkel über·die Kniescheibe, die Wade und das Schienbein womöglich bis zum Knöchel, weil nichts hilft: weder die Wickelschürze, noch der Holzgriff, weder die Holzpantinen, noch die Schmierseife, weder wir Wiener Weiber, noch das Zeigt her eure Füßchen, zeigt her eure Schuh, weder Stein auf Stein, noch das Häuschen, das bald fertig sein wird, weder das Feinsein, noch das Beinanderbleibn, weil nichts hilft, deshalb sagt sie still nach dem Schrei: Vergelt's Gott für die Armen Seelen. Die Kalebasse wiederholt diese Ungeheuerlichkeit, und sie zeigt uns, wie die Walburg Mehl auf ihre Brandwunde streut, immer wieder Mehl, *Illergold doppelgriffig*, und wie sie dabei betet. Sie betet für die Armen Seelen, die unerlöst umhertreiben, all die Toten, all die Worte im Wind des Unheils, verkeilt ineinander als Illusion und Enttäuschung. Walburg gedenkt der armen Seele ihrer Mutter, ihrer verstorbenen Geschwister, sie gedenkt Jaschas und ihres Zopfes, an dem man hätte ein halbes Regiment aufhängen können, sie gedenkt Kosmas', seines Ewigen Umgangs und des Glok-

kenspiels, wenn der weiße Ritter den schwarzen Ritter vom
Pferd sticht, wenn die Kinder um den Hollerbusch tanzen,
wenn der goldene Hahn kräht und der Sensenmann Stundenglas und Hippe zeigt, ehe die Glock' Zwölfe schlägt, sie
gedenkt Benedikts, dem es zu eng wurde in Thulsern über
kurz oder lang und auf Dauer, sie gedenkt Pirmins, der fiel
für Kaiser und Vaterland, sie gedenkt Regulas, die den
Schleier nahm und einen Spruch auf dem Grabstein hinterließ, ehe sie verschwand, *Selig sind die Besitzenden, denn sie
werden getröstet werden,* selig sind die Wiener Weiber, *Fein
sein, beinander bleibn,* sie gedenkt Floras und Sveas, die ein
Luder wurde und nicht sterben kann vor lauter Schönheit,
weil sie die Jahre nicht schwerer spürt als das Gewicht von
Rosenblättern, sie gedenkt ihres Herrn und Meisters Kaspar und singt das Lied: *Ich gehe wo ich stehe, stets eine Uhr
bei mir*, denn unsere Walburg ist musikalisch, sie gedenkt
ihres Sohnes Luis, der auf die Berge rennt und querfeldein
und bald hinter jedem KdF-Weib her, sie gedenkt ihres
Sohnes Baptist, der immer einen Vorgesetzten braucht im
Leben, sie gedenkt ihres Sohnes Firmian, welcher der Herr
der sieben Meere werden wird und die Kalebasse auf uns
bringt. Schließlich aber gedenkt sie des Häuschens, Stein
auf Stein, und sie gedenkt der ersten und der zweiten
Hypothek, und sie hofft, daß auch sie vergolten werden,
wie die kochendheiße Lauge den Armen Seelen.

Baptist

Dieses Kapitel erzählt von einer Küchenhilfe
namens Kathi, ihrem Herkommen,
vom unerreichten Reiz der Polin,
vom Schuhwerfen und dem Drang zu Höherem,
von zwei Eisenbahnreisen, einer armseligen Hochzeit
und einem längeren Fußmarsch,
an dessen Ende für den einen der Weg aufhört,
während er für den anderen erst beginnt.

Meine geliebte Alfina: Wieder hörst du im Inneren die
Kerne der Kalebasse aneinanderstoßen wie Murmeln. Unter dem Vergrößerungsglas erscheint eine Küchenhilfe. In
der Küche der Bahnhofsrestauration, großspurig Bahnhofhotel genannt, putzt eine junge Frau die gelben Rüben, sie
wäscht den Salat, sie schält die Kartoffeln, spült Gläser und
Besteck, räumt die Tellerberge ab. Sie tut dies unter der
kundigen Anleitung von Walburg, von der Übersicht aus-
geht. Walburg schafft an in der Küche, obgleich sie weder
Wirtin ist noch Köchin. Offensichtlich hat die junge Frau
nicht viel Ahnung, denn alles muß ihr die Walburg erst
zeigen. Aber die junge Frau ist willig. Sie tut, was man ihr
aufträgt, sie summt dazu Lieder aus der Küche und
schwärmt von der Operette. Kathi kam auf Empfehlung
ihrer Tante Zaglauer aus Hegge ins Thulsernische. Sie
stammt aus Wasserburg, wo sie bei den Schwestern von
Sankt Clara in die Schule ging. Ihre schönste Zeit verlebte
sie am Ende des Ersten Weltkrieges auf dem Land in
Pielenhofen, wo sie viel Angst vor dem Gewitter hatte,
alleine durch den Wald lief und das Rosenkranzbeten
lernte. Nach Abschluß der Volksschule wird sie Helferin in
der Engelapotheke, wo sie ein Wort wie Homöopathie

buchstabieren übt und Pillen und Pulver streng nach Vorschrift in Gläschen und Fläschchen füllt. Kathi ist die Älteste von fünf Kindern: da ist Olgi, die Onkel Moritz heiratet und die Mutter von Anna wird, da ist Max, der Boxer wird und lange in Rußland bleiben muß, da ist Marie, die bei Knagge & Peitz in der Herrenabteilung Verkäuferin ist, da ist Rudi, der später in der Zuckerfabrik arbeitet. Tante Zaglauer ist die Schwester von Kathis Mutter. Sie ist mit einem Stukkateur in Hegge verheiratet, war aber lange Jahre Kindermädchen in Paris. Tante Zaglauer vertritt die Stelle von Kathis Mutter, denn Kathis Mutter ist von der Leiter gestürzt und fast gelähmt. Olgi und Onkel Moritz pflegen die Kranke. Kathis Augen werden wässrig, sobald sie den Namen ihrer Mutter hört. Ihre Mutter heißt Barbara und gilt als gefallenes Mädchen, weil sie für Kathi keinen Vater angeben kann. Kathi sagt: Die Schönheit war die Falle ihrer Jugend. Dazu singt sie das Marienlied »Nichts glich an Schönheit einstens dir ...« Kathis jetziger Vater ist nämlich gar nicht ihr richtiger Vater. Er ist Elektromonteur und hat Barbara trotz des Bankerts geheiratet, wofür sie ihm ewig dankbar sein muß. Der Monteur ist ein grober Kerl. Angeblich schlägt er seine Frau. Angeblich schopft er seine Kinder. Angeblich hat er auch der Kathi die Haare schon büschelweise ausgerissen. Und ob die Barbara wirklich von der Leiter gestürzt ist beim Fensterputzen, das ist auch nicht so sicher. Onkel Moritz hat da seine Zweifel, an denen er sein Lebtag festhalten wird, sogar noch in hohem Alter, als er bei einer Geburtstagsfeier nach dem Mittagessen die Farbfotos von seinem Darmkrebs kursieren läßt. Niemand sei schließlich dabeigewesen, als die Barbara von der Leiter – nur der Monteur sei zu Hause gewesen, dem die Kathi jeden Abend das Bier holen muß. Und wehe, sie hat vom Schaum geschleckt. Dann setzt es wieder das Schopfen.

Längst hat die Kathi der Walburg in der Küche des Bahnhofhotels zu Thulsern ihr Leben erzählt. Längst weiß die Walburg alles über dieses Wasserburger Kind. Längst hat sie erfahren, daß die Kathi fast in Wien geboren worden wäre. Fast. Da gebe es nämlich einen geheimnisvollen Brief an ihre Mutter. Auch Walburg weiß von einem geheimnisvollen Brief aus Baldimore. Aber Kathi sagt, da schreibe nämlich eine geheimnisvolle Person, womöglich sogar eine Persönlichkeit, die Barbara solle doch, da sie in der Hoffnung sei, zu dieser geheimnisvollen Person nach Wien kommen. Angeblich ist diese geheimnisvolle Person Maler. Genauer gesagt: Bühnenmaler. Angeblich ist diese geheimnisvolle Bühnenmalerperson ein Person von. Ein Von, wie die Kathi hinter vorgehaltener Hand sagt, aber so, daß es jeder hören kann. Womöglich habe sie blaues Blut in den Adern, womöglich stamme sie von den irgendwie Schinski oder Spinsky oder so ähnlich, jedenfalls aus dem Tschechischen oder Polnischen oder von dort halt. Die Kalebasse sagt, dies sei durchaus möglich, zumal an Kathi stets jener Drang zum Höheren festzustellen gewesen sei: um Nase, Kinn und Mund. Immer spiele sie gerne die Gnädige. Womöglich, weil sie meist als Dienstbot' bei Herrschaften in Stellung ist. Der Bühnenmaler sei eben auch einmal durch Wasserburg gekommen, und die Barbara sei ein sauberes und gutgläubiges Mädchen gewesen. So einfach sei das. Die einfachste Sache von der Welt. Beinahe wäre die Kathi in Wien geboren worden. Beinahe. Aber das Kind der Liebe kommt in der Liliengasse zu Wasserburg auf die Welt. Seine erste Liebe heißt Urban, aber aus der Liebe wird nichts, weil der Urban ein Geistlicher Herr wird. Weil die Kathi eine Freundin im Chor des Stadttheaters hat, die sie nach den Proben manchmal abholt, kommt sie mit der Operette in Berührung, träumt zeitweilig davon, zum Theater zu gehen. Aber dazu reicht es nicht.

Die Kalebasse sagt: Bei der Kathi reicht es nicht einmal für die Operette. Da sich die Kathi mit dem Stiefvater nicht versteht, da sie die Mutter immer nur weinen sieht, da sie *hinaus* muß, wie sie selber sagt, nimmt sich die Tante Zaglauer des Hascherls an, denn die Tante Zaglauer hat Erfahrung als Kindermädchen. So kommt die Kathi ins Thulsernische. Dort hat sie vorerst hauptsächlich Heimweh: nach der gefallenen Mutter, nach der Engelapotheke, nach der Freundin beim Chor des Stadttheaters, nach dem Grafen von Luxemburg, den sie manchmal ganz von der Weite sieht. Sobald sie ihn erkennt, denkt sie daran, daß sie fast in Wien geboren worden wäre, daß es einen geheimnisvollen Brief gibt, daß ihr Vater womöglich ein Künstler war, Bühnenmaler, und ein Von obendrein. Womöglich. Ihre Augen werden dann ganz feucht, als hätte soeben jemand den Namen Barbara ausgesprochen, wo doch niemand so genau weiß, ob sie wirklich von der Leiter gefallen ist oder ob nicht der brutale Monteur, wie Onkel Moritz meint.

Das alles weiß die Walburg längst, denn die Kathi erzählt immer dieselben Geschichten: wie sie sich an einem Fläschchen in der Engelapotheke geschnitten hat, weil sie den Stöpsel zu heftig hineingedrückt hat, wie sie mit ihrer Freundin vom Chor über die Eisenbahnbrücke gegangen und ihnen ein Schnellzug entgegengekommen ist, wie ihr der böse Stiefvater die Haare büschelweise ausgerissen hat, bloß weil sie zu spät nach Hause gekommen ist, bloß weil sie am Bierschaum geschleckt hat, bloß weil sie nichts als die Operette im Kopf hat: *Der Polin Reiz bleibt unerreicht.*

Vorerst ist die Kathi als Küchenhilfe im Bahnhofhotel untergekommen. Dank der Verbindung der Tante Zaglauer aus Hegge, einer resoluten Frau mit vorspringendem Kinn und energischen dünnen Lippen, wie die Kalebasse deutlich zeigt, gelingt es, Kathi später als Zimmermädchen beim Finanzrat Dr. Biesinger unterzubringen, in dessen Haus der Prinzregent früher oft Jagdgast war. Das Jagdzimmer staubt die Kathi besonders gerne ab. Wenn sie Rat braucht, kommt die Kathi immer zur Walburg. Walburg ist jemand, der immer Rat weiß. Walburg ist fast wie Tante Zaglauer. Walburg lacht nicht, wenn der Kathi die Tränen in die Augen schießen, weil jemand den Namen Barbara erwähnt hat, weil jemand von einer Leiter gesprochen hat, weil jemand von den Haaren gesprochen hat, die im Kamm zurückbleiben. Walburg hat drei Söhne: Luis, den Langstreckenläufer und Bergführer, welcher der Kathi zu verschwiegen ist und auch zu draufgängerisch, Baptist, der sehr ordentlich ist, stets zuverlässig und hilfsbereit und manchmal, wenn er ein wenig getrunken hat, gut schuhplatteln kann – und Firmian, den die Kathi am liebsten hat, weil er immer lustig ist, weil er immer zu einem Spaß aufgelegt ist, weil er ein Hitzkopf ist, welcher der Saaltochter die Schürze aufknöpft und sie ihr von hinten wieder zumacht und dabei nicht auf seine Hände achtgeben kann. Aber Firmian ist nichts für Kathi, denn Firmian wird der Herr der sieben Meere und die Kalebasse übers große Wasser in unsere Sippe bringen und mit ihr den Samtkragenmantel und das Vergrößerungsglas. Eines Tages entscheidet sich Kathi für Baptist, und Baptist entscheidet sich für Kathi. Baptist ahnt, daß die Kathi weich ist, daß sie ihm gehorcht, daß sie tun wird, was er von ihr verlangt. Obwohl er immer einen Vater braucht, ist Kathi eine nie wiederkehrende Gelegenheit, selbst Vater zu sein. Nur bei Kathi traut er sich. Kathi entscheidet sich für Baptist, weil er zuverlässig ist, weil er nicht so draufgängerisch ist wie Luis, der Langstreckenläufer, weil er manchmal fast so lustig ist wie Firmian, denn wenn Baptist einen kleinen Rausch in der Krone hat, dann kommt es schon vor, daß er die Schuhe vor sich herwirft und hinter ihnen den Heimweg antritt aus dem *Adler*. Kathi entscheidet sich für Baptist, weil sie einen Vater sucht. Baptist entscheidet sich für Kathi, weil er bei ihr endlich Vater sein kann. Kathi ist sentimental, Baptist ist ordentlich und ängstlich. Kathi beeindruckt Baptist mit Erzählungen aus der Stadt Wasserburg, mit Geschichten aus der Operette, sie erzählt ihm *Polenblut* und *Zigeuner-baron*, sie erzählt ihm vom Grafen von Luxemburg sowie von der Tante Zaglauer, die in Paris war. Baptist ist tief beeindruckt. Er ist bisher kaum weiter als bis Kempten gekommen. Aber das soll sich ändern. Vorerst jedoch begleitet er jeden Abend die Kathi zum Milchholen. Ganz verstohlen wartet er auf sie unter der Linde auf der Halde, ganz verstohlen riskiert er einmal einen Blick, ganz verstohlen übt er das Händchenhalten. Aber das ist schon sehr viel. Das muß er schon fast beichten. Als ihn die anderen Schuhplattler fragen, ob er es beim Zimmerbolzen des Finanzrates schon einmal probiert habe, errötet er und weiß nicht, ob er angeben soll und lügen oder vor Scham versinken. Meist entscheidet er sich für ein Bier zu viel. Dann wird seine Zunge locker, obwohl sie schwerer wird. Er kann sich das auch nicht erklären. Erst wenn er die Schuhe vor sich herwirft und hinter ihnen heimwärts zieht, dämmert es ein wenig in ihm. Dann denkt er an seinen Bruder Firmian, den alle gern haben, nicht nur Frieda, die Bedienung im *Adler*, dann denkt er an seinen Bruder Luis, hinter dem die rassigen KdF-Weiber her sind und der von Erfolg zu Erfolg, von Meisterschaft zu Meisterschaft, von Berggipfel zu Berggipfel rennt, dann denkt er an seine Mutter Walburg, welche die Fußlappen wäscht für den Reichsarbeitsdienst, dann denkt er an seinen Vater Kaspar, für den das Leben nach Fahrplan läuft, dem ein Blick genügt auf seine Schweizeruhr: wo kämen wir da sonst hin bei der Bahn.

Der Zimmerbolzen beim Finanzrat.

Jeden Abend das Milchholen beim Bauern auf der Halde.

Das Warten unter der Linde.

Das bißchen Hand.

Die weißen Söckchen.

Das bißchen Dirndlausschnitt.

Baptist hilft beim Bau der Fichtelhütte auf dem Edelsberg.

Baptist hilft beim Verschönerungsverein. Arbeit ist knapp.

Der Verschönerungsverein pflegt die Wege im Weidach, weil immer mehr KdF-Gäste kommen, die von Luis auf die Berge geführt werden.

Treffpunkt ist immer der *Adler*. Der Einfachheit halber wurde der Adlerwirt zum Ortsgruppenleiter gewählt.

Möglicherweise wird Baptist eines Tages Mitglied der SA. Selbstverständlich weigert sich Luis, als Bergführer und Langstreckenläufer zur SA zu gehen. Selbstverständlich ist Firmian schon längst auf allen sieben Meeren zu Hause, als Baptist probehalber einmal mitsingt: *Die Fahne hoch*. Dort findet er Väter genug. Dort gibt es immer einen, der sagt, was zu tun ist. Dort wird für ihn gedacht. Dort fragt ihn jeder, ob er den Zimmerbolzen des Finanzrates schon einmal umgelegt hat. Ach, sagen die SA-Kameraden, die riecht zwischen den Beinen wie alle anderen, der Zimmerbolzen betet höchstens noch ein *Gegrüßet seist du Maria*, wenn der Sturm losbricht. Aber das interessiert unseren Baptist nicht. Er hat andere Pläne. Er will wissen, wo seine Kathi herkommt. Er will erfahren, was es auf sich hat mit der Engelapotheke, mit dem Chor beim Stadttheater, mit dem *Zigeunerbaron* und mit dem *Polenblut*. Plötzlich interessiert er sich für den Grafen von Luxemburg, plötzlich will er wissen, was es bedeutet, wenn jemand fast in Wien geboren worden wäre. Plötzlich drängt es ihn, jene Barbara zu sehen, die angeblich von der Leiter gefallen ist. Er will Olgi kennenlernen, den damals schon berühmten Onkel Moritz, den Boxer Max, die Knagge & Peitz-Verkäuferin Marie sowie Rudi, der später in die Zuckerfabrik gehen wird. Eines Tages brechen Kathi und Baptist auf zur großen Eisenbahnreise. Sie endet zunächst in Hegge, einem Vorort von Kempten. Bis dahin kennt sich unser Baptist aus. Bis Kempten ist er schon mehrmals gefahren. In Hegge holt sich das Pärchen letzte Ratschläge von Tante Zaglauer. Dann geht die Fahrt weiter. In München müssen sie umsteigen. Es dauert, bis sie den Anschlußzug finden nach Wasserburg.

Baptist trägt seine Gebirglerkleidung und merkt, wie sich die Leute nach ihm umdrehen. Allerdings erkennt er rasch, daß Wasserburg gar nicht so groß ist, wie Kathi gesagt hat. Gewiß: Wasserburg ist größer als Kempten, aber es ist kleiner als Buenos Aires, von dem Firmian die ganze Zeit spricht. In Wasserburg wird Baptist vorgeführt. Kathi reicht ihn herum. Baptist sieht Olgi und Onkel Moritz, in dem er sogleich einen Vater erkennt, zumal dieser als Elektriker der kranken Barbara einen Kopfhörer fürs Krankenbett gebastelt hat, Baptist trifft den Boxer Max und den Zuckerfabrikler Rudi, er bewundert Marie, wie sie bei Knagge & Peitz die Anzüge heraussucht und jedem Kunden sofort die Hosengröße sagen kann. Baptist steht in stummer Bewunderung vor der madonnengleich leidenden Barbara, nur den brutalen Monteur, den trifft er nicht. Insgesamt wird die Reise ein Erfolg. Kathi führt ihren Zukünftigen ihrer Verwandtschaft vor, und es gelingt ihr, vor Baptist die Bedeutsamkeit der Wasserburger Verwandtschaft aufzubauen. Baptist braucht immer einen Vater, Baptist braucht stets etwas, wozu er aufschauen kann, sagt die Kalebasse: deshalb ist Kathi erfolgreich. Überdies habe sie Heimvorteil, verlautet von der tätowierten Weltenbrust.

Nach der Rückkehr ins Thulsernische beginnt die Verlobungszeit zwischen Kathi und Baptist. Sie dauert sieben Jahre. In diesen sieben Jahren wird Baptist arbeitslos, in diesen sieben Jahren kommt Baptist nie über das Händchenhalten hinaus, in diesen sieben Jahren gibt es immer nur die Begleitung zum Milchholen und einmal im Sommer ein Trachtenfest, in diesen sieben Jahren muß Baptist öfter die Schuhe ausziehen, er muß sie vor sich herwerfen, um hinter ihnen her heimwärts ziehen zu können.

In diesen Jahren wird stets emsig am Häuschen gebaut.

Stein auf Stein.

Das Häuschen wird bald fertig sein.

Nach sieben Jahren unternehmen die Verlobten eine zweite

gemeinsame Reise. Sie führt nach Lindau am Bodensee. Dort besteigen sie einen Bodenseedampfer und fahren nach Meersburg. Sie besuchen die Insel Mainau, sie fahren nach Rorschach, und sie fahren nach Bregenz. Als sie am Abend nach Lindau zurückkehren, ist der letzte Zug abgefahren. Das hat sich unser Baptist fein ausgedacht. Die Verlobten suchen ein Gasthaus, in dem sie billig übernachten können. Der Wirt erkennt sofort, was mit den beiden los ist. Der Wirt weiß sofort, daß Baptist leicht einzuschüchtern ist, weil er immer einen Vater braucht. Es gelingt dem Wirt, Baptist Angst zu machen. Die beiden müssen in zweierlei Zimmer schlafen. Aber in dieser Nacht ist Baptist mutig wie nie. Er schleicht sich zu Kathi ins Zimmer, die ihn schon erwartet. Die beiden umfangen sich zitternd. Anschließend ist ihnen eher zum Heulen, und Kathi beginnt, einen Rosenkranz zu beten. Als die Morgensonne ins Zimmer scheint, summt die frühere Apothekenhelferin: *Meerstern ich dich grüße.*

Baptist sagt: jetzt wird geheiratet. Zu Hause fragen ihn die Brüder, ob er endlich zum Stich gekommen sei. Er antwortet: jetzt wird geheiratet. Aber sie haben kein Geld. Das bißchen Lohn reicht nicht. Längst hat Baptist seine Stellung in der feinmechanischen Bude verloren, längst ist er arbeitslos, längst liegt er Walburg auf der Tasche, die mit den Fußlappen des Reichsarbeitsdienstes kämpft, längst weiß Baptist, daß ihm nicht einmal die Kameraden von der SA helfen können, denn die marschieren nur, singen Lieder, halten Kundgebungen ab, treffen sich wie gewöhnlich im *Adler.* Dort geht es hoch her. Dort sitzen sie beim Bier an kleinen Tischen, auf denen Hakenkreuzfähnchen aufgesteckt sind. Baptist beginnt, als Schuhplattler auf Heimatabenden aufzutreten, die für die KdF-Gäste veranstaltet werden. Er macht den Handstand und läßt sich Bier in die Lederhose schütten. Als wieder einmal ein KdF-Zug eintrifft, steigen Onkel Moritz und der Boxer Max aus. Sie fragen, wann endlich geheiratet wird. Da geht Baptist zum Pfarrer und bestellt das Aufgebot. Als der Geistliche das Schlafzimmer aussegnen will, fehlen die Federbetten. Dafür sind Leintücher über zwei Holzkästen gespannt. Aus der polnischen Jascha wird auf dem Gemeindeamt der Nachkömmling eines Deutschordensritters: aus Gründen eines bestimmten Nachweises. Geheiratet wird in der Waisenhauskapelle. Kathi träumt von einer Hochzeitsreise nach Venedig. Die Kalebasse sagt: leider muß die geplante Hochzeitsreise wegen widriger Umstände ausfallen. Sie wird zu einem späteren Zeitpunkt nachgeholt. Aber sogleich flüstert mir die tätowierte Weltenbrust ins Ohr: Sie ist bis zum heutigen Tag nicht nachgeholt worden. Die Hochzeitsfeierlichkeiten finden im engsten Familienkreis statt. Gebildet wird dieser Kreis von Walburg und Kaspar, Firmian und Luis, dem Boxer Max und Onkel Moritz sowie den beiden Trauzeugen Alois Schuster, Feinmechaniker, sowie Karl Martz, Herrenschneider, zur Zeit ebenfalls arbeitslos, beide wohnhaft in Thulsern und dem Standesbeamten persönlich bekannt. Nach dem gemeinsamen Essen, bestehend aus einer Flädlesuppe und aus Krautwickeln, wechseln die Anwesenden die Kleider. Kaspar schlüpft in seine Uniformjacke, Walburg bindet sich die Waschschürze um, das frische Ehepaar will in der Waschküche mit zur Hand gehen. Luis rennt noch schnell auf einen Berg, und Firmian versteckt sich hinter dem Atlas. Die beiden arbeitslosen Trauzeugen streben dem *Adler* entgegen, die Wasserburger KdF-Gäste treten die Heimreise an. Während Baptist und Kathi die Lauge für die Fußlappen des Reichsarbeitsdienstes bereiten, denken sie an Sätze, die sie in der Waisenhauskapelle gehört haben. Sie sagen sie halblaut vor sich hin, während sie in den Bottichen rühren. Sie sagen: *bis daß der Tod euch scheidet.* Walburg aber singt *Fein sein, beinander bleibn,* Kathi singt *Der Polin Reiz bleibt unerreicht* und Baptist singt *Es reifet der Holder.*

Die Kalebasse dreht sich kaum merklich, jedoch höre ich, wie in ihrem Inneren die Kerne wie Murmeln aneinanderstoßen. Unter dem Vergrößerungsglas sehe ich Firmian in die Waschküche stürmen. Er schwenkt seinen Atlas und unterbricht den fröhlichen Dreigesang von der Polin Reiz und dem Feinsein und dem reifenden Holder. Firmian fuchtelt mit dem Atlas, hat einen hochroten Kopf und schreit es der Mutter Walburg, seiner Schwägerin Kathi und seinem Bruder Baptist entgegen, der es am wenigsten fassen kann: ich gehe nach Hamburg, ich fahre zur See. Am Sonntag gehe ich los, wenn du einen Schneid hast, und das gilt Baptist, so gehst du mit mir. Einmal um die ganze Welt. Bis zum Sonntag gebe ich dir Bedenkzeit.

Dann verschwindet er wieder und hinterläßt drei sprachlose Sänger: Walburg in ihrer Wickelschürze, die frischgetrauten Eheleute Baptist und Katharina Babette, genannt Kathi aus Wasserburg. Eiskalt ist den dreien, obgleich der große Kessel mit der scharfen Lauge für die Fußlappen des Reichsarbeitsdienstes am Dampfen ist. Nicht einer singt. Der Polin Reiz ist so wenig von Belang wie der reifende Holder oder das Beinanderbleibn. Nach Hamburg. Die drei wissen, daß keine Macht der Welt Firmian von diesem Entschluß abhalten kann.

Baptist fragt sich, ob er die Bedenkzeit nützen und ob er seinen Bruder begleiten soll. Zu Fuß nach Hamburg und dann um die ganze Welt. Einmal um die ganze Welt. Die Kathi läuft ihm nicht weg, die Arbeitslosigkeit läuft ihm nicht weg, Walburgs Waschküche läuft ihm nicht weg, die Fußlappen laufen nicht weg und Thulsern läuft nicht weg. Auch unser Oma ihr klein Häuschen läuft ihm nicht weg. Die Wasserleitung kann immer noch gegraben werden. Aber die ganze Welt. Was ist mit der ganzen Welt? Läuft ihm die ganze Welt weg? Hat er noch einmal die Gelegenheit, die Welt beim Schopf zu packen? Einmal um die ganze Welt! An der Seite seines erfolgreichen Bruders Firmian, dem Herrn der sieben Meere, der die Kalebasse übers große Wasser in unsere Sippe bringen wird. Baptist weiß, wenn sich Firmian einmal etwas in den Kopf gesetzt hat, dann führt er es auch aus. Aber geht das denn? Zu Fuß von Thulsern nach Hamburg? Ist das denn möglich? Quer durchs ganze Reich? Zu Fuß? Warum nicht mit dem Zug? Warum nicht mit dem Omnibus? Zu Fuß, hat Firmian gesagt, und wenn er zu Fuß gesagt hat, dann meint er auch zu Fuß. Bedenkzeit bis Sonntag. Hin und her überlegt unser Baptist. Er bespricht sich mit Kathi, die nur weinen kann und den Rosenkranz beten, er bespricht sich mit seiner Mutter Walburg, die den Kopf schüttelt und sagt, sie habe es ja kommen sehen, eines Tages habe sie es ja kommen sehen. Mit dem Vater Kaspar bespricht er sich nicht. Der hätte vermutlich die Zugverbindung nach Hamburg im Kopf, aber er würde es niemals erlauben, daß die Söhne die gemeinsame Baustelle verlassen. Kaspar würde nur von der Wasserleitung sprechen und davon, daß es nicht geht ohne Ordnung, Fleiß und Sparsamkeit. Wo käme man denn sonst hin bei der Bahn. Mit Firmian kann Baptist nicht sprechen. Firmian zieht von einem Wirtshaus ins andere und feiert Abschied. In jedem Wirtshaus verkündet er, daß er am Sonntag nach Hamburg gehe: zu Fuß. Und von dort um die ganze Welt. Möglicherweise in Begleitung seines Bruders. Aber der ist noch unentschieden. Der Montag vergeht wie der Dienstag, am Mittwoch ist Baptist so weit wie am Donnerstag, erst am Freitag geht er, als wäre es auf Probe, zur Gemeinde, um sich Papiere zu beschaffen, am Samstag kann er nicht mehr zurück und trinkt sich einen an aus lauter Verzweiflung: schon wirft er die Schuhe vor sich her. Am Sonntag aber brechen die beiden Brüder auf. Sie gehen zu Fuß von Thulsern nach Hamburg, folgen dem Beispiel ihres Vaters, der wegen des Urmeters und wegen einer Schweizeruhr nach Paris ging vor einiger Zeit. Von ihrem Bruder Luis können sie sich gar nicht verabschieden, weil er an diesem Tag auswärts einen Meisterschaftslauf gewinnen muß.

Die Kalebasse zeigt Walburg und Kaspar, Kathi und Frieda sowie einige Thulserner. Die Frauen sind mit Schneuzen beschäftigt, Kaspar dagegen läßt den Uhrendeckel springen. Die Freunde winken, wünschen alles Gute und winken und winken. Wieder dreht sich die Kalebasse, die Kerne stoßen in ihrem Inneren aneinander wie Murmeln.

Schon ist der Hamburger Hafen zu sehen.

Schon erkenne ich, diesmal sogar ohne Vergrößerungsglas, Baptist und Firmian im Angesicht der Ozeanriesen.

Da faßt Firmian einen folgenreichen Entschluß: Er heuert an.

Da faßt Baptist einen folgenreichen Entschluß: er kehrt um.

So trennen sich die beiden Brüder. Dort, wo für den einen der Weg aufhört, fängt er für den anderen erst an.

Baptist wirft seine Schuhe vor sich her und folgt ihnen heimwärts.

Sein Lebtag wird Baptist Angst haben vor jedwedem Wagnis, und sei es noch so winzig: als hätten ihm seine Altvordern nicht längst diesen einen Schritt vorgemacht – Jascha mit ihrem Zopf, an dem man hätte ein halbes Regiment aufhängen können, Kosmas mit dem Ewigen Umgang, Benedikt, dem es zu eng wurde auf die Dauer, Pirmin, der fiel für Kaiser und Vaterland, Regula, die den Schleier nahm und Svea, die ein Luder wurde.

Ein Nebelhorn ertönt.

Es ist, als blase Baptist in eine leere Flasche und höre dabei seine Mutter Walburg in der Waschküche singen: *Fein sein, beinander bleibn.*

Aber die Kalebasse sagt: Wer danach handelt, der bringt es zu nichts.

Der wird nie der Herr der sieben Meere.

Firmian

*Dieses Kapitel erzählt von Baptists Umkehr,
vom Bau der Wasserleitung,
vom Tango und der Liebe der Matrosen,
von Bruno, Bruder Martin und der Nasenspitze
von König Ludwig, von Erna aus dem Geschlecht der
Gartenzwergfabrikanten, von der Heimkehr
des verlorenen Sohnes,
von Jona und der Kürbishütte, von Oberst Ribeiro
und seinem Joppenfutter und schließlich
von einer Motorradfahrt auf der Milchstraße.*

Meine geliebte Alfina, wieder dreht sich die Kalebasse, bis
in ihrem Inneren die Kerne aufeinandertreffen wie Murmeln. Sie läßt unseren Baptist im Hamburger Hafen die
Segel streichen im Angesicht der Ozeanriesen. Während
Firmian schon dabei ist, zum Herrn der sieben Meere zu
werden, macht Baptist kehrt und geht zu Fuß zurück ins
Thulsernische: quer durch das deutsche Reich, von Kolpingheim zu Kolpingheim, denn seit seiner Lehre ist Baptist
Mitglied des Kolping- und Gesellenvereins. Auch dort er-
hofft er sich einen Vater, der ihm sagt, was zu tun ist. Wenn
sich der Gesellenverein nicht trifft, dann trifft sich die SA,
wenn sich die SA nicht trifft, dann trifft sich der Gesellenverein. Baptist hat die Gnade, beide Vereine unter einen
Hut bringen zu können. Nur wenigen ist solches vergönnt,
sagt die Kalebasse. Schritt für Schritt geht Baptist Thulsern
entgegen, Walburgs Fußlappen des Reichsarbeitsdienstes,
seiner Kathi, seinem Bruder Luis, seinem Vater Kaspar, vor
allem aber der Wasserleitung für unser Oma ihr klein
Häuschen.
Sobald er zu Hause wieder anlangt, sobald ihn Weib und

Mutter wieder in die Arme schließen und ein wenig dabei schluchzen, sobald sich Kaspar ein wenig schämt, Luis aber den Bruder bloß von oben bis unten anschaut und den Kopf schüttelt, lange schüttelt, immer wieder, sobald Baptist selbst in Grund und Boden versinken möchte, muß er zur Frieda in den *Adler:* er muß eine Halbe oder zweidrei zu viel trinken, er muß große Sprüche reißen vom Hamburger Hafen und von den Ozeanriesen, er muß die Schuhe vor sich herwerfen und hinter ihnen heimwärts ziehen. Dann erst kann er sich an das Graben der Wasserleitung machen. Bei dem schweren Lehmboden an der Wolfsgrube ist das keine Kleinigkeit, weil man kaum vorankommt mit dem Ausheben, weil der Pickel stecken bleibt und weil der Lehm an der Schaufel klebt, die immer schwerer wird, bei jedem Handgriff schwerer, weil der Sommer heiß ist, weil Baptist viel Durst hat, weil das Bier müde macht, weil zwei Hände fehlen: die beiden Hände des Herrn der sieben Meere, die irgendwann ein Steuerrad umfassen werden, indes Firmian ein Lied pfeift: *Nimm mich mit Kapitän auf die Reise,* denn zeitweilig verwandelt sich nämlich unser Firmian laut Kalebasse in Hans Albers. Aber nur zeitweilig. Auf der Reeperbahn nachts um halb eins.

Während der Herr der sieben Meere vor Neufundland kreuzt, graben Luis und Baptist die Wasserleitung, während der Herr der sieben Meere die Sargassosee durchmißt, mauern Luis und Baptist die Veranda, während der Herr der sieben Meere die Kleinen Antillen kennenlernt, zeugt Baptist seinen ersten Sohn. Dies geschieht in der Nacht von Samstag auf Sonntag, nachdem er wieder einmal hinter seinen Schuhen her nach Hause mußte. Während der Herr der sieben Meere die Äquatortaufe erhält, ist seine Frieda längst in der Hoffnung mit Bruno, aber der Herr der sieben Meere weiß nichts davon. Er kümmert sich auch gar nicht darum, denn er ist in Buenos Aires mit dem Tango beschäftigt. *Heute wirst du in meine Vergangenheit eintreten,* hört er unter dem Kreuz des Südens. Die Kalebasse hat alles eingraviert in ihre Haut mit der kalten Nadel. Malena singt den Tango wie keine andere. *Ihre Tangos sind verlassene Geschöpfe, die den Schlamm der Gosse durchqueren,* sie handeln von im Dienst ergrauten Zuhältern und Mädchen, die man gefallene heißt: *jede Lüge als Licht für den verdrehten Kopf.* Die Spiegel in den Kneipen sind beschlagen und sehen aus, als hätten sie die Abwesenheit einer verzweifelten Liebe beweint. Auch unser Firmian lernt, alte Küsse mit den Küssen anderer Münder zu tilgen. Sein Liebchen ist ein Luder und ein Halunke ihr Freund. *Die Beweise ihrer Niedertracht habe ich hier im Koffer: die Zöpfchen von ihr und von ihm das Herz.* Die armen, von Küssen ermatteten Tangomädchen betrachten den Herrn der sieben Meere mit seltsamer Neugier. *Wie traurig ist alles, ich möchte weinen,* sagt die Kalebasse und beschwört die Bandoneonseele: *Im Sterben werde ich dich suchen, zum Abschied werde ich dich rufen, wenn die Schatten schlafen eines elenden Abends, trauriger noch als mein Kummer.* Daß sich unser Firmian einen angedudelt hat, vielleicht aus Heimweh, wahrscheinlich jedoch wegen der Tangos, will er nicht leugnen aus falscher Scham. Aber noch schwerer hat sein Herz geladen. Er hört das Hundegebell zum Mond, er sucht die Zuflucht einer Liebe in einem Hauseingang. Zu dieser Zeit ist Baptist fertig mit der Wasserleitung. Sein Leben nimmt eine neue Kurve: Dank seiner Rechtschaffenheit wird er als Aushilfseisenbahner übernommen. Vorerst ist er bloß Springer. Vorerst muß er einmal nach Oberstaufen, dann wieder nach Steibis oder Balderschwang, aber er wird immer wieder gerufen, er wird immer wieder beschäftigt.

Baptist kommt gar nicht mehr in die Höhe vor lauter Buckeln. Im stillen denkt er sich, wie gut es doch ist, mitzusingen beim *Die Fahne hoch, die Reihen dicht geschlossen.* Wer dieser gewisse Wessel ist und was es auf sich hat mit dem, das interessiert Baptist und Kathi nicht.

Baptist sagt: der ist mein Herr, der mich bezahlt. Ich will ein guter Bürger werden. Siehe, mein Weib ist in der Hoffnung, es will Abend werden und der Tag hat sich geneigt. Der Bahnhofsvorstand rät unserem Baptist, in die Partei einzutreten, weil sich dann die Möglichkeiten verbessern, ihn als einen Festen für die Bahn von Thulsern anzufordern. Selbstverständlich tritt Baptist sofort in die Partei ein. Der liebe Gott sieht für ihn jetzt aus wie eine Mischung aus Gauleiter und Eisenbahndirektor. Die Kathi aber ist in Umständen mit Bruder Martin. Sie geht jetzt bei der Frieda in die Lehre, denn die Frieda hat schon entbunden. Jeder in Thulsern weiß, daß Firmian, der Herr der sieben Meere, der Vater von Bruno ist. Jeder in Thulsern sagt: *Das ist die Liebe der Matrosen. Auf die Dauer lieber Schatz ist mein Herz kein Ankerplatz.* Aber Kaspar schaut auf seine Schweizeruhr und sagt: beim nächsten Heimaturlaub wird geheiratet. Ordnung muß sein. Wo kämen wir da sonst hin bei der Bahn. Und der Bruno ist so ein liebes Kind. Tutzitutzi. Als Firmian brieflich die Nachricht von seiner Vaterschaft erhält, ist das Kind wenigstens ein halbes Jahr alt. Firmian sitzt beim Tango, hat die schöne Malena auf dem Schoß und hört, was sie singt. Die Kalebasse hat es eingeritzt: *Ich will allein mit mir sterben, ohne Beichte und ohne Gott, an meine Schmerzen gekreuzigt, als würde von mir ein Groll umarmt. Bandoneon,* sagt Firmian zu Malena, die nicht treu sein kann, *dein Lied ist die Liebe, die man nicht gab und der Himmel, den wir einmal erträumten.* Zwar ist Firmian längst der Herr der sieben Meere, zwar hat er, wie die Kalebasse so schön sagt, als echter Seemann eine Braut in jedem Hafen, aber noch immer tut es ihm weh, wenn er wieder von einer Schönen der Nacht verlassen wird, obwohl er sich längst daran gewöhnt haben müßte, weil er selber um kein Haar besser ist. *Nachdem ich dich verloren hab,* singt er laut Kalebasse, *wirst du nie erfahren, ob dein Vergessen Zärtlichkeit hinterließ oder Schmerz. Den Gefal-*

len tu ich dir nicht, daß man dir einst sagt, daß ich allein und traurig gesehen wurde. *Weder wirst du mich am Boden, noch besiegt, noch in der Gosse sehn, wie du dir das vorstellst.* Aber die Kalebasse weiß es besser, weil sie es eingraviert hat in die Haut mit der kalten Nadel, weil dort Wort für Wort verzeichnet ist, was wirklich wehtut und weg soll und nicht weg kann, nicht jetzt und nicht in alle Ewigkeit: *Angekommen an der Ecke, wo sich immer der Ganove anlehnte, um nachzudenken, warf er das Messer auf die Straße, holte ein Bild hervor und begann zu weinen.*

Mit der nächsten Post erreicht ihn eine Fotografie seines Sohnes Bruno, den er Zieglers Frieda gemacht hat: weniger aus Lust, mehr, weil sie unbedingt ein Kind von unserem Firmian haben wollte. Lange schaut er das Foto an, heftet es an die Wand seiner Kajüte, nimmt noch ein Glas Rum und noch eines und noch eines, ehe er zu dem Bild spricht, wie ein Vater zu seinem Sohn. Dank der Kalebasse ist auf mich gekommen, was Firmian seinem Sohn zu sagen hat an den Ufern des Rio de la Plata oder im Angesicht des Zuckerhutes: *Dir wird klar, daß alles Lüge ist, dir wird klar, daß nichts Liebe ist, daß es die Welt nicht kümmert, auch wenn dich das Leben zerbricht, auch wenn dich ein Schmerz zerfrißt, erwarte niemals eine Hilfe noch eine Hand, noch einen Gefallen.*

Da dreht sich die Kalebasse ein wenig, läßt in ihrem Innern die Kerne aufeinandertreffen wie Murmeln und mich unter dem Vergrößerungsglas einen Schrei hören: Bruder Martin ist geboren. Ein denkwürdiges Jahr: es kommt zu deutsch-schweizerischen Spannungen wegen der Ermordung des Landesgruppenleiters der NSDAP Wilhelm Gustloff, es kommt zum Einmarsch deutscher Truppen in die entmilitarisierte Zone des Rheinlandes. Die Kalebasse verzeichnet nur schwache auswärtige Proteste. Der Reichsführer SS Himmler gründet den *Lebensborn* zur Aufzucht unehelicher SS-Kinder, Jesse Owens gewinnt den Hundertmeterlauf, Bernd Rosemeyer gewinnt den neunten Großen Preis von Deutschland auf dem Nürburgring, Max Schmeling schlägt Joe Louis k.o., Luis Trenker dreht *Der Kaiser von Kalifornien*, es erscheint ein Roman namens *Vom Winde verweht* und Mussolini spricht von der Achse Berlin–Rom, Gentzen beweist die Widerspruchsfreiheit der reinen Zahlentheorie und Voegeli veröffentlicht das Werk *Unsere Zähne in Gefahr*, eine Päpstliche Enzyklika über Lichtspiele erscheint und Maxim Gorki stirbt, in Österreich wird die Heimwehr aufgelöst und Georg VI. wird König von Großbritannien. Außerdem meldet die Kalebasse weitere wichtige Schädelfunde bei Sterkfontein (Transvaal): Schimpanoide Formen, menschliches Gebiß (Australopithecus africanus). Und alles, weil Bruder Martin geboren wurde. Bruder Martin ist ein herziges Kind: blondgelockt, ein wenig dicklich, von Papa und Mama und Oma und Opa geliebt und gehätschelt. Onkel Moritz kommt extra aus Wasserburg und tut, als sei er der Kindsvater, was der Kathi nicht ungelegen kommt, denn für Onkel Moritz hat sie stets eine Schwäche gehabt. Taufe und Richtfest von unser Oma ihrem kleinen Häuschen werden zusammengelegt. Alle sind gerührt, und Walburg singt an diesem Tag mehrmals ihr *Fein sein, beinander bleibn.* Stein auf Stein. Das Häuschen wird bald fertig sein.

Es hat sich also doch gelohnt.

Es ist also doch noch etwas geworden.

Richtfest.

Taufe.

Das sind die stolzen Stunden in der Geschichte unserer Sippe. Wir gedenken unseres Bruders und Sohnes Firmian in weiter Ferne, dem es leider nicht vergönnt ist, an diesem feierlichen Tage im Kreise seiner Lieben in der Heimat zu weilen.

Noch etwas gibt es zum Feiern: Luis ist Bayerischer Langstreckenmeister geworden. Er hat seine Gegner in Grund und Boden gerannt. Wenn er so weitermacht, ist mit ihm zu rechnen bei der nächsten Olympiade. Schon heißen einige Thulserner ihn den Nurmi, schon ist Luis stolz darauf, der Nurmi von Thulsern genannt zu werden.

Aber unser Luis feiert nicht gern im Kreis der Familie.

Luis rennt lieber noch schnell auf einen Berg.

Luis langt lieber noch schnell einem KdF-Weib unter den Rock.

Luis zieht lieber noch schnell eine Norddeutsche hinter den Stadel und besorgt es ihr zwischen Pickel und Schaufel und der Arbeitskleidung voll Lehm aus der Wolfsgrube.

Luis hält nichts von einem Vater, der nichts anderes kann, als auf die Uhr schauen und das Leben nach Fahrplan zu leben.

Luis hält nichts von einem Bruder, der immer einen Vater braucht und jetzt als Eisenbahner die Seitentäler durchmißt, um daheim seine Brut abfüttern zu können.

Luis mag keine Zimmerbolzen. Überhaupt sind ihm die Weiber egal, es sei denn, es ist eine so eine rassige Schwarze.

Luis versteht nicht, warum seine Mutter Walburg noch immer gegen die Fußlappen des Reichsarbeitsdienstes kämpft.

Ohne daß er es zugibt, ist Luis ein wenig verliebt. Sie heißt Erna und kommt aus Leipzig.

Sie ist so eine Schwarze, die kein Blatt vor den Mund nimmt. So eine ganz Gerade ist das. So eine ganz Schnelle.

Ihr Vater hat eine Gartenzwergfabrik in Gräfenroda. Die Fabrikantentochter will das Bergsteigen lernen und Höhenluft genießen. Da kommt sie bei Luis gerade an den Rechten. Der führt sie von Gipfel zu Gipfel, der läßt keinen Höhepunkt aus: weder hinter dem Stadel voller Gerümpel noch sonst auf einer Hütte. Der kennt alle Steige und alle Tritte, der läßt so eine wie die Erna aus Leipzig gerne einmal ins Seil fallen, um ihr seinen starken Arm zu beweisen, der zeigt, was er kann und wie lange er es aushält, indes die Erna von den herzigen Wichteln spricht, die in der Fabrik ihres Vaters gebrannt werden: liebenswürdig, hilfsbereit, gesellig, immer freundlich. Die Kalebasse sagt: *Zu des Lebens lustigem Sitze eignet sich ein jedes Land. Zeigt sich eine Felsenritze, ist auch schon der Zwerg zur Hand.* Kein Wunder, daß auch Kaspar von der Leipzigerin angetan ist, als Luis seine neueste Eroberung einmal nach Hause bringt. Sogar Baptist interessiert sich für die Gartenzwerge aus Gräfenroda, nur Kathi mag die Leipzigerin nicht. Von Anfang an nennt sie Erna die Leipzigerin, weil sie fürchtet, daß da eine neue Schwiegertochter ins Haus steht, weil sie Angst hat, die Erna könnte ihr bei der Walburg den Rang ablaufen. Luis will nicht viel wissen von den sieben Zwergen mit den Weihnachtsmanngesichtern und der Zipfelmütze, aber Erna redet und redet. Nicht einmal bergauf kann sie ihren Schnabel halten, denkt sich unser Bergführer und schlägt ein schärferes Tempo an, um seine Ruhe zu haben. Ganz still ist die Erna nur, wenn Luis ihr das Alpenglühen zeigt. Sonst kann sie einfach den Schnabel nicht halten. Immer weiß sie noch etwas von den Wichtelmännern. *Das Besondere ist das Putzige*, sagt die Kalebasse, weil sie es eingraviert hat mit der kalten Nadel, was Erna auf den Bergtouren von sich gibt und hinter dem Stadel, in dem das Arbeitszeug ist vom Bau des Häuschens. »Die Zwerge sind ein kleines drolliges Völklein. Sie haben Macht über alles Metall in der Erde und kennen alle Geheimnisse und Wunderkräfte der Natur. So ein Gartenzwerg ist wie ein Spaziergang im Traum- und Kinderland. Die Sage legt ihnen gern rothes Haar bei, der spitze rothe Hut mangelt selten. Die Herkunft der Zipfelmütze ist nach wie vor strittig. Ach wie gut, daß niemand weiß, daß ich Rumpelstilzchen heiß. Die Welt ist für den Menschen zu groß angelegt: Ob die Zwerge nun in den Berg gejagt wurden, um das Gold aus der Erde zu besorgen oder in den Keller gesperrt wurden, um Christus, den Herrn, mit ihrer Häßlichkeit zu verschonen, ob Erdbiberli, Klaboutermänneken, Wichtel oder Troll – wer den Unterirdischen etwas, das ihnen gehört, wegnimmt, erzürnt sie. Der muß in den gläsernen Sarg hinter den sieben Bergen, bei den sieben Zwergen. Aber Schneewittchen ist tausendmal schöner als du.« Erna quasselt von Pygmäen und Nymphen, von Mythologie, ein Wort, das Luis noch nie gehört hat, und von Prinz Eugen, sie quatscht von deutschen Kobolden und germanischen Feld- und Waldgeistern und öffnet dabei ungeniert die Bluse, zieht dabei schamlos den Rock in die Höhe, verlangt immer wieder nach dem Alpenglühen, das ihr Luis zeigen, das ihr Luis beibringen soll. Sie verlangt von einem Bergführer das Äußerste, und immer hat sie den Schnabel offen.

Kaum merklich dreht sich die Kalebasse und zeigt zwei Kinder im Spiel versunken: Onkel Moritz hat für Bruno und Bruder Martin einen Spielzeugpanzer gebastelt. Er ist aus Holz und so stabil, daß sich die Buben auf ihn setzen können. Das Geschützrohr ist schwenkbar, ebenso der Turm, für den der gute Onkel ein Stück Ofenrohr geopfert hat. Manchmal streiten sich die Kinder, wer zuerst auf dem Panzer sitzen darf, dann einigen sie sich rasch. Kaum sind sie ein wenig älter, beginnen sie, mit Steinen auf die König Ludwig-Büste zu werfen, die auf einer kleinen Insel in dem Weiher steht, den Jascha für ihren Kosmas selig angelegt hat. Bald fehlt dem König ein Ohr, bald fehlt ihm die Nasenspitze. Walburg fragt, ob die Krüppel denn immer nur in den Schäden hocken können. Schon seit einiger Zeit wohnt sie mit Kaspar in dem Häuschen, das noch immer nicht ganz fertig ist. Mal fehlt es an der Dachrinne, mal fehlt es an der Versitzgrube. Baptist und Kathi wohnen neben dem Bahnhof beim Friseur Babel. Wenn es der Großmutter nicht gut geht wegen ihres offenen, stets eiternden Beines, dann springt Kathi ein und beschäftigt sich mit den Fußlappen des Reichsarbeitsdienstes. Aber Kathi hat es nicht so mit der Arbeit, unsere Kathi erzählt lieber vom Grafen von Luxemburg, daß sie beinahe in Wien geboren wäre und daß es einen geheimnisvollen Brief gibt. Dazu singt sie gerne und behauptet: *Der Polin Reiz bleibt unerreicht.*

Da bereitet sich Thulsern auf die Heimkehr des verlorenen Sohnes vor. Da geht die Kunde, der Herr der sieben Meere kehre zurück. Da werden Girlanden geflochten und eine Tafel wird gemalt, die über der Haustüre von unserer Oma ihrem kleinen Häuschen hängen soll. *Willkommen daheim* steht auf der Tafel, die mit Tannenreis umkränzt ist. Frieda hat ihr Schwarzes angezogen, Walburg weiß nicht, wohin mit den Augen, schiebt das Schnupftuch von einer Hand in die andere, Frieda kämmt immer wieder Bruno den Scheitel, der wegen der zwei Wirbel nicht bleiben will, Kathi zieht auch Bruder Martin den Scheitel, dem König Ludwig werden Nase und Ohr wieder angeklebt, aber sie werden nicht halten, Luis rennt heute ausnahmsweise auf keinen Berg, und Baptist sputet sich, um mit dem Weichenstellen schneller als sonst voranzukommen. Kaspar steht am Bahngleis und sieht auf die Schweizeruhr: der Zug ist pünktlich. Wo kämen wir da sonst hin bei der Bahn. Die Blasmusik ist angetreten, der Gebirgstrachtenerhaltungsverein d'Kienbergler hat eine Abordnung geschickt mit der Fahne, sogar der Herr Geistliche Rat ist gekommen, um den heimkehrenden Herrn der sieben Meere zu begrüßen. Dieser Windbeutel.

Da steht er nun: ein Bein noch unentschlossen auf dem Trittbrett. Den Samtkragenmantel hat er lässig um die Schultern gehängt. Das Gepäck wird einem Dienstmann aufgeladen. Er selbst hat nur einen leichten eleganten Handkoffer.

Unter dem Arm trägt er etwas Merkwürdiges und Rundes.

Niemand in Thulsern hat zuvor jemals so etwas gesehen.

Es ist natürlich die Kalebasse, die unser Firmian da mit und bei sich trägt, die er über das große Wasser aus Belém in unsere Sippe gebracht hat und die auf mich gekommen ist, auf Unserallerkind, das die in Reih und Glied angetretene Erbengemeinschaft auflösen muß, weil ich es angeblich am weistesten gebracht habe von uns allen: in der Traumfabrik.

Alle sind sie erschienen.

Auch Onkel Moritz aus Wasserburg mit Olgi, der Schwester von Kathi und einem hübschen Mädchen namens Anna, das gleich Freundschaft schließt mit Bruno und mit Bruder Martin. Da steht er nun: der Herr der sieben Meere.

Die Ovationen nimmt er entgegen wie der Graf von Luxemburg, sagt Kathi mit wässrigem Blick.

Fein sein, beinander bleibn, summt Walburg und Baptist: *Es reifet der Holder*. Zu Ehren des verlorenen Sohnes.

Wie er sich feiern läßt, von einem weißen Schal umweht.

Wie er allen die Kalebasse zeigt.

Wie er Frieda begrüßt und Bruno, die Frucht seiner Lenden.

Wie er den Trachtenverein freihält.

Wie er dem Geistlichen Rat die Hand gibt: ganz wie ein Herr.

Mit einem Schnauzbart wie ein Heubüschel.

Der Herr der sieben Meere:

Wie er immer wieder auf die Kalebasse zeigt.

Wie er Hände schüttelt.

Wie er Hände hebt.

Wie er seine Brüder umarmt.

Wie er Walburg an sich drückt.

Wie Kaspar verstohlen die Augen wischt und dabei die Uhr aus der Tasche zieht und den Sprungdeckel auf und zu macht, auf und zu, denn wo kämen wir denn da sonst hin bei der Bahn.

Wie sich der Herr der sieben Meere freut.

Wie braungebrannt er ist.

Wie die Augen der Frauen glänzen.

Wie unter dem Samtkragenmantel eine weiße Uniform hervorkommt.

Wie die Uniformknöpfe in der Thulserner Sonne blinken.

Wie der Herr der sieben Meere heimkehrt.

Und am Abend dann von Wirtshaus zu Wirtshaus.

Und wie er erzählen kann.

Erzählen auf Teufelkommraus. Er erzählt von den Passagieren an Bord; er erzählt von jenem Gelehrten, der seit siebenundzwanzig Jahren der Frage nachgeht, ob es Reisbau oder Reisanbau heißt: Erst das Reisforschungsinstitut auf den Philippinen könne die Frage endgültig klären.

Firmian als Nachfahre von Heinrich dem Seefahrer, ausgebildet angeblich in den besten nautischen Schulen Portugals.

Firmian als erster Offizier auf der *Pedro Alvares Cabral*, benannt nach dem Entdecker Brasiliens.

Der Herr der sieben Meere gibt zu wissen und tut kund:

Das Schiff ist das Urbild einer besonderen Regierungsform, da es ein kleiner Staat ist, der überall Feinde um sich sieht.

Die Kalebasse hat jedes Wort eingraviert.

Die Schiffsleute sind eben ein Volk, das am Aberglauben und am Wunderbaren hängt.

Mit der kalten Nadel steht es geschrieben auf der medizinballedrigen Weltenbrust:

Da ließ der Herr einen großen Wind aufs Meer kommen, und es erhob sich ein großes Ungewitter auf dem Meer, daß man meinte, das Schiff würde zerbrechen. Jona aber sprach zu ihnen: nehmt mich und werft mich ins Meer, so wird euch das Meer still werden. Denn ich weiß, daß solch groß Ungewitter über euch kommt um meinetwillen. Aber der Herr verschaffte einen großen Fisch, Jona zu verschlingen. Und Jona ward im Leibe

des Fisches drei Tage und drei Nächte. Er sank hinunter
zu der Berge Gründen, die Erde hatte sich verriegelt
ewiglich. Dann aber ging er zur Stadt hinaus und
machte sich daselbst eine Hütte und es wuchs ein Baum
daraus, an dem hing ein Kürbis.

So erklärt der Herr der sieben Meere die Herkunft der
Kalebasse, in die eingeschrieben ist, was ihr eigenes Herkommen betrifft.

Unser Firmian im *Adler* in Hochform, wie die Kalebasse
zeigt: *Kein heißeres Bett als das einer Frau, die sitzengelas-*
sen wurde: Geschichten aus dem Land der Messer und
Gitarren.

Die Liebe der Matrosen dauert so lange wie die Flut.
Sein Haar, das sich wie Baumwolle anfühlt.

Das Meer ist eine Straße ohne Ende, es hat die Sanftheit
eines Verliebten und den Zorn eines Hahnreis, es ist wie Öl
und wie Tau, und Bahia ist eine Stadt, aus dem Meer
entstanden und auf den Berg geklettert.

Da greifen die Finger des Herrn der sieben Meere in die
Tasten der Ziehharmonika, und das Thulsernerland wird
im Gasthof *Adler* bekannt gemacht mit den Tangos aus
Argentinien: mit Tränen in den Augen, wenn's besonders
schön traurig wird, und weil das Fernweh halt stärker ist als
das Heimweh und das Glück immer dort ist, wo du nicht
bist. Da wird geschwärmt von Buenos Aires, von Ganoven
und Lotterbuben, Schlawinern und anderen Früchtchen
rund um den Hafen. Da ist die Rede von schrägen Blicken
aus dunklen Augenwinkeln, einsam, erledigt, abgewrackt,
dann wieder von den Tangowonnen, von Gigolos und von
Brillantine im Haar und von einem Regen aus Asche und
Mühsal und von einer verwelkten Rose im Knopfloch. Der
Herr der sieben Meere: wie er die Angst umarmen lernt
ahnungsvoll.

Der Herr der sieben Meere: Spott und Gelächter für die
Träumer. Der Herr der sieben Meere: wie er von der

betörendsten aller Tangotänzerinnen erzählt, von Malena mit dem Holzbein.

Denn als Kind waren Tangos meine Wiege ...

Mit diesen Worten eröffne sie ihr Programm Abend für Abend. Erzählungen von den Foltermethoden am Orinoco, wo sie den Delinquenten Gesicht zu Gesicht an einen Toten binden.

Erzählungen von einem gewissen Oberst Ribeiro aus Peripri im Staate Bahia, der zu fortgeschrittener Stunde in Gesellschaft sein Jackett öffne, um seine Sammlung von Strumpfbändern zu zeigen, die als Schmuck ins Futter eingenäht seien, dazu die Meerschaumpfeife rauchend, welche ein vollbusiges Fischweib darstelle, indes seine beringten Finger von den Irrfahrten erzählen unter den Röcken kichernder kleiner Luder.

Firmian: wie er die Frieda heiratet mit einem Mordstrara. Um des lieben Friedens willen und um dem Kind einen Namen zu geben.

Der Herr der sieben Meere: wie er hinausgeht aus der lärmenden Stube des *Adler*, wie er den Tisch verläßt mit den Hakenkreuzfähnchen, wie er dem Wirt und dem Ortsgruppenleiter den Rücken kehrt, wie er in der Sommernacht des Jahres Neununddreißig allein sitzt unter dem Thulserner Firmament, an dem kein Kreuz des Südens hängt, wie er sich auf die Stufen der Veranda von unserer Oma ihrem kleinen Häuschen setzt und den Leuchtkäfern nachschaut, die über das Gras flimmern.

Ein tückischer Mond steht am Himmel. Da dreht sich die Kalebasse. In ihrem Inneren stoßen die Kerne aneinander wie Murmeln.

Da faßt der Herr der sieben Meere einen Entschluß.

Er nimmt ein Motorrad, das einer an die Hausmauer gelehnt und dort vergessen hat vor lauter Oberst Ribeiro und Tango und Strumpfbandfutter.

Firmian startet das Motorrad.

Mitten in der Nacht fährt er los.

Er fährt hinaus aus Thulsern, hinauf auf die Weißbacher Steige.

Dort macht er halt.

Dort dreht er um.

Dann fährt er mit Vollgas die Steige hinunter und sieht, was man auf einem Motorrad sehen kann von der Ewigkeit.

Er schaut in den Sternenhimmel, und er sucht das Kreuz des Südens.

Mit Vollgas sucht er den Sternenhimmel ab, bis er endlich einen Stern findet, der ihm gefällt, der ihn anzublicken scheint, der nur für ihn leuchtet.

Aber da verschwindet der Stern hinter einem Baum.

Und da der Herr der sieben Meere mit Vollgas seinem Stern nachfahren will, muß er die Weißbacher Steige hinunter auf den Baum zufahren, bolzengerade auf den Baum zu, obwohl doch die Straße bei der Kiesgrube eine Kurve macht, obwohl doch unser Firmian diese Kurve kennt von Kind an.

Aber was interessiert den Herrn der sieben Meere schon eine Kurve bei der Kiesgrube?

Was geht die Kurve einer Kiesgrube einen an, der sich soeben mit seinem Stern verabredet, einem Stern, der nur für ihn leuchtet, nur für ihn ganz allein, mitten in der Milchstraße, und der nur für den Bruchteil eines Augenblicks hinter einem Baum verschwindet, auf den der Herr der sieben Meere zurast mit dem Motorrad, mit Vollgas die Milchstraße hinunter.

Oder hinauf?

Hinauf zu jenen, die seiner schon harren?

Vielleicht erstrahlen sie alle zusammen als ein einziger Stern nur deshalb so hell, weil sie ihn schon erwarten – um den Herrn der sieben Meere aufzunehmen in die Reihen von Jascha mit dem Zopf, an dem man hätte ein halbes Regiment aufhängen können, von Drago, umkränzt von Rattenköpfen, von Flora und Kosmas und seinem Ewigen Umgang zur Glockenspielmelodie *So trolln wir uns ganz fromm und sacht,* wenn der weiße Ritter den schwarzen Ritter vom Pferd sticht und die Kinder um den Hollerbusch tanzen, von Regula, die den Schleier nahm, von Svea, die ein Luder wurde und nicht sterben kann vor lauter Schönheit, von Benedikt, dem es zu eng wurde auf die Dauer, von Pirmin, der fiel für Kaiser und Vaterland, damit auch Firmian nicht verworfen wird in Ewigkeit, nicht er und nicht all die anderen Armen Seelen, all die Toten, *denen die Jahre vorüberflogen wie satte Vögel.*

Sechstes Buch

Fünfter Drehbericht

Liebste Alfina,
behutsam bin ich über einen Platz gegangen, mit dem mich
lebendige Erinnerungen verbinden. Wenn ich an sie rühre,
ist es immer Abend. Obgleich heute nichts mehr davon da
ist, so sah ich doch wieder den großen Feuerkessel vor mir,
in dem das Brühwasser für das Sengen kochte, ich sah das
Geviert aus Geflügelhof, Tenne, Kuhstall und Saukoben.
Überall steckten frisch geschliffene Messer im Holz, in den
Hackstock waren verschiedene Beile getrieben, Töpfe für
das frische Blut standen bereit, Tröge für das Fleisch und
Schüsseln für die Innereien. Hier wurde geschlachtet. Ich
erkannte sofort den großen hölzernen Kochlöffel zum Blutrühren, sogleich wußte ich wieder, wie die Därme mit
Wurst gefüllt wurden. In flachen Trägern standen Bierfla-
schen bereit mit einem Schnappverschluß, aus dem sich
vorzüglich Steinschleudern bauen ließen, die angeblich sogar polizeilich verboten waren, weil damit einmal einem
Kind ein Auge ausgeschossen wurde. Wieder roch ich die
Gummischürzen der Metzger, wieder hörte ich, wie eine
Bierflasche geöffnet, angesetzt und geleert wurde, wieder
atmete ich den Dampf ein, der schon nach kurzer Zeit über
dem Hof lag. Zwischen den heftigen Bewegungen der
Schlächter und ihrem geilen Gelächter suchte ich meinen
Platz, aber ich ging wie immer nur im Weg um. Meist hielt
ich mich bei den Frauen auf, die blaue Kopftücher trugen
und an diesen Abenden besonders nackte Arme hatten, ich
sah das verschwitzte Haar unter ihren Achseln, ich erkannte, daß sie kaum mehr etwas trugen unter ihren Schürzen, die sich über der Brust öffneten. Schon sah ich, wie
mehrere Männer die Sau herbeischleppten, schon hörte ich
das Quieken und das dumpfe Knacken, schon wiederholte
einer die Worte des Flüchtlingsmetzgers: Jib ihm noch een

zwee Schläche. Dat Schwein rechelt noch. Die Messer blinkten, das Tier schrie irr, danach sprudelte der dicke Saft über die Gummistiefel und versickerte in der Erde, rann und rann, war nicht aufzuhalten und roch sehr süß. Warum kicherten die Frauen, wenn die Männer den Bauch aufschlitzten, warum drängten sie sich so um den Sud, warum konnten ihre Hände nicht genug kriegen von den Schwarten und dem Fett? Da hing die Sau am Scheunentor und tropfte aus. Die Katzen stritten sich um Fetzen von Eingeweide, jemand begann Ziehharmonika zu spielen, Paare wiegten sich im Tanz, zuerst noch in Gummistiefeln, bald darauf barfuß in schriller schwerfälliger vergrölter zerstampfter Lustigkeit.

Liebste Alfina, auf dem Drehplan stand: *Der Schlaraffenkönig speist.* Da wir in Neuschwanstein nicht drehen durften, wichen wir in die Wieskirche aus, ein Juwel des ausstattungsseligen Pfaffenwinkels. Im Kirchenschiff wurde aufgebaut, was für das Drehbuch aus den Quellen zu den Speisegewohnheiten des bayerischen Märchenkönigs erschlossen worden war. Im Gegenschuß von der Kanzel herab sollte Abraham a Sancta Clara eine Fastenpredigt halten: daher die Drehgenehmigung.

Neben der klaren braunen Consommé mit Einlage, wie Reis, Fadennudeln, kleinen Schinkenknödeln, Leberspätzeln standen gebundene Suppen, die Crème de gibier, die Wildpüree-Suppe, oder die Crème à la reine, die Chicoréesuppe, Ochsenschweifsuppe, aber auch Brotsuppe, passiert und mit Eigelb und Rahm legiert, die mit einem verlorenen Ei serviert wurde. Für die Püreesuppen gab es ein besonderes Haartuch, das Etamine, durch das sie getrieben wurden, damit sie beim Warten nicht tournieren konnten, stand ein heißes Wasserbad bereit. Auf einem weiteren Tisch fanden sich Fische, vor allem Forellen, Seezungen-Filets in Weinsauce oder gebacken mit Kräuterbutter oder Remoulade, dem das besonders pfleglich zubereitete Ochsenfleisch fol-

gen mußte: ein schönes Stück Roastbeef, das geschnürt drei
bis vier Stunden langsam gar gekocht und in vier fingerdik-
ken Scheiben serviert wurde. Beliebt bei Ludwig II. waren
auch Klopse, fein haschierte Kalbskoteletts mit Champi-
gnons oder Kartoffelbrei, Eieromelette mit Spargelspitzen
oder mit gewiegter geräucherter Ochsenzunge gefüllt, und
da Frühjahr ist: die feinen Kiebitz- und Möweneier, die
sechs Minuten gekocht, mitsamt der Schale halbiert und
mit frischer Butter auf einer Serviette zu Tisch gebracht
wurden. Der König stach dann laut Quellen nur den Dotter
aus, das Weiße ließ er liegen. Geflügel und Wildbret kamen
in allen Arten auf die Tafel. Rehziemer in Rahmsauce,
Fasanen und Rebhühner in Speck gewickelt mit Johannis-
beer-Gelee und Salaten oder mit Kalbsbries eingemacht
oder gebacken mit grünen Bohnen. Diese wurden ganz
rasch blanchiert, damit sie die Farbe nicht verloren und
dann vor dem Auftragen nur mit frischer Butter geschwungen.

Neben dem Gedeck des Königs standen eine Karaffe mit
Pfälzer Wein und eine mit leichtem Bordeaux gefüllt. Zwischen den einzelnen Speisen sollten Markobrunner, Geisen-
heimer, Hochheimer und Rauenthaler Berg serviert werden.

Außer den ausgesuchten Gerichten mußten die großen
künstlerisch entworfenen kalten Schauplatten aufgebaut
werden: Langusten und Hummer schmückten die Terra-
alba-Sockel, um allegorische Figuren gruppierten sich pi-
kante Aspiks mit Wildschweinpastetchen und Gänseleber-
parfaits, an marmorierten Füllhörnern aus gebrannten
Mandeln rankten sich grünschillernde Pistaziendesserts.

Während der König des Schlaraffenlandes am Hochaltar zu
fressen und zu verdauen begann, sollte nach Drehplan von
der Kanzel die Fastenpredigt des Augustiners ertönen. Er
sollte wider die Völlerei und die Schlemmerei wettern,
wider Schleckerei und Maßlosigkeit. Der Mensch sei nichts

als ein Häuflein Sünde und die Welt nichts weiter als ein Tanzboden, auf dem es die kuriosesten Sprüng' gebe. »Ach, was ist der Mensch« – so sollte die Predigt beginnen: »ein Buch voller Eselsohren, ein Raub der Zeit, ein Musikant, der nichts anderes zu spielen weiß als sein läppisches Larifari! Ja, lach nur, eitler Weltaff', lach, daß es dir schier das Maul aus den Angeln reißt. Das Ach bleibt nicht aus. Gockle nur herum, du Scherz der Elemente. Aber laß dir's gesagt sein: kein stolzer Federhansl bleibt ungerupft.« So sollte es laut Drehbuch hin und herfunken zwischen Kanzel und Hochaltar, zwischen leiblichem Hochgenuß und geistlichem Donnerwetter: indes der eine den Kelch schwang, auf daß ihm nachgeschenkt werde, drohte der andere mit anklagendem Zeigefinger den Himmel zu durchbohren. Ich aber wußte, woran ich die ganze Zeit denken würde beim Filmen dieser Szenen: an das Geviert aus Geflügelhof, Tenne, Kuhstall und Saukoben. Ich sah schon die Beile, die Innereien, die Katzen, die sich um die Eingeweidefetzen stritten, ich roch das verschwitzte Achselhaar der Frauen, erkannte den großen hölzernen Kochlöffel zum Blutrühren, sah den dicken Saft, wie er langsam versickerte, die blauen Kopftücher und die Gummischürzen, jemand begann Ziehharmonika zu spielen, Paare wiegten sich, umfingen einander, drehten sich im Tanz, zuerst noch in Gummistiefeln, bald darauf barfuß in schriller schwerfälliger vergrölter zerstampfter Lustigkeit.

Die Fastenpredigt sollte den Gedanken des Schlaraffenlandes vom letzten Abendmahl her angehen. Der Geist des Bibelwortes ersaufe in einem Meer der Speisen, daran ändere auch nichts der Zehente als Spende an *Brot für die Welt*. Letztlich aber sei das Schlaraffenland nichts als eine ketzerische Auslegung der Heiligen Schrift. Ein irdisches Paradies wolle sich an die Stelle der ewigen Seligkeit drängen: Es sei ein Hohn auf das Wort vom Schweiße seines Angesichts, in dem der Mensch sein Brot verdienen solle.

Heiße es im ersten Buch Mose 3,16 ausdrücklich *unter Schmerzen sollst du gebären*, so setzte dem das Schlaraffenland singende und tanzende Gebärende entgegen, die ihre Kinder einfach von den Bäumen pflückten. Nichts habe dieses Land zu tun mit dem im zweiten Buch Mose 3,8 erwähnten Land, in dem Milch und Honig fließen.

Ein Frevel sei die Gleichsetzung des Himmlischen Jerusalem der Offenbarung 21,18 ff. mit dem Schlaraffenland, ein exegetischer Humbug sei es, von Joh. 5,1–4 auf den Jungbrunnen schließen zu wollen. Wem solches noch nicht genüge, der solle den zweiten Brief an die Thessaloniker 3,10 nachlesen, wo es ausdrücklich heiße: *So jemand nicht will arbeiten, der soll auch nicht essen!* Nur Häretiker verwiesen auf Matth. 25,35 ff.: *Denn ich bin hungrig gewesen und ihr habt mich gespeist. Ich bin durstig gewesen und ihr habt mich getränkt* ... Dies gelte auch für die vermeintlich auffälligen Parallelen zwischen der Vertreibung aus dem Paradies und der Ausweisung von Tugendbolden, Arbeitswütigen und Fleißigen aus dem Schlaraffenland.

Überdies: »Wo ungeheure Reichthümer in den Händen roher, für die Genüsse des Gefühls wenig empfänglicher Menschen sich anhäufen, da pflegt die Schwelgerey auch in die tägliche Lebensweise überzugehen. Einseitige Verstandesbildung, bei unverhältnismäßig größerer Rohigkeit des sittlichen Gefühles, schützt noch lange nicht vor dem Versinken in das seelentödlichste aller sinnlichen Laster. Unter Schlemmerey verstehe ich eine gewisse vergeudende Gefräßigkeit oder gefräßige Vergeudung, die vorzüglich solchen Reichen eigen zu seyn pflegt, welche ihre Glücksgüter einer kalten berechnenden Selbstliebe verdanken. In der That möchte die Behauptung nicht gewagt seyn, daß die Bildungsstufe eines Volkes an dem Sinne und Verstande erkannt werden könne, der in der Wahl und Zurichtung seiner Speisen dem geschichtlichen Blick sich darlegt. Nur stumpfsinnige, für sich hinbrütende Völker lieben mit schwerverdaulicher, häufiger Nahrung, gleich Mastthieren, sich und ihre Oberhäupter auszustopfen.«

Nach dem Essen war eine nächtliche Fahrt in einer Originalkutsche aus dem Deutschen Museum vorgesehen. Auch dabei hielt sich der Ausstatter an die überlieferten Angaben des Küchenjungen des Märchenkönigs sowie an das Wenigsche Gemälde: Voraus ein Vorreiter mit einer Laterne, die neben dem linken Steigbügel in einem Schaft befestigt werden konnte und an der Spitze einer eineinhalb Meter langen Stange ihr Licht ausstrahlen konnte. Die Kutsche sollte von vier Pferden gezogen werden, wobei auf den Sattelpferden zwei Reitknechte sitzen sollten, ebenso wie der Vorreiter in schwerem Rokokokostüm blausamten gekleidet, mit weißen Zopfperücken, Stulpstiefeln und Schiffhüten. Das Geschirr der Pferde bestand aus prunkvollen Schabracken, Sätteln und Zaumzeug, für die Köpfe waren wehende Straußenfedern vorgesehen, in der Farbe zu den Bereitern passend. Entsprechend den bayerischen Landesfarben war die Ausstattung der Schimmel blau.

Ziel der Reise sollte die Grotte von Schloß Linderhof sein. Vorgesehen war eine Fütterung von Schwänen. Anschließend sollte der Schlaraffenkönig mit einem Lakai einen vergoldeten Kahn in Form einer Muschel besteigen und sich, zeitweilig aufrecht im Nachen stehend, auf dem durch einen unterseeischen Apparat bewegten Wasser herumrudern lassen, wozu ständig die Beleuchtung wechseln und Wellen, Riffe, Schwäne und Seerosen sowie das Muschelfahrzeug des Märchenkönigs in ein phantastisches Licht tauchen sollte, bis am Schluß der Wasserfall in Rot oder Gelb glühte und sich ein Regenbogen über das Bild von Tannhäuser im Venusberg wölbte.

Freilich sollte es dazu nicht kommen. Kaum wurde mit den Dreharbeiten im Inneren der Wieskirche begonnen, kaum waren die ersten Kamerafahrten um die aufgebauten, sich unter dem Gewicht der Speisen biegenden Tische im Kasten, kaum hatte der Schlaraffenkönig am Hochaltar Platz genommen, zerriß ein gewaltiger Knall die Stille im kühlen Kirchenrund. Wieder einmal war ein Tiefflieger über die Kirche gebraust. Das Firmament schien zu schwanken. Voller Entsetzen richtete der Schlaraffenkönig seine Augen zum Deckengemälde, als wollte der Himmel seine Schleusen öffnen, als ließe sich mitten durch die Decke ein haarfeiner Riß wahrnehmen, als könnte man durch diese winzige Spalte die Ewigkeit erspähen und schon den Jubel der Cherubin und Seraphin vernehmen. Staub bröselte, feiner Mörtelsand. Und während der Tonmeister noch glaubte, es habe ihm das Trommelfell zerrissen, ließ der Regisseur schon den Schauplatz räumen. Eilends wurde zusammengerafft, was wertvoll und wichtig schien. Das gesamte Filmteam stürzte ins Freie, voran der Schlaraffenkönig mit wehendem Hermelin, gefolgt vom Fastenprediger in der Kutte. Schade, daß keine Kamera mitlief. Die Herren im Verteidigungsministerium hätten sich gewiß an der Szene ergötzt, werden doch diejenigen Rasierflug-Piloten augenzwinkernd belobigt, die so tief fliegen, daß sie noch ein wenig Grün aus den Baumwipfeln mit nach Hause bringen.

Selbstverständlich muß eingesehen werden, daß Tiefflugübungen in dieser Gegend besonders wichtig sind, denn es ist allgemein anzunehmen, daß der böse Feind von der Tiroler Grenze kommt. Immerhin hat es die eine oder andere Staffel schon auf eine stattliche Liste zum Einsturz gebrachter Kirchlein, Kapellen und Bauernhöfe gebracht, die zwar Pestilenz und Schwed, nicht aber unsere Friedensarmee überstanden haben.

Krieg

Dieses Kapitel erzählt vom Abschied
vom Herrn der sieben Meere,
von einer Ferntrauung, einem Hinterhalt
und der Vergrößerung
der Erbengemeinschaft,
von Baptists Einberufung und davon,
was einer träumt im Lazarett, wie Kathi
die Kriegsjahre herumbringt, was ein Engländer ruft,
was Baptist am Bittersee treibt und
welche schwere Aufgabe ihm zu Hause bevorsteht.

Meine geliebte Alfina,
wie Murmeln stoßen im Inneren der Kalebasse die Kerne
aneinander, sobald sie sich dreht. Da liegt der Herr der
sieben Meere aufgebahrt. Seine Augen staunen, als sähen
sie noch immer den Stern auf der Milchstraße. Stockflek-
kenluft hängt über unserer Oma ihrem kleinen Häuschen.
Es riecht wie aus der Wochenbettstube einer Katze in einem
alten Schrank. Da stehen sie nun und wissen nicht, was
vorne und hinten ist: Frieda und Bruno, der soeben einen
Namen bekommen hat, Baptist und Kathi mit Bruder Martin, dessen Scheitel gerader ist als der Brunos, Walburg,
deren Bein schwärt und deren Hände nach den Fußlappen
des Reichsarbeitsdienstes schmecken, Kaspar, der unentwegt den Deckel seiner Schweizeruhr springen läßt und in
diesem Augenblick auch nicht weiß, wohin wir sonst kämen bei der Bahn, Luis, der am liebsten querfeldein und
dann bergauf rennen möchte, nur weg und weg und weg,
und sei es nach Leipzig zu der schwatzenden Erna. Die
Erbengemeinschaft steht um den Herrn der sieben Meere,
Frauenhände legen seinen Kopf zurecht, wollen die Augen
zudrücken, aber sie bleiben offen, weil sie nicht aufhören

können zu staunen. Die Kalebasse sagt: Firmian sieht aus, als kröche ihm ein Skorpion über die Brust zum Hals. Der Leichenwagen fährt vor. Der Sarg wird rumpelnd aufgeladen. Die Fahrt führt unter Bäumen entlang, die voller Vögel sind, voller Zugvögel vielleicht. Am Grab sagt die beschnitzte Weltenbrust, was eingraviert ist in ihre Medizinballhaut mit der kalten Nadel: *Jeder Abschied ist betäubend. Man denkt und empfindet weniger, als man glaubte; die Tätigkeit, in die unsere Seele sich auf ihre eigne Laufbahn wirft, überwindet die Empfindbarkeit über das, was man verläßt.*

Als erste sagt Kathi das Grausamste bei jedem Abschied: Das Leben geht weiter. Am Valentinstag steckt sie Lorbeerblätter an die vier Kopfkissenzipfel, auf daß ihr im Traum der Graf von Luxemburg erscheine. Sie schwört auf Baldrianstropfen und den Melissengeist. Baptist sitzt in der Zinkbadewanne und sinniert darüber nach, wie das auslaufende Badewasser genützt werden könnte. In solchen Momenten ist ihm, als melde sich Kosmas in seinem Kopf. Die Kalebasse spricht dann von der Prozession der Jahre, in denen sich Geschichte vollziehe. Sie fragt: Wer von uns wäre nicht so verriegelt, daß er nicht gelegentlich an das Verlorene dächte, an das Verschüttete in ihm? Baptist und seine ewige Mächlerei. Seine Liebe zum Pfusch. Nichts kann er lassen, wie es ist. Immer muß er herumbasteln. Um es noch praktischer zu machen.

Unser Baptist faßt einen Entschluß. Der Entschluß ist ein Plan. Ein neues Häuschen soll gebaut werden: Baptists Häuschen. Neben unserer Oma ihrem kleinen Häuschen soll es stehen. Am Hang, in der Wolfsgrube. Nur der Stadel mit dem Gerümpel von Generationen seit Jascha her, das war die mit dem Zopf, an dem man hätte ein halbes Regiment aufhängen können, stünde zwischen Baptists und Kaspars und Walburgs Häuschen. Baptist plant einen Balkon rund ums Haus. Und eine eigene Waschküche. Viel-

leicht sogar ein Fremdenzimmer für KdF-Gäste. Er weiß jetzt schon, daß die Fensterläden kleine ausgeschnittene Herzchen haben. Es soll ein Häuschen sein für ihn und für Kathi und für Bruder Martin, den herzigen Buben, der mit Bruno zu Walburgs Entsetzen dem König Ludwig auf der kleinen Insel im Weiher immer mehr zusetzt. Den Keller denkt sich Baptist so: einen Raum für Kohlen, eine Waschküche, einen Raum als Werkstatt, einen Raum als Luftschutz. Das ist Vorschrift jetzt. Das Erdgeschoß denkt sich unser Baptist so: eine Küche, ein Schlafzimmer, ein Kinderzimmer, eine gute Stube. Den Dachstock denkt sich unser Baptist so: eine Küche, ein Schlafzimmer, ein Kinderzimmer, ein Fremdenzimmer. Im Dachstock könnte vorerst Luis wohnen. Er müßte nur mithelfen beim Bau des Häuschens. Aber Luis winkt ab. Einmal genügt ihm. Er rennt lieber auf die Berge und über lange Strecken querfeldein, er begehrt lieber ohne Gewissensbisse seines Nächsten Weib. Her mit den KdF-Weibern, die nicht genug kriegen können vom Alpenglühen. Baptist aber zeichnet einen Plan und schreibt darüber *Bauplan zum Neubau eines Eigenheimes*. Ausführung: Kellermauerwerk aus Beton, Erdgeschoß Ziegelmauerwerk, Dachstock Fachwerk, Außenputz geweißt, Holzverschalung und Balkon braun gebeizt, Dacheindeckung mit Falzziegel, Fensterstöcke weiß gestrichen, Fensterläden und Eingangstüre braun gebeizt. Aber da bricht der Krieg aus.
Da wird seit fünf Uhr fünfundvierzig zurückgeschossen.
Da tönt aus dem Volksempfänger: *Wir versaufen unsrer Oma ihr klein Häuschen und die erste und die zweite Hypothek.*
Die Leipziger Erna ist gerade wieder einmal auf Besuch, rein zufällig natürlich, als Luis vom Krieg hört und beschließt, sich freiwillig zu melden. Aber vorher muß er noch mit Erna zu den Freilichtspielen nach Altusried, wo Andreas Hofer gegeben wird. *Zu Mantua in Banden*, singt unser Luis und sagt: *Gebt Feuer, ach wie schießt ihr schlecht.*

In Altusried überfällt Luis eine Einsicht.

Luis erkennt, daß er den Sport bisher nur wie ein Schauspieler betrieben hat, der sich in der Hauptrolle sieht. Er pfeift auf unser Oma ihr klein Häuschen und auf Baptists Fachwerkburg. Sie sollen sich ihre Häuschen doch alleine bauen. Er sagt das zu Hause mit einem Gesicht, als hätte er jahrelang in einem Bergwerk gearbeitet. Kaspar sieht auf die Uhr und sagt: Ordnung muß sein. Wo kämen wir da sonst hin bei der Bahn. *Räder müssen rollen für den Sieg.* Luis aber nimmt die Erna mit hinter den Stadel und bringt sie zum Schweigen. Noch einmal zeigt er ihr das Alpenglühen, noch einmal läßt er sie ins Seil fallen, noch einmal möchte er ihr am liebsten den Mund zuhalten, aus dem es heraussingt: *O du deutsches Riesengebirge, wo der Rübezahl mit seinen Zwergen.* Aber Luis hat längst einen anderen Rhythmus, seine Stoßrichtung geht ostwärts, sein Lied übertönt Ernas Gesang und das Alpenglühen, und Luis weiß, daß es noch lange nachhallen wird, wenn er es jetzt hinausschreit, sein *In einem Polenstädtchen, da lebte einst ein Mädchen.*

Und das heißt: Eeerika!

Seit fünf Uhr fünfundvierzig wird jetzt zurückgeschossen.

Hinter dem Stadel aber kommt Erna in die Hoffnung.

Luis dagegen kommt zu einem Schneeschuhbataillon.

Immer weiter ostwärts zieht es ihn.

Die Kalebasse sagt: Luis geht den Weg unserer Jascha, die aus den polnischen Sümpfen kam, ein Büblein an der Hand und einen Wolfshund um sich, den sie Drago rief.

Immer tiefer ostwärts verliert sich Luis mit seinen Schneeschuhen. Immer weiter muß er, Richtung Reval, estnisch Tallin, russisch Rewel: eine alte Stadt am Meer, mit grauen Kirchen, Gruftkapellen und schweren gemeißelten Grabplatten. Dort sind die Dämmerungen zu Hause, die Nebelwolken und das Schneegestöber, von dort heißt es: *Im hohen Sommer geht die Abendröthe mählich hinüber in den roten Morgenschein, und mitten in allem Leben sind die Toten gegenwärtig.*

Ernas Hoffnung heißt Raimar. Unter der Feldpostnummer soundso erhält Luis einen Brief, in dem ihm die Geburt seines Sohnes Raimar mitgeteilt wird. Mit Foto. Mutter und Kind sind wohlauf. Er sieht aus wie ein Zwerglein, soll Erna laut Kalebasse auf die Rückseite der Fotografie gekritzelt haben, freudig erregt. Kaspar aber schaut auf die Uhr und sagt: höchste Zeit, daß geheiratet wird. Ordnung muß sein. Wo kämen wir da sonst hin?

Luis liegt mit dem Regiment in Reval.

Erna liegt mit dem Bankert in Leipzig.

An Weihnachten wird geheiratet, damit das Kind einen Namen hat und um des lieben Friedens willen.

Es kommt zu einer Ferntrauung. Stille Nacht. Die Funker machen es möglich. Heilige Nacht, und es steht ein Soldat am Wolgastrand. Schließlich sind wir im Krieg. Alles schläft, einsam wacht. Nach Mitternacht aber lautet die Parole: *In einem Polenstädtchen. Und das heißt: Eeerika!*

Wenige Tage später wird, kurz vor Neujahr, Luis in einer heiklen Mission auf Spähtrupp geschickt.

Kaspar und Walburg erhalten ein Schreiben, in dem dasselbe steht wie in dem Brief an Erna: *vom Einsatz nicht zurückgekehrt, gefallen für Führer, Volk und Vaterland.*

Die Kalebasse behauptet, Luis sei willentlich in einen Hinterhalt gelaufen mit seinen Schneeschuhen. Es sei ganz in der Nähe von Jaschas Geburtsort gewesen. Aber wo genau, das verschweigt die Kalebasse. Sie sagt: irgendwo im Osten. Sie sagt: zu Mantua in Banden. Gebt Feuer, ach wie schießt ihr schlecht.

Unter den Namen Firmians, des Herrn der sieben Meere, wird ein zweiter Name gemeißelt: Luis. Darunter ein eisernes Kreuz, und darunter läßt Baptist später setzen: *Heimatgedenken.* Auf dem Grabstein stehen die Namen von Jascha und von Kosmas, von Flora und von Regula, von Benedikt und von Pirmin, von Firmian und von Luis, obgleich die wenigsten unter diesem Stein begraben sind, denn Svea kann nicht sterben vor lauter Schönheit, Regula ist womöglich in den Himmel aufgefahren, dem Vorbild der Muttergottes folgend, Kosmas wurde unter einem Rauchfaß beerdigt, von Benedikt hat man nie mehr etwas gehört, von Pirmin ist kein Fetzchen übriggeblieben. Vom Hörnle herab sind wieder drei Böllerschüsse zu hören, ein Lied ertönt, es heißt *Ich hatt' einen Kameraden,* Kaspars Uhrendeckel geht auf und zu, Bruder Martins Scheitel bleibt liegen, der von Bruno nicht, wegen der zwei Wirbel, plötzlich hat Baptist keine Brüder mehr, sondern nur noch Kathi, Onkel Moritz ist extra aus Wasserburg gekommen, der Boxer Max steht neuerdings an der Ostfront, und das Bein von Walburg eitert und eitert und will nicht mehr heilen.

Die Kalebasse aber sagt: Erbberechtigt an unserer Oma ihrem kleinen Häuschen sind nunmehr aufgrund der Verhältnisse unser Baptist nebst Kathi und Bruder Martin, daneben aber auch Frieda und Bruno. Als neu Hinzugekommene begrüßen wir Erna und Raimar, die Leipziger.

Aber noch stellt sich die Frage nicht, noch leben Kaspar und Walburg, noch geht die Schweizeruhr, noch herrschen Ordnung und Fleiß und Sparsamkeit. Hier und dort wird am Häuschen ausgebessert: Ein Anbau kommt dazu. Aber er wird, abgesehen vom Sockel, nicht mehr gemauert. Der Ersatz heißt Fachwerk, ist aber keines. Jedes Jahr im Frühling müssen die billigen Bretter neu eingelassen werden mit dunkler Beize. Unser Oma ihr klein Häuschen hat jetzt die Form eines Hufeisens. Wem bringt es Glück? Am Fensterladen hängt das blaue Schildchen der Thuringia-Versicherung.

Wieder dreht sich die Kalebasse, die Kerne in ihrem Inneren, meine geliebte Alfina, stoßen aneinander wie Murmeln. Da erhält unser Baptist, der brav seinen Dienst tut, die Einberufung. Er muß zu den Gebirgsjägern in die Ordensburg nach Sonthofen. Bei der Ausmusterung in Kempten wäre er fast zur Waffen-SS gekommen, aber er hat einen kleinen Sehfehler. Später wird er seinen Söhnen erzählen, daß er wegen dieses Sehfehlers seinen Traumberuf nicht ergreifen konnte: Lokführer. Denn Ordnung muß sein bei der Bahn, wo kämen wir da sonst hin? Mit den Gebirgsjägern lernt Baptist die Berge der näheren Umgebung kennen. Am liebsten verteidigt er den Grünten, auf dem heute ein Umsetzer steht für das Erste Fernsehprogramm. Sonntag für Sonntag fahren Kathi und Bruder Martin nach Immenstadt mit dem Zug, um Baptist zu besuchen. Dann gehen sie in den Parkanlagen spazieren. Einmal reicht es sogar für einen Ausflug an den Bodensee. Bei Baptists Verabschiedung vom Bahnhof Thulsern läßt der Amtsvorstand anfragen, ob die Kathi nicht an der Stelle einer Hausmeisterin interessiert sei. Sie müsse jeden Abend knapp zwei Stunden lang den Bahnhof putzen. Bruder Martin könne sie gerne mitbringen, der könne doch so lange in einem Postsack schlafen. Weil man dem Amtsvorstand nicht widerspricht, wenn er schon ein so großzügiges Angebot macht, sagt Baptist zu für Kathi und Bruder Martin. Ihm ist zumute, als beginne eine neue Epoche in der Geschichte des Bahnhofes zu Thulsern. Bald erklärt er Kathi die Heizung, bald gibt er ihr Anweisung, wie die Messingschalen im Schaltervorraum zu putzen und zu polieren sind: mit Sidol. Die Kathi aber trinkt lieber eine Tasse Kaffee mit der Frau Amtsvorstand.

Vor der Einberufung zu den Gebirgsjägern ziehen Baptist und Kathi und Bruder Martin um: auf den Berg zu Hansmart, dem Milch- und Leichenkutscher. Der Mann hat einen Sprachfehler, sagt Moin, Moin, Donnstag, Freitag, Mickte, wollwoll. Aber sonst ist er eine Seele von Mensch. Kathi fühlt sich wohl, abgesehen von den vielen Katzen, die im Haus sind. Sie kann es nicht haben, daß ihr eine um die Waden geht, daß ihr eine auf die Schulter springt. Jeden Abend geht die Kathi zum Putzen. Bald gelingt es ihr, eine große Lüge selbst zu glauben: wie anstrengend das sei, den ganzen Bahnhof zu putzen, Tag für Tag, wie weit der Weg sei, die Kirchsteige hinunter, abends, wenn alle anderen Feierabend haben, wie gefährlich der Weg sei, in stockdunkler Nacht die Kirchsteige hinauf. Kathi glaubt solche Lügen gerne. Wenn Bruder Martin nicht bei den Rössern von Hansmart ist, dann ist er bei Walburg an der Wolfsgrube. Dort trifft er sich mit Bruno, dann setzen sie dem Rest der König Ludwig-Büste zu, die auf der kleinen Insel im Weiher steht, einst von Jascha für ihren Kosmas errichtet. Bruno ist viel allein, weil Frieda, die lustige Witwe, als Bedienung gefragt ist in verschiedenen Wirtshäusern. Einmal bedient sie im *Adler*, dann wieder im *Milchhäusle*. Überall sagen sie: Das ist die lustige Frieda, die Frau des Herrn der sieben Meere. Bruno und Bruder Martin spielen oft zusammen. Sie verstehen sich gut. Manchmal bekommen sie Besuch von der Wasserburger Anna, das ist die Tochter von Olgi und Onkel Moritz, der den Panzer gebastelt hat und der schöne Lieder kennt: *Wer will gehn zu den Soldaten, der muß haben ein Gewehr.* Anna kommt in den Sommerferien zum Baden im Köglweiher, sie kommt im Winter zum Ski- und Schlittenfahren. Wenn die Anna im Thulsernischen ist, dann dauern für Bruno und Bruder Martin die Ferien noch einmal so lange.

Wieder dreht sich die Kalebasse kaum merklich, aber ich höre in ihrem Inneren die Kerne aufeinandertreffen wie Murmeln. Baptist verläßt die Ordensburg zu Sonthofen. Seine Einheit fährt Richtung Klagenfurt, von dort weiter auf den Balkan. Dort gehen die Gebirgsjäger die Pässe hinauf, während Titos Partisanen die Pässe hinuntergehen. Baptist ist jetzt Gefreiter. Er hat eine Feldpostnummer, aber

Kathi ist keine große Briefschreiberin. Sie schwärmt vom Grafen von Luxemburg, und sie singt: *Der Polin Reiz bleibt unerreicht.*

Jeden Abend putzt sie den Bahnhof, jeden Abend kriecht Bruder Martin in einen Postsack, jeden Abend fürchtet sich die Kathi vor dem Heimweg, aber sie hat ja Bruder Martin, und der ist so ein hübscher blonder Bub und der hat so blaue Augen, so richtig zum Verlieben. Das sagt auch die Bäuerin und schenkt dem Martin noch ein extra Glas Milch ein, auf daß der Bub groß und stark werde. Geschickt ist er nämlich, der Bub: er kann auf das Vieh aufpassen, er kann bei der Heuernte zur Hand gehen, er kann die Rösser an- und ausschirren, er kann der Bäuerin helfen, die schweren Milchkübel zu tragen. Bruder Martin und die Bäuerin: Das ist ein Kapitel für sich, sagt die Kalebasse. Sie flüstert es, denn die Kathi braucht nicht alles zu wissen, und Bruder Martin ist doch noch ein Kind. Aber er ist eben ein besonders hübscher Bub.

Während Baptist mit seiner Einheit die Pässe hinuntergeht, gehen Titos Partisanen die Pässe hinauf. Kathi aber geht in die Beeren: sie pflückt die Johannisbeeren um unser Oma ihr klein Häuschen, sie pflückt die Himbeeren mit ihrer neuen Freundin, der Haf Resl, die immer die besten Schläge kennt, an der Vils entlang, wo Spinnen ihre Netze bauen. Ab und zu geht die Kathi auch zu Frau Babel zum Waschen und Bügeln. Dort bekommt Bruder Martin ein kräftiges Essen und die Kathi als Lohn für ihre Arbeit echten Bienenhonig, denn Luitpold Babel ist Imker neben seiner Heimarbeit. An Andreas wirft Kathi um Mitternacht einen Schuh gegen die Tür, rückwärts über die Schulter, um für Baptist eine gesunde Heimkehr zu erwirken, sie schält einen Apfel an einem Stück und wirft die Schale zum Fenster hinaus, auf daß ihren Baptist keine Feindeskugel trifft. In der Thomasnacht, der längsten im Jahr, setzt sich die Kathi auf die Bettkante und sagt: Bettstatt, ich tret dich, Heiliger Thomas, ich bitt dich, laß mir erschein' den Kindsvater mein', Thomas sage mir wann, Thomas sag, wann kommt mein Mann. Darauf erscheint ihr im Traum der Graf von Luxemburg. Da erhält Kathi die Nachricht, Baptist liege in Belgrad im Lazarett. Aber Baptist ist nicht verwundet. Er wird am Bruch operiert. Angeblich während eines Fliegerangriffs. Angeblich bei zu schwacher Narkose. Angeblich spürt er das Messer des Chirurgen brennen. Angeblich. Da liegt also unser Baptist im Lazarett von Belgrad in der Narkose. Er sieht Drago, den Wolfshund, die Jascha bespringen. Er sieht einen roten Pimmel auf der Kalebasse, sieht ihn wachsen zwischen Jaschas weißen Schenkeln, rein und raus und rein und raus, angeblich während eines Fliegerangriffs, und nach neun Monaten sieht unser Baptist im Lazarett zu Belgrad die Jascha werfen und heraus kommt Kosmas, unser aller Tüftler und Erbauer des Glockenspiels *So trolln wir uns ganz fromm und sacht.* In Rom habe die Wölfin zwei Brüder gesäugt, die aussehen wie Bruno und Martin, in den polnischen Sümpfen aber habe ein Wolfshund ein Weib befruchtet, will Baptist im Lazarett in Belgrad auf der Kalebasse gesehen haben. Aber es ist alles nicht wahr, es ist alles überhaupt nicht wahr.

Wahr dagegen ist, daß Kaspar wegen einer Bauchverhärtung im Sterben liegt und daß Baptist nicht mehr rechtzeitig nach Hause kommt, obwohl ihm vom Regimentskommandeur Heimaturlaub zugebilligt wird.

Da fährt also Kaspar in die Grube und mit ihm die Schweizeruhr von der Weltausstellung zu Paris. Kaspar hinterläßt kein Testament. Die Kalebasse aber sagt: Wenn eines Tages die Walburg nicht mehr ist, weil ihr Bein eitert und eitert und nicht heilen will, weil sie schon so vielen nachgeschaut hat in die Ewigkeit, zwei Söhne verloren, Firmian, den Herrn der sieben Meere und Luis bei einem Schneeschuhbataillon irgendwo im Osten und

jetzt auch noch den Reichsbahnassistenten Kaspar, den
Vater ihrer Kinder, der stets auf Ordnung hielt, auf Fleiß
und Sparsamkeit – wenn also eines Tages die Walburg
nicht mehr sein sollte, sind folgende Personen erbberechtigt: Baptist nebst Kathi und Bruder Martin, Frieda
nebst Bruno, Erna nebst Raimar.

Walburg bleibt nur noch Bruno. Bruno hockt gerne in den
Schäden. Immer muß er das Risiko suchen, immer muß er
sich eine blutige Nase holen. Wegen seiner zwei Wirbel will
einfach kein Scheitel halten. Da kann die Walburg kämmen, so viel sie will.

Kathi putzt den Bahnhof, Tag für Tag.

Ein Jahr geht ihr schnell vorbei. Vom Krieg merkt sie nicht
viel, außer den Lebensmittelmarken und der Knappheit von
diesem und jenem. Aber alles ist halb so schlimm, solange
Bruder Martin seine Milch bekommt von der Bäuerin und
seinen echten Bienenhonig von Frau Babel.

Schnell gehen der Kathi die Kriegsjahre hin, in denen sie
eine besondere Vorliebe für Turbane entwickelt.

Zum Jahresbeginn weiß die Kalebasse einen frommen
Spruch:

> So viel im Jänner Schweine sterben
> So viel der Hornung Kälber zieht
> So viel der März läßt Eier färben
> Und im April man Blüten sieht
> So viel im Mai Jungfrauen küssen
> Im Juni man die Kirschen bricht
> Im Julio die Bad-Gäst pissen
> Der August Hochzeitskränze flicht
> Als der September Nüsse bringet
> Und der Oktober Beeren gibt
> Als der November Gäns verschlinget
> Als man Dezembers Schlitten liebt
> So vieles Glück im neuen Jahre
> Fließ Kathi, Dir, auf Deine Haare.

In den Rauhnächten zwischen Heiligabend und Dreikönig stellt die Kathi Speis und Trank vor die Türe für das wilde Heer, sie traut sich nicht, Wäsche aufzuhängen, weil sonst einer stirbt in der Familie, Hansmart darf nicht Holzhacken oder Mistfahren, in dieser Zeit sprechen die Tiere und auch der Birnbaum spricht, verliebte Mädchen werfen ihren Pantoffel in den Haselnußstrauch, drei Messer muß sie in den Brotlaib stecken, für Getreide, Obst und Wein, die Kalebasse aber sagt: »Wehet der Wind in der ersten Nacht, so sterben viel Fürsten und gewaltige Leut; in der anderen Nacht, so versitzt der Wein; in der dritten Nacht, solches bedeutet Sterben unter den Königen; in der vierten Nacht, so wird Hunger in den Landen; in der fünften Nacht, so sterben Bücherschreiber, auch stranden oder versinken Schiffe; in der sechsten Nacht, so bedeutet viel Obst; in der siebten Nacht bedeutet kein Schaden, wann der Wind gleich weht; weht er aber in der achten Nacht, so sterben viel Alte; in der neunten Nacht bedeutet viel Krankheit; in der zehnten Nacht, so fallen Wald und Häuser nieder; in der elften Nacht, so stirbt das Vieh; in der zwölften Nacht, so bedeutet Krieg und Blutvergießen.«

In der letzten Rauhnacht vor Dreikönig muß alles Weihnachtsgebäck aufgegessen sein, wer einen Löffel umgekehrt findet, der muß sterben, sagt die Kathi und schreibt mit geweihter Kreide über den Türbalken C+M+B. Die Kalebasse sagt, das bedeute *Kathi, machs Bett*. Dann erscheinen die Heiligen Drei Könige mit ihrem Stern. Sie essen, sie trinken, sie bezahlen nicht gern. Kathi aber schickt Bruder Martin um das Dreikönigswasser. An Lichtmeß zieht sie mit den Kerzen durchs Haus, läßt Kerzen weihen gegen Gewitter und Hagel, um sich einen Tag später den Blasiussegen zu holen, mit zwei Kerzen über Kreuz um den Hals: gegen das Hängenbleiben von Fischgräten. Zu Valentin lernt sie Sprüche von der Haf Resl: *Unschuld und Bescheidenheit sind dein schönstes Frauenkleid*. Auch während des

Krieges ist die Weiberfasnacht zünftig. Es gibt ein Kränzchen beim Oberen Wirt und Bruder Martin singt: *Lustig ist die Fasenacht, wenn die Mutter Küchlein backt. Wenn sie aber keine backt, pfeif ich auf die Fasenacht.* Abends auf dem Heimweg vom Bahnhofputzen fürchtet die Kathi die wilden Scheckenreiter. Lieber ist ihr schon das Geldbeutelwaschen am Aschermittwoch, wenn der Pfarrer in der Frühmesse Asche auf jedes Haupt streut. Mehrmals läßt sich die Kathi mit Tränen in den Augen in den April schicken, Bruder Martin schickt Bruno zum Einkaufen. Er soll ihm ein Pfund Ibidumm und ein Kilo Haumiblau bringen. Auf der Bahn fragen sie die Kathi, ob sie eine Maikäfersuppe probieren wolle und lassen sie in einen Krapfen mit Senf beißen. Am Palmsonntag ist sie der Palmesel, weil sie zuletzt aus dem Bett kommt, denn längst ist Bruder Martin mit dem Palmbuschen unterwegs, der als Abwehr gegen Blitz und Hagelschlag in den Herrgottswinkel gesteckt wird. Auch für Stall und Stadel sind ein paar Zweige übrig. Die Kathi aber verschluckt drei Palmen, denn jetzt ist sie gefeit gegen Fieber, Hals- und Zahnweh. Am Gründonnerstag kocht sie Spinat, hilft in der Kirche beim Verhängen der Fenster. Nach dem Gloria fliegen die Glocken für drei Tage nach Rom, und die Ministranten klingeln nicht mehr, sondern rasseln mit der Rätschen: *Wir rätschen, wir rätschen den Englischen Gruß, den jeder Christenmensch beten muß. Fallt nieder, fallt nieder auf euere Knie. Bet's drei Vaterunser und ein Ave Marie.* Kathi geht zur Osterbeichte und hebt den Beichtzettel gut auf. Auch am Karfreitag traut sie sich nicht, auf dem Dachboden die Wäsche aufzuhängen. Bruder Martin und Bruno gehen am Karsamstag zum Feuerschreien, Kathi hilft beim Enthüllen der Altarbilder und Kirchenfenster. Sie übt sich im Singen von *Jesus lebt.* Dann macht sie sich ans Eierfärben und ans Nestverstecken. Sie bereitet einen Korb vor für die Speisenweihe und bäckt das Osterlamm. Osterwasser macht schön, sagt sie und geht am Ostermontag mit Bruder Martin nach Emmaus. In der Nacht zum ersten Mai sperrt Kathi die Besen weg, denn da fährt der Saft in die Birken, da werden die Gartentore ausgehängt und die Wegweiser verdreht. Aber der Mairegen läßt die Haare wachsen. Kathi pflückt Blumen für den Maialtar und singt ihre Lieblingslieder: *Meerstern ich dich grüße. Rose ohne Dorne, Du von Gott Erkor'ne. Lilie ohnegleichen, der die Engel weichen.* Mutter Maria hilft auch gegen Pankraz, Servaz, Bonifaz. Und gegen die kalte Sophie. Himmelfahrt ist Gewittertag, sagt Kathi und empfiehlt, an diesem Tag Geflügel zu essen. An Pfingsten singt sie *Komm Schöpfer Geist*. Aber die Kalebasse sagt: das singt sie vergeblich. Zur Fronleichnamsprozession hilft sie beim Schmücken der Häuser und der Altäre. Sie denkt an Baptist: wie schön es doch wäre, wenn er in seiner Eisenbahneruniform mitgehen könnte. *Himmelsau, licht und blau.* Daß Bruno und Martin beim Johannisfeuer mitmachen und um die Feuerhex springen, sieht Kathi nicht so gerne. Sie fürchtet Hänseleien, Zündeleien, Raufereien. Bald denkt sie ans Backen von Kirchweihherzen. Schon geht es ans Pflegen der Gräber auf Allerheiligen. An Martin ist ein Namenstag zu feiern: *Laterne, Laterne, Sonne, Mond und Sterne, brenne auf, mein Licht, brenne auf, mein Licht. Aber nur meine liebe Laterne nicht.* Aber da hört sie schon ein neues Lied, da singen die Kinder schon *Laßt uns froh und munter sein* und fragen *Ruprecht, Ruprecht, guter Gast, hast du mir was mitgebracht? Hast du was, dann leg es nieder – hast du nichts, dann geh gleich wieder.* An Barbara muß Kathi aus bekannten Gründen weinen, trotz *Schneeflöckchen Weißröckchen.* Im Lesebuch steht, was auch die Kalebasse eingraviert hat mit der kalten Nadel: *Wißt Kindlein, die Engelein schneidern im Himmel jetzt früh und spät. An Puppendecken und Kleidern wird schon auf Weihnacht genäht. Da fällt von Söckchen und Röckchen manch silber-*

ner Flitter beiseit. Vom Bettchen manch Federflöckchen.
Auf Erden sagt man: es schneit.

Da gräbt unser Baptist gerade ein Loch in die feindliche
Erde. Da sieht unser Baptist gerade einen englischen Panzer
auf sich zurollen. Und während Kathi die Krippenfiguren
abstaubt und die Weihnachtskugeln aus dem Stadel holt,
zwischen all dem Gerümpel, zu dem auch die Kalebasse
gehört, senkt sich ein Geschützrohr auf unseren Baptist.
Der aber buddelt weiter sein Loch in die bockgefrorene
Erde, als grabe er die Wasserleitung für unser Oma ihr klein
Häuschen. Da aber öffnet sich auf einmal – o Wunder – die
Luke des Panzers, ein Kopf kommt heraus, sogar zwei
Arme, die winken, und eine Stimme ruft: come on, boy.
Aber später wird Baptist stets behaupten, die Stimme habe
komm an, boy gerufen. Unser Baptist gerät in englische
Kriegsgefangenschaft. Er macht eine Schiffsreise durchs
Mittelmeer und darf für ein paar Jährchen am Bittersee in
Afrika in einem großen Zeltlager über sein Leben nachden-
ken. Kathi und Walburg aber sitzen über einer Postkarte,
auf der zwei Zeilen stehen: Ich bin in englischer Kriegsge-
fangenschaft. Es geht mir gut.

Auch in Thulsern geht der Krieg zu Ende. Weiße Leintücher
lösen die rotschwarzen Hakenkreuzfahnen ab. Es geht ganz
schnell. Nicht einmal das Sprengen der Gaichtpaßbrücke
vermag die Neger aufzuhalten. Da kommen die Sieger
zuhauf und suchen nach Waffen und Weibern. Kathi aber
geht weiter Abend für Abend zum Bahnputzen, und Bruder
Martin begleitet sie nach Hause. Einmal werden sie von
einem Amerikaner aufgehalten. Der geht um die beiden
herum, schaut sich die Kathi an von oben bis unten und
fragt dann den Bruder Martin, ob er nicht wenigstens eine
Schwester habe.

Die Kalebasse schreibt das Jahr Siebenundvierzig, als sie
sich entschließt, unseren Baptist aus Afrika nach Thulsern
zurückkehren zu lassen: über Gibraltar, den Golf von

Biskaya, Hamburg und Lager Dachau. Da steht er auf dem Bahnhof zu Thulsern, wo er von Mutter, Weib und Kind erwartet wird. Die Kalebasse aber sagt: *Wer wird bei diesen Kofferpreisen noch mit ner alten Schachtel reisen?*

Am nächsten Tag läuft unser Heimkehrer dem Herrn Geistlichen Rat in die ausgebreiteten Arme.

Der fragt: darf ich meinen Augen trauen?

Baptist geht zurück in unser Oma ihr klein Häuschen.

Eine große Aufgabe steht dem Ahnungslosen bevor:

Währungsreform.

Wiederaufbau.

Wirtschaftswunder.

Will sagen: die Zeugung von Unserallerkind.

Zeugung

Dieses Kapitel erzählt von Unserallerkind,
von den Zuschauern und den Anfeuerungsrufen aus
aller Herren Länder, von Bruder Martins Liebe
und Brunos sportlichen Erfolgen,
von Skifahrern und dem Weihwasser,
von Walburgs Märchen vom eisernen Vorhang,
von Brunos Bereitschaft, vom Schmieren und Salben
und schließlich vom Spruch einer Leichenansagerin.

Wie Murmeln stoßen die Kerne im Inneren der Kalebasse beim Drehen aneinander, meine geliebte Alfina. Der Heimkehrer Baptist macht sich an seine große Aufgabe. Das Jahr ist noch jung, es zählt erst wenige Tage, als Baptist und Kathi darangehen, Unserallerkind zu zeugen. Anwesend bei der Zeugung sind Jascha mit dem Zopf, an dem man hätte ein halbes Regiment aufhängen können, Drago ohne Rattenkopfkranz, Flora und Kosmas, unser Tüftler und Erfinder des Ewigen Umgangs sowie des Glockenspiels *So trolln wir uns ganz fromm und sacht,* Benedikt, dem es zu eng wurde auf die Dauer, Pirmin, der fiel für Kaiser und Vaterland, Regula, die den Schleier nahm, Svea, die ein Luder wurde, ach Svea, Kaspar, der den Deckel seiner Schweizeruhr auf- und zuschnappen ließ, Luis, der willentlich in einen Hinterhalt lief mit Schneeschuhen, Firmian, der Herr der sieben Meere, der auf der Milchstraße Motorrad fuhr, Walburg, deren Bein nicht mehr heilen will, Bruno, dem kein Scheitel bleibt, Bruder Martin, der herzige Blauäugige, Erna aus Leipzig nebst Raimar, dem Gartenzwerglein sowie Frieda, die lustige Witwe. Und im Hintergrund: selbstverständlich die Kalebasse, die auf mich gekommen ist mit dem Samtkragenmantel und dem Vergrößerungsglas. Unter Anwesenheit aller Mitglieder der Erbengemeinschaft, die ich aufzulösen habe, weil ich es am weitesten gebracht habe von allen, sowie unter den Anfeuerungsrufen aus verschiedenen Zeiten und Kontinenten, bald aus Santiago di Compostela, bald aus Belém, bald aus Baldimore, bald aus der Gegend von Reval zeugen der durch längere Kriegsgefangenschaft entwöhnte Baptist sowie die Hausmeisterin des Bahnhofes zu Thulsern, Katharina Babette, welchselbige beinahe in Wien geboren worden wäre, Unserallerkind, das sich später Jacopo nennen wird, eingedenk eines großen schwingenden Rauchfasses zum Te Deum sowie etlicher Konstrukteure von Perpetua mobilia. Die Schwangerschaft verläuft normal. Um den 18. September herum, dem Geburtstag der göttlichen Garbo, ist es dann so weit. Kathi ißt gerade ein Holdermus, als sie in ihrem Bauch die Kinder um den Hollerbusch tanzen spürt. Und im Zeichen der Jungfrau wird Unserallerkind geboren: *es muß ein Sonntag gewesen sein, ein Tag voll hellem Sonnenschein. Es war ein Glückstag ganz gewiß, als Unserallerkind geboren ist.* Die Kalebasse sagt: *Vernünftig zu sein ist das Signum der Jungfrau. Jungfrauen sind Analytiker, detaillierte Beobachter, sorgfältige Planer. Stets sind sie auf das Schlimmste vorbereitet.* Kathi blickt dem hübschen jungen Arzt besonders tief in die Augen und verdaut eine Evipan-Spritze um die andere. Immerhin ist sie schon vierundvierzig Jahre alt, unser Baptist aber ist um zwei Jährchen jünger. Als ihm die Hebamme Unserallerkind zeigt, spricht Baptist die denkwürdigen Worte, die Jacopo nie vergessen wird: Was, diese häßliche Kartoffel soll mein Sohn sein? Die Kalebasse hat es eingeritzt in ihre Medizinballhaut, und eingeschrieben ist es mit der kalten Nadel in die tätowierte Weltenbrust. Es ist ein denkwürdiges Jahr, dem Unserallerkind das Gepräge gibt: eine Tonne Uran kostet eintausendsechshundert Dollar, Ferdinand Porsche konstruiert den Porsche 356, Mahatma Gandhi fällt einem Attentat zum Opfer, an jährlichen Todesfällen an Weltseuchen verzeichnet die Kalebasse: 20 Millionen durch Syphilis, 3 Millionen durch Malaria, 4,5 Millionen durch Tuberkulose. Der UKW-Funk entwickelt sich rasch, gegen Hirnhautentzündung wird Streptomycin verwendet, Trichlorätylen ermöglicht schmerzarme Entbindungen, auf dem Palomar Mountain wird ein Fünfmeterteleskopspiegel eingeweiht, die UN-Vollversammlung erklärt die Menschenrechte, Roy Bietila schraubt den Weltrekord im Skispringen auf 83,5 Meter, Richard Tauber stirbt: *Frag nicht, warum ich gehe, frag nicht warum.*

Die Kalebasse sagt: Bruder Martin hat jetzt ein Brüderchen. Die Erbengemeinschaft zählt einen Kopf mehr.

Aber Bruder Martin ist gar nicht so angetan von der häßlichen Kartoffel, die vorerst nur schreit und verdaut.

Unserallerkind ist in Wirklichkeit gar nicht häßlich. Ganz im Gegenteil: Es ist ein besonders schönes Kind. Blondgelockt und mit neugierigen Äuglein schaut es in die Welt, voller Hoffnung und Erwartung. Ein Pummelchen ist es, das es schon bald versteht, die Aufmerksamkeit auf sich zu lenken. Kaum kann Unserallerkind gehen, äfft es schon die Kriegslahmen nach, die Hinkenden und die Buckligen, die Einarmigen und die Klumpfüßigen. Kaum wird Unserallerkind am Sonntagvormittag nach der Halbelfuhrmesse ins Weidach zum Standkonzert mitgenommen, will es schon dirigieren und den Takt angeben. Kaum bekommt Unserallerkind sein erstes Schäufelchen geschenkt, schultert es dieses schon und marschiert zum Bahnhof, um beim Abladen von Kohlen oder Erdäpfeln zu helfen, dabei stets eine Handvoll Sand in den Mund schiebend. Zeitweilig heißt es von Unserallerkind, es habe Würmer, zeitweilig heißt es von Unserallerkind, es habe Keuchhusten. Am liebsten aber spielt es um unser Oma ihr klein Häuschen herum. Leider ist von der König Ludwig-Büste fast nichts mehr übrig. Bruno und Bruder Martin haben ganze Arbeit geleistet.

Nach der erfolgreichen Bewältigung der schwierigen Aufgabe der Zeugung von Unserallerkind wird Baptist wieder Eisenbahner. Abend für Abend putzt er mit Kathi den Bahnhof von Thulsern. Er verwaltet jetzt wieder das Finanzielle und gibt der Kathi zweimal in der Woche Haushaltsgeld. Weil unser Baptist noch immer einen Vater braucht, der ihm sagt, was er zu tun hat, tritt unser Baptist dem Verband der Heimkehrer bei und wird Mitglied des Veteranenvereins. Später wird er es bis zum Fähnrich und zum Kassier bringen, aber das wird noch Jahre dauern. Damit ihm aber nicht wieder so ein Fehler unterläuft wie damals mit Partei und SA, tritt Baptist zugleich in die Eisenbahnergewerkschaft ein. Er hat sich vorgenommen, Wasser nach allen Seiten zu tragen, aber nirgends eines zu verschütten, sagt die Kalebasse. Da Baptist Mitglied des Veteranenvereins ist, schließt sich Kathi den Soldatenfrauen an. Sie wird noch von Soldatenfrauen sprechen, wenn der Krieg mehr als dreißig Jahre vergangen sein wird.

Die Kalebasse dreht sich ein wenig, läßt die Kerne in ihrem Inneren aufeinandertreffen wie Murmeln und schiebt mir Baptists neue Wohnung auf dem Berg beim Lipple unter das Vergrößerungsglas. Das Haus steht neben der Kirche. Baptist wohnt mit seiner Familie im ersten Stock, im Erdgeschoß wohnen das Fraule und Mang. Das Fraule putzt nebenan in der Chefarztvilla und geht jeden Tag zur Kommunion, Mang ist Totengräber und jodelt gerne. Außerdem betreibt er mit einigem Erfolg das Kugelstoßen. Am Abend, wenn sich die Kathi fertigmacht, um hinunter ins Tal zum Putzen zu gehen, wickelt Bruder Martin Unserallerkind und gibt ihm das Fläschchen. Bruder Martin ist fast dreizehn Jahre älter als Unserallerkind. Wie gerne würde er mit dem Kaltenecker Joschi oder mit Märzers Klement etwas unternehmen, aber es geht nicht: immer soll er auf Unserallerkind aufpassen, immer hat er Unserallerkind am Hals, muß Windeln wechseln und Fläschchen geben, den Kindskarren schieben und lieb sein zu Unserallerkind. Bruder Martin kann einem leid tun, aber er braucht einem nicht leid zu tun, sagt die Kalebasse, denn Bruder Martin arbeitet an seinem Haß auf Unserallerkind. Abend für Abend arbeitet er daran, läßt ihn wachsen, schichtet ihn auf, Stein auf Stein, das Häuschen wird bald fertig sein. Baptist und Kathi putzen den Bahnhof. Bruder Martin beginnt, sich für die Mädchen zu interessieren. Er ist ein so hübscher blonder Jüngling. Längst hat er Bruno den Rang abgelaufen. Längst ist Bruder Martin beliebter als Bruno, dem kein Scheitel liegenbleiben will. Bruno lebt bei der Walburg, weil seine Mutter Frieda eine gefragte Aushilfsbedienung ist. Während Bruder Martin erfolgreicher ist bei den Mädchen, ist Bruno erfolgreicher im Sport. Bruno ist Fußballtorwart, Bruno ist Eishockeytorwart, Bruno ist Abfahrtsläufer, Bruno ist Skispringer. Walburg wäscht stets die Wäsche des gesamten Vereins. Bei jedem Fußballspiel fürchtet sie, was sie im Winter bei jedem Eishockeyspiel fürchtet: daß sie den Bruno wieder heimbringen müssen. Weil er aus der Nase blutet, weil ihm ein paar Zähne fehlen, weil er eine Gehirnerschütterung hat, weil er sich den Arm gebrochen hat, weil er sich das Schienbein gebrochen hat, weil er sich den Knöchel gebrochen hat, weil er etwas abbekommen hat. Immer trifft es den Bruno, und immer muß die Walburg die Trikots des ganzen Vereins waschen: des Skiklubs und des Turnvereins, des Fußballvereins und des Eishockeyvereins. Bruder Martin geht auch viel zum Skifahren, aber er legt Wert darauf, den Mädchen etwas vorzufahren. Bruno dagegen ist ein Bolzer und eine Rennsau. Ihm kann es gar nicht gach genug hergehen. Bruno und Bruder Martin machen beide eine Feinmechanikerlehre, aber Bruno ist weiter, weil er älter ist. Eigentlich hätte Bruder Martin auf die Oberrealschule gehen sollen, aber Kathi hat sich nicht getraut während des Krieges: angeblich, weil sie das Schulgeld nicht hätte bezahlen können. Aber die Kalebasse sagt, das sei gar nicht wahr, weil sie wahrscheinlich vom Schulgeld befreit worden wäre. Außerdem hätte die Gemeinde einspringen können. Angeblich hat Bruder Martin die Aufnahmeprüfung schon bestanden. Angeblich hat aber der Direktor der Oberrealschule zu Kathi gesagt: lassen Sie den Buben ein Handwerk lernen. Handwerk hat goldenen Boden.

Deshalb ist Bruder Martin in die Lehre zu Dornier gegangen. Aber Kathi kann das gar nicht sehen, daß ihr hübscher blonder Sohn mit den blauen Augen jeden Abend schwarz und voll Schmiere nach Hause kommt. So lange redet sie auf Baptist ein, bis der ihn wieder herausnimmt aus der Lehre und ihn als Jungbote bei der Post unterbringen kann. Die Kalebasse sagt: Wer nichts weiß und wer nichts kann, der geht zu Post und Eisenbahn. Bruno dagegen macht sich nichts aus schwarzen Fingernägeln. Sie stören ihn beim Skispringen so wenig wie seine zwei Wirbel, die jeden Scheitel vereiteln.

Bruno kauft sich von seinem ersten ersparten Lohn ein gebrauchtes Motorrad. Er nimmt an Wettfahrten auf den Falkenstein teil und gewinnt zweimal die Rennen zum Vilsalpsee. Beim dritten Rennen trägt es ihn aus der Kurve. Aus der Traum. Jetzt schwärmt er von einem *Borgward Isabella,* aber das Geld reicht nur für ein neues Motorrad. Vorher fuhr er *Zündapp,* nun aber fährt er *Adler.* Er hätschelt und pflegt seine Maschine, er poliert und fummelt und ölt: Stets ist Brunos Motorrad vorbildlich in Schuß. Einmal kann er sogar die Walburg überreden, auf den Sozius zu steigen. Er fährt mit ihr hinaus auf die Weißbacher Steige, kehrt oben um und braust die Steige mit Vollgas hinunter, wie sein Vater Firmian, der Herr der sieben Meere. Aber Bruno sucht kein Kreuz des Südens. Bruno will nicht die Milchstraße hinunterfahren, Bruno hat seinen Stern noch nicht gefunden. Bruno will Ingenieur werden. Skiflugschanzen will er bauen, denn vom Skispringen versteht er etwas. Er hat ein paar Oberstdorfer Freunde, von denen er lernt. Er weiß genau, wie Toni Brutscher springt und wie Heini Ihle auszieht, wenn er den Schanzentisch verläßt. Er weiß außerdem, daß Heini Klopfer am meisten vom Schanzenbau versteht. Bruder Martin probiert das Skispringen erst gar nicht. Er spezialisiert sich auf Riesenslalom und auf Spezialtorlauf. Bruno dagegen will auch noch die Nordische Kombination gewinnen. Die Sportskanonen räumen ein wenig den Stadel auf, um Platz zu haben für das Präparieren der Skier. Sie kochen Wachs, tragen es auf, pinseln es ein, bügeln eine weitere Schicht darüber, ziehen es wieder ab, feilen die Kanten: das große Vorbild heißt Toni Sailer. Ihm eifern sie nach. Sie tragen nur noch weiße Zipfelmützen und fahren im Geist immer wieder die Toffana-Abfahrt von Cortina d'Ampezzo. Da verletzt sich Bruno schwer: Bei einem Sechzigmetersprung gehen ihm in der Luft beide Sprungski auf. Die Kalebasse hat es eingraviert, wie Bruno ohne Ski landen muß, wie es ihn den Abhang hinunterschleudert, wie ein Oberschenkelhals bricht, wie ein Gesicht zerschunden wird vom Harschschnee, wie ein Pullover zerfetzt wird, wie Walburg die Hände über dem Kopf zusammenschlägt, wie Bruno aus der Narkose erwacht und zuerst wissen will, ob er den Schanzenrekord gebrochen, wenigstens eingestellt hat. Der Postjungbote hat außer Toni Sailer bald ein neues Idol. Es heißt James Dean und verunglückt dank der Kalebasse rechtzeitig in einem silbergrauen Porsche, damit Bruder Martin Unfallbilder sammeln und über dem Bett an die Wand heften kann.

Vor den Thulserner Skimeisterschaften bringen Bruno und Bruder Martin ihre präparierten Bretter in die Kirche, doch der Pfarrer weigert sich, sie zu segnen und weist die heidnischen Hölzer aus dem Gotteshaus. So müssen die Rennläufer selbst das Weihwasser über die Latten spritzen.

Da dreht sich die Kalebasse, läßt in ihrem Inneren die Kerne aneinanderstoßen wie Murmeln und präsentiert unserem

Bruno, dem Sohn des Herrn der sieben Meere, einen neuen Vater. Firmians lustige Witwe heiratet eine Wirtshausbekanntschaft: den Baumbeschneider Lorenz aus Mühlacker. Er versteht sich aufs Kompostieren, arbeitet bald in dieser Gärtnerei, bald in jener, geht gerne in den *Adler*, weiß zu allem und jedem etwas, ist ein ganz Siebengescheiter und hört überhaupt das Gras wachsen. Plötzlich kommt wieder Bewegung in die Erbengemeinschaft, denn wenn es die Walburg eines Tages nicht mehr machen sollte, weil ihr Bein eitert und eitert und nicht heilen will, dann sind folgende Personen erbberechtigt: Baptist nebst Kathi, Bruder Martin und Unserallerkind, Bruno nebst Frieda und Lorenz, die Neuerwerbung, Erna und Raimar aus Leipzig, aber von denen hört man nichts mehr, denn sie leben hinter dem eisernen Vorhang.

Eines Tages will Unserallerkind wissen, was das ist: der eiserne Vorhang. Bruder Martin will es nicht erklären, Kathi kann es nicht erklären, Baptist darf es nicht erklären, weil er Beamter ist und angeblich nichts mit Politik zu tun haben darf, und Bruno versteht nichts davon, weiß nur, daß Helmut Recknagel ein vorzüglicher Skispringer ist und daß sie in Klingenthal gute Schanzen bauen. Da wendet sich Unserallerkind an Walburg und fragt die alte Frau, was das sei: der eiserne Vorhang. Walburg aber erzählt Unserallerkind ein Märchen, das die Kalebasse eingraviert hat in ihre Medizinballhaut:

Zur Zeit, als der Teufel noch häufiger auf der Erde umherzog, ist es geschehen, daß er einmal zu einer armen Frau gekommen ist. Die hatte zwei Töchter, Schneeweißchen und Rosenrot und waren so fromm und gut und unverdrossen und faßten sich an den Händen und schworen: wir wollen niemals auseinandergehen und uns nicht verlassen, solange wir leben. Mutter Germania aber, die Kriegswitwe, setzte hinzu: was das eine hat, soll's mit dem anderen teilen und schickte Päckchen hin und her. Der Teufel aber war mit

311

dem Ende seines Bartes in eine Spalte des viermächtigen Klotzes geklemmt und sprang hin und her wie ein Hündchen an einem Seil, und er rief den beiden treudeutschen Mädels zu, wenn sie ihn befreiten, dann bekämen sie zum Lohn dafür den in ein Bärenfell genähten Prinzen von Berlin. Da gerieten Schneeweißchen auf der einen und Rosenrot auf der anderen Seite wegen des Prinzen derart hintereinander und sich in die Haare, daß bis zum heutigen Tage nicht entschieden ist, wer von beiden nun den ins Bärenfell genähten Prinzen erhalten soll. Der Teufel aber mit seinem eingeklemmten Bart verfiel darüber so sehr in Wut, daß er beschloß, einfach seinen Bart mit einer Schere abzuschneiden und in dem viermächtigen Klotz eingeklemmt zu lassen. Damit aber Schneeweißchen und Rosenrot nie mehr zueinanderkommen konnten, wie sie es einst der Mutter geschworen hatten, errichtete er zwischen den beiden Geschwistern einen eisernen Vorhang.

Während Walburg zwischen Nierentisch und Nitribitt Unserallerkind deutsche Politik aus Thulserner Sicht erklärt, eröffnet Frieda mit dem ersparten Bedienungsgeld ein kleines Lebensmittellädchen, das Bruno einmal übernehmen soll, wenn er erst die richtige Braut für sich gefunden hat. Obwohl Bruno noch jung ist an Jahren, hat er schon eine im Auge: die Else. Walburg ist nicht einverstanden mit dieser Wahl, denn die Else ist eine Bedienung, und Walburg sagt: Auch an der Else darf sich jeder die Hände abwischen. Bruno hört nicht auf Walburg. Die Kalebasse sagt: Bruno folgt der Stimme seines Herzens. Walburg hat wieder eine Sorge mehr, und ihr Bein will und will nicht heilen. Immer wieder ist etwas an dem Häuschen zu richten. Mal regnet es herein, mal müssen die Schirmbretter gestrichen werden, mal sollte neu geweißt werden, mal ist die Wasserleitung eingefroren. Walburg hat keine rechte Freude mehr an dem Häuschen, denn der Flüchtling Panosch, den sie nach dem Krieg zugewiesen bekommt, beschwert sich täglich: einmal ist es ihm zu kalt, dann ist es ihm zu warm. Nichts kann ihm die Walburg recht machen. Die Frau fürchtet sich vor dem Menschen mit dem Hitlerbärtchen, denn Panosch kann den Kopf nicht mehr ruhig halten. Immer muß er mit ihm wackeln, immer hat er etwas auszusetzen, immer muß er nörgeln und mit der Faust drohen: schließlich sei er Heizer gewesen auf der Schnellzuglok von Warschau nach Krakau. *Räder müssen rollen für den Sieg.* Aber Walburg sagt: Diese Zeiten sind vorbei und gelaufen. Die Kalebasse hat da so ihre Zweifel.

Wochenende für Wochenende hängt Baptist in die Reparatur von unserer Oma ihrem kleinen Häuschen. Kathi geht fleißig in die Beeren, Bruno und Bruder Martin wachsen die Skier oder sprechen über die Kurgastmädchen, von denen es immer mehr gibt zur Winterszeit im schönen Thulserner Tal.

Jahr um Jahr kommt die Wasserburger Anna nach Thulsern in die Winterfrische, ab und zu bringt sie auch eine Freundin mit. Aber Bruno hat ein Auge auf Else geworfen. Else zuliebe wäre er bereit, auf das Bauen von Skiflugschanzen zu verzichten. Else zuliebe wäre er sogar bereit, das Lebensmittellädchen seiner Mutter zu übernehmen. Else bedient im *Adler.*

Da dreht sich die Kalebasse kaum merklich. Ich hör in ihrem Inneren die Kerne aneinanderstoßen wie Murmeln. Unter dem Vergrößerungsglas erkenne ich Else. Sie ist eine schmale Schwarzhaarige mit einem kantigen Gesicht und großen Augen. Doch da erkenne ich neben der Else noch eine Gestalt in die Kalebassenhaut geschnitzt. Sosehr ich den beschnitzten Kürbis auch drehe, ich kann nicht genau erkennen, wer der Else da ans Mieder geht. Nur so viel ist der tätowierten Weltenbrust zu entnehmen: Unser Bruno ist es nicht. Wer kann es sonst sein?

Aber da schiebt sich Unserallerkind unter das Vergrößerungsglas. Es sitzt im Sandkasten des Steinmetzmeisters

Biskop und ißt eine Handvoll Sand. Es spielt meist alleine und für sich. Unserallerkind schießt den Fußball in den Garten der Kastenhofer Afra, Unserallerkind pieselt an die Kirchenmauer, Unserallerkind jagt die Katze in den Fuchsbau, Unserallerkind wächst auf in der Traummeile zwischen Kirche und Leichenhaus, zwischen Friedhof und Hochamt. Früh lernt es, was eine Todsünde ist: dem Pfarrer die Hostien zu stehlen, die Oblaten zu essen und zu warten, daß die Muttergottes erscheint wie weiland den Kindern zu Fatima. Aber keine Muttergottes erscheint: nur Baptist mit einem flachen Besenstiel, den Unserallerkind heute noch zu spüren glaubt. Unserallerkind geht mit dem Schäufelchen zum Bahnhof, Unserallerkind kämmt Walburg, bis sie vor Schmerz aufschreit, Unserallerkind läßt dem Bauern Kuhschreck die Luft aus dem Fahrrad, Unserallerkind traut sich nachts allein ins Leichenhaus, um einer aufgebahrten Leiche eine Nadel in die rosenkranzumschlungenen Hände zu jagen. Aber nicht einmal Gewebewasser tritt aus. Nichts geschieht. Unserallerkind will bald nicht mehr an Gott glauben noch an Tod und Teufel.

Unserallerkind merkt gar nicht, wie Walburg immer schneller altert. Unserallerkind weiß nichts von den Fußlappen des Reichsarbeitsdienstes und dem Wickelschurz, der sich um den Holzgriff eines Schaffes mit kochendheißer Lauge gewickelt hat. Was weiß Unserallerkind schon vom Einreiben und Einwickeln eines offenen Beines? Die Kalebasse sagt: *Schmieren und Salben hilft allenthalben.* Aber eines Tages hilft auch das nicht mehr. Kathi und Baptist putzen jeden Abend den Bahnhof. Bruder Martin steigt den Mädchen nach. Bruno wäre bereit, für Else das Skispringen aufzugeben. Kathi und Baptist betrügen Unserallerkind um Weihnachten und Ostern und jeden Abend, weil ihnen ein sauberer Bahnhof wichtiger ist als das Glück von Unserallerkind, auf das ja Bruder Martin aufpaßt mit wachsendem Haß. Wenn Unserallerkind einmal nicht schlafen will, dann schleicht sich Kathi auf den Hausgang, klopft an die Wand des Kinderzimmers und droht mit verstellter Stimme, gleich komme der Bullenmann und ziehe Unserallerkind hinab in die Hölle. Da kann Unserallerkind erst recht nicht schlafen. Es kann auch nicht schlafen, weil es fast jeden Abend von Bruder Martin einen Tritt in den Hintern bekommt, eine Ohrfeige, oder eine Kopfnuß. Da beschließt Unserallerkind, sich alles zu merken und auf den Tag der Abrechnung zu warten, auch wenn es Jahrzehnte dauern sollte.

Eines Tages wird Unserallerkind mitgeteilt, Walburg sei schwer krank, man müsse eine Pflegerin anstellen, denn Baptist sei den ganzen Tag mit der Bahn beschäftigt, Bruder Martin mit der Post, Kathi müsse die Familie versorgen und abends den Bahnhof putzen. Da zieht Lina in unser Oma ihr klein Häuschen. Lina soll der Walburg zur Hand gehen. Lina ist eine Seele von Mensch, aber Lina packt viel zu grob zu und ist fast taub. Nachts hört sie Walburg nicht jammern, und Lina versteht nichts von einem seit Jahr und Tag eiternden Bein, das nicht heilen will und nicht heilen kann. Auch der Flüchtling Panosch ist keine Hilfe. Er beschwert sich darüber, wegen des Wimmerns keine Nacht mehr durchschlafen zu können. Wenn Baptist nicht so ängstlich wäre, hätte er Panosch längst hinausgeworfen. Aber Baptist traut sich nicht. Er hat Angst vor dem Heizer, er fürchtet, von ihm verklagt zu werden. Lieber läßt er die Walburg leiden. Wenige Wochen vor dem Johannisfeuer stirbt Walburg im gesegneten Alter von vierundachtzig Jahren. Lina, die Pflegerin, merkt es gar nicht, sie glaubt, die Patientin schlafe. Der Pfarrer kommt zu spät. Während sie die Leiche wäscht, spricht Lina mit Walburg, fragt sie, wie es drüben aussehe, sagt, jetzt sei sie doch bestimmt schon bei Jascha mit dem Zopf, an dem man hätte ein halbes Regiment aufhängen können, bei Regula, die den Schleier nahm, bei Kosmas und seinem Glockenspiel *So trolln wir uns ganz fromm und sacht,* bei Benedikt, dem es zu eng wurde über kurz oder lang, bei Pirmin, der fiel für Kaiser und Vaterland, bei Svea, die ein Luder wurde (ob sie wohl doch noch sterben konnte?), bei Kaspar und bei Ordnung, Fleiß und Sparsamkeit, bei Luis und den Schneeschuhen, bei Firmian, dem Herrn der sieben Meere, der die Kalebasse in unsere Sippe gebracht hat und mit ihr den Samtkragenmantel und das Vergrößerungsglas.

Nebenan sitzen die Männer, Lorenz führt das große Wort und schlägt, die Bierflasche in der Hand, noch eine Runde Tarock vor, es kann auch Schafkopf sein.

Die Lina aber geht von Haus zu Haus und sagt ihr Sprüchlein, welches die Kalebasse eingraviert hat mit der kalten Nadel: Die Familie läßt bitten, daß abends um sieben Uhr jemand zum Beten kommt, am Mittwoch zum Rosenkranz und am Donnerstag um halb zehn Uhr zur Leich, vom Haus geht man um dreiviertel neun Uhr, die Mutter ist gestorben. Der Herr gebe ihr die ewige Ruhe, und das ewige Licht leuchte ihr, Herr laß sie ruhen in Frieden. Amen.

Wintersport

Dieses Kapitel erzählt von einer Kontoeröffnung,
von einem zunächst undeutlichen Bild auf der Kürbishaut,
von Tröstungen am Krankenbett,
von Bruder Martins Aufstieg,
vom Skispringen und warum die Vögel zu Fuß gehen,
von einem Wasserburger Wintergast und
schließlich von der Röte des Alpenglühens.

Meine geliebte Alfina, du weißt schon, wie es klingt, wenn beim Drehen der Kalebasse die Kerne in ihrem Inneren aneinanderstoßen wie Murmeln. Vergeblich suche ich auf der tätowierten Weltenbrust Walburgs Testament, denn Walburg hat kein Testament hinterlassen. Das hat Folgen: besonders für Baptist, denn er wird zum Haupt der Erbengemeinschaft ernannt. Baptist geht zur Hypobank und eröffnet Konten: ein Konto für Baptist, denn der brave Mann denkt an sich selbst zuletzt, sagt die Kalebasse, ein Konto für Bruno und ein Konto für Raimar, von dem man aber nichts hört, weil die Leipziger hinter dem eisernen Vorhang leben und offensichtlich auch nicht an einer Verbindung interessiert sind. Baptist freilich will sich nichts vorwerfen lassen. Deshalb eröffnet er auch für Raimar ein Konto. Unser Oma ihr klein Häuschen wird jetzt vermietet. Die Einnahmen werden gedrittelt und auf die Konten überwiesen. Anfallende Reparaturen, wie das stets wiederkehrende Streichen der Schirmbretter, werden zu gleichen Teilen aus den Einnahmen bestritten. Unser Baptist führt genau Buch. Er will sich nichts vorwerfen lassen. Schließlich ist er Beamter und als ehrlich bekannt. Lieber zahlt er selbst drauf, wenn einmal etwas fehlen sollte. Das Haupt der Erbengemeinschaft tut sich nicht besonders schwer: Bruno willigt stets ein, wenn Baptist einen Vorschlag macht, und der Leipziger ist nicht erreichbar.

Kaum merklich dreht sich die Kalebasse, nur ein leises Aneinanderstoßen der Kerne in ihrem Inneren ist zu hören. Unter dem Vergrößerungsglas ist Else zu sehen, Brunos Zukünftige. Sie ist Bedienung im *Adler*. Für sie ist er bereit, das mütterliche Lebensmittellädchen zu übernehmen, für sie ist er bereit, das Skispringen aufzugeben, für sie ist er bereit, mit dem Sparen zu beginnen. Aber die Kalebasse hat etwas anderes verzeichnet. Noch immer kann ich nicht genau erkennen, wer der Else da ans Mieder geht. Nur so viel steht fest: Bruno ist es nicht. Wer mag das sein? Ich kann es einfach nicht erkennen. Bruno selbst faßt einen Entschluß, der nicht neu ist in unserer Sippe. Bruno verläßt das heimatliche Thulsern. Woche für Woche fährt er mit dem Motorrad in die Schweiz. Dort sind die feinmechanischen Spezialisten aus Thulsern gefragt, denn sie leisten anerkannt gute Arbeit. Und der Lohn ist in der Schweiz ungleich höher als im verstockten Thulsern, wo die Fabrikanten auf den Geldtöpfen hocken und die Deckel nicht öffnen wollen. Bruno fährt mit dem Motorrad die Queralpenstraße bis Lindau, dann biegt er ab, hinüber ins Schweizerische. Er kennt die Strecke schon nach kurzer Zeit wie seine Westentasche. Es macht ihm nichts aus, wenn ihm Wind, Regen oder Schnee ins Gesicht schlagen: er hat das gerne. In solchen Augenblicken denkt er an Else, obwohl er nichts davon ahnt, daß sich viele an ihr die Hände abwischen dürfen, wie Walburg das ausgedrückt hat. Bruno glaubt an Lieb und Treu.

Bruder Martin hat ganz andere Vorstellungen. Er stenzt als Postjungbote durch die Gegend, er ist besonders stolz, wenn er im Hotel einem weiblichen Kurgast die Post aufs Zimmer bringen darf. Sein bevorzugtes Jagdrevier ist das Krankenhaus. Die Nonnen dort kennt er seit seiner Ministrantenzeit. Alle lieben den hübschen blonden blauäugigen

Postboten, alle Tore öffnen sich ihm und alle Herzen. Die Pfortenschwester sagt ihm, wenn wieder eine neue Patientin eingeliefert wurde: weil sie sich zu viel zugetraut hat bei der Skiabfahrt. Dann gerät Bruder Martins Werbetrommel in Bewegung. Über kurz oder lang bekommt die Patientin Post, über kurz oder lang braucht die Patientin Trost, über kurz oder lang kann sie wieder gehen. Dann zeigt ihr Bruder Martin die Sehenswürdigkeiten des heimatlichen Thulsern, dann führt sie Bruder Martin zum Tanzen ins *Café Fuchs*, dann zeigt Bruder Martin dem genesenden Kurgastmädchen, was ein Alpenglühen ist. Auch das ist nicht neu in unserer Sippe, denn in jedem von uns gärt der Sauerteig der Vorväter. Bruder Martin nimmt beileibe nicht jede. Er achtet auf Aussehen und auf Herkommen. Die Pfortenschwester ist ihm dabei behilflich. Diesmal glaubt Bruder Martin, am Ziel seiner Wünsche zu sein: Er hat eine Neue aufgegabelt. Sie ist Sekretärin bei der Regierung und ihr Vater ist Oberbaurat. Auch Kathi ist gleich begeistert. Oberbaurat: das gefällt ihr. Das ist fast wie Finanzrat. Baptist dagegen wird nervös, denn er befürchtet, nicht mithalten zu können. Baptist wird aber auch froh, denn da eröffnet sich die Durchsicht auf einen neuen Vater. Emma heißt sie, und so sieht sie auch aus. Sie hat ein großes Gebiß, aber gute Beine, wie Bruder Martin versichert. Zwar kann sie nicht Skifahren, dafür ist sie sehr am Alpenglühen interessiert. Bruder Martin ist zufrieden. Immer öfter geht er mit Emma ins *Café Fuchs*, wo sich die Saisongockel treffen zum Schumpenschieben, wie das in Kennerkreisen genannt wird. Bruder Martin macht mit Emma wunderbare Ausflüge in die Seitentäler. Schon werden einander Versprechen gegeben, schon gilt als ausgemacht, daß Emma auch die Sommerfrische im Thulsernischen zubringen will, Kathi spricht jetzt wieder öfter vom Grafen von Luxemburg und davon, daß sie beinahe in Wien geboren worden wäre. *Der Polin Reiz bleibt unerreicht.* Baptist hat nichts gegen einen Oberbaurat, aber er will nicht durch Bruder Martin ins Gerede kommen. Er will nicht, daß die Leute seinen Sohn für einen Saisongockel halten. Baptist zerbricht sich gerne den Kopf darüber, was die Leute von ihm halten. Er will immer nur das Beste. Untadelig will er dastehen, nicht noch einmal will er hereinfallen wie seinerzeit mit Partei und SA. Baptist will ein vorbildlicher Eisenbahner sein. Baptist will ein vorbildliches Oberhaupt der Erbengemeinschaft sein. Unser Oma ihr klein Häuschen ist jetzt vermietet. Ein Fahrlehrer wohnt darin. Panosch ist längst zu seiner Tochter gezogen. *Ab nach Kassel,* sagt die Kalebasse.

Bruno fährt brav in die Schweiz. Am Wochenende kommt er nach Hause, wechselt die Wäsche, geht mit Else ins *Café Fuchs,* aber Bruno ist kein großer Tänzer. Skispringen kann er besser. Er träumt davon, eines Tages ein riesiges Springerkatapult zu bauen, das die Flieger weit über hundertfünfzig Meter tragen kann. Bruno sieht sich als Geschoß über den Bakken gehen, er sieht sich hinausfliegen in einen Abgrund, er merkt, wie die Herzen der Zuschauer für den Bruchteil einer Sekunde stillstehen, er hört das Rauschen und Brausen in seinen Ohren: wenn sich jetzt nur nicht wieder die Skibindung öffnet! Bruno reißt die Arme auseinander, richtet sich aus seiner waagrecht gezogenen Vorlage auf, fängt die Luft, bereitet seine Landung vor, ahnt schon voraus, wie die Skier auf den Schnee klatschen werden, freut sich schon darauf, von einem Jubel empfangen und in den Auslauf getragen zu werden. Bruno legt großen Wert darauf, alle Schanzen auszureizen, über den kritischen Punkt hinauszusegeln, bis fast zum Knick, bis es fast so weit ist, daß er den Druck nicht mehr aushalten kann. Bruno hat den Ehrgeiz, alle Schanzen zu knacken. Schade, daß er darüber nicht mit Else reden kann. Mit ihr kann er nur über das Lebensmittellädchen seiner Mutter sprechen, oder manchmal über das Alpenglühen, aber das ist bei Bruno längst nicht so wichtig wie bei Bruder Martin und der

320

Tochter des Oberbaurates. Emma heißt sie. Vorstehende Zähne hat sie und eine zu große Nase. Aber gute Beine und besonders schlanke Finger, behauptet Bruder Martin. Emma streicht sich die Fingernägel blutrot an. Emma streicht sich die Fußnägel blutrot an. Die Kalebasse beobachtet es genau. Bruno will ein Vogelmensch werden. Stürze, die schrecklich aussehen, machen ihm nicht mehr viel aus. Er stellt jetzt Berechnungen an, er denkt darüber nach, wie die Krümmungen am Auslauf verlaufen müßten, er überlegt, was Verkürzen oder Verlängern des Schanzentisches bewirken, er entschließt sich, nur noch im Norwegerstil zu springen und nicht wie Recknagel die Arme blödsinnig nach vorne zu reißen. Anliegen müssen sie am Körper, eng anliegen. Auch am Anlauf will er noch arbeiten. Die Hocke muß noch geduckter sein, die Schnellkraft seiner Oberschenkel will er verbessern: Waldläufe im Sommer, leichtes Hanteltraining dann in den Herbst hinein. Gegen Seitenwinde, sagt Bruno, ist jeder Skispringer machtlos. Er schlägt vor, links und rechts vom Schanzentisch sowie im Auslauf große Leintücher aufzuspannen, um den Wind von der Flugbahn abzuhalten. Bruno hat keine Angst vor dem Skifliegen. Er fürchtet sich höchstens davor, knapp vor dem Schanzentisch zu stürzen. Dann würde es ihn über den Bakken hinausschleudern, und er hätte keine Chance, in den Flug einzugreifen. Im Anlauf erreiche er fast achtzig Stundenkilometer, behauptet er, aber Elses Gedanken drehen sich um das Lebensmittellädchen, und Bruno ahnt nicht, wer der rassigen Serviererin ans Mieder geht. Bruno sagt: *Seit die Vögel mich fliegen gesehen haben, gehen sie zu Fuß.* Nur mit den Weitenrichtern kann sich Bruno nicht verstehen. Immer wieder gibt es Streit, weil sie ihm nicht genau genug messen. Er fordert, daß nicht am hinteren Skiende, sondern an der Bindung gemessen wird: schließlich erfolge der Aufsprung stets bei der Bindung. An der Kabelzugbindung selbst ist auch noch einiges zu verbessern, sagt Bruno und macht sich in jeder freien Minute so seine Gedanken. Um die sechzig Kilo höchstens darf einer wiegen; groß muß er sein und zaunlattendürr, denn nur die leichten Springer gehen flach weg und lassen sich fliegen. Schön und grausig sei die Skispringerei, sagt er. Eine Möglichkeit zur Überwindung der Schwerkraft nennt er seinen Sport. Die Kalebasse verzeichnet etliche Sprünge Brunos und hat es eingraviert mit der kalten Nadel in ihre Medizinballhaut: *Am Anlauf in die Spur zu gehen, ist etwas Endgültiges, nicht mehr Aufhaltbares. Skifliegen ist nicht eine Disziplin körperlicher Kräfte, es ist ein Zustand von Geisteserregung. Fluggefühl gehört dazu, Mut, das Hinauswachsen über die eigene Todesangst. Wider alle körperlichen Instinkte legen sich die Springer Kopf voraus flach über die Skier in die Abgründe hinein, und ihr ganzes Wesen ist so auf den Punkt gebracht, daß sie taub sind und, bis auf die Stelle der Landung im Visier, auch blind. Man fliegt und man fällt und man denkt an nichts. Verbündeter ist nur die Luft – aber einer, der keine Fehler verzeiht. Fliegen ist Verwandlung der Welt in Aufwind.*

Bruder Martin trifft Emma auch im Sommer. Briefe gehen hin und her zwischen Thulsern und auswärts, ebenso Telefongespräche. Die Sache wird ernst. Ernst wird aber auch Martins Berufswechsel. Er gedenkt, sich aus den Fängen von Baptist zu befreien. Er vertauscht die Uniform des Postjungboten mit der Uniform des Gebirgsjägers. Bei den Gebirgsjägern sucht man gute Skiläufer. Bei der Bundeswehr verdient man sein Geld mit Spazierengehen, bei den Gebirgsjägern muß kein schwerer Postranzen geschleppt werden. Das einzige Gewicht ist eine Flinte. Schießen ist ein interessanter Sport, sagt Bruder Martin. Kaum ist Bruder Martin großjährig, wird auch schon geheiratet. Die Hochzeitsfeierlichkeiten finden auswärts statt. Der Herr Oberbaurat läßt bitten. Unserallerkind muß ein Gedicht aufsagen. Unserallerkind macht sich nicht beliebt. Von Anfang

an ist Unserallerkind Emma zuwider, wie Emma Unserallerkind zuwider ist. Beide hoffen auf eine aufrichtige Abnei-
gung. Leider ist Emma damit restlos überfordert. Sie kann
nur laut sein, ihre Bildung aus Radiozeitschriften beziehen,
ihre vorstehenden Zähne zeigen und ihre angeblich guten
Beine. Aber die Kalebasse sagt: Das mit den Beinen ist eine
fromme Lüge von Bruder Martin. Bruder Martin erkennt
rasch, was er sich da angetan hat mit der Oberbauratstoch-
ter, die nicht einmal skifahren kann. Immer muß Bruder
Martin alleine zum Skifahren gehen. Immer muß Bruder
Martin den feschen Skihäschen hinterherfahren. Aber die
Sache ist nicht mehr so einfach wie anno dazumal, denn
Emma ist schwanger. Über kurz oder lang kommt Jella zur
Welt. Emma haßt das Kind, während sie ihre zweite Tochter, die fischäugige Karla, abgöttisch liebt. Eines Tages
schlägt der Wind des Unheils eine Tür zu; Jella ist gerade so
groß, daß sie die Türklinke ins Auge bekommt. Seither ist
Jella auf einem Auge blind. Die Kalebasse greift vor, denn
schon zeigt sie Jellas Hochzeit: mit Kutsche und Brimbo-
rium. *Festliche Kleidung erwünscht,* steht auf den Einla-
dungskarten. Alle halten sich daran, nur Unserallerkind fehlt
bei der Hochzeit. Die Ehe mit einem gutmütigen Vertreter
währt kein Jährchen. *Es muß geschieden sein,* sagt die Kalebasse, und Jella sagt: Wenigstens hatte ich eine schöne Hochzeit. Die fischäugige Karla ist schlauer. Sie hält sich einen
Zirkuselektriker, mit dem sie für die Rock'n'Roll-Weltmei-
sterschaft übt, indes Emma ihre Hasenzähne entblößt und
Süß-Geistiges trinkt, wie sie ihre Likörchen nennt.
Wieder dreht sich die Kalebasse ein wenig und läßt in ihrem
Inneren die Kerne wie Murmeln aufeinandertreffen. In
mildem Frühjahrslicht ist endlich zu erkennen, wer da so
zärtlich seinen Arm um Brunos Braut Else legt, ohne daß
Bruno es weiß: es ist Brunos Stiefvater, der kompostkun-
dige Lorenz aus Mühlacker, der das Gras wachsen hört. Er
sitzt gern in den Wirtshäusern herum, er läßt gerne die

halbe Gemeinde an seinem Wissen teilhaben, er spielt gerne das Tagblättchen, und er ist erfolgreich beim schönen Geschlecht, wie die Kalebasse anmerkt. Unklar ist, was sich Else dabei denkt, wenn sich die Finger von Lorenz mit ihren Blusenknöpfen beschäftigen. An einem Wochenende entdeckt Bruno, wer ihm da bei der Else ins Gai pfuscht. Ursprünglich hat er vor, diesmal mit dem Lloyd von Lorenz in die Schweiz zu fahren, da starke Schneefälle vorausgesagt sind. Aber unter den gegebenen Umständen sagt Bruno, der Lloyd könne ihm gestohlen bleiben. Er nimmt seine *Adler* und fährt los. Das Schneetreiben setzt bald hinter Nesselwang ein und wird immer dichter. Bruno macht das nichts aus. Bruno hat das Schneetreiben gerne. Schon sieht er sich im Anlauf einer riesigen Sprungschanze. Schon geht er die paar Schritte zur Luke. Schon schiebt er seine dreirilligen Sprungski, diese schweren, über zwei Meter langen Bretter quer zum Gefälle der Schanze über die Anlaufspur. Schon spürt er den Wind im Gesicht. Schon hört er das schleifende Geräusch seiner Skier. Da stößt er sich ab. Da rast er dem Schanzentisch entgegen. Da bereitet er sich auf den Absprung vor. Da konzentriert er sich darauf, hinauskatapultiert zu werden. Bruno glaubt, die Stimme eines Reporters zu erkennen, welche jene Worte sagt, die eingraviert sind in die Kalebassenhaut: *Elastisch wie eine Feder nimmt er den Absprung, und ruhig wie ein Vogel schwebt er dahin. Wie ein Meteor geht er unter der erstaunten Menge nieder. Er landet gewissermaßen in einen Aufschrei hinein. Es ist wie eine Vision.*

Alles ist richtig, was die Kalebasse eingebrannt hat, alles stimmt. Bis auf einige Kleinigkeiten, die ich erst bei genauerem Hinsehen unter dem Vergrößerungsglas erkenne. Bruno landet in einen Aufschrei hinein. Das stimmt. Es ist wie eine Vision. Auch das stimmt. Bruno nimmt wie eine elastische Feder den Absprung, und er fliegt ruhig wie ein Vogel dahin. Nur die erstaunte Menge fehlt, unter der er angeblich wie ein Meteor niedergeht. Das stimmt nicht.

Denn da ist kein Mensch, als Bruno in einer langgezogenen Kurve bei Simmerberg auf einer Wiese landet. Da ist lediglich ein einsamer Autofahrer. Es handelt sich um einen Lechtaler, etwa in Brunos Alter, der gleichfalls unterwegs ist in die Schweiz zur Arbeit. Allerdings ist der Lechtaler im Vorteil, denn er hat ein Auto. Der Lechtaler hat ein Dach über dem Kopf. Er sitzt hinter einer Windschutzscheibe. Vor der Windschutzscheibe kämpfen die Scheibenwischer mit dem Schneetreiben. Das Schneetreiben ist stärker. Der Lechtaler sieht den Motorradfahrer vor sich viel zu spät. Das Auto hat eine Stoßstange. Die Stoßstange trifft auf den Hinterreifen des Motorrades. Der Motorradfahrer wird wie ein Skispringer aus dem Sattel gehoben. Es ist genau so wie beim Thulserner Glockenspiel, wenn der weiße Ritter den schwarzen Ritter vom Pferd sticht. Dann tanzen die Kinder um den Hollerbusch, der goldene Hahn kräht und Stundenglas und Hippe werden sichtbar. Eine Windschutzscheibe hat einen Rahmen. Der Skispringer, der gar kein Skispringer ist, fliegt nicht vorwärts, sondern er fällt rückwärts, als wäre er der schwarze Ritter. Wenn ein Halswirbel und der Rahmen einer Windschutzscheibe aufeinandertreffen wie die Murmeln im Inneren einer Kalebasse, dann treten gewisse Regeln in Kraft. *Die goldenen Regeln der Mechanik,* sagt die Kalebasse. Bruno fährt nicht mehr in die Schweiz. Bruno wird die Schweiz nie mehr sehen. Bruno fährt nur noch bis Lindau. Dort legt man Bruno in den Streckverband. Bruno sieht nicht mehr viel. Er sieht Frieda nicht und nicht Else, er sagt nur: Seit die Vögel mich fliegen gesehen haben, gehen sie zu Fuß. Drei Tage sieht Bruno immer nur einen Skiflieger wie einen Vogel fliegen. Dann kommt die Landung, aber Bruno erfährt die Weite nicht mehr. Die Beerdigung ist ein großes Spektakel. Schon lange nicht mehr hat es in Thulsern ein derartiges Schauspiel zu sehen gegeben. Auf einer Kranzschleife steht *Geliebt und unvergessen.* Frieda läßt das auf den Grabstein setzen, und Lorenz will den Lloyd verkaufen. Der Skiklub Thulsern zählt ein Mitglied weniger, der Eishockeyverein und der Fußballverein zählen einen Torwart weniger, der Motorsportverein zählt einen Sieger weniger, die Erbengemeinschaft zählt einen Kopf weniger. Alle weinen und sind sehr traurig.

Frieda und Kathi weinen begeistert.

Am traurigsten ist Unserallerkind.

Bruno hat seine Firmungsuhr schon gekauft.

Es ist eine Schweizeruhr.

Mit einem Sprungdeckel.

Unter der Hand wird in der Sippe die Schuld verteilt.

Jeder bekommt seinen Anteil.

Damit ist die Sache erledigt.

Lorenz schert sich wenig darum.

Er wäscht seine Hände in Unschuld.

Er trocknet sie an Elses Rock.

Wieder dreht sich die Kalebasse.

Sauber wie die Weste unserer Sippe sind die Straßen von Thulsern. Geschleckt und blitzblank und frei von Hundedreck und Katzenscheiße. Dafür Sägemehl. Sägemehl in allen Farben. Es sind die Farben, die man braucht zur Darstellung von Hostie, Monstranz, Kelch und Kreuzigung. Frisch geschnittene Eschenbetschen stehen links und rechts von den Eingangstüren, welche auf die Hauptstraße weisen. Plötzlich gibt es in Thulsern Heiligenfiguren zuhauf. Frisch entstaubt und nachlackiert stehen sie auf Altären herum, die im Freien aufgebaut werden. Hier eine Mariahilf, dort ein Joseflupf. Rote Tücher mit goldenen Borten wehen aus den Fenstern, auch Fahnen: diesmal ohne Hakenkreuz. Aber es sind die alten Halterungen, in welche die Fahnen gesteckt werden. Hoffentlich regnet es nicht bei der Prozession. Fronleichnam, sagt die Kalebasse, ist immer ein Höhepunkt in Thulsern. Fronleichnam und Viehscheid. Sie zeigt Kelche, von denen Strahlen ausgehen, sie zeigt Jesusse, die durch wogende Kornfelder schreiten: mit und ohne segenspendende Hand. Alle sind sie eingegraben mit der kalten Nadel in die tätowierte Weltenbrust: die Müttergottes, mit und ohne Dolch im Herzen, die Jesusknäblein, milupagesättigt, nabelnackt, die Fahnen, leicht und schwer, von Feuerwehr, Schützen-, Turn-, Veteranen- und Gebirgstrachtenerhaltungsverein, auch die dreistängigen Fahnen mit den schweren Quasten an besonders langen weißblauen Schnüren, Heiliger Florian, verschon unser Haus, zünd' andere an, die Maria mit dem Heiligenschein aus elektrischen Birnchen auf dem Barrengestell für Kolpingbrüderschultern, der Himmel mit dem Allerheiligsten und dem Rauchmantel für den Geistlichen Rat, das Schwitzen und Beten linkszweidreivier, so daß die Goldzottelei im Zotteln bleibt, Himmelsau, licht und blau, das Knien und Singen und Prozessionieren durch die ganze Gemeinde, von der Kirche auf dem Berg bis hinunter zum Café Sontheim, die von Otmar Haf alljährlich in den Bäumen versteckten Lautsprecher, die gesungenen Evangelien aus jener Zeit, die Thulserner Fürbitten aus der Abrahamischen Lauber-Hütt:

Silber eleison
Gold eleison
Silber erhöre uns
Gold erhöre uns
Silber erbarme dich unser
Gold erbarme dich unser
Gold, du Schatz der Erden, bleib bei uns
Gold, du Ernährer der freien Künste, bleib bei uns
Gold, du Wert der Wollust, bleib bei uns
Gold, du Erhalter des Lebens, bleib bei uns
Gold, du Haupt der Metalle, wir bitten dich,
erhöre uns
Gold, du Zier menschlichen Wandels, wir bitten dich,
erhöre uns
Gold, du Ziel unserer Gedanken, wir bitten dich,
erhöre uns.

So ist es eingraviert in die Kalbasse, so berichtet es die tätowierte Weltenbrust von unserem Thulsern. Dem kann auch der Weihrauch nichts anhaben, das handlahme Geläut der Ministranten mit den weißen Handschuhen, die Wandlung und das Allerheiligste, hoch die Tassen, quitollispecatamundi, dreimal gegen die Brust geschlagen, die Kommunion, acht Stunden nüchtern, weil es sonst Todsünde ist, die klebende Oblate, der Hosenknopf für die Opferbüchse und zuletzt das erlösende Weihwassergespritz, weil die Knödel schon warten und das Bier sonst müde wird.

Die Kalebasse legt die Ordnung fest, nach der durch die Gemeinde gezogen wird: vom pickligen Erstkommunikanten bis zu der zwischen Gegrüßetseistdumariavolldergnadn und Te Deum den neuesten Dorftratsch verbreitenden Betnuckel. Marschiert wird wie immer:

Kreuz und Fahne voran, die Erstkommunionkinder, die Mädchen Blumen streuend, die Knaben das Gebetbuch in die Pfützen werfend oder die Kerze biegsam schwitzend, der Bund der katholischen Jugend mit seinen eindeutigen Interessen wider die Mischehe, die Kolpingfamilie, die Legio Mariä, der katholische deutsche Frauenbund, die Marianische Kongregation, der Dritte Orden, Schwesterngemeinschaften und Frauenorden, darunter das Rote Kreuz, die Schwestern des Dritten Ordens, Arme Franziskanerinnen, Benediktinerinnen der Anbetung, Barmherzige Schwestern, Salvatorianerinnen, Deutschordensschwestern, Maria Ward Schwestern, Arme Schulschwestern. Hier unterbricht die Kalebasse und schiebt ein: Hätte Thulsern die Alpenuniversität, folgten an dieser Stelle die Katholische Hochschulgemeinde, schlagende und Farben tragende Verbindungen, Professoren. Da dies noch nicht so weit ist, aber was noch nicht ist, das kann ja noch werden, sind nun die Männerorden an der Reihe. Alumnen, Priester in Chorkleidung, gefolgt vom Allerheiligsten mit dem Geistlichen Rat unter dem Himmel, getragen von Fabrikanten und Gemeinderäten, sodann der Ehrenzug mit Veteranen und Bundeswehr, Heer, Luftwaffe, Marine, gleich danach die Honoratioren, von denen jeder Dreck am Stecken und Flecken auf der Weste hat, Behörden schließlich, Ämter und Schulen, die Eisenbahner im bayerischen Blau, unser Baptist mitten unter ihnen mit der geblähten Brust eines Gefreiten, Zugführer und Schaffner und Weichensteller, danach erst die Post, die Feuerwehr, Fahnenabordnungen verschiedener Vereine, Verbände und Organisationen, das Edelweiß der Bergwacht, die Flüchtlinge und Heimatvertriebenen, die Abteilung Knoblauch, Volk endlich, Männer, Frauen, Kinder gemischt und schon nicht mehr so recht bei der Sache.

Bei zu schnellem Drehen der Kalebasse freilich kann es passieren, daß beim Betrachter der Eindruck entsteht, es rasten zwei Thulserner Fronleichnamsprozessionen aufeinander zu wie zwei Schnellzüge, verkeilten sich ineinander, verbissen sich und die Gläubigen prügelten einander, gib ihm Saures, mit Fahnenstangen, Josefsstäben, handlichen Heiligenfiguren und Kreuzen, die in Wirklichkeit Schwerter sind. Dann muß gewartet werden, bis sich Kathi unter das Vergrößerungsglas schiebt und, quitollispecatamundi, dreimal an die Brust schlägt, so daß die Brosche bebt.

Und wieder stoßen im Inneren der Kalebasse die Kerne aneinander wie Murmeln.

Fronleichnam ist längst vorbei und auch Viehscheid.

Der Winter ist ins Land gezogen: Thulserns ertragreichste Jahreszeit.

Wieder einmal geht Bruder Martin zum Skifahren.

Er ist jetzt Offiziersanwärter und steigt auf von Abfahrtsrennen zu Abfahrtsrennen.

Das kann er wirklich: dem Teufel ein Ohr wegfahren auf Skiern. Martin macht sich einen Namen als Skikanone.

Er wird zu Meisterschaften geschickt und bringt den einen oder anderen Pokal nach Hause, auch Ehrenurkunden und undankbare vierte Plätze.

Immer noch heißt das Vorbild Toni Sailer. Der Blitz von Kitz. Jetzt auch im Kino. Mit Ina Bauer, dem Eislaufsternchen. *Kauf mir einen bunten Luftballon.*

Wieder einmal kommt die Wasserburger Anna in die Winterfrische. Sie geht mit Bruder Martin gerne zum Skifahren.

Ganz im Gegensatz zu Emma, die lieber Radiozeitungen liest.

Die Wasserburger Anna ist eine gelehrige Schülerin.

Martin zeigt ihr den Stemmbogen.

Martin zeigt ihr den richtigen Stockeinsatz.

Martin öffnet ihr die Bindung.

Martin schließt ihr die Bindung.

Und immer locker in den Knien.

Und hopp und hopp und anstemmen und beiziehen.

Martin fährt dem Skihäschen gerne etwas vor.

Die Kalebasse sagt: *Zwoa Brettln, a gführiger Schnee, juchhe, dös is halt sei höchste Idee.* Oder sie läßt Vico Torriani singen: *Zwei Spuren im Schnee führ'n herab von steiler Höh'.*

Die Wasserburger Anna stellt sich gar nicht so blöd an.

Gerne läßt sie sich alles zeigen von Bruder Martin.

Gerne übt sie den Stemmbogen, gerne wüßte sie mehr vom Stockeinsatz, gerne läßt sie sich von Martin aus dem Schnee helfen, gerne läßt sie sich unter die Arme greifen, gerne läßt sie sich von Martin die Händchen wärmen.

Gerne wärmt sie Martins Hände.

Am Hals. Leg die Hände an meinen Hals, dort ist es am wärmsten. Aber Bruder Martin weiß noch wärmere Stellen.

Bruder Martin mustert seine Cousine.

Wie sauber sie im Strumpf steht.

Wie stramm sie ist.

Die ist eine für Herz und Hand.

Bruder Martin gerät ins Schwärmen.

Bruder Martin gerät ins Glühen.

Bruder Martin beschließt, seiner Schülerin Anna aus Wasserburg das Alpenglühen zu zeigen.

Nach einer besonders gelungenen Pulverschneeabfahrt schenkt er der Anna ein besonders großes Glas *Südtiroler Bauernfeind* ein. Auf der Ofenbank rückt er besonders nah an Anna heran, die heute besonders gut riecht und einen besonders gut gefüllten Pullover trägt. Bruder Martin aber hat eine besonders enge Skihose an. In der Stube ist es aber auch besonders heiß.

Bruder Martin schlägt der Wasserburger Anna noch einen kleinen Spaziergang vor nach dem besonders schönen Tag. Er kennt da hinter dem Stadel eine besonders schöne Stelle. An der ist das Alpenglühen besonders schön.

Geliebt und unvergessen.

Das stand auf der Kranzschleife für Bruno.

Der Kranz stammte von Anna.

Bruder Martin und Anna legen eine kurze Gedenkminute ein. Sie erheben sich von ihren Plätzen.

Dann aber lassen sie sich wieder herab, und dann bringen die beiden die Alpen zum Glühen.

Berge in Flammen, sagt die Kalebasse.

Natürlich schwängert Bruder Martin die griffige Anna.

Natürlich darf keiner jemals erfahren, von wem das Kind ist. Soll Anna, um es zu verlieren, vom Heustock springen?

Natürlich muß sich die Anna da eine Geschichte einfallen lassen: von einem Ingenieur, der nach Afghanistan ging.

Der sie einfach sitzen ließ.

Die Geschichte von einer unglücklichen Liebe.

Die Geschichte von einer Sitzengelassenen.

Die Geschichte von der dazumal gefallenen Barbara und dem Bühnenmaler von und zu.

Kathi glaubt diese Geschichte aufs Wort. Sie muß ein wenig weinen und singen *Der Polin Reiz bleibt unerreicht.*

Kein Wort von einem Alpenglühen.

Immer nur Geschichten aus Afghanistan, wohin die Post lange unterwegs ist.

Aber wirklich von Interesse ist nur die eine Frage: vergrößert sich damit die Erbengemeinschaft?

Nein, denn niemand in der ganzen Sippe hat einen blassen Schimmer vom Alpenglühen.

Nur die Kalebasse fragt: Glaubst du das Märchen, Tante Kathi?

Die Wasserburger Anna aber wird von einem gesunden Mädchen entbunden, das den Namen Barbara tragen soll.

Tante Kathi ist wirklich gerührt und muß viel weinen: weil die Schönheit die Falle der Jugend ihrer Mutter war, weil ihr die Wasserburger Anna trotz »Barbara« den Namen des Kindsvaters nicht verrät, weil sie selbst beinahe in Wien geboren worden wäre.

Bruder Martin hat jetzt ein Dreimäderlhaus.

Jahre später wird Unserallerkind an jenem Familienfest sagen, an dem Onkel Moritz nach dem Mittagessen die Farbfotos von seinem Darmkrebs herumgehen läßt:

Die Bärbel ist ein hübsches Mädchen geworden. Ein bißchen wenig Busen hat sie, aber sonst ist alles dran.

Sie ist Bruder Martin wie aus dem Gesicht geschnitten.

Aber die Beobachtung von Unserallerkind wird im allgemeinen Interesse an den Farbfotos von Onkel Moritz' Darmkrebs untergehen.

Nur über das Gesicht von Bruder Martin wird eine Röte huschen – eine Röte wie bei einem Alpenglühen.

Siebtes Buch

Sechster Drehbericht

Liebste Alfina,
von Drehbericht zu Drehbericht bin ich jünger geworden durch den ständigen Blick auf das Gerümpel in unserer Oma ihrem kleinen Häuschen, durch das ich mich fressen mußte wie durch den süßen Brei, der meine Arbeit bestimmt, obgleich sie stets neu von zweierlei Erbengemeinschaften gestört wird, die dennoch miteinander zu tun haben wie Geschichte und Historie.

Gewaschen und gepudert und mit Holdermus gesättigt lag ich in der Wiege und spürte mich wachsen im Schlaf und sah schon all die Gespenster, die später nicht mehr von mir lassen würden. Nie sollte es mir gelingen, all das zu vergessen, was mir angetan wurde von Anfang an. Mit dem Sprechenlernen stand mir noch das Wichtigste bevor. Vorerst war ich auf die schwindende Geduld meines mich wickelnden Bruders angewiesen, der mir das Fläschchen gab, bald zu heiß, bald zu kalt: aus verständlichen Gründen. Meine gierigen Hände grabschten nach allem, was greifbar war und führten jeden Gegenstand zuerst zum Mund. Wenn ich allein im verdunkelten Zimmer lag und das Sonnenlicht durch die Risse in den Fensterläden fiel, lernte ich Einsamkeit und Trauer kennen. Ich sah mein Leben vor mir wie einen Weg in einen schwarzen Wald. Ich ahnte damals schon, daß ich immer alleine sein würde. Immer würde ich einsame Wege gehen, immer würde ich gegen die Verlorenheit kämpfen müssen, aber niemals würde ich darüber klagen, sondern stets würde ich stolz sein und mich frei fühlen dabei. Schon damals begriff ich, wie fremd einander die Menschen sind, wie wenig sie voneinander wissen, wie lächerlich ihre Mühe ist, einander begreifen zu wollen. Schon ekelte ich mich vor den großen Gesichtern, die sich über meine Wiege beugten, schon flößten mir die Finger Angst ein, die mich durch Kitzeln zum Lachen bringen wollten. Ich wußte um die Armseligkeit der Gefühle und um die Bitterkeit, die zurückbleibt bei jeder Liebkosung. Bald schon verdunkelte das Entsetzen mein Gemüt, es verschattete mich und zeigte mir die Vergeblichkeit jedweder Anstrengung. In der Wiege wurde ich zum Melancholiker, denn in der Wiege begegnete ich der allgegenwärtigen hochmütigen Wahrheit namens Tod, die mir später den Blick heben würde übers Gewimmel, um mir das zu zeigen, was ich ohnehin schon kennen würde. Zuviel schwarze Galle hat schon in der Wiege das Gleichgewicht meiner Körpersäfte empfindlich gestört.

Während der verdunkelten Nachmittage wurde ich, nachdem mich mein Bruder frisch gewickelt hatte, zum Menschenverächter, und die Hoffnung auf ein besseres Leben hörte ich nur noch klingen wie die Glocke eines versunkenen Turmes. Manchmal stemmte ich mich gegen die steilen Wände meiner Wiege und sah die Welt verschwimmen, während ich mich einspeichelte. Ich spielte gelangweilt mit einer dummen Rassel oder grellbunten Holzklötzchen, blinzelte, gähnte, ließ mich füttern, machte brav Bäuerchen, verdaute, schlief oder schrie wie am Spieß. Eines Tages würde mich einer aus der Wiege heben und auf meine Füße stellen, ich würde einknicken, aber ich würde es lernen, auf diesen krummen dicken Beinchen über die bucklichte Welt zu gehen: so viel war mir klar während der langen verdunkelten Nachmittage. Nicht mehr lange würde es dauern, ahnte ich, bis ich als Prinz Eisenherz gefährliche Abenteuer bestehen und heimtückische Gegner besiegen würde. Aber noch lernte ich die Welt durch das Fliegengitter kennen, noch erschienen mir Hühner als riesige und bedrohliche Tiere, noch schluckte das Wachsen die meiste Kraft. Aber bald würde ich die Wiege mit einem offenen Kinderwagen vertauschen, bald würde ich aufrecht sitzen und schließlich ohne fremde Hilfe gehen können. Schon wußte ich, daß es keinem gelingen würde, mich aufzuhalten oder abzubringen von meinem Weg, den ich mir an den fliegendurchsummten verdunkelten Nachmittagen ausgedacht hatte.

Heute will mir scheinen, daß dieser Weg immer nur ein Ziel hatte: nämlich mich – und ich erschrecke über der Erbarmungslosigkeit dieser Strecke, über die vielen konsequenten Umwege, die ich bis zu jenem Zeitpunkt zurücklegen mußte, an dem ich dir dies schreiben kann. Dabei sitze ich doch nur in Thulserns neuem *Adler* mit einer Aussicht, von der es heißt, sie sei traumhaft. Du weißt, wohin ich blicke: auf unser Oma ihr klein Häuschen.

Du weißt, wer mir die Hand führte die ganze Zeit: meine Kalebasse auf dem Rauchtischchen, die wie eine Orange tanzt auf dem Meer der Erinnerungen, überzogen vom Katzengold der Figuren, die sich in sie eingeschrieben haben.

Liebste Alfina, der achte Mai ist gekommen und endlich ist es soweit. Endlich kann ich dir von der Krönung des Schlaraffenkönigs berichten. Endlich ist abgedreht, was allen von Anfang an im Magen lag. Wie du ja weißt, gilt der Schlaraffenkönig als der größte Tölpel unter allen sowie als derjenige, der am meisten hofiert und bedient wird. Dies mußte gebührend berücksichtigt werden. Sein Ritt auf Schloß Falkenstein, wo die Krönungsfeierlichkeiten stattfinden sollten, begann im Thulserner Tal auf einem Schwein, in dem selbstverständlich schon Messer und Gabel steckten. Begleitet wurde seine Herrlichkeit König Schmerbauch von wurstbehangenen Dienern mit Schlaraffenbäumen. Über dem Zug wehte die Standarte mit der Aufschrift *Kulinarier aller Länder vereinigt euch*. Beim Arrangement und bei der Ausstattung des Festzuges orientierte man sich an einem römischen Kupferstich. Auf halber Höhe zum Schloß wechselte das Tableau: Der König stieg um auf einen goldscheißenden Esel, wie ihn ein deutscher Kupferstich dargestellt hat. Des Herrschers Arsch entströmte Manna, wenn er spuckte, dann spuckte er Marzipan, auf seine Krone waren gebratene Fische, Wachteln und Hähnchen gespießt. Fertige Kleider wuchsen an den Bäumen, links und rechts des Weges sah man Nymphen beim Käsereiben. Nach dem Ritt über die Zugbrücke, auf der der Esel noch einmal einen tüchtigen Geldschiß hinlegte, begab sich seine Majestät mit Gefolge in den eigens zu diesem Zweck nachgebauten Thron- und Speisesaal. Das handbemalte Tellerservice auf dem Tischleindeckdich stammte aus dem Haushalt des Reichsmarschalls Göring, das schwere Silberbesteck hatte ein Thulserner Sammler vom Obersalzberg gerettet und der MacDonnald Unltd. zur Verfügung gestellt, die silberne Bratenplatte trug die Initialen der Reichskanzlei, die Damastservietten wischten einst über den Mund von Eva Braun. Während die Kamera in die Küche umschnitt, wo etliche Fleißige zur Strafe am Feuer schwitzten und die Speisen zubereiteten, begab sich der König auf den Pfauenthron, wie er jenem im Maurischen Kiosk von Schloß Linderhof nachgebildet wurde: die Schweifränder mit böhmischem Glas geschmückt. Vom Pfauenthron herab verkündete der Schlaraffenkönig den neuen Kalender.

Die Kamera fuhr über sich biegende Tischplatten zum Fenster: Wagenladungen voll Wildbret näherten sich von Thulsern her. Dort aber sah es anders aus. Am Anreisetag der alten Kameraden begrüßten Jugendliche, weitgehend von der Polizei unbehelligt, die vor dem *Adler* eintreffenden SS-Angehörigen mit Chören *Nazis raus,* verfolgten sie mit *links zwodreivier, links zwodreivier* und verteilten auf der Hoteltreppe Brillengestelle aus Draht: *Tretet doch auf das, was ihr von den Juden übriggelassen habt.* Das Ortsschild von Thulsern veränderten sie mit Sprühdosen in Thul∰ern. Etliche der alten Kameraden erinnerten sich sogleich an alte Zeiten und spazierten seelenruhig durch den Ort, machten bei angenehmem Sonnenschein einen Ausflug ins Grüne. Manche ließen sich auch provozieren, verwikkelten sich in hitzige Diskussionen, in denen sie entweder ihre Unschuld beteuerten, Befehlsnotstand geltend machten oder aber in ihre gewohnte Ausdrucksweise zurückfielen: *Gegen Soldaten kämpft man, Wanzen zertritt man.* Auf dem Falkenstein hoch über dem Tal dagegen, wo Kameradschaftstreffen und Spielhahnjägerfeierlichkeiten an der Lourdes-Grotte mit Feldprediger und Gulaschkanone nicht unbekannt sind, herrschte die MacDonnald Unltd.: Sie ließ einen Rosinenregen auf meinen Geburtsort niedergehen, schüttete Honig in die Bäche, verteilte Brettspiele mit vollen Schnapsgläsern, pumpte die Gießen voll mit Wein, ließ Kanäle mit pikanten Saucen ziehen. Auf einem Hügel mit dem ohnedies kulinarischen Namen Hörnle, von dem herab ich einst Schlittenfahrten und Skisprünge unternommen habe, ließ man im Steinbruch ein Leberkäsbergwerk errichten. Wogen von Krapfen, gekochten Rochen, Brassen und Krebsen, Schnitzel und Lebkuchen ließ die MacDonnald Unltd. talwärts schütten. Kolibris, Kakadus und Nachtigallen pflückten Blumen, flogen damit über die Köpfe der rülpsenden, furzenden und verdauenden, schlafenden oder rammelnden Thulserner und ließen die Blüten unter Gesang auf sie nieder wie Schneeflocken. In der Milchnudelgasse wurden Milchbäder genommen. Überall an den Wegen standen Diwane und Sessel, der Boden bestand zumeist aus Goldstaub oder safrangelben Leberknödeln.

Schließlich waren die Umzüge an der Reihe. Wir drehten das Defilee von Brot- und Fleisch-, Obst- und Gemüsewagen, gefolgt von den ebenso überladenen, überbordenden Wagen der Geflügel-, Wurst-, Fisch- und Käsehändler, welche von den Gold- und Silberschmieden abgelöst wurden, aufgelockert durch die Bier- und Weinhändler. Links und rechts der Straße bildeten etliche Myrtenhecken eine Barriere, in die kleine Pilaster mit Aufsätzen aus Orangen- oder Zitronenbäumen eingelassen waren. Die Auffahrt über die

Kirchsteige zur Pfarrkirche ließ der von mir beratene Ausstatter in eine riesige Zuckerstraße verwandeln: wie für eine Schlittenfahrt. In der Nähe des neuen *Adler* aber waren die meisten Läden plötzlich am achten Mai wegen Betriebsausflug, Umdekoration oder Inventur geschlosen. Die neunundfünfzig angekündigten Omnibusse mit Demonstranten konnten, nachdem sich auch noch eine größere Gruppe von Punkern mit farbigen Haarschöpfen und in zerschlissener Kleidung sowie zahlreiche Spontis eingefunden hatten, die am *Adler* vorbeiführende Straße schon nicht mehr passieren. Einige hundert Kundgebungsteilnehmer blieben deshalb gleich dort, wo am meisten los zu sein schien: vor dem längst von der Polizei abgesperrten Hotelvorplatz. Zwischenzeitlich begrüßte der Thulserner Bürgermeister im Skistadion die Teilnehmer der Protestkundgebung und mißbilligte namens der Bürger »nationalsozialistisches Gedankengut«. Grußworte wurden verlesen, ein Politiker sprach von einer »Zusammenrottung der Elitekiller Hitlers«. Hier träfen sich nicht nur Greise, denn Greise erzögen Enkel, und was da an diesem Tag in Thulsern herumlaufe an Neonazis, das seien die Enkel solcher Großväter. Der Hauptredner forderte ein Verbot neofaschistischer Vereinigungen sowie ein Verbot von Kameradschaftstreffen ehemaliger SS-Verbände. Eine von sieben Überlebenden des Massakers von Oradour – sechshundertdreiundvierzig Einwohner des Ortes waren 1944 von Einheiten der SS-Division *Das Reich* ermordet worden – schilderte ihre Erlebnisse. Zu dieser Zeit kauften Punker und neu eingetroffene Skinheads Hunderte von Eiern in einem Lädchen neben dem neuen *Adler* und bombardierten damit das Gebäude und die Polizei. Schnaps und Bier machten die Runde, Transparente mit Aufschriften wie *Auschwitz war keine Lüge, sondern Massenmord* dienten als Schutz. Den Farbbeuteln folgten leere und gefüllte Flaschen, Zaunlatten und Pflastersteine. Etliche Fensterscheiben des Hotels gingen zu

Bruch, die Fassade sah aus, als hätte eine SS-Division über sie hinabgekotzt. Von den alten Kameraden ließ sich kaum einer blicken, dafür gingen Bundeswehrsoldaten in Uniform ein und aus. Einer Gruppe der Wiking-Jugend wurde von der Polizei der Zutritt zum Lokal verwehrt. Schon blieb der Demonstrationszug vor dem Hotel stecken. Zu diesem Zeitpunkt gab die MacDonnald Unltd. das Signal zur Stürmung der Schlaraffendekoration. Die Bevölkerung stürzte sich auf alles Eßbare, das bislang lediglich als Staffage gedient hatte. Die Karren brachen unter der Last der gierigen Thulserner zusammen. Der Ortskern sowie die Straße von der Pfarrkirche bis zur Vilsbrücke befanden sich nach wenigen Minuten in einem verheerenden Zustand, die Bürger meiner Heimatgemeinde begannen, mit Speisen zu werfen und zu schlagen, es kam zu Massenraufereien und Einzelkämpfen um ein Stück Schinken oder um eine gebratene Taube, aus den präparierten Schweinen wurden Messer und Gabel gezogen, um damit auf den Gegner loszugehen. Da sämtliche Polizeikräfte um den *Adler* zusammengezogen waren, dauerte es lange, bis die Ordnung wieder hergestellt werden konnte. Ich selbst saß während des Spektakels auf dem Balkon neben dem Chefkameramann, der, ohne dazu aufgefordert worden zu sein, einfach weiterdrehen ließ und vom Monitor aus über Funk den einzeln postierten Kameras den Einsatz erteilte. Tumult und Geschrei, Gemetzel und Plünderei sind somit dokumentiert und werden aufbewahrt für alle Zeiten. Erst der Einsatz einer eilends zusammengetrommelten Einheit des Hundezüchtervereins konnte das Chaos bändigen. Eine Meute von der Kette gelassener Schäferhunde kreiste die ineinander verkeilten Kampfhähne ein und biß sie auseinander. Ich hörte immer nur das Kommando des Chefkameramannes: dranbleiben, draufhalten, weiter. Während wir also weiterdrehten und der MacDonnald Unltd. Dokumentaraufnahmen von unschätzbarem Wert lieferten – ich bin gespannt, wieviel die Gemeinde für den Ankauf der Negative zu bieten in der Lage ist –, ließ beim Hotel *Adler* die Einsatzleitung den von der Menge niedergebrüllten Polizeipsychologen abziehen, entschloß sich zur Räumung des Hotelvorplatzes, ließ Tränengas einsetzen und brachte zwei neue Wasserwerfer der Bereitschaftspolizei in Stellung, die sofort in Aktion traten. An die achthundert Polizisten hatten alle Hände voll zu tun, um gegen die aus der Umgebung angereisten Demonstranten vorzugehen. Steinewerfende Randalierer, Schreier und Prügler mischten den zunächst geordneten Demonstrationszug auf. Am Ende kam es zur Festnahme von einundsiebzig Demonstranten, von denen anderentags sechsundfünfzig Personen wieder freigelassen wurden. Der Rest wurde dem Ermittlungsrichter vorgeführt. Fünfzehn Polizisten wurden verletzt und mußten sich in ärztliche Behandlung begeben. Wieviele Verletzte es beim Schlaraffenzug gab, wird wohl nie genau geklärt werden.

Nach allem, was ich gesehen hatte, war mir nach Eintopf zumute. Da weder im benachbarten Nesselwang noch in einem der dreizehn Pfronten etwas zum Essen zu bekommen war, fuhr ich von Kopf bis Fuß gewaschen und in frischen Kleidern mit einigen Leuten vom Aufnahmestab ins benachbarte Tannheimer Tal, wo wir in Grän endlich ein Lokal nach unserem Geschmack fanden. Was die Kollegen bestellten, weiß ich nicht mehr. Ich entschied mich für einen Gaisburger Marsch, denn ich wollte, dem genius loci gehorchend, die Dreharbeiten mit einem Spatzengericht abschließen, zumal ich sie mit einem Spätzlesauflauf begonnen hatte. Früher hieß der Gaisburger Marsch auch Bettelleut's Supp', denn dazumal gab es ihn noch ohne Fleisch.

Liebste Alfina, viel war nicht mehr zu tun. Nach und nach zerlegten wir den kühnsten Traum des Bayerischen Märchenkönigs und packten Schloß Falkenstein in Kisten und Container. Während der Abbruch- und Aufräumarbeiten nach dem denkwürdigen achten Mai tat man in Thulsern so, als hätte man nie etwas von einer Verfilmung des Schlaraffenlandes gehört. Das muß dich nicht weiter verwundern. Im Vertuschen und im Unter-den-Teppich-Kehren waren die Thulserner immer schon Meister. An dem verbliebenen freien Nachmittag streifte ich noch einmal umher und verabschiedete mich still von den Stätten meiner Kindheit, wohl wissend, daß ich mich in meinem Heimatort nicht mehr so schnell blicken lassen darf, weil mich sonst der Volkszorn trifft. Dabei muß ich meinem Geburtsort eines zugestehen: es gibt keinen geeigneteren Ort für jenes Geschehen, von dem ich erzähle. Nur dort ist möglich, was andernorts als blanke Phantasterei gelten müßte.

Völlig überraschend gab der Bürgermeister noch eine Abschiedsparty für das gesamte Filmteam von der MacDonnald Unltd.: wohl um gut Wetter zu machen.

Zu vorgerückter Stunde machte das Gästebuch der Gemeinde die Runde.

Ich will dir, meine liebste Alfina, nicht vorenthalten, was ich meinem Heimatdorf ins Stammbuch schrieb, ehe ich mich endgültig und für immer trollte, ganz fromm und sacht: »Dieser Ort ist so furchtbar, daß sein bloßes Dasein und Bestehen, sei es auch in der Tiefe einer abgeschiedenen Wüste, die Vergangenheit und die Zukunft in Mitleidenschaft zieht und in gewisser Weise die Gestirne beeinträchtigt. Solange er dauert, kann es auf Erden keinerlei Gedeihen oder Glück geben.«

Versteigerung

Dieses Kapitel erzählt vom Stadel und von Kathi
in den Beeren, von Ausflügen nach Tirol,
einem unanständigen Angebot,
von Wiedervereinigung und Erbfeindschaft,
Rechnungslegung und Fernsehprogramm,
von einem Kochbuch im Amtsgericht,
einer Einladung in den Wienerwald
sowie zuletzt von einem Trompeter auf dem Dach.

Wie Murmeln stoßen im Inneren der Kalebasse die Kerne aneinander, meine geliebte Alfina, sobald ich die tätowierte Weltenbrust drehe. Das Gerümpel von Generationen liegt unter meinem Vergrößerungsglas, welches ich aus der Tasche des Samtkragenmantels ziehe, der auf mich gekommen ist vom Herrn der sieben Meere her. Seit ich den Stadel kenne, sind seine Fensterläden verschlossen. Er wurde selten gelüftet, immer schwerer wurde es, in ihm vorzudringen, da jeder von uns Gartengeräte, Pickel und Schaufel sowie Arbeitskleidung gleich vorne bei der Türe ließ. Jetzt ist es an mir, mich durch diesen Brei zu fressen, jetzt muß ich diese Aufgabe übernehmen, weil ich die Erbengemeinschaft auflösen muß. Wann werde ich zu den alten Schlitten vordringen, wann zu den Sprungskiern, wann zu den rostigen Kufen und wann zu der wurmstichtigen Hobelbank? Noch weiter hinten warten Küchenschränke, gefüllt mit leeren alten Flaschen, Töpfen, Geschirr und Besteck sowie etlichen Eisentellern aus Pirmins Zeiten oder von noch früher. An der Seite unter dem verschlossenen Fenster türmen sich auf einem alten Sofa riesige Schachteln, aus denen ein Lampenschirm mit abgeschnittenem Kabel, ein Regendach, abgelegte Kleidungsstücke, darunter eine

Wickelschürze, Skistöcke, Bettflaschen und Bilder von stürmischen Meeren herausschauen. Die Luft ist zum Schneiden. Der Stadel hat einen ersten Stock, der über eine Leiter und eine Luke erreichbar ist. Es ist jedoch nicht empfehlenswert, sich dorthin vorzuwagen. Immer wieder hat man Gerümpel vorne an der Luke abgestellt und dann einfach weiter nach hinten geschoben. Von Generation zu Generation. So sind die Kühlschrankverpackung, die Obstkisten mit leeren Einweckgläsern, alte Mäntel, ein Kinderdreirad, ein gelber Schubkarren, immer wieder kistenweise Hausrat, abgelegte Hüte, zerschlissene Vorhänge, vergilbtes Packpapier, Bilderrahmen und Büchsen voll verhärtetem Skiwachs langsam nach hinten gewandert, bis sie sich an der Wand ineinander verkeilten, sich übereinandertürmten, um auf den Tag des großen Aufräumens zu warten.

Zu unserer Oma ihrem kleinen Häuschen ganz am Ende des Grundstückes gehört ein schöner Garten mit einigen ebenso niedrigen wie zähen Apfelbäumchen, einem kleinen, inzwischen zugewachsenen Weiher, dessen ursprünglich von einigen spitzen Felsbrocken umgebener Springbrunnen auf einer Insel in der Mitte des Teiches von einem verrosteten Eisengitter eingesäumt wird, das einem Laufstall für Kinder gleicht. Rings um den aufgelassenen Teich stehen zahlreiche saftige Johannisbeer- und Stachelbeerstauden, die von einem Brennesselwald umzäunt sind. Auf der Kalebasse erkenne ich Kathi in den Beeren.

Kathi ist mittlerweile ziemlich rund. Um den Bauch hat sie einen Kälberstrick gebunden, an dem ein Kübelchen hängt aus der Kindheit von Unserallerkind, an den Händen trägt sie Skispringerhandschuhe gegen die Brennesseln, auf den Haaren sitzt ein verwegenes Kopftuch, die kleine Gestalt steht in einem Trainingsanzug, der die Frau noch dicker macht.

Die Guten ins Kröpfchen, die Schlechten ins Töpfchen,

höre ich und lese es auf der Kalebasse nach. Kathi ist in ihrem Element. *Der Polin Reiz bleibt unerreicht.*

Vielleicht denkt Kathi darüber nach, wer nun erbberechtigt ist, denn Bruno hat kein Testament hinterlassen: erbberechtigt sind Baptist neben Kathi, Bruder Martin und Unserallerlerkind, erbberechtigt ist Frieda, an die Brunos Erbteil fiel, erbberechtigt sind Raimar nebst Erna. Aber von denen hat man lange nichts gehört, denn sie leben hinter dem eisernen Vorhang. Die Kalebasse zeigt Lorenz, wie er eifrig mit Else im Lloyd nach Tirol fährt, wo sie sich als Ehepaar in einem Gasthof einmieten. Bald reicht der Lloyd nicht mehr aus und wird durch einen Volkswagen ersetzt. Bald reicht der Volkswagen nicht mehr aus. Seine Heizung ist so schlecht, daß Else einen Pelzmantel braucht. Bald reicht der Pelzmantel nicht mehr aus, weil ihn jeder Tiroler Gastwirt längst kennt. Bald reicht Lorenz das Kleingeld nicht mehr aus, denn so ertragreich ist das Baumschneiden auch nicht. In den Armen von Else hat Lorenz eine Idee. Da liegt doch noch Geld brach, sagt sich unser Lorenz. Da ist doch immer noch Friedas Anteil an unserer Oma ihrem kleinen Häuschen. Da ist doch noch etwas zu holen. Da muß doch etwas lockergemacht werden. Lorenz weiß, daß die Frieda ihn zurück haben will. Deshalb wird sie ihm jeden Wunsch erfüllen. Also macht er der Frieda ganz einfach einen Vorschlag und freut sich schon auf Elses Gesicht, wenn er ihr den neuen Persianer umhängt. Vielleicht bleibt auch noch etwas übrig. Vielleicht reicht es auch noch für einen Mercedes. Lorenz macht Frieda den Vorschlag, sich ihr Erbteil ausbezahlen zu lassen. Dann sei er bereit, zu ihr zurückzukehren. Frieda setzt sich noch am selben Tag mit Baptist in Verbindung. Baptist sagt, die Sache sei so einfach nicht. Er könne die Frieda nicht einfach ausbezahlen. Schließlich habe man sich noch zu Brunos Zeiten auf drei Konten geeinigt: ein Konto für Baptist, denn der brave Mann denkt an sich selbst zuletzt, sagt die Kalebasse, ein Konto für

Frieda, vormals Bruno, ein Konto für Raimar hinter dem eisernen Vorhang. Um Frieda ausbezahlen zu können, müsse er das Häuschen sowie Grund und Boden verkaufen, den Ertrag dritteln und außerdem wisse er nicht, ob Raimar verkaufen wolle. Vielleicht sei für den ein Fleckchen Erde im Westen eines Tages wichtig. Er wolle da nicht in politische Verwicklungen hineinkommen, er wolle sich nichts vorwerfen lassen, er habe schon einmal die falsche Partei gewählt. Aber Frieda, die gar keine lustige Witwe mehr ist, sondern wie Kathi immer dicker wird und runzliger im Gesicht, versucht unseren Baptist zu beruhigen. Es reiche doch, sagt Frieda, wenn man die Bude samt Gärtchen verkaufe und den Erlös halbiere. Der in der Zone brauche doch nichts zu erfahren. Dem zahle man ein paar Mark Entschädigung, und damit sei die Sache erledigt. Nie komme es zu einer Wiedervereinigung Deutschlands, das würden der Russe und der Franzose, der Amerikaner und der Engländer nie zulassen, denn dann seien die Deutschen wieder viel zu mächtig und hätten eine viel zu gute Wehrmacht. Den Krieg habe man nicht wegen der Wehrmacht verloren, sondern wegen der Verräter um den Führer herum, der sich nicht mehr ausgekannt habe, wem er vertrauen könne. Außerdem: vielleicht habe der Leipziger in der Zone verschwiegen, daß er Kapital im Westen habe. Vielleicht sei das gar nicht so gut für einen Eisenbahner hinter dem eisernen Vorhang. Der Kalebasse entnehme ich, daß auch Raimar, der Tradition unserer Sippe folgend, bei der Bahn beschäftigt ist.

Baptist lehnt Friedas Angebot ab: zum einen, weil er in seine drei Konten bei der Hypobank verliebt ist, zum anderen, weil er das Häuschen samt Grund und Boden weder verkaufen noch dritteln will. Ganz weit hinten in seinem Eisenbahnerkopf schlummert nämlich noch immer der Plan von einem eigenen Häuschen: mit Balkon rundum, Haustüre und Fachwerk, braun gebeizt. Aber Frieda will Lorenz zurückhaben. Frieda tritt gegen Else an, der Ball ist unser Oma ihr klein Häuschen, der Balljunge aber heißt Baptist. Was kann Baptist dagegen ausrichten? Die Kalebasse sagt: *Die Liebe, die Liebe ist eine Himmelsmacht.* Baptist wiederum sagt: Hätte Bruno damals den Lloyd gehabt, wäre Bruno noch am Leben und somit erbberechtigt. Lorenz aus Mühlacker soll bei seinen Komposthäufen bleiben, Bäume beschneiden und Else beschälen. Mich soll er in Ruhe lassen. Lorenz hat nichts mit der Erbengemeinschaft zu tun. Als Beamter im öffentlichen Dienst kann ich keinen Betrug an den Brüdern in der Zone dulden. Die Fahrten in die Tiroler Gasthöfe gehen mich nichts an. Was ich nicht weiß, macht mich nicht heiß.

Da geschieht etwas, was Kathi einen Fingerzeig Gottes zu nennen geneigt ist.

Lorenz bricht sich beim Skifahren mit Else in Tirol ein Bein. Er wird von ihr umgefahren. Da liegt er nun. Die Kalebasse zeigt ein Häuflein Elend. Lorenz sagt sofort: Jetzt bin ich erwerbsunfähig. Ich brauche Geld.

Frieda wittert eine letzte Chance, Lorenz zurückzubekommen. Sie fragt nach seinem Preis. Sie will ihn zurückkaufen. Sein Preis beträgt auf Heller und Pfennig ein Drittel von unserer Oma ihrem kleinen Häuschen.

Lorenz arbeitet einen Vertrag aus.

Baptist bräuchte nur zu unterschreiben.

An einem Sonntag nach dem Hochamt unterbreitet Lorenz Baptist das Papier. Aber Baptist unterschreibt nicht. Er fürchtet die Rache von Pankow.

Tue recht und scheue niemand, sagt Kathi.

Bruder Martin ringt die Hände.

Unserallerkind wird vorerst noch gar nicht informiert.

Lorenz läßt sich nicht einfach so abspeisen.

Lorenz gibt nicht auf. Lorenz läßt nicht locker. Else soll ihren Pelzmantel bekommen, Lorenz soll seinen Mercedes bekommen, Frieda soll ihren Lorenz bekommen, Baptist soll die andere Hälfte von unserer Oma ihrem kleinen Häuschen bekommen, der Leipziger soll gute Worte und ein paar Westmark bekommen. Die Wiedervereinigung findet nicht statt.

Lorenz lauert Baptist bei einem Streckengang auf. Lorenz fängt Baptist ab und unterbreitet ihm noch einmal seinen Vorschlag. Im Guten, wie er sagt. Im Guten, wie er droht. Baptist will wortlos weitergehen auf seinem Gleis. Da hält ihn Lorenz am Ärmel der Dienstjoppe fest. Da wird Lorenz auf einmal laut. Da schreit Lorenz auf einmal Familienangelegenheiten in der Öffentlichkeit herum. Alle auf der Hauptstraße können es hören. Da fällt auf einmal das Wort *Erbengemeinschaft*. Da bekommt Baptist auf einmal zu hören, er sei nicht redlich. Da wird Baptist auf einmal vorgehalten, habe er schon früher Bruno betrogen und Frieda und die geliebten Brüder und Schwestern drüben im anderen Teil Deutschlands. Da schlägt Lorenz dem Faß den Boden aus. Heimlich habe er Geld auf die Seite gebracht, muß sich der redliche Eisenbahner sagen lassen, bereichert habe er sich auf Kosten der Erbengemeinschaft, zweierlei Bücher habe er geführt, muß sich der Beamte vorhalten lassen, vor Gericht werde er ihn bringen, den ehemaligen SA-Schreier, von wegen *Die Fahne hoch* undsoweiter, nichts mehr mit Persilschein undsoweiter. Unterschlagung. Jawohl.

Veruntreuung.

Betrug.

Polizei.

Bereicherung.

Um Unserallerkind studieren lassen zu können.

Diesen Nichtsnutz.

Diesen langhaarigen Gammler.

Diesen Schmutzfink.

Unserallerkind.

Unterschlagung.

Jawohl.

Vor Gericht sehen wir uns wieder.

Vor Gericht.

Einige Leute bleiben mitten auf der Straße stehen.

Einige Leute stecken die Köpfe zusammen.

Einige Leute gehen sofort zum Friseur.

Wenn der es weiß, dann weiß es bald die ganze Gemeinde.

Ausgestreckte Finger scheinen Baptist zu durchbohren.

Blicke scheinen Baptist zu töten. In den Boden will der Eisenbahner versinken. Aber kein Boden scheint ihn aufzunehmen, kein Abgrund scheint sich für ihn auftun zu wollen. Nicht einmal die Hölle scheint ihn aufzunehmen.

Veruntreuung.

Unterschlagung.

Bereicherung.

Betrug.

Persilschein.

So viel kann Baptists Magengrube gar nicht aufnehmen.

So viele Blitzlichter können gar nicht geschossen werden.

So lange kann die Zeit gar nicht angehalten werden.

So schwer kann keine Lokomotive sein.

So schnell kann sich kein Magen umdrehen.

So hart darf keine Weiche umklammert werden.

So glitschig kann keine Signalstange sein.

So oft hat sich noch nie ein Eisenbahnbeamter am Fahrkartenschalter verrechnet. So oft hat nie einer nachzählen und sich bei den Leuten entschuldigen müssen. So gewaltsam ist nie die heimische Bergwelt über einem zusammengebrochen. So lautlos ist noch nie einer zu Boden gegangen. So fix und fertig haben sie noch keinen gemacht. So schnell hat noch nie einer seinen guten Ruf verloren.

So wilde Rachepläne hat sich nie einer ausgedacht.

Ich verkaufe den ganzen Plunder.

Sollen sie doch machen, was sie wollen.

Schön dumm müßt ich sein, wenn ich jetzt alles verkaufte.

Die lachen sich doch bloß ins Fäustchen.

Das wäre denen doch eine gemähte Wiese.

Ich werde verkaufen und auf mein Drittel das Häuschen stellen, das ich schon vor dem Krieg darauf stellen wollte.

Die Kalebasse dreht sich und spielt mir die alten Baupläne zu.

Baptist erinnert sich an seine Rechte.

Baptist erinnert sich, daß er das Geh- und Fahrtrecht über die anderen zwei Drittel des Grund und Bodens hat.

Geh- und Fahrtrecht.

Ich kann dem übers Feld gehen, so oft es mir paßt.

Geh- und Fahrtrecht.

Da bekommt der Eisenbahner Baptist Post.

Der Brief kommt von einem Rechtsanwalt.

Baptist wird unkorrekte Verwaltung der Interessen einer Erbengemeinschaft vorgehalten.

Baptist wird zur Rechnungslegung verpflichtet.

Wenn nicht binnen – dann.

So heißt es in dem mehrfach gefalteten Schreiben.

Außerdem steht dort, was die Kalebasse verzeichnet hat in ihrer Medizinballhaut, weil es eingeschrieben ist in die tätowierte Weltenbrust mit der kalten Nadel: *Einigen sich Angehörige einer Erbengemeinschaft hinsichtlich der Auseinandersetzung wegen eines Hausgrundstückes nicht gütlich, so verbleibt als einzige Möglichkeit für die Aufhebung dieser Gemeinschaft ein Zwangsversteigerungsverfahren.*

Wieder so ein Wort, das Baptist zusammenfahren läßt.

Wieder so ein Begriff, der einen redlichen Eisenbahner niederstreckt. Wieder so ein Brandzeichen, das unserem Baptist da öffentlich aufgedrückt werden soll. Aber die Kalebasse ist noch nicht fertig. Sie hält eine weitere Überraschung bereit: *Das Einverständnis aller Miteigentümer ist für die Einleitung eines derartigen Zwangsversteigerungs-*

*verfahrens zur Aufhebung einer Erbengemeinschaft nicht
notwendig.*

Unser Baptist erfährt noch allerlei:

— daß auf Antrag eines Miteigentümers die einstweilige
Einstellung des Verfahrens seitens des Gerichtes anzuord-
nen sei, wenn dies bei Abwägung der widerstreitenden
Interessen der mehreren Miteigentümer angemessen erscheine;

— daß die Einschaltung eines Anwaltes nicht zwingend
erforderlich sei; sofern aber der betreibende Miteigentümer
anwaltlich vertreten sei, sei es allerdings überlegenswert, ob
sich nicht auch die anderen Miteigentümer der Hilfe eines
Rechtsbeistandes oder eines Anwaltes bedienen sollten;

— daß im Rahmen eines Zwangsversteigerungsverfahrens
das Versteigerungsgericht den Grundstückswert von Amts
wegen festzusetzen habe, daß dabei der Verkehrswert in
Frage stehe, daß dazu ein amtlicher Schätzer zu bemühen
sei.

Zwangsversteigerungsverfahren.

Mit jedem Buchstaben dieses Wortes scheint Baptist um
Jahre zu altern.

Zwangsversteigerungsverfahren.

Vergantet, auf gut Thulsernisch.

Der Eisenbahner von der Wolfsgrube vergantet.

Auf die Gant gekommen. *Wir versaufen unser Oma ihr
klein Häuschen. Und die erste und die zweite Hypothek.
Jawoll.*

Wenn die Kuh verrecke, solle das Kälbchen auch gleich
draufgehen, sagt unser Baptist.

Kathi muß jetzt wieder viel weinen und an ihre Mutter
Barbara denken.

Bruder Martin ist das Alpenglühen vergangen.

Lorenz fährt nicht mehr zum Skifahren.

Frieda hofft auf die Macht des Geldes.

Baptist sagt: Pack schlägt sich, Pack verträgt sich.

Kathi hat die Vision, Bruder Martin und Unserallerkind wechseln sich eines Tages in dem zum Ferienhäuschen umgebauten *Streitobjekt* ab.

Aber das bleibt ein frommer Wunsch, sagt die Kalebasse.

Die Guten ins Kröpfchen, die Schlechten ins Töpfchen!

Kathi ist wieder in den Beeren.

Vielleicht bauen Bruder Martin und Unserallerkind einen Flachdachbungalow an die Wolfsgrube, denkt sich Kathi im Brennesselwald.

Vielleicht kann sie dann die Enkel hüten, Kaffeetrinken und vom Bahnhofputzen während des Krieges erzählen, als die Neger nach Thulsern kamen und beinahe über sie hergefallen wären.

Beim Friseur und in den Wirtshäusern Thulserns werden die neuesten Nachrichten gehandelt:

Der Eisenbahner vergantet.

Der Eisenbahner hat unterschlagen.

Der Eisenbahner zieht hinter den eisernen Vorhang. Für die stellt man Kerzen ins Fenster und schickt Päckchen: nach drieben.

Die Sache ist politisch: innerdeutsch sozusagen.

Wieder dreht sich die Kalebasse kaum merklich, ich höre jedoch in ihrem Inneren die Kerne aufeinandertreffen wie Murmeln.

Unter meinem Vergrößerungsglas erscheinen die letzten Mieter in unserer Oma ihrem kleinen Häuschen: Frau Gstur und der frühere Landwirt Heiligenwetzer.

Der Mann ist sehr alt, riecht aus dem Mund, hat einen rotzverklebten Schnurrbart, klappert mit dem Gebiß, muß am Stock gehen.

Die Frau ist runzlig, aber voller Kraft und Energie.

Sie hat eine Stimme wie ein Feldwebel.

Jeden Tag radelt sie aufrecht in den Ort zum Einkaufen. Stolz umfaßt sie den Gesundheitslenker ihres Rades und grüßt knapp und dünnlippig.

Immer wieder hetzt sie Heiligenwetzer auf eine Leiter: zum Streichen der Schirmbretter, zum Auswechseln der Dachplatten.

Immer wieder sagt sie: was fehlt, ist ein Mannsbild. Wenn ich bloß ein Mannsbild wär!

Immer steht Heiligenwetzer daneben, wackelt mit dem Kopf, läßt Speichel aus dem Mund tropfen.

Immer greift Frau Gstur nach ihrem Haarknoten und zieht ihre Lippen zu einem Strich.

Heiligenwetzers Satzanfänge fängt sie weg wie lästige Fliegen. Heiligenwetzer gehorcht bis zur letzten Minute.

Sie schickt ihn auf die Leiter: er soll Äpfel pflücken.

Eine Sprosse ist morsch.

Heiligenwetzer fällt von der Leiter.

Er fällt etwa einen Meter. Das genügt für einen alten Mann. Er starrt mit offenen Auge in den Himmel, an dem soeben ein Flugzeug einen kerzengeraden weißen Strich zieht.

Frau Gstur eilt herbei, beugt sich über den Toten, zieht die Lippen zu einem Strich, sagt, nichts als Scherereien habe sie mit dem Mannsbild, dann wendet sie sich ab und sucht ihren Haarknoten. Einen Tag nach der Beerdigung kauft sie sich ein Fernsehgerät, um das herum sie ihr Leben einrichtet. In den Läden erzählt sie von den Ansagerinnen, spielt mit ihrem Knoten, geht jetzt öfter zum Friseur, sagt aber nie mehr ein Wort von Heiligenwetzer. Als man sie eines Morgens findet, läuft der Fernseher noch. Es sieht aus, als schneite es. In der Nacht hat Frau Gstur der Schlag getroffen. Es muß kurz vor Sendeschluß gewesen sein. Die Kalebasse dreht sich weiter.

Wenn Bruder Martin Lorenz oder Frieda begegnet, spricht er von Erbfeind.

Beim Begräbnis von Frau Gstur kommen noch einmal alle zusammen.

Ums Grab stehen Baptist und Kathi, Bruder Martin und Unserallerkind, Frieda und Lorenz. Anschließend gehen sie gemeinsam zu Bruno ans Grab, gedenken Jaschas mit dem Zopf, gedenken des Mächlers Kosmas, gedenken des Wolfshundes Drago, gedenken Regulas, die den Schleier nahm, gedenken Sveas, die ein Luder wurde, gedenken Pirmins, der fiel für Kaiser und Vaterland, gedenken der italienischen Flora, gedenken Benedikts, dem es zu eng wurde, gedenken Kaspars und seiner Schweizeruhr, gedenken des Herrn der sieben Meere, der die Kalebasse auf uns gebracht hat, gedenken Luis und des Hinterhaltes, gedenken der Walburg und gedenken Brunos: *Geliebt und unvergessen.* Von nun an gebraucht die Familie von Baptist ein neues Wort. Es heißt: Erbfeind.

Vorsicht. Der Erbfeind.

Heute habe ich den Erbfeind gesehen.

Da muß die Traufrinne erneuert werden an unserer Oma ihrem kleinen Häuschen. Da muß die Versitzgrube geleert werden. Da müssen Fensterstöcke erneuert werden.

Aber lohnt es sich noch?

Vor allem müssen die Schirmbretter wieder einmal gestrichen werden. Zuletzt hat sie Heiligenwetzer gestrichen. Aber er hat nicht mehr gut gesehen.

Die Heizung müßte repariert werden.

Die Fassade müßte gestrichen werden.

Der Kamin müßte ausgebessert werden.

Die Veranda müßte neu aufgemauert werden.

Ein Bad müßte eingebaut werden.

Immer hat die Waschküche den Schwamm.

Lorenz versucht, die Zwangsversteigerung zur Aufhebung der Erbengemeinschaft beschleunigt als *Feriensache* unterzubringen. Else will nicht mehr länger warten.

Baptist erhebt Einspruch, den Unserallerkind formuliert.

Erstmals wird Unserallerkind in die Sache eingeschaltet.

Unserallerkind hat studiert.

Unserallerkind kennt sich aus.

Unserallerkind kann sich ausdrücken.

Unserallerkind führt ab jetzt den Schriftverkehr.

Unserallerkind wächst hinein in die Aufgabe der Auflösung der Erbengemeinschaft.

Unserallerkind hat es am weitesten gebracht von uns allen.

Unserallerkind. Respekt, Respekt.

Baptist hält am Geh- und Fahrtrecht fest.

Unserallerkind kümmert sich um eine Prozeßvollmacht.

Unserallerkind nimmt Kontakt nach Leipzig auf.

Unserallerkind schreibt Baptist den Brief an seinen Neffen.

Sehr geehrte Frau Schwägerin.

Unser Baptist windet sich und dreht sich und verrenkt sich.

Zur Wahrung Ihrer Interessen. Brüder und Schwestern.

Habe mich stets bemüht. In der Zone.

Mit vorzüglicher Hochachtung.

Schon wird die Zwangsversteigerung zur Aufhebung einer Erbengemeinschaft öffentlich im Tagblättchen angezeigt.

Schon werden in Thulsern die Schnäbel gewetzt.

Schon vergantet der Eisenbahner erneut.

Schon hat er eine höhere Summe unterschlagen.

Schon wandert er nach Leipzig aus.

Aber aus Leipzig kommt keine Antwort. Trotz der vorzüglichen Hochachtung und den Bemühungen und den Verwindungen betreffs Prozeßvollmacht. Um auch in Ihrem Interesse sprechen zu können. War Lorenz schneller? Hat er den Leipziger auf seine Seite gezogen? Hat er Unwahrheiten über Baptist verbreitet?

Endlich kommt Antwort von jenseits des eisernen Vorhangs. Endlich reagieren die Brüder und Schwestern in der Zone. Sende ich Ihnen die gewünschte Vollmacht. Wohnen wir seit 1952 in einem anderen Viertel. Zum Glück eine uns bekannte Briefträgerin. Raimar jetzt wohnhaft Caminchen, Post Neu Zauche. Haben ja keinen Wert darauf gelegt, mit uns in Verbindung. So wachsen die Kinder heran. War immer gut zu mir. Mit den besten Grüßen. So ist es in die Kürbishaut eingraviert, so wird es aufbewahrt für alle Zeiten. Kathi kann die Leipziger nicht leiden. Aber das tut nichts zur Sache. Baptist hat die Vollmacht. Baptist vertritt jetzt auch die Interessen aus dem anderen Teil Deutschlands. Schließlich ist er Beamter und im öffentlichen Dienst. Möchte allerdings an die Vollmacht eine Bedingung knüpfen. So ist es eingeschrieben mit der kalten Nadel. Eine Bedingung. Was denn für eine Bedingung?

Raimar will ein Auto. Baptist will keinen Fehler machen.

Er weiß nicht, wie das ist, wenn einer jenseits des eisernen Vorhanges diesseits ein Vermögen hat. Baptist will nicht ins Politische verwickelt werden. Da hat Baptist eine grandiose Idee. Zum ersten und einzigen Mal im Leben schreibt Baptist an einen Minister. Er schreibt an den Herrn *Minister für Gesamtdeutsche Fragen.* Den hält er für zuständig in dieser Sache. Baptist will sich nichts vorwerfen lassen. Raimar soll zu seinem Auto kommen und zu dem Betrag, der ihm zusteht aus der Erbengemeinschaft. Schließlich ist Raimar der Sohn seines Bruders Luis, gefallen im Spähtrupp eines Schneeschuhbataillons. *Heimatgedenken.* Die Geduld von Baptist wird auf die Probe gestellt. Der Minister antwortet nicht. Endlich antwortet er doch. Er heißt nämlich nicht *Minister für Gesamtdeutsche Fragen,* sondern er heißt *Minister für Innerdeutsche Beziehungen.* Baptist hat einen Fehler gemacht. Trotzdem wird ihm mitgeteilt, daß seine Fragen weitergeleitet wurden: an das *Gesamtdeutsche Institut – Bundesanstalt für gesamtdeutsche Aufgaben – Bonn.* Sie werden von dieser Dienststelle weiteren Bescheid erhalten.

Wieder wird Baptists Geduld auf die Probe gestellt.

Bitte warten.

Diese Zeit füllt Baptist mit einer Marotte: er beginnt, alte Geldbeutel zu sammeln. Geldbeutel von Walburg, Geldbeutel von Kaspar, von Luis und von Firmian, von sich und

357

von Kathi. Einer stammt angeblich sogar noch von Kosmas
selig.
Bitte warten.
Endlich:
»...es ist möglich, mit Genehmigung und mit Hilfe der
jeweils zuständigen Landeszentralbank Überweisungen an
in der DDR wohnhafte Personen vorzunehmen. Ich emp-
fehle deshalb, sich einmal unmittelbar an die für Ihren
Wohnsitz zuständige Landeszentralbank zu wenden. Die
Landeszentralbanken überprüfen, ob die Überweisung im
Interesse der in der DDR wohnenden Berechtigten liegt.
Wenn diese Frage bejaht wird, kann zumeist mit einer
Genehmigung gerechnet werden. Ob diese Genehmigung
sofort den gesamten Betrag umfaßt, kann nicht vorausgesagt werden. Das in die DDR überwiesene Geld erhalten die
Berechtigten dort im Verhältnis 1:1 ausbezahlt. Eine Möglichkeit, eine Überweisung zu einem günstigeren Kurs vorzunehmen, besteht nach den Bestimmungen der DDR nicht.
Auch eine Auszahlung im Rahmen des Interzonenhandels
ist nicht möglich. Nach § 8 des Gesetzes zur Regelung des
innerdeutschen Zahlungsverkehrs vom 15. 12. 1950 (GBl.
S. 1202) in Verbindung mit § 4 der Geldverkehrsordnung
der DDR vom 20. 9. 1961 (GBl. II S. 461) sind alle Bewohner der DDR verpflichtet, Geldforderungen gegen Personen
mit Wohnsitz, Sitz bzw. ständigem Aufenthalt in West-
deutschland oder in West-Berlin bei der zuständigen Filiale
der Industrie- und Handelsbank der DDR anzumelden und
zum Kauf anzubieten. Mit der Anmeldung werden Verfü-
gungen über die Vermögenswerte im Westen nur noch mit
Zustimmung der Bank möglich.
Zu den anzumeldenden und anzubietenden Forderungen
gehören auch ohne Einschränkungen Ansprüche aus Erb-
schaften. Wer als Bewohner der DDR diese Anmeldung und
Anbietung unterläßt, kann bestraft werden. Wegen der
durch die Anmeldung eintretenden Verfügungsbeschrän-

358

kung versuchen – trotz der nicht auszuschließenden Gefahr der Bestrafung – immer wieder Berechtigte, von dieser Anmeldung abzusehen. Dies bedeutet vor allem, daß an Berechtigte in der DDR wegen irgendwelcher Ansprüche im Westen nur ganz vorsichtig geschrieben werden sollte.

Da der Erbe aus der DDR auf die Geschenkdienst GmbH (GENEX) verweist, ist es nicht ausgeschlossen, daß er bisher eine Anmeldung nicht vorgenommen hat. Nach der bekanntgewordenen Verwaltungspraxis ist es nicht anzunehmen, daß die Industrie- und Handelsbank eine Verwendung der Gelder aus anmeldepflichtigen Forderungen für die Bezahlung von Geschenken an die GENEX zuläßt. Hierbei soll es sich vielmehr um Geschenke handeln, die Bewohner der Bundesrepublik Deutschland einschließlich Berlin (West) an von der GENEX beauftragte ausländische Firmen bezahlen. Für diese in westlicher Währung gezahlten Beträge werden Waren aus der Produktion der DDR an die dort wohnhaften Beschenkten vermittelt. Wenn daher solche Geschenke an einen Miterben gehen sollen, darf nicht erkennbar werden, daß sie aus diesen zustehenden Geldern bezahlt worden sind.

Die an die von der GENEX eingesetzten Firmen gegebenen Aufträge werden tatsächlich erfüllt. Von diesen Firmen können Kataloge angefordert werden, aus denen sich die zu vermittelnden Gegenstände und die Preise ergeben. Es handelt sich um folgende Firmen: Jauerfood, Hermodsgade 2, Kopenhagen und Palatinus GmbH, Schweizergasse 10, Zürich. Bestellungen aus Berlin (West) können nur über die Fa. Jauerfood erledigt werden. Mit vorzüglicher Hochachtung im Auftrag.«

So ist es eingeschrieben mit der kalten Nadel in die Kalebasse.

Und was wünscht sich unser Raimar jenseits des eisernen Vorhangs?

Er wünscht sich ein Fernsehgerät »Stella U«, 59er Bildröhre, standardisiert, Gehäusefarbe braun (macoré), einen Haargarnteppich »Merkur«, 2,5 m × 3,5 m mit braunem Muster, eine Klein-Schreibmaschine »Erika 42« mit Tabulator und einen »Trabant 601«, Limousine de luxe.

Macht zusammen: DM 6531,–.

Baptist ist mißtrauisch.

Am Ende heißt es, die Geschenke seien nie angekommen.

Am Ende gibt es gar keine Palatinus GmbH.

Da beschließt Baptist, mit Bruder Martin nach Zürich zu fahren und sich die ganze Sache einmal mit eigenen Augen anzuschauen.

Erst dann ist unser Baptist bereit, auf Raimars Forderungen einzugehen.

Aber er weiß, daß er darauf eingehen muß: zum einen, weil Raimar erbberechtigt ist, zum anderen, weil Baptist die Prozeßvollmacht will. Obwohl es gleichgültig ist, wer die Vollmacht hat. Frieda könnte auch nichts damit anfangen. Aber Baptist will die Vollmacht. Also muß er Raimars Wünsche erfüllen.

Baptist und Bruder Martin fahren nach Zürich.

Sie fahren exakt die Strecke, die Bruno fuhr Woche für Woche.

Bei Simmerberg legen Baptist und Bruder Martin in einer langgezogenen Kurve eine Gedenkminute ein.

Sie reden von Bruno.

Bruder Martin sagt: Seit ihn die Vögel fliegen gesehen haben, gehen sie zu Fuß.

Baptist sagt in Gedanken an sich: Immer trifft es die Gewissenhaften. Noch einmal wird auf der Fahrt nach Zürich die Geschichte der Erbengemeinschaft durchgenommen.

Erste Lektion: Jascha aus den polnischen Sümpfen. Stichwort: Zopf.

Wenigstens fünfzehn Lektionen und mehr als zehn Nebenschauplätze werden besprochen auf der Fahrt von Thulsern nach Zürich und zurück.

Die Kalebasse ist dabei.

Nichts läßt sie aus.

Alles schreibt sie mit.

Nicht eine Kleinigkeit entgeht ihr.

Nicht eine einzige winzige lächerliche Kleinigkeit.

Kurz vor der Versteigerung kommt es noch zu einem Zwischenfall. Von gut drei Kubikmetern Bauholz, die vor unserer Oma ihrem kleinen Häuschen lagern, fehlt mehr als die Hälfte. Bruder Martin ermittelt.

Bruder Martin hat einen Verdacht.

Bruder Martin sagt nur:

Der Erbfeind.

Da dreht sich die Kalebasse und schiebt unter Gemurmel der Kerne in ihrem Inneren den Tag der Versteigerung unter das Vergrößerungsglas.

Baptist verliert sofort die Fassung, als wenige Meter nach dem Haus ein Bauer mit seinem Fuhrwerk den Weg versperrt. Baptist fürchtet, nicht rechtzeitig zur Versteigerung zu kommen.

Zweifellos habe der Erbfeind den Bauer mit seiner Schindmähre bestellt.

Zweifellos.

Baptist reißt die schwarze Dienstkrawatte auf und verliert das Kragenknöpfchen.

Baptists Hände fliegen.

Kathi ist mittlerweile beim Rosenkranzbeten.

Sie fleht die Muttergottes an sowie ihren Lieblingsheiligen Thaddäus.

Vor dem Amtsgericht ist kein Parkplatz frei.

Der Erbfeind ist noch nicht da.

Das Amtsgericht liegt auf einem Hügel. Da muß jeder zu Fuß hinauf.

Bruder Martin und Unserallerkind schleppen Akten.

Unserallerkind im Samtkragenmantel: als wäre die Versteigerung die einzige Gelegenheit, dieses Kleidungsstück zu tragen.

Um die gegnerische Partei nach dem Vorbild amerikanischer Fernsehanwälte zu beeindrucken, hat sich Unserallerkind noch einige nicht zur Sache gehörende Schriften unter den Arm geklemmt. Unserallerkind beabsichtigt, die Papierbündel vor sich im Gerichtssaal aufzubauen und gelegentlich Bruder Martin ein Schreiben über den Tisch zu schieben. Als handelte es sich um neues Beweismaterial. Obgleich die Versteigerung öffentlich ist, sitzt kaum jemand im Zuschauerraum.

Unserallerkind holt ein dickes Buch aus der Aktentasche.

Handelt es sich um das Bürgerliche Gesetzbuch?

Handelt es sich um das Thulserner Erbrecht?

Nein: Es handelt sich um ein ganz anderes Buch. Es heißt *So kocht man in Wien*.

Aber das weiß niemand, denn das Buch trägt einen braunen Umschlag. Nur die Kalebasse hat den Titel eingraviert in ihre Medizinballhaut.

Der Vorsitzende eröffnet das Verfahren.

Er nimmt die Personalien auf.

Bruder Martin und Unserallerkind behaupten, Lorenz nicht zu kennen. Nicht im juristischen Sinne. Da muß Lorenz noch einmal den Berg hinunter mit seinem Gipsbein und seinen Ausweis holen, den er im Auto vergessen hat.

Die Stimmung steigt.

Baptist schwitzt.

Der Vorsitzende schnupft.

Lorenz ist wieder da.

Die Daten des Grundstückes werden verlesen.

Die Versteigerung ist eröffnet.

Der Vorsitzende schnupft.

Die ersten Angebote werden eingeholt.

Frieda und Lorenz steigern mit.

Baptist steigert mit.

Aber seine Grenze ist schnell erreicht.

Baptist ist vorsichtig.

Baptist traut sich nicht.

Baptist könnte, aber Baptist will nicht.

Bruder Martin steigert.

Unserallerkind steigert.

Da meldet sich der Adlerwirt, der verspätet den Zuschauerraum betritt.

Sein Angebot ist unschlagbar.

Der Zuschlag geht an den Adlerwirt.

Die Sitzung ist geschlossen.

Alle sind überrascht.

Der Adlerwirt bekennt, längst alle Felder um unser Oma ihr klein Häuschen aufgekauft zu haben. Er plane etwas Größeres. Den neuen Thulserner *Adler*. Internationale Küche. Weltcup. Die Wolfsgrube brauche er als Einfahrt für die Tiefgarage. Unser Oma ihr klein Häuschen sei gerade recht als Latrine für die Bauarbeiter.

Baptist muß noch einen Knopf öffnen.

Er hört nicht mehr, daß der Adlerwirt alle in den *Wienerwald* einlädt.

Unser Oma ihr klein Häuschen.

Als Latrine.

Unserallerkind greift zum Kochbuch.

Bruder Martin schwitzt.

Der Vorsitzende schlüpft aus dem Talar.

Da sieht Unserallerkind Heiligenwetzer von der Leiter stürzen, und Kathis Mutter Barbara stürzt gleich hinterdrein. Frau Gstur zertrümmert einen Fernseher, und am Himmel sieht man einen weißen Strich: bolzengerade, Bruno stürmt herbei, schwingt einen Eishockeyschläger, Bruder Martin errichtet Barrikaden aus Sprungskiern und Skistöcken, Lorenz stößt Walburg in ein Waschschaff, Baptist reißt eine Holzbeige ein, Kathi sagt: Die Schönheit war die Falle ihrer Jugend. Firmian ordnet die Pfarrbibliothek, der alte Ziegler geht der Else ans Mieder, Feneberg sucht das schwarzgoldene Vließ, Jascha löst ihren Zopf und flicht ihn, und Drago schnapppt nach Rattenköpfen, Svea setzt ein Anwesen in Brand, die siebte Hand tut die siebte Tat, *ach könnt' ich, was ich wollte, ach wär ich, was ich sollte, ach thät ich, was ich könnte, ach liebt ich, daß ich brennte,* sagt Kosmas beim Spiel mit den Zahnrädchen, Jascha sehe ich einen Fluch in ein Froschmaul einnähen, ein schielendes halbnacktes Mädchen erscheint im schwankenden Stallicht, es riecht nach Milch. Jascha bereitet dem Pfarrer ein Fußbad, der segnet Kosmas und seine Jakobsmuschel, gibt der Kathi den Beichtzettel und ruft nach Regula, die aber erscheint mit einer Reitgerte in der Hand, zerstört Flaschenzug und Hebelwerk von Kosmas' Weltmaschine, Leonardo da Vinci führt der italienischen Flora beim Scherenschnitt die Hand und begräbt mit ihr seinen Schatten in Walburgs Sarg, Benedikt verwildert im Sumpfwald, mit ihm Potiphars Weiber, Baptist erhält eine Bürgerrechtsverzichtsurkunde und schreibt einen Brief aus Baldimore, Regula wäscht sich wieder und wieder, stellt sich vor den Spiegel mit einem gestickten Kopfkissen, hockt auf einem Grabstein aus weißem Marmor, sucht nach der weißtännernen Svea und nach einer Halskette aus goldenen Ringlein und nach einem Kranz aus himmelblauen Astern, Absalom erscheint und Daniel und die keusche Susanna, Svea stürzt in den Himmel hinauf, den Zopf bis zur Hüfte, zur Hüfte, aus Lissabon hört man von einem neuen Erdbeben, eine Katze hat sieben Leben, Kosmas durchmißt die Milchstraße, auf der ihm der Herr der sieben Meere mit dem Motorrad entgegenkommt, mit Bruno auf dem Sozius, in der einen Hand ein riesiges Rauchfaß, in der anderen eine Schweizeruhr mit Sprungdeckel, die mit Käse kegelnden Bauern verwüsten wieder die Alpe, jemand sagt, Blutsackermant, nachts zwölf, es regnet, und ich hab mein Bett noch an der Sonne, eine Latrine wird von einer Granate getroffen, Hosenträger segeln durch die Luft, *Ich hatt' einen Kameraden* ertönt und Baptist wirft seine Schuhe heimwärts, Kathi sitzt im Trainingsanzug im Brennesselwald, *die Guten ins Kröpfchen, die Schlechten ins Töpfchen,* die Fußlappen des Reichsarbeitsdienstes dienen zum Reinigen des Bahnhofes von Thulsern, die Armen Seelen baden in einer kochendheißen Lauge, Luis hüpft von Berggipfel zu Berggipfel, Bruder Martin läßt die Alpen glühen, hilft beim Aussegnen des Schlafzimmers, in dem Unserallerkind gezeugt wird, unter den Anfeuerungsrufen aller Verstorbenen sowie unter Absingen des Liedes *Das ist die Liebe der Matrosen,* der Kaiser von Kalifornien erscheint, er sieht aus wie der Oberst Ribeiro aus Bahia, er schneidet Jona aus dem Fischbauch, feuert drei Böllerschüsse ab auf dem Hörnle, Frieda und Else reiten auf einem Palmesel hinaus zum Tor, gefolgt von Martin und seinen Gänsen Emma, Jella, Karla und Barbara, Lina, die Leichenansagerin reißt den eisernen Vorhang entzwei, Richtfest und Taufe und Versteigerung gehen ineinander über, ein Konto wird eröffnet, Schirmbretter werden gestrichen, Panosch entsteigt einer weißen Hochzeitskutsche und hält ein Transparent in die Höhe, auf dem steht *Festliche Kleidung erwünscht,* vom nahen Kienberg geht eine Steinlawine nieder, begräbt einen Lloyd unter sich, ein Motorrad Marke *Adler,* aber auch einen Trabant aus der DDR, ein polnischer Bühnenbildmaler malt den Schnellzug von Warschau nach Krakau, und ein englischer Panzer rollt auf eine König-Ludwig-Büste zu, die Luke geht auf, eine Stimme ruft: come on, boy, aber Baptist fällt ihm ins Wort und verbessert: komm an, boy. Kathi hat sich als Maria Maienkönigin verkleidet, wir kommen dich zu grüßen, du holde Freudenspenderin, sieh uns zu deinen Füßen, und sie singt, indem sie auf ihre Mutter Barbara zeigt: Nichts glich an Schönheit einstens dir, nichts dir an Tugendglanze, nun prangst du als die schönste Zier – aber da klatscht Svea wild in die Hände und Baptist verstreut Briefe wie Konfetti, Luis schwenkt seine Schneeschuhe und ruft: Gebt Feuer, ach wie schießt ihr schlecht.

Auf das Dach von unserer Oma ihrem kleinen Häuschen hat sich ein Trompeter gestellt, der aussieht wie Unserallerkind. Um seinen Bauch ist eine breite Kranzschärpe geschlungen, auf der steht in goldenen Buchstaben *Geliebt und unvergessen*.

Jetzt stimmt er sein Lied an und schmettert in einen glutroten Abendhimmel:

S'ist Feierabend.

Abtanz

Im vorletzten Kapitel hält sich Unserallerkind
selbst die Leichenrede.

In diesem Kapitel, meine geliebte Alfina, mußt du ausnahmsweise einmal nicht auf das Drehen der Kalebasse achten und nicht auf die Kerne hören, die in ihrem Inneren wie Murmeln aufeinandertreffen. Diesmal erzähle ich dir, wie ich mir Zukunft erträumen werde. Aber du weißt: Träume sind Schäume. Früher oder später denkt jeder an sein Absterben.

Ich als Unserallerkind erzähle vorauseilend, dem eigenen Tod auf den Fersen. Noch bin ich am Überlegen, wie ich meinen Abgang gestalten soll. Was mir vorschwebt, ist nämlich mein eigenes Sterbefest. Ich weiß, daß ich es nicht mehr lange machen werde. Zwar bin ich noch verhältnismäßig jung an Jahren und einigermaßen anzusehen, wie ich mir einbilde, laufe mit dem großen Haufen immerhin, doch mit jedem Atemzug treibe ich grabwärts, von jedem Schluck trinkt schon der Tod sein Teil. Aber ehe ich abgehe, habe ich mir ein Fest in den Kopf gesetzt. Ich weiß nur noch nicht, wie ich es gestalten soll: ob archaisch, barock ausschweifig oder neonkalt im Stil der achtziger Jahre. Mein Sterbefest zu meinem Hinweg und Davon, der Ritt in die Grube, die Verabschiedung mit mir als Meister des Abschieds voll galliger Bitternis und trockener Rückschau, eingedenk der Glockenspielmelodie, wie sie Kosmas, mein Altvorderer unserem Thulsern beschert hat vor Zeiten: *So trolln wir uns ganz fromm und sacht von Weingelag und Freudenschmaus.* Ein lustigs Liedl vom Tod und eine schöne Leich'.

Das ist mein letzter Wille: eine schöne Leich' soll es sein.

Aber vorher muß ich noch den Stadel ausräumen und die Erbengemeinschaft auflösen. Verkaufts mei Hemd, i fahr in Himml. Die Frage freilich, die mich umtreibt, wie ich meinen Leichenschmaus gestalten soll, welchen Aufwand ich betreiben darf, muß zeitig gelöst werden, zumal sie Folgen nach sich zieht: Je nach Ausstattung der Feierlichkeit fällt das Schnitzwerk aus, denn ich beabsichtige, mein eigenes Hinfahren der Nachwelt als Tätowierung auf der Kalebassenhaut zu hinterlassen. In die ledrige Brust werde ich mit der kalten Nadel eingravieren, wie ich mich von hinnen gestohlen habe, wie ich aufgefahren bin gen Himmel, hinaufgestürzt wie weiland Jesus Talander und eingegangen in die ewigen Jagdgründe. Spätere Generationen können dann Kunde geben von ihrem Ahnherren, der vor seinem Tode ein Freudenfest zu seiner Beerdigung veranstaltet hat, der sich die ihm zugedachte Grabrede zu Lebzeiten anhörte und dabei immer wieder einen Satz wiederholte: *Ich fürchte, wir werden uns entsetzlich betrinken müssen.* Obwohl uns nichts verbindet als aufrichtige Abscheu voreinander, werden es meines Bruders Martin Gänse sein, die schnatternd davon berichten werden, wenn ihnen alsbald der Stoff auszugehen droht und ihre eigene Brut einiges über ihr Herkommen in Erfahrung bringen will. Zuerst werden sie sich meiner schämen und ein wenig um den heißen Brei herumreden, dann aber werden sie von ihren Blagen derart gelöchert werden, daß sie nicht mehr auskönnen. Dann wird die Rede auf Unserallerkind kommen und auf seine Kalebasse, in die alles eingegraben ist an Bemerkenswertem aus unserer Sippe.

Alle warten sie auf die Arche und übersehen, wie das Wasser steigt. Ich bin der einzige, der mit Fug und Recht behaupten kann, des Lebens müde zu sein. Ich bin es nun leid geworden, und ich habe genug, übergenug. Die Ärzte lassen sich nicht festlegen. Bald bemühen sie eine neumodische Krankheit, bald sprechen sie von Altbekanntem. Während die einen von Wochen, höchstens von Monaten reden, geben mir die anderen noch ein Jährchen oder zweidrei. Sei's drum. Solange ich erzähle, bin ich am Leben, solange sie mir die Worte nicht mit dem Korkenzieher aus dem losen Maulwerk ziehen müssen, ist mit mir zu rechnen. Schon immer hat es mich gereizt, dem Rest meiner Welt eine lange Nase zu ziehen und die Zunge zu zeigen. Zwar haben sich sämtliche Mitglieder meiner Sippe angestrengt, meinen Vorwärtsblick schon in der Jugend umzubiegen, doch haben ihnen meine Zugvogelsehnsucht und meine schier unbändige Lust am Geflunkere immer wieder einen Strich durch die Rechnung gemacht. Die Späteren werden sich dereinst erinnern, und die Kalebasse wird ihnen sagen: Euer Onkel, Unserallerkind, das war einer. Sein Gelächter war ein Meer, aus dem keiner zu retten war: keiner aus der ganzen Erbengemeinschaft, die er seinerzeit aufgelöst hat, als er den Stadel ausräumte und ich, die Kalebasse, die tätowierte Weltenbrust auf ihn gekommen bin mit dem Samtkragenmantel und dem Vergrößerungsglas in der Tasche. Heilige Jungfrau von Fatima: Unserallerkind! Dem wollten sie Manieren beibringen, aber es sollte ihnen nicht gelingen, denn er war ein Liebling der Götter. Der führte Buch über die Freunde, die er verabschiedete und nannte es sein Totenleporello. Galt es einen neuen Namen einzuschreiben, so ging dies nicht ohne asperes Gelächter ab. Es muß ein Sonntag gewesen sein, ein Tag mit hellem Sonnenschein. Es war ein Glückstag ganz gewiß, als Unserallerkind gestorben ist. Dann wird die Kalebasse von meinen Einbildungsorgien erzählen. Dabei war ich doch stets nur auf der Suche nach einem Ort, wo ich in Würde verwittern konnte. Nach mehr stand mir nie der Sinn. Die Gespenster der Vergangenheit lassen sich nicht exorzieren: nicht Jascha noch Kosmas, nicht der Herr der sieben Meere noch Svea, die mir am nächsten steht unter allen. Ein Jammer, daß wir uns nie begegnet sind. Wir hätten ein reizendes Pärchen abgegeben: das Luder und der Lügenbold. Ein Anblick für Götter. Die Kalebasse stehe mir bei! Die Gespenster der Vergangenheit wollten sich verbergen hinter der Erbengemeinschaft und in unserer Oma ihrem kleinen Häuschen, aber die Kalebasse hat sie alle wieder hervorgeholt und keines verkommen lassen in der Finsternis. Wer wie ich das Glück und die Gnade hatte, schon alt geboren zu sein, wer wie ich in der Stunde seiner Geburt schon vielhundertjährig zur Welt kommt, der hat einen Wunsch frei, ehe er stirbt, geschenkt von der Kalebasse. Deshalb flüstere ich ihr zu, meine geliebte Alfina, du mein unerreichtes blusiges, wadiges, zopfiges, hüftenschwingendes Ziel: So möchte ich sterben – mit dem Wissen, daß ich dieses Mal nicht wiederkehre. Faßt meine Asche in eine Urne, fliegt mit ihr ins somnambule Lissabon, wo Sveas Geist weht. Dort findet ihr jenseits des größten Platzes eine Treppe, die mitten ins Meer führt. Streut dort die Asche in den Wind und überlaßt die Urne dem Spiel der Wellen, singt eines von Sveas verhangenen Liedern, sagt den Satz, der auf einem Messingtäfelchen an der Türe meines Märchenbüros hängt, sagt: *So regen wir die Ruder, stemmen uns gegen den Strom und treiben doch stetig zurück, dem Vergangenen entgegen.* Sagt diesen einen Satz zu meinem Gedächtnis, geht von hinnen und bedenkt ihn, indem ihr euch betrinkt bis zur Besinnungslosigkeit. Nehmt euch der Kalebasse an, sie wird es euch lohnen. Sie wird die Geschichte unserer Sippe lebendig halten, sie wird euch die Welt erklären, denn sie ist der Globus, das Gefäß für alles, was dem Gedächtnis durch das Sieb zu gehen droht. Sie ist der Rechen, in dem sich fängt, was sonst verlorenginge. Mit ihr könnt ihr euch in eure eigene Geschichte hineinträumen, meine Alfina: weiterträumen gegen den Strom. Sie verrät euch mein Geheimnis, mein eigenes Leben erfunden zu haben, um es lesen zu können, anstatt es mühselig hakenschlagend leben zu müssen.

Gedenkt des Plunders in Jaschas Stadel, gedenkt unserer

Oma ihres kleinen Häuschens und der ersten und der zweiten Hypothek. Taucht sie in das Licht von Lissabon: Die Sonne wird der Kalebasse einen Anschein von Prunk verleihen. An dem Tag aber, da ihr meine Asche in den Wind werft, wird die Kalebasse meiner Alfina und tota number one sagen: Sich selbst gegenüber bleibt jeder ein Analphabet. Vielleicht plaudert sie auch von jenen Zeiten, da Svea tanzend die Welt auf den Kopf stellte und vor Schönheit den Boden nicht mehr berührte. Die Kalebasse vergleicht mein Warten auf den Tod mit einer geduldig eingerollten Schlange, die nur auf den Augenblick lauert, ihr Gift einzuträufeln. Wer wird nach meinem Hinfahren die Hindernisse vor der Zärtlichkeit aufbauen, frage ich dich, meine Kalebasse, ehe ich mich einschnitze mit meiner Leichenschau in deine Medizinballhaut, auf daß ich erhalten bleibe für meine Alfina.

Schon bin ich in einem Alter, da ich mich keinem mehr unterlegen fühle: Ich prüfe die Menschen meiner Umgebung, dann lege ich sie um wie die Kegel, einen um den anderen. Keiner genügt meinen Ansprüchen. Bestenfalls du, meine Alfina. Du wirst standhalten, aber mach dir nichts vor. Den Übrigen jedoch wird die Kalebasse sagen: Unserallerkind hat das Weltweite gerochen und sein Leben wie ein Jojo gelebt bisweilen. Unserallerkind war auf dem Festland und auf den sieben Weltmeeren wie in der Luft zu Hause. Unserallerkind lag unterm Zelt und im Ofenwinkel, hat gehorcht und befohlen, eingesteckt und ausgeteilt. Unserallerkind wurde geliebt und gehaßt, bespuckt, belacht, gefeiert. Jetzt will es nicht auf dem Kirchhof beigesetzt werden: der liege zu weit abseits und sei immer kalt, zumal die Kirche ihren Schatten werfe Tag und Nacht. Woher es das wieder hat?

Höre mich an, meine Alfina: Der Reisende muß die Stunde seiner Abfahrt kennen. Ich habe Betten für euch vorbereiten lassen, damit ihr, wenn es soweit sein wird, zur Stelle seid, um mir den Übergang leicht zu machen. Niemand soll meinen Tod bedauern. Da ich immer auch einigen Sinn für Kitsch hatte, soll sich jeder eine gelbe Rose ans Revers stecken – contro la pava – und sie nach Erfüllung meines letzten Wunsches in Champagner tauchen. Bedenkt: Ihr feiert nicht meinen Tod, sondern meine Befreiung aus dem Joch, von euch umgeben gewesen zu sein. Wer es übernimmt, meine Leichenrede zu halten, ist mir gleichgültig; ich ordne lediglich an, wie sie zu enden hat: »Wir wollen trauern um ihn, den wir verloren, und um die andern, die ihn nicht verloren. Nicht allen hat er gelebt. Aber eine Zeit wird kommen, da wird er allen geboren durch eine Kalebasse, und alle werden ihn beweinen. Er aber steht geduldig an der Pforte des nächsten Jahrhunderts und wartet lächelnd, bis seine schleichende Sippe ihm nachkomme.«

Und damit das Andenken an mich nicht zu schnell verblaßt, stifte ich auf unbeschränkte Zeit ein Gastmahl, das alljährlich an meinem Todestag stattfindet. Alle von euch werden teilnehmen. Ihr werdet zusammensitzen und in meinem Namen zusehen, wie ihr allmählich weniger werdet. Wer übrigbleibt, erbt ein nicht unbeträchtliches Vermögen: die Kalebasse – denn wer zuletzt lacht, lacht am besten. Das hat immer gegolten.

Vor dem Tod aber, meine Alfina, kommt das Sterben, und davor stehen die Gewitter im Kopf. Nimm den Atem mild mir aus der Brust, werde ich die Kalebasse bitten, sie aber wird fragen: Wann fällt der erste Tropfen in das Glas, das später voll ist von Bitternis? Davon werden die Nachgeborenen nichts erfahren. Ihnen wird die Kalebasse andere Auskunft erteilen: Unserallerkind war mit allen Wassern gewaschen, von allen Winden durchweht, in allen Stürmen erprobt, stets begleitet von einem Kometenschweif von Lügen und Gerüchten. Wenn Unserallerkind die vagen Legenden verflossener Sünden beichtete, vergrößerte sich die Anzahl der Sterne. Der hatte ein Totenkopfgegrinse von

Geburt an, wird es von mir heißen. Der ließe sich beschreiben als Beherrscher übelgelaunter Augenbrauen, der hielt die Welt gerade für so groß, daß sie in seinem Sack von Lügen Platz hatte, der war ein fröhlich leuchtendes Scheusal, das gerne Säetücher voll des Spotts leerte, der hielt sich für die einzige gelungene Verbindung vom Teufel und seiner Großmutter. Jetzt hat er dem Leben den Laufpaß gegeben samt seiner enzyklopädisch breitmäuligen Gefräßigkeit. Sein Lebtag tat er wie der liebe Gott: mein Wille geschehe wie im Himmel also auch auf Erden. Der konnte so spielen, daß er spielte, wer er war. Dann kam die Rechnung. Sie war hoch: wie stets bei einem Saufaus und Wortverdreher, sobald sein Auge bricht.

»Ihr versteht das nicht«, wird die mit der kalten Nadel bearbeitete Weltenbrust sagen und sich an eine Stelle aus einem Lieblingsbuch von Unserallerkind erinnern, »ihr versteht das nicht. Wie könntet ihr auch? – mit soliden Pflastersteinen unter den Füßen, umgeben von lieben Nachbarn, die bereit sind, euch zuzujubeln oder über euch herzufallen, bedächtig dahinwandelnd zwischen Schlachter und Polizist, im heiligen Schrecken vor Skandal, Galgen und Irrenhaus – wie könntet ihr euch vorstellen, in welche besonderen uranfänglichen Regionen unbehinderte Füße einen Menschen zu tragen vermögen, einfach infolge seiner Einsamkeit.«

Ihr könnt es euch nicht vorstellen, und ihr könnt es nicht verstehen.

Es gelänge euch nicht einmal, wenn ihr wüßtet, wem die Kalebasse da wieder die Hand geführt hat.

Das Geschnatter der Gänse der nachstoßenden Generation wird die Luft erfüllen im Glauben, die Gegenwart einfach vom Kalender ablesen zu können.

Von den zwei oder drei Blicken, welche die Nachgeborenen auf die Vergangenheit werfen, wird es keinem gelingen, den jetzigen Zustand zu erleichtern oder die Ursachen all der

Geschehnisse zu erhellen, da es ohnehin keinen rettenden Ausweg gibt.

Bequem werden sie es sich machen mit dem, was sie mir an Schuld in die Schuhe schieben, denn damit werden sie ihr Dasein rechtfertigen.

Mag sein, daß der eine oder der andere doch noch erkennt, daß wir alle mit demselben Hunger auszogen, bis wir das Fürchten lernten. Mag sein.

Unserallerkind aber wird dann schon kein Zahn mehr wehtun. Nur die Kalebasse wird weiterhin Kunde geben und gelassen abwarten, bis sich eine neue Erbengemeinschaft einschreibt in ihre Haut: wie gewohnt mit der kalten Nadel.

Neue Bilder werden sich zu den vertrauten Gravuren gesellen, und die Kalebasse wird sagen: »Mein Kummer ist, daß ich verurteilt bin, meine Bosheit an so elende Gegenstände zu verschwenden.«

Die Kalebasse weiß von meinen Kindheitsträumen: in die entlegensten Länder zu reisen, gleich meinem Onkel Firmian, dem Herrn der sieben Meere, die Ozeane zu durchpflügen, darin zu verschwinden, einfach nicht mehr da zu sein. Die Kalebasse weiß davon. Sie kennt mein Talent zu bewundern und zu verdammen. In Grund und Boden. Sie weiß von meiner Vorliebe für Verabschiedungen. Sie sagt: Leichen pflastern seinen Weg. Die Leichen der Freunde, denen ich mißtraue. Nie habe ich bezweifelt, daß alle Verrat an mir üben, dennoch war ich stets überrascht, wenn eintrat, was ich befürchtete. Die Kalebasse behauptet: Unserallerkind ist keine Drei-, es ist eine Vielfaltigkeit. Sie durchschaut mich als aufrichtigen Lügenbold und bemüht das Wort des Dichters: *O geflügelte und lächelnde Lüge, wann endlich lassen sich die Menschen von der Notwendigkeit deines Triumphes überzeugen?* Eitelkeit hängt sie mir an wie Aussatz. Sie behauptet, meine Menschlichkeit sei im Rohzustand verblieben. So verfährt die Kalebasse mit Unserallerkind, das die Erbengemeinschaft auflösen und den Stadel ausräumen mußte, das den Familienschutt beseitigen und die Wolfsgrube zur Versteigerung bringen sollte. Ich wünschte mir, daß der Adlerwirt jenen Grund und Boden einsteigerte, auf dem nichts gedeihen konnte außer unserer Sippe und ihren Schlössern, die im Monde liegen.

Je mehr ich verfalle, desto grotesker werden meine Träume. Neulich habe ich sogar meinen eigenen Grabstein aus dem Beton gebissen. Mit der Lupe ist er deutlich auf dem Kürbis zu erkennen. Im Inneren der Kalebasse, wo die Kerne wie Murmeln aufeinandertreffen, höre ich schon das Weltgericht toben. Es ist wahr: Ich habe die Tage der Rosen zu wenig genützt, ich habe sie vertan und nicht rechtzeitig damit begonnen, mein Absterben einzuüben. Das habe ich immer am besten gekonnt: mir das Schlimmste auszumalen, stets in der Hoffnung, daß es dann nicht mehr eintritt, weil ich es schon durchlitten habe. Bislang existierte der Tod nicht für mich. Zwar gab es ihn, doch er schien eine Angelegenheit für die anderen. In jeder Geschichte, sagt die Kalebasse, tritt der Augenblick ein, in dem sich die Ereignisse überstürzen. Aber noch ist es nicht soweit, denn immer wieder gibt es eine Erbengemeinschaft. Noch ist der Stadel mit dem Plunder von Generationen nicht ausgeräumt. Wird das je zu schaffen sein? Je mehr ich ihn leeren will, um so voller wird er.

Es heißt, daß jeder von uns im Augenblick seines Ablebens, wenn die arme Seele endlich erlöst ist und auffliegt gen Himmel, sein ganzes Leben noch einmal vor einem inneren Auge vorbeiziehen sieht wie einen Film: gerade für die Dauer eines Lidschlags. Seit ich davon gehört habe, läßt mich diese Vorstellung nicht mehr los. Sie hat schließlich bewirkt, daß ich mich für den Film interessierte. Ich habe es am weitesten gebracht aus meiner Sippe. Von Anfang an bestand meine Arbeit aus Lüge und Täuschung und Erzeugen von Illusion. Früh schon habe ich mir vorgenommen, eines Tages einen Film über meine eigene Traumfabrik zu machen, aber bisher ist der Plan immer wieder gescheitert. Mein Film wäre die *Rede des lachenden Christus vom Weltgebäude herab, daß trotz allem ein Gott sei.* Zur allgemeinen Überraschung.

Keiner könnte den lachenden Christus besser spielen als ich, aber ich habe das Problem mit dem an mir vorbeisinkenden Weltgebäude noch nicht gelöst, von dem herab ich ... Links und rechts der Treppe stünden jene Männer und Frauen, die das Bestiengelächter der Götter schon einmal gehört haben, und wenn sich der Vorhang höbe, ertönte Paganinis Capriccio für Violine solo, op. 1, Nr. 13. – Ich gerate ins Schwärmen. Es wird wohl beim Vorhaben zu diesem Blumenstück bleiben müssen.

Ich spiele längst in einem anderen Film.

Längst spiele ich in meinem eigenen Lebensfilm.

Ich sehe dich: Unserallerkind.

Verkaufts mei Hemd, i fahr in Himml.

Stimm es an, Unserallerkind, dein lustigs Liedl vom Tod.

Ich sehe dich, wie im Knaben der Vater des Mannes steckt.

Ich sehe dich, verurteilt lebenslänglich zu Illusion und Enttäuschung, seit du infiziert bist von jenem Gift Calbirra, welches dir Karlina Piloti einträufelte. Du wirst den Bann nicht von dir nehmen können, auch wenn du die Piloti noch einmal findest, noch einmal verlierst, noch einmal zehn Jahre zu spät wiederfindest und sie noch einmal in das Buch zurückholst, aus dem sie gekommen ist.

Ich sehe dich, wie du dir als Eisenbahnerbüblein jahrelang einbildest, als Streckenwärter viel Radio hören und eine längst aufgelassene und völlig bedeutungslose Nebenstrecke gegen deren Stillegung verteidigen zu müssen.

Ich sehe dich und deine Thulserniaden. Die Frage, wer wahrer ist, der Träumende oder der Traum, wurde Unserallerkind vor Zeiten beantwortet. Diese Schlachten sind geschlagen, vorbei und verweht.

Unserallerkind:

das nur lernen kann, was es an sich selbst erleidet, weil es sich nichts sagen läßt.

Unserallerkind:

eigensinnig und jähzornig. Immer gleich lospulvern und jedem Furz eine Glocke umhängen.

Stets der Meinung, aufs Schlimmste gefaßt zu sein.

Unserallerkind:

auch einer aus der Generation jener ins Schlaraffenland hinein Nachgeborenen, die nichts mehr erlebt haben, weil sich ihre Altvordern aufgerieben und sich aus schlechtem Gewissen und aus Lust am Aufstieg für sie durch den süßen Brei gefressen haben in den goldenen Fünfzigern.

Unser größtes Erlebnis bestehe darin, keine Biographie mehr zu haben, mischt sich die Kalebasse ein: Deshalb wichen die einen aus in den Dunst der Weinerlichkeit, während die anderen sprachlos verdummten oder die neue Dreistigkeit praktizierten als vergreiste Säuglinge.

Unserallerkind:

das doch gerne einfach so ein Lustbrunz wäre und suggelte an Brombeerbrüsten, groß wie Dampfnudeln, die einem nicht aus dem Sinn gehen noch aus der Hose, weil sie zu einer gehören, die nicht bloß blusenknopfoffen daherstökkeln kann tschaggtschaggtschagg und den Don Giovanni locken, den Iwan reizen und den Hanselmann und den guten James, bis Jean und Juan das Faß auftun und die Waden zentnerweise füllen mit Sägemehl und Butter vor lauter Johannisfeuer.

Unserallerkind, dem ich immer ein Kalebassenwort wünschte, wie es eingeritzt ist mit der kalten Nadel:

»Die Zeit kam, da ich ihn umgeben von Liebe, Vertrauen und Bewunderung sehen sollte, mit einer Legende der Stärke und Kühnheit, die sich um seinen Namen rankte.«

Wie Unserallerkind seine erste Frau entdeckt hinter dem Altar, zum Duft der heiligen Öle der Theologie, mit Brüsten wie eine Brunnenfigur, aus denen es trommelt, mit Schluchten, in denen gewohnt werden kann; danach im Beichtstuhl, dessen Vorhang aus lauter Mädchenröcken zu bestehen scheint.

Wie es an den Lippen dieser Frau hängt, von der die Kalebasse sagt: »Sie war imstande, das Wahre, Gute und Schöne so oft und natürlich auszusprechen, wie ein anderer Donnerstag sagt.« Wie es Flügel unter den Schulterblättern zu haben glaubt, wenn es durch Schneetreiben rennt und der Rotz zwischen Mund und Nase gefriert.

Wie es den Kopf schüttelt, als wollte es einen Schmerz von sich werfen.

Wie es sich die Gleichgültigkeit eines alten Mannes wünscht, für den nichts mehr bedrohlich ist.

Wie ihm zumute ist, als sei es in die innerste vieler ineinandergesteckter Schachteln eingeklemmt.

Unserallerkind:

Ein einziges Mal begegnet auch ihm die Liebe.

Es gibt sie: allen endgültigen Sätzen darüber zum Trotz. Sie allein nimmt ihm das Herz aus dem Leib und legt es in den Schnee wie einen geschlagenen Fisch.

Sie wird ihm Anfang und Ende, Tag und Nacht, Jahr und Tag. Ein einziges Mal erfährt Unserallerkind, daß es doch nicht allein ist auf der Welt, sondern daß ein anderer es liebt mit einer Zuverlässigkeit, wie sie ihresgleichen sucht und nicht hat.

Daran ändert auch nichts das Vorbeigehn vieler Zeit.

»Mir aber fliegen die Jahre vorüber wie satte Vögel«, sagt die Kalebasse.

Unserallerkind:

Haben ihm die Enttäuschungen sein gutes Gedächtnis eingebracht? Sein Schritt klingt nach Selbstbewußtsein und nach dem Wissen, daß seine Stunde noch im Kommen sei.

Hoffärtig vor sich hinsterbend scheint sich Unserallerkind während des Erzählens davon zu vervielfältigen.

Schon sehe ich Unserallerkind auf seinem Gang durch die zitternden Schatten, die nur von ihm selber vorgestellt sind. Unserallerkind.

Ich sehe dein Spiel in frisch ausgehobenen Gräbern, dein Kennenlernen der Gestirne, die Entdeckung, daß die Welt bis weit hinter Kempten reicht.

Ich sehe deinen Lehrer, dem ein Finger fehlte, ich lese mit dir die Geschichte vom Traumverkäufer, führe mit dir die Holzgewehrkriege, spüre deine Einsamkeit unter mächtigen Wolken und atme den Duft von frisch gefällten Bäumen. Mit dir dringe ich ein in die Welt der Überlieferungen, wage mit dir die verbotenen Berührungen sonnengebräunter Achseln, von den Schultern abwärts zum Bauch, spüre den leichten Taumel in den Gliedern, die Tändeleien zwischen Wagemut und Scheu: das gemeinsame Baden kurz vor einem Abendgewitter und kein Mensch weit und breit.

Mit dir erinnere ich mich an die Anmut zart und neu, an das Gehen und Stehen, an schlanke Waden: Es roch luftig und leicht und ein wenig nach Lavendel.

Unserallerkind aber und seine fixe Idee, selbst seine Sterbestunde werde ihm mißlingen.

Unserallerkind in der Hauptrolle des Filmes über Unserallerkind, ausgestattet von der Erbengemeinschaft.

Wie es die Flecken zusammennäht, aus denen es zu bestehen glaubt.

Wie es manchmal glaubt, es nicht bis zum Abend durchstehen zu können das bißchen Leben.

Wie es lächelt und seine Unterlippe zerspringt.

Wie es als Büblein ertappt wird, zur Weihnachtszeit, beim Versuch, mit Krippenfiguren sein eigenes Begräbnis nachzustellen. Wie es sich in einen Winkel verkriecht, wo es nach Seife riecht und nach Brathering im Eimer.

Unserallerkind: als Liebling der Fenstersimsmütter.

Unserallerkind: die häßliche rötliche runzlige Kartoffel, faltig voller Sorgen von Geburt an, als wäre es mit zwei Nabeln geboren.

Unserallerkind: beim Sand- und Schnee-Essen. Die schwarzen Ringe um seine Augen. Der Bandwurm in seinem Leib, den es sich immer als einen Drachen vorstellte.

Unserallerkind: seine Tagebucheintragung in der Bärenzeit. *Alle sind schon lange tot, nur ich kann nicht sterben.* Dann die Jahre, in denen Unserallerkind birst vor Glück.

Unserallerkind: als Zeuge, wie sie einen mit Vollrausch bis zum Hals im Misthaufen eingraben.

Szenen aus dem Film über Unserallerkind.

Unserallerkind: vollkommen sicher, unsichtbar zu sein.

Unserallerkind: bei der Thulserner Mohrenwäsche, wo sie einen Neger so lange schrubben, bis sie auf Blut stoßen, weil sie im Thulsernischen nicht glauben können, daß einer einfach schwarz sein kann von Natur aus.

Unserallerkind und sein Generalleiden: gerade so viel Verstand zu haben, um erkennen zu können, wo es überall nicht reicht bei ihm.

Unserallerkind: beim Spiel mit seinen Fingernägeln, und dazu der gesungene Trost jeden Mittwochabend im Wunschkonzert. *Die süßesten Früchte fressen nur die großen Tiere...* Jeden Mittwochabend im Radio das Wunschkonzert.

Jeden Mittwochabend die Lieblingsmelodie von Unserallerkind: *Wo meine Sonne scheint und wo meine Sterne stehn, da kann man der Hoffnung Glanz und der Freiheit Licht in der Ferne sehn.*

Unserallerkind:

Was ist das für eine wilde und wortlose und dumme Hoffnung, welche dich umklammert, diese Sucht nach Überlegenheit und Wissen und Ruhm, die dir nichts anderes beweist als deine Roheit, deine Häßlichkeit und den Schmerz in dir, der deinen Hunger ausmacht?

Diese Hoffnung überrennt dich immer wieder neu. Plötzlich erscheinen dir die Lieblinge der Götter als solche, die nie in den Fesseln deiner Zeit gelebt haben, die nie deinen, sondern immer nur ihren eigenen Gesetzen unterworfen waren. Und du stehst da als das Eisenbahnerbüblein mit deinem Mordstalent zur Bewunderung und zur Begeisterung und denkst an die rauschenden Tage und Nächte, die auszukosten du dir vornimmst um jeden Preis. Das ist die Sekunde, in der du beginnst, dich für die Aufgabe zu wappnen, es einem oder besser noch: es einer von denen zu zeigen, was du kannst, wer du bist, was in dir steckt, woher du kommst. Und so beginnt deine Geburt als Narr, und du verausgabst dich, gibst alles, was du hast an Kraft und an Glut, du erbärmlicher Dummkopf. Dabei müßtest du es machen wie die Erntearbeiter deiner Kindheit, die vor Beginn der Mahd eine Schnapsflasche ins Korn warfen, auf die sie dann zumähen konnten.

Unserallerkind:

Du bist jedoch so weit weg, und in dir ist dieses unerträgliche Verlangen, das du nicht benennen kannst, weil du nur weißt, wie es brennt, nicht aber, wie es heißt. Dir ist zumute, als wäre all das am Wahrwerden, was du dir als Kind erträumt hast, als sähest du aber zugleich, wie jämmerlich dieser Traum zerrinnt.

Bei allem muß Unserallerkind auch immer gleich das jämmerliche Ende mitansehen.

Warum all die Anstrengung? Wozu der Aufwand?

Doch nur, weil auch du dir einmal das Siegerlos erträumt hast, diesen Platz, den du einzunehmen gedachtest, du und nur du, und sobald du zu erzählen anhebst, kommt dir vor, als warte alles nur darauf, von dir in Besitz genommen zu werden: als wäre es gerade so weit von dir entfernt, daß du nur die Hand auszustrecken bräuchtest, um glücklicher zu sein als je zuvor. Es kostet dich bloß ein Wort.

Du brauchst nur den Mund aufzutun.

Schon bist du Sindbad der Seefahrer.

Aber die Kalebasse ruft uns zur Ordnung:

»Tatsächlich ist unser Sterben«, gibt sie zu bedenken, »mehr eine Angelegenheit der Weiterlebenden als unser selbst.«

In diesem Augenblick erkennt Unserallerkind mit fremdem Glücksgefühl, daß sein Tod ohne jede Bedeutung ist. Kaum bittet es darum, nicht verworfen zu werden in alle Ewigkeit, denn wir alle wollen, daß uns vergeben wird, da fällt ihm auch schon die tätowierte Weltenbrust ins Wort. Der Kalebassensingsang wird zum Sermon, wenn sie sagt: »Sollte ich jung sterben, so hört dies: nie war ich mehr als ein spielendes Kind. Erinnre ich, was ich war, seh ich mich anders, und das Vergangne wird zur Gegenwart. Doch meine Erinnerung ist nichtig, denn ich weiß, daß, was ich bin – und war, verschiedne Träume sind. Lateinisch beten können sie an meinem Sarg und können, wenn sie wollen, tanzen und singend ihn umziehn. Ich habe keine Wünsche für die Zeit, in der ich keinen Wunsch mehr haben kann.«

So ist es eingeschrieben in die Haut.

Die Kalebasse.

Immer wieder sie.

Sie kann es nicht lassen. Zu allem hat sie einen Spruch auf der Pfanne. Wem hat sie da wieder die Hand geführt?

Jetzt will sie zum letzten Akt, *der Wahrheit* kommen.

Was soll der denn noch übrigbleiben, wenn man ihr mit der kalten Nadel kommt? Die Kalebasse sagt: »Die Vergangenheit hat mich erfunden, du hast die Zukunft geerbt. Der Tag geht über dein Gesicht. Die Nacht, sie tastet leis vorbei. Und Tag und Nacht: ein Gleichgewicht, ein Einerlei. Und ewig kreist die Schattenschrift im dunklen Spiel, bis dich des Spieles Deutung trifft. Die Zeit ist um, du bist am Ziel.«

Die Kalebasse.

Immer muß sie das letzte Wort haben.

Mir aber bleibt am Ende die Frage, ob es jenseits meiner Kalebasse denn noch ein Universum geben kann – oder zwängt allein sie die Welt zwischen Gänsefüßchen, und wer träumt wen und wann und wo?

Vor allem aber: Wer diktiert mir meinen letzten Tag, mit einem Himmel schwalbenklar?

Epilog

Der Epilog bietet je nach Gemütslage des Lesers
zwei Möglichkeiten, erspart uns jedoch sattsam
bekannte Einzelheiten, spricht von einer Kündigung,
von Wiederholung und Erinnerung,
räumt auf mit wohlfeiler Weinerlichkeit,
läßt einiges im nivolesken Nebel,
zielt schließlich die Milchstraße an
und endet, wie alle Geschichten aus Thulsern,
in einem langsamen Flug.

Ich habe mein Wort gehalten und Alfina nicht verraten. Das Geheimnis muß gewahrt bleiben. So ist es versprochen.

Es dürfte nicht überraschen, daß sich Alfina, deretwegen ich mich dieser Mühsal unterzogen habe, längst von mir verabschiedet hat. Ich ahnte es von Anfang an.
Das Verhängnis durfte nicht steckenbleiben.
Ein schlimmes Ende ist normal, und man kann vom Glück sagen, wenn es kein lausiges nimmt.
Schließlich kam alles, wie es kommen mußte.
Alle Liebesgeschichten haben ein und denselben Drehplan.

Es dürfte überraschen, daß sich Alfina, deretwegen ich mich dieser Mühsal unterzogen habe, nicht von mir verabschiedet hat. Das konnte ich nicht ahnen.
Das Verhängnis ist also doch steckengeblieben.
Ein schlimmes Ende ist nicht normal, es muß kein lausiges nehmen.
Nein: es muß nicht.
Schließlich kam alles, wie es kommen mußte.
Alle Liebesgeschichten haben ein und denselben Drehplan.

Kennen wir.
Ist alles sattsam bekannt.
Ersparen wir uns die Einzelheiten,
halten wir uns an das, was dazu
verläßlich in alten Büchern steht:
*Es frißt die Zeit in Eid und Schwur
sich ein* ...

Halten wir uns an die Kalebasse.
Fragen wir und zweifeln: Ist am Ende alles wirklich nur wert,
daß es zugrunde geht? Sind wir zu zweit stets unter drei Augen? Vielleicht ist all dies nichts als die Erinnerung an eine
ganz andere Geschichte, die ich einmal erlebt oder gehört
oder gelesen habe und die mit den Worten beginnt:
»Es war schon als Kind bei mir recht einfach, eine Geschichte zu beenden, die mir an der Bettkante erzählt
wurde. Denn immer habe ich mich, noch ehe die Geschichte
zu Ende war, in eine andere geträumt.«
Rekapitulieren wir also:
Im Anfang waren die Kalebasse und die Sterne zum Greifen
so nah. Eingeritzt in die Haut war eine bucklichte Welt mit
der kalten Nadel. Als aber die Schöpfung sich verkehrte, als
das Glück umschlug in Fluch, als jedwede Kreatur hinfällig
wurde, flogen auf einmal die Jahre vorüber *wie satte Vögel.*
Wer von uns Kurzwissenden ahnt schon, wieviele Arme
Seelen seither umhertreiben, unerlöst wie all die Worte im
Wind des Unheils, verkeilt ineinander als Illusion und
Enttäuschung?
Es war einmal eine Kalebasse – doch halt: Sie hat ihre
eigenen Ansichten vom Erzählen. Immer weiß sie Geschichten, immer muß sie die Welt wie auf Seitenwegen durchforschen, und alles Wundersame erscheint ihr gewöhnlich und
alles Gewöhnliche bedeutend und bemerkenswert: selbst
die Unvernunft des Paradieses, über die schon so viel nachgedacht wurde. All ihr Wissen wird gespeist aus den Träu-

men, die wir seit der Kindheit still bei uns tragen: So lernen wir mit der tätowierten Brust, unser ganzes Leben zu brauchen, es immer wieder um- und anzuwenden in seiner Mancherleikeit. Mag sein, daß die Geschichten der Kalebasse in den Tatsachen voller Ungenauigkeiten sind, aber das mit der kalten Nadel Eingravierte ist doch aufs Genaueste wiedergegeben. Als hätte es gar nicht anders kommen können. Die Kalebasse ist das Weltgedächtnis, in dem nichts verlorengeht, sie ist die Haut, in die sich jeder Schmerz ritzt, jedes dumme kurze Glück und jede Katastrophe von lächerlicher Grausamkeit. Die Kalebasse war immer schon da. Schon Homer führte sie die Hand. Sie vergrößert sich erzählend. Sie wächst mit der Behauptung, die sie zugleich schrumpfen läßt und ihr Schrunden und Risse versetzt:

Geschichten haben ein zähes Leben. Verweigert man ihnen die Niederschrift, lassen sie sich weitererzählen, und wenn man auch das verbietet, erzählen sie sich selber weiter.

Mein Erbschaftskürbis träumt mir nicht.

Meine Kalebasse ist keine Fiktion.

Sie fordert von mir, was sie beherrscht: das Doppelbödige, rund, den Koffer voller Lügen. Sie lädt mich ein, zuzuhören und nachzulesen, was es auf sich hat mit dem Nichtaufhörenkönnen und dem Immermehr. Soll ich ihr dreinreden, dreist und mutig, soll ich ihr Kalebassengeflunker auffliegen lassen, soll ich gegen sie antreten, der nichts fremd ist, weder von Gott noch von der Welt? Sie hätte immer noch etwas zuzusetzen, immer noch eine Geschichte wüßte sie und noch eine. Die mit der kalten Nadel tätowierte Weltenbrust: fett vor Gelehrsamkeit, rissig vom Bescheidwissen, stockfleckig von Klugscheißerei und der Weisheit löffelweise. Immer wieder erzählt sie sich herbei und davon, keine noch so faule Angelegenheit kann sie auslassen. Eine um die andere Geschichte schiebt sie mir in meinen gemächlichen Alltag. Kaum habe ich mich an eine Figur gewöhnt und sie liebgewonnen auf ihre Weise, schon wird sie mir wieder entzogen, schon wird mir Neues serviert, schon dreht sich die Kalebasse weiter, schon liegt sie mir mit dem Nächsten in den Ohren, schmiegt sich an, kann nicht weghören, wenn etwas zum besten gegeben wird, schnappt alles auf, gibt es weiter, mal wörtlich, mal verdreht, sie, die manchmal aussieht wie gemalt, läßt mich bald diesem, bald jener nachlaufen, die sie aus dem Ärmel zaubert, immer muß sie ihren Kopf durchsetzen, gibt mal gelassen Bericht, dann wieder aufgekratzt, bald maulfaul, bald durcheinander, als müßte sie auf einmal loswerden, was ihr eingeschrieben ist und anhängt. Ob sie quengelt oder nörgelt, ob sie abstreitet, mich in eine fremde Umgebung lockt, mir längst Bekanntes und schamlos olle Kamellen, den Schnee von gestern auftischt, kalten Kaffee, ob sie etwas läuten gehört haben will in ihrer Wortsucht, ob sie ruhend in sich selbst treudeutsch grübelt, nach Bestätigung heischt und Huld, die sie nicht nötig hat, ob sie dazwischenquatscht oder mir zuredet wie einer kranken Kuh: Stets ist sie fachkundig, weit- und abschweifig in ihrer Erzählwut, immer in vollem Redefluß, nicht einzudämmen, nicht umzubringen, mehrbödig verschachtelt, verlattet und verleimt. Ein Kind macht sie aus jedem, der sich mit ihr und auf sie einläßt. Kaum glaubt man sie losgeworden zu sein, ist sie schon wieder da. Sie sieht, was ich nicht sehe, ohne Rücksicht auf Verluste ist sie. Es nützt nichts, sie mit einem Tuch abzudekken oder in einen Schrank zu sperren, sie auf dem Dachboden zu vergessen oder einfach nicht mehr an sie denken zu wollen. Jedweden Einwand wischt sie vom Tisch: s' ist Lüge, sagt sie kokett. Dabei erzählt sie, als sei alles mit mir abgesprochen und in meinem Sinne, als sei vereinbart und geklärt, was sie mit gelben Augen sieht. Sie hebt mir ins Bild und Gleichnis, was mir unglaublich oder unbeschreiblich vorkommt, sie läßt Zeit verstreichen oder rafft sie, grad wie es ihr gefällt, springt vor und zurück, grast seitwärts, verliert sich am liebsten im Gestrüpp, sie, die als einzige Begründung gelten läßt: Ich will das so – als spiele sie die ordentliche Gerade, wo sie doch rund ist, kugelrund. Sie, die scheinbar nur versuchsweise erzählt, als wollte sie sehen, wie sich die Knoten schürzen und was herauskommt bei diesem oder jenem Arrangement. Ihr ewiges: Du erinnerst dich doch, ihr ständiges: Sagte ich schon, wer mit wem, habe ich schon erzählt, warum und weshalb und wie es gekommen ist, daß. Sie weiß sogar, welche Neuigkeiten hinter den sieben Bergen im Umlauf sind. Vollgesoffen ist sie mit Wissen: auch mit Fremdem, aus alten Büchern Überliefertem.

Und immer weiß sie sich herauszureden.

Auch was die Geschichte von meinem Herkommen, mithin die unserer Sippe betrifft.

»Diese einfache Erzählung«, sagt die Kalebasse, »hat im Vergleich zu jener der Geschichte nur das Gewicht einer Fußnote. Die Gegenwart läßt sich nicht einfach auf dem Kalender suchen. Die Ferne rückt erst mit der Zeit näher. Wir sind nicht von Vergangenheit umgeben, sondern von Vergangenheiten, von einer Welt durcheinandergewobener Erinnerungsbilder, und Schwimmen ist nicht nur Rudern mit den Armen, sondern Tragfähigkeit des Wassers. Wir erleiden die Erinnerung unentwegt. Würden aber die Vergangenheiten aufgehoben, stürzte das Weltall vom Rande her auf uns zu.«

Die Murmeln im Inneren des Kürbis kommen zum Stillstand. An diesem Punkt der Geschichte dreht sich die Kalebasse erneut und faßt den überraschenden Entschluß, sich selbst unter das Vergrößerungsglas zu schieben.

Dies geschieht eines Nachmittags in meinem Märchenbüro zur blauen Stunde.

Der beschnitzte Kürbis hat auf einem Rauchtischchen einen bequemen Platz gefunden, in dessen Licht seine Tätowierungen besonders gut zur Geltung kommen.

Da fällt mein Blick auf die Risse, die sich wie tiefe Schrunden über die Weltenbrust gelegt haben.

Auch glaube ich festzustellen, sie wechsle die Farbe, werde zusehends blasser.

Oder täuscht das Licht meiner Bleikammer?

Da bricht es aus der Kalebasse heraus, was sich die ganze lange Zeit über angestaut haben muß, Wort für Wort, von Geschichte zu Geschichte unter einer dünnen Haut.

Laut und deutlich sagt der Kürbis mit fester Stimme:

Ich kündige.

Hiermit gebe ich meinen Erzählauftrag zurück.

Schluß Aus Amen Ende und Vorbei.

Jede Geschichte ein Riß tiefer.

Jede Lüge eine Schramme mehr.

Ich bin fertig.

Komme mir jetzt keiner mit Materialermüdung.

Es hat sich ausgedreht.

Der Drehplan ist erfüllt.

Nicht noch einmal will ich ansetzen müssen und erzählen, seit wann ich erzähle und warum.

Einmal muß Schluß sein und aufhören soll man, wenn es am schönsten ist.

Ich habe genug von den Geschichten.

Genug vom Nocheineundnocheine.

Ich kündige.

Ich weiß, sagt sie, daß ich mich am Ende des Buches selbst überlebt habe. Jetzt erzähle ich mich selbst zu Ende, aus und zu Ende. Ich will nicht länger dreinreden und besserwissen oder beharrlich erzählend voraussehen, wie es gewesen sein könnte, wenn es dereinst geschähe.

Ich höre auf, weil ich rissig geworden bin von Geschichte zu Geschichte, nicht weil demnächst sowieso alles vorbei sein soll und gelaufen. Es ist nicht fünf vor Zwölf. Es ist längst halb Drei. Mit dem allseits beliebten Weltenbrand habe ich nichts zu tun, nichts mit der wohlfeilen Apokalyptik rundum, die neuerdings wieder ins Gespräch kommt, ähnlich der Frage, ob die Röcke knieumspielend oder nur gürtelbreit... Der wohlfeile Katastrophismus geht mir auf den Geist. All die Nabelschau, die neue Weinerlichkeit und die alte Wehleidigkeit haben ebenso ausgespielt wie grelles Punkertum und Huldigung der edlen Irren.

Satt habe ich das Geschwätz, sagt die Kalebasse. Jedes noch so läppische Problem wird beredet. Aber es wird eben nur beredet und nicht aus der Welt geschafft.

Satt habe ich das Geschwätz vom Steinewälzen und dem glücklichen Menschen in der Revolte und all das Stapeln von Utopien. Satt. Gründlich satt habe ich den Unsinn vom Anerzählen gegen die verstreichende Zeit und von den Möglichkeiten der Fiktion und all den Lügen über das Lügen, Konjunktiv eins und Konjunktiv zwei, satt das Gewäsch über ein Prinzip Hoffnung, satt das Gelabere auch darüber, daß unsere Gegenwart Zukunft fraglich mache wegen des Zuwachses an Armut, Hunger, Gift und Waffen, satt die Ammenmärchen von der rückwärtsgewandten Prophetie und dem längeren Atem der Literatur, die stets die Zeit auf ihrer Seite gehabt habe, satt das Kassandrageheul und den Luxus im Grand Hotel Abgrund, satt das Tratschen von der Zukunft durch vergegenwärtigte Vergangenheit, satt das Getue um die Enkel, die's besser ausfechten, indes wir geschlagen nach Hause ziehen, satt das Geklöne vom Unabgegoltenen in der Geschichte, die fromme Mär vom Maulwurf wider das Unrecht und immer wieder die Legende vom fröhlichen Elend und vom hehren Idealismus, die Fabel von der Transzendenz in der Immanenz, das Gesäusel von der Geschichte, die nicht ohne Unglück leben könne, satt die Kunde vom Trompetensignal im *Fidelio* und das Gehabe um einen Heilsplan, von der Empörung gegen die Ungerechtigkeit, satt habe ich das Getratsche um die heilige und höflich machende Skepsis, von der Verliebtheit ins Gelingen, die

Legende vom seligen kritischen Revisionismus, das Getu-
schel um den Zauberbaum mit singenden Nachtigallen-
nestern und den Kletteraffen der Vernunft im Paradies-
gärtlein der Erkenntnis.

Alle Werte haben kurze Beine, sind ausgelabert, zu Ende
palavert, danken ab, streichen die Segel und sind froh
darüber, aus dem Geschirr und in der Bedeutungslosigkeit
zu sein.

Keine Klopfzeichen mehr eines anständigen Lebens nach
den Regeln von Ethik und Moral. Längst haben wir gelernt,
auf alles gefaßt zu sein. Kein sensibles Zusammenzucken
mehr vor dem Hauch der Verantwortung, dafür am Ende
das Wissen um die Unerziehbarkeit des Menschenge-
schlechts. Unsere Zeit ist die Zeit des Irgendwie. Irgendwie
geht alles. Irgendwie ist alles egal. Das Leichengift des
Gewöhnlichen hat sich längst der Begriffsjongleure und der
Gleichgewichtskünstler der Abstraktionen bemächtigt, die
das Vollkommene nur mehr als fernes Zitat erkennen, wie
das Glück, das immer nur verloren sein kann oder schon
vergangen.

Nur noch das Hinausschieben irgendeines Endes stiftet eine
Art von Zusammenhalt, vervielfältigt noch einmal die listi-
gen Wendungen zu immer neuen Zielen und Gaukeleien,
die sich alle in einem begegnen: anything goes und rien ne
va plus. Mit dem Schlimmsten wurde schon gerechnet:
trotz allem, nach allem, jetzt erst recht.

Da verfällt die Kalebasse, deren Risse tiefer und tiefer
werden, in einen Singsang, der mündet in Worte, die da
lauten:

*Ich, die Kalebasse, bin Alpha und Omega. Wir tun nichts
anderes als lügen und uns ein großes Ansehen geben. Das
Wort wurde geschaffen, damit wir allen unseren Empfindungen und Eindrücken eine übertriebene Größe und Bedeutung beilegen, vielleicht sogar, damit wir an sie glauben
können. Haben nicht alle Kathedralen sich selbst erbaut,*

und die Baupläne wurden nachträglich geliefert, als Futter
für die Historiker?
Ich kündige.
Ich gebe es zurück: das letzte Wort. Ich will es nicht haben.
Ich will nicht mehr. Aufgeben will ich den Traum, mir selbst
meine Ziele setzen zu können. Das ist doch nichts anderes
als Schatten träumen.
Jede Drehung der Kalebasse bedeutet eine Geschichte, jede
Geschichte ist ein Schritt auf dem Gedankengang entlang
der Lebensstrecke, mit jedem Schritt aber wird eine
Schwelle überschritten ins Offene.
Ich kündige.
Ich glaubte, mir meinen eigenen Weg bereiten zu können.
Nicht um die Abbildungen auf meiner Haut ist es mir
gegangen, sondern um das Erfinden der Geschichten, die
nichts sind als die Verwandlung der Welt. Ich bin die
Summe aller Erfahrungen, allen Wissens und Erzählens
geworden, allein ich konnte mir die Zeit nehmen für das
Noch und das Schon, für Nachdauer und für Beginn. Nicht
meßbar war meine Dauer, stets galt der Satz: *Wiederholung*
und Erinnerung sind dieselbe Bewegung, nur in entgegen-
gesetzter Richtung. Was da erinnert wird, ist gewesen, es
wird nach rückwärts wiederholt, wohingegen die eigent-
liche Wiederholung nach vorwärts erinnert wird.
Meine Risse bekomme ich in dem Maße, als ich selbst das
Erzählte werde: mit jeder Drehung, mit jeder Gravur, mit
allem, was sich einschreibt in meine Haut und unter sie
geht.
Ich bin, der ich erzählend werde.
Ich war, der ich erzählend wurde.
Ich kündige.
Solange ich mich erfand, erkannte ich mich. Und mit dem
Rest der Welt war das nicht viel anders. Wenn es eine
Bedeutung gab, so steckte sie nicht hinter meinen Lügenge-
schichten, sondern darin. Jedem entging sie, der einen

Unterschied witterte zwischen dem Mond und der silbernen Sichel. Ich bin am Ziel, wenn ich meinen Ursprung eingeholt habe.

Zuletzt höre ich, was eingeschrieben ist in die Haut mit der kalten Nadel, nur noch geflüstert:

»Ich habe die Hoffnung auf jene letzten Worte aufgegeben, deren Klang, wenn sie bloß ausgesprochen werden könnten, Himmel und Erde erschüttern würde. Es bleibt nie Zeit, unsere letzten Worte zu sagen – das letzte Wort unserer Reue, unserer Empörung, unserer Sehnsucht und vor allem unserer Liebe, welche auch den Besten unter uns vergessen läßt, daß wir zum Leiden hier sind, daß wir unseren Weg auf voll ausgeleuchteter Bühne mühsam gehen müssen und allein, daß wir auf jede kostbare Minute und jeden unabänderlichen Schritt achten müssen im Vertrauen darauf, am Ende vielleicht doch noch mit Anstand abzugehen, aber dessen keineswegs gewiß.«

Indes die Kalebasse ihre Risse schmerzlicher spürt denn je, geht ihr Blick noch einmal hinaus, verläßt mein Märchenbüro und das neblig nivoleske Licht meiner Bleikammer, wandert durch Straßen, über Plätze, läßt das Dorf hinter sich, die Stadt, Wiesen und Wälder, die Ebene, streift über die schneebedeckten Berge, zielt schon die Milchstraße an.

In diesem Augenblick teilt ein letzter Riß die tätowierte Brust.

Jetzt tanzen die Kinder um den Hollerbusch, und der schwarze Ritter sticht den weißen Ritter vom Pferd, der goldene Hahn kräht, der Knochenmann erscheint mit Stundenglas und Hippe und endlich, endlich schlägt die Glock' Zwölfe. Sacht kommt der Tod in Gestalt eines vorbeihuschenden Vogels, der die Kerne aus dem Inneren der Kalebasse in langsamem Flug davonträgt.

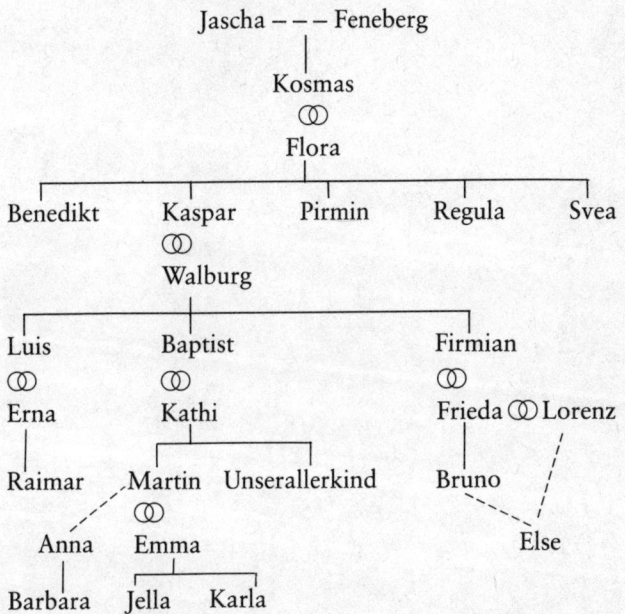

Inhalt

Prolog

Erstes Buch

Siebtes Buch

Epilog

Geschrieben in Rom, 1986